Loreth Anne White
Die Geheimnisse der anderen

EDITION M

Das Buch

Lily Bradley ist Psychotherapeutin und weiß, dass jeder Mensch etwas zu verbergen hat. Um ihre eigene Vergangenheit unter Verschluss zu halten, kontrolliert sie alles: ihre Praxis, ihre Familie und ihr schönes Leben im idyllischen Story Cove an der Pazifikküste. Doch dann taucht die attraktive Künstlerin Arwen Harper auf – und plötzlich sind die Geheimnisse der Bewohner nicht mehr sicher.

Als am Fuß der Klippen eine schlimm zugerichtete Tote gefunden wird, gerät Lilys Mann unter Verdacht und gut verborgene Wahrheiten drängen ans Licht. Detective Rue Duval vom Morddezernat ermittelt. Rue ist schon vielen tödlichen Geheimnissen auf die Spur gekommen. Aber sie würde fast alles tun, um ihre eigenen zu schützen …

Die Autorin

Loreth Anne White ist eine mehrfach preisgekrönte Autorin, die sowohl Thriller als auch Mystery- und Romantic-Suspense-Romane schreibt. Sie stammt ursprünglich aus Südafrika, lebt jedoch mittlerweile mit ihrer Familie in den Coast Mountains an der Westküste Kanadas. An diesem Ort sagenhafter Abenteuer und Romantik kam sie auf den Gedanken, ihre Karriere bei der Zeitung aufzugeben und sich in die Welt der Romane zu begeben, in eine Welt der gefährlichen Männer und abenteuerlustigen Frauen.

Wenn sie nicht schreibt, findet man sie beim Schwimmen, Ski- oder Radfahren und beim Wandern oder Joggen mit ihrem schwarzen Labrador. Im Sommer ist sie häufig mit ihrem Mann unterwegs, sucht nach abgelegenen Campingplätzen und den besten Plätzen zum Fliegenfischen.

LORETH ANNE WHITE

DIE GEHEIMNISSE DER ANDEREN

THRILLER

Aus dem Amerikanischen von Diana Bürgel

EDITION M

Die amerikanische Ausgabe erschien 2022 unter dem Titel
»The Patient's Secret« bei Montlake, Seattle.

Deutsche Erstveröffentlichung bei
Edition M, Amazon Media EU S.à r.l.
38, avenue John F. Kennedy, L-1855 Luxembourg
Mai 2023

Die Übersetzung dieses Buches wurde durch Amazon Crossing ermöglicht.

Umschlaggestaltung: semper smile, München, www.sempersmile.de
Umschlagmotiv: © Matilda Delves / ArcAngel; © Tim Robinson / ArcAngel;
© Julija Svetlova / EyeEm / Getty; © STILLFX / Shutterstock
Lektorat: Cathérine Fischer
Korrektorat: Manuela Tiller/DRSVS
Gedruckt durch:
Amazon Distribution GmbH, Amazonstraße 1, 04347 Leipzig /
Canon Deutschland Business Services GmbH, Ferdinand-Jühlke-Straße 7,
99095 Erfurt /
CPI books GmbH, Birkstraße 10, 25917 Leck

ISBN 978-2-49671-367-1
e-ISBN 978-2-49671-366-4

www.edition-m-verlag.de

Vorwort

Die Inspiration, die diesem Roman zugrunde liegt, ist ein wahres Verbrechen – schrecklich und schockierend –, das sich in einem ruhigen Vorort in den kanadischen Prärieprovinzen zugetragen hat. Die Ereignisse jenes Tages haben in Kanada die Geschichte des Verbrechens geprägt, und es wurde extensiv in den Medien darüber berichtet. Dasselbe gilt für die darauffolgenden Gerichtsverhandlungen. Während die Hintergrundgeschichte von »Die Geheimnisse der anderen« direkt auf einigen Fakten dieses Verbrechens basiert, ist alles, was sich darum herum rankt, reine Fiktion.

Wie es endet

Am besten wehrt man sich nicht gegen den Wandel, den die Tarotkarte »Der Tod« ankündigt. Widerstand wird den Übergang nur erschweren. Und schmerzhaft machen. Stattdessen sollte man loslassen, die notwendigen Veränderungen willkommen heißen, es als Neuanfang betrachten. Die Karte des Todes ist die Aufforderung, eine Grenze zur Vergangenheit zu ziehen, um vorwärtsgehen zu können. Sie bedeutet: Lass los, was dir nicht länger dienlich ist.

Kommentar der Künstlerin. *Der Tod.* 36 x 48. Öl auf Leinwand

Im Wald ist es dunkler, als sie erwartet hat. Die alten Bäume schwanken und biegen sich im Wind. Regenwogen werden über das Blätterdach getrieben. Der Klippenpfad ist schmal und glitschig vom Schlamm. Nebelschwaden kriechen über den Weg und werfen den schwachen Lichtstrahl ihrer Stirnlampe zurück.

Sie läuft noch tiefer in den Wald hinein, und Angst steigt in ihrem Bauch auf. Sie hätte nach ihrem Handy suchen sollen, bevor sie ihr Atelier verließ. Sie hätte so spät überhaupt nicht mehr rausgehen sollen. Doch sie war in die Nacht hinausgezwungen worden, in die Klauen des Sommergewitters, von den Stimmen, die sich wieder in ihrem Kopf erhoben hatten.

Verzweifelt versucht sie, vor ihnen zu fliehen. Auf einer anderen Ebene weiß sie, dass sie ihnen niemals davonlaufen kann. Das Ungeheuer ist nicht dort draußen, kreist sie nicht ein. Es ist kein anderer. Es ist in ihrem Kopf. Sie ist das Ungeheuer.

Ich … habe … gestochen … habe … Blut auf mir … konnte nicht noch einmal zustechen … zu jung zum Sterben … angefleht … nicht zu töten … habe das Gurgeln gehört … sobald es einmal angefangen hatte, konnte es nicht mehr aufgehalten werden. Es musste zu Ende gebracht werden.

Ein stummer Schrei schwillt in ihrer Brust an. Der Klang erwacht zum Leben. Er schneidet durch ihr Trommelfell. Tränen brennen in ihren Augen. Sie rennt schneller, treibt sich härter voran, um zu entkommen. Rauer Atem in ihrer Kehle. Ihre Brust hebt und senkt sich schwer. Ihr T-Shirt unter der wasserfesten Laufjacke ist schweißnass.

Ein Bild taucht in ihrem Kopf auf – die klaffenden, blattförmigen Wunden. Der Schlitz in der Augenhöhle. Blut … so viel Blut. Schlieren und Spritzer an den Wänden, an der Decke, auf den Lampenschirmen, quer über dem Fernseher, dem Hometrainer. Der Teppich im Flur ist vollgesogen und klebrig. Sie kann es wieder riechen. Heiß. Fleischig.

Es tut mir leid. Es tut mir so, so, so leid … Ich war jemand anderes. Ich kenne diese Person nicht einmal. Es ist, als wäre es nicht real, als wäre das nicht ich gewesen.

Sie sieht das Glänzen der Klinge. Sie hört Schreie. Sie bringt ihre Beine dazu, sich noch schneller zu bewegen.

Ich habe getötet … ich habe getötet … ich habe getötet. Ich wollte nicht …

Über den Baumkronen zuckt ein Blitz, Donner kracht. Vor Schreck stolpert sie, fällt fast hin. Erschüttert bleibt sie stehen, beugt sich vor und stützt die Hände auf die Hüften. Sie keucht, saugt die Luft tief ein. Ihr Herz hämmert unter den Rippen. Ihr Atem bildet gespenstische Dampfstöße im Schein der Stirnlampe. Wieder grollt der Donner über ihr, rollt über das Meer hinaus. Sie kann das Meer nicht sehen, aber spüren. Das Wogen und Branden, leere Schwärze unter den Klippen hinter den Bäumen rechts von ihr. Nun, da sie stillsteht, kann sie unter dem Trommeln des Regens das Tosen der Wellen hören, das Rasseln der Kieselsteine am Fuß der bröckelnden Sandsteinfelsen.

Es ist alles furchtbar schiefgelaufen.

Sie hatte einen Plan, aber er ist nicht aufgegangen. Jetzt weiß sie nicht, was sie tun soll, wie sie auch nur weiter existieren kann. Oder welchen Zweck das alles hat.

Etwas bewegt sich zwischen den Stämmen. Sie erstarrt, lässt den Blick durch den Wald rechts von ihr huschen. Mit jeder ihrer Bewegungen zuckt der Lichtstrahl ihrer Stirnlampe durch den Nebel, und Schatten schießen und springen umher. Sie schluckt, versucht, die Dunkelheit zwischen den Bäumen und Farnen zu durchdringen.

Wieder blitzt es, der Donner folgt fast sofort. Jetzt ist das Gewitter genau über ihr. Der Regen wird noch heftiger, und der Wind rauscht durch das Kronendach wie ein reißender Fluss. Aus dem Augenwinkel erhascht sie eine Gestalt mit Kapuze, dann ist sie wieder verschwunden.

Sie muss raus aus diesem Wald. Sie sieht sich nach dem Pfad um. Wenn sie jetzt kehrtmacht, würde sie länger brauchen, als wenn sie weiterläuft. Wenn sie schnell ist, wird sie in wenigen Minuten auf einer offenen, grasbewachsenen Fläche oberhalb der Uferklippen herauskommen. Keine Bäume mehr. Hinter der Wiese liegt ein Parkplatz und hinter dem Parkplatz eine Straße mit Laternen. Dort ist es heller. Sicherer. Sie kann an der Straße entlang zurückjoggen, unter den Lichtern.

Sie läuft wieder los, rennt schneller, stolpert über Wurzeln, rutscht im Schlamm aus. Pinienzapfen und kleine Zweige werden von den Bäumen gerissen und prasseln herab. Ein Zapfen verfehlt knapp ihren Kopf. Sie duckt sich. Ihre abrupten Bewegungen lassen die Schatten springen und huschen. Wieder bleibt sie stehen. Keuchend dreht sie sich um, und wieder steht dort die vermummte Gestalt, lauert zwischen den Stämmen. Das Gesicht ist nichts als Schwärze, wie maskiert. Der Nebel verdichtet sich, dann ist er fort.

Jetzt sprintet sie los, ihre Beine katapultieren sie voran, ihre Schuhsohlen rutschen weg. Sie stolpert, rudert mit den Armen, findet das Gleichgewicht wieder und versucht, noch schneller zu rennen.

Ein weiterer Blitz. Für den Bruchteil einer Sekunde wird der Pfad vor ihr in grelles Licht getaucht. Wieder die Gestalt. Jetzt mit einer Taschenlampe in der Hand und einer hellen Lampe auf der Stirn. Ein gesichtsloser Zyklop. Sie kann nicht atmen, kann sich nicht bewegen. Er kommt auf sie zu, näher, näher. Ihr Licht wird von den Reflektorstreifen an seiner Hose und seiner Jacke zurückgeworfen. Die Streifen leuchten wie Silberklingen, wie ein Skelettkostüm an Halloween.

Ich … habe … gestochen … habe … Blut auf mir. Sie hat kein Handy dabei. Keine Waffe.

Auf einmal macht er einen Satz auf sie zu. Sie duckt sich weg, in das dichte Unterholz zwischen den Bäumen. Sie bricht durch die Brombeerranken und Beerenbüsche, stolpert und stürzt über Stümpfe und Steine und Wurzeln. Sie versucht sich mit den Armen auszubalancieren, Zweige peitschen ihr ins Gesicht.

Er kommt ihr nach, ins Unterholz. Seine beiden Lichtstrahlen schlagen mächtige Schneisen durch den Nebel, erleuchten Stämme und Blätter und lassen den Regen silbern schimmern. Wieder grollt der Donner. Ein Ast trifft sie und schlitzt ihr die Wange auf. Regen – oder Blut – läuft ihr über das Gesicht. Sie kann ihn hören. Er kommt. Wie ein großes Tier, das durch die Büsche bricht. Sie hört seinen Atem. Wieder stürzt sie, krabbelt auf Händen und Knien weiter durch den Schlamm, schneidet sich die Handflächen an Dornen und Sträuchern auf.

Schluchzend kriecht sie unter einen tief hängenden Ast, schaltet ihre Stirnlampe aus und versucht, ganz still zu bleiben. Aber die Lichter kommen näher. Seine Suchstrahlen huschen über den Boden. Er ist fast da, und sie hält es nicht aus.

Schreiend schießt sie aus ihrem Versteck, stolpert vorwärts wie ein verwundetes Tier. Auf einmal ist sie aus dem Wald heraus, und vor ihr erstreckt sich eine schwarze Leere. Sie hat den Rand der Bäume erreicht. Die Klippen. Das Meer. Sie wirbelt herum, aber er ist schon da. Sie sitzt in der Falle.

»Was … was willst du?«, flüstert sie. Ihre Stimme klingt rau.

Er hebt die Hand mit der Taschenlampe, wie eine Waffe, um sie zu schlagen. Er sagt etwas, aber sie hört nur das immer lauter werdende Brüllen in ihrem Kopf. Mit einem Satz ist er bei ihr und packt sie am Arm.

Sie schreit, kämpft, entwindet sich seinem Griff. Jetzt steht sie direkt am Abgrund. Er geht vor ihr leicht in die Knie, schwingt hin und her, bereit, sich auf sie zu stürzen, bereit zum Sprung, um ihre Flucht zu verhindern. Sie fühlt lose Steine unter ihren Füßen. Hinter ihr ist nichts als der bröckelnde Rand der Sandsteinklippen.

Er ruft etwas, aber seine Worte werden vom Brausen des Windes in den Bäumen und dem Krachen der Wellen an den Felsen fortgerissen. Wieder will er sich auf sie stürzen, sie schlägt nach ihm, zerkratzt ihm kreischend das Gesicht, den Hals. Sie bekommt Stoff zu fassen und zieht ihm die Cap und die Kapuze herunter. Als wieder ein Blitz die Nacht erhellt, sieht sie sein Gesicht.

Ihre Gedanken bleiben einfach stehen.

Du?

Die Schrecksekunde wird ihr zum Verhängnis. Ihr Angreifer reißt die Hand in die Luft und trifft sie mit der Taschenlampe hart an der Schläfe. Sie strauchelt, einen Moment lang blind. Dann spürt sie einen Stoß vor die Brust, und gleichzeitig verschwindet der Boden unter ihren Füßen.

Sie kippt nach hinten in die leere Luft, rudert mit den Armen und begreift, dass sie die Klippe hinunterstürzt. Ein Schrei dringt aus ihrer Brust, während sie fällt, sich überschlägt und durch den prasselnden Regen und peitschenden Wind hinabwirbelt. Blitze. Donnergrollen, das ihre Schreie schluckt.

Ihre Schulter kracht gegen einen Felsen. Sie prallt ab. Weiter unten schlägt ihr Kopf gegen einen Stein, dann wird sie wieder in die Leere geschleudert. Ein Felsvorsprung zertrümmert ihr Gesicht und ihre Rippen. Sie fühlt ein Knacken im Hals, fühlt, wie ihr Rückgrat bricht. Als ihr Schädel auf den nächsten gezackten Felsen trifft, bei ihrem Sturz hinab zum Strand weit unter ihr, versinkt ihre Welt in gnädiger Dunkelheit.

Endlich schweigen die Stimmen.

Lily

Jetzt
20. Juni. Montag.

Aktennotizen: **Tarryn**
Patientin, 15, anwesend infolge ihrer Verhaftung wegen Ladendiebstahls. Behauptet, keine Therapie zu brauchen, nicht »verrückt« zu sein, doch ihre Eltern zwingen sie dazu, »ein paar Sitzungen« zu absolvieren, um der ausgleichenden Justiz Genüge zu tun.

Der Morgen ist dunkel unter schweren Wolken heraufgezogen. Es stürmt, und Regen rinnt an den Fensterscheiben von Dr. Lily Bradleys Therapiezimmer in ihrem Haus herab. Das Gewitter, das gestern während ihres Nachbarschaftsgrillabends losgebrochen ist, hat sich immer noch nicht beruhigt. Lily befürchtet, dass die alte Pappel, die neben dem Schuppen in einer Ecke ihres Gartens wächst, dem unablässigen Ansturm des Windes nicht mehr lange standhalten und auf ihr Haus stürzen wird. Besonders um das Dachzimmer ihres achtjährigen Sohnes macht sie sich Sorgen. Sie versucht, jetzt nicht daran zu denken. Oder daran, warum ihr Ehemann Tom um halb sechs Uhr morgens in der Dunkelheit des Sturms zu einer Joggingrunde aufgebrochen ist.

Sie versucht, nicht an den grauenhaften Streit vom Vortag zu denken. Weder Tom noch sie selbst haben bis jetzt richtig begriffen, was da geschehen ist und wie es ihr Leben verändern wird. Lily versucht, sich einfach nur auf ihre Termine zu konzentrieren. Das ist eine Form der Verleugnung, das weiß sie, aber Routine ist gleichzeitig auch ihre Überlebensstrategie. Sie »stapelt« ihre Gewohnheiten zu einem perfekten Leben auf, und das gibt ihr die Kontrolle über die Welt. Sie *braucht* ihre Routine. Sie muss das Gefühl haben, alles im Griff behalten zu können.

Dass Tom bei Gewitter laufen geht, gehört eindeutig *nicht* zur Routine der Bradleys. Als sie an diesem Morgen ein Donnerkrachen im Bett hochfahren ließ, hatte sie erkannt, dass Tom weg war. Im flackernden Licht der Blitze hatte sie die zurückgeschlagene Decke gesehen. Die Matratze war kalt. Sie war hinuntergegangen und hatte eine Nachricht auf dem Küchentresen gefunden.

> *Bin laufen gegangen, um den Kopf frei zu kriegen.*

Sie versucht, sich auf ihre Arbeit zu konzentrieren, auf ihre Patientin Tarryn Wingate, die auf dem haferfarbenen Sofa vor ihr sitzt. Lilys Stuhl wurde aus Holz und butterweichem Leder gefertigt. Ergonomisch geformt. Er hat ein Vermögen gekostet, aber immerhin sitzt sie mindestens acht Stunden am Tag darauf, während sie sich ihren Patienten widmet, weshalb er bequem sein muss. Sie trägt eine maßgeschneiderte, aber weit geschnittene Leinenhose und einen cremeweißen Pullover. Eine schlichte Perlenkette. Ihr goldblondes Haar verschlingt sich im Nacken zu einem weichen Knoten. Ein paar lose Strähnchen hängen herab. Feminin, aber ordentlich. Professionell. Stilvoll. Gleichzeitig aufgeschlossen. Die Wahl ihrer Kleider gehört ebenfalls zu ihrer Routine, zu ihrer Definition dessen, wer sie ist. Ihr Erscheinungsbild soll Selbstvertrauen und vor allem Vertrauenswürdigkeit vermitteln.

Vertrauen ist der Schlüssel in der Psychotherapie.

Ihr Behandlungszimmer ist auf die gleiche Weise eingerichtet. Ordentlich, aber behaglich. Ein sicherer, geschützter Raum. Wie der Name ihrer Praxis. Oak Tree Therapy. Eichen symbolisieren einen soliden, aber dennoch stetig wachsenden Organismus, der dem Druck der Zeit standhält. Tief verwurzelt.

Heute fühlt sie sich jedoch alles andere als sicher.

Sie ist entwurzelt. Alles in ihr ist wund. Sie hat furchtbare Angst davor, dass ihr ganzes Leben, alles, wofür sie so hart gearbeitet hat, um sie herum zusammenbricht.

Auf ihrem Schoß liegt ein Notizbuch. Ganz oben auf die Seite hat sie »Tarryn, 7.30 Uhr« geschrieben.

»Danke, dass du so früh hergekommen bist, Tarryn«, sagt sie.

»Das ist doch nicht früh, jedenfalls nicht für mich«, antwortet die Fünfzehnjährige. »Ich habe Ihnen beim letzten Mal ja gesagt, dass ich normalerweise schon um halb sechs für das Schwimmtraining beim Pool bin, vor der Schule.«

Tarryn ist nicht geschminkt. Ihre Jeans ist ein Designerstück, genau wie ihr Sweatshirt. Ihr braunes, schulterlanges Haar hat sie zu einem Pferdeschwanz zurückgebunden. Athletische Figur. Klarer Blick. Sie ist immer noch feindselig. Sie traut Lily nicht.

Lily zwingt sich zu einem Lächeln, erwidert aber nichts. Sie wartet darauf, dass ihre junge Patientin die Führung übernimmt. Aus der Stille zwischen den Worten kann sie viel über jemanden lesen. Dasselbe gilt für die Körpersprache.

Tarryn, der Lilys Schweigen nicht gefällt, rutscht auf dem Sofa herum. »Und wie oft muss ich noch herkommen? Ich habe

Ihnen schon gesagt, dass ich den rosa Pulli gestohlen habe, und ich wurde festgenommen. Und ich habe der Geschäftsinhaberin gesagt, dass es mir leidtut.«

»Tut es dir denn leid, Tarryn?«

Draußen rumpelt der Donner. Eine frische Regenflut wird gegen das Fenster gepeitscht. Lilys Gedanken kehren zu dem Streit zurück. *Warum ist er immer noch nicht zu Hause?* Sie versucht, nicht aus dem Fenster zu der Pappel zu schauen, die sich gefährlich im Wind biegt. Letzten Sommer hat sie Tom gesagt, dass der Baum gefällt werden muss, aber er hat darauf bestanden zu warten, bis die Waschbärjungen ihren Bau in der Pappel verlassen hätten. Die Jungen sind mittlerweile längst erwachsen, aber die Familie lebt immer noch im Baum.

»Ist das wichtig?«

»Wenn es dir eigentlich nicht leidtut, warum hast du es der Geschäftsinhaberin dann gesagt?«

»Weil ich musste. Das gehört zum Programm für ausgleichende Justiz.«

Lily nickt. Wartet.

Tarryn senkt den Kopf, zupft an einem ausgefransten Loch ihrer kunstvoll zerrissenen Jeans herum. »Ich bin nicht verrückt«, sagt sie. »Keine Ahnung, was ich hier überhaupt soll.«

»Du hast mir außerdem erzählt, dass du Geld hast, Tarryn, dass du dir den Pullover auch hättest kaufen können. Allerdings hast du mir nicht erzählt, warum du stattdessen beschlossen hast, ihn zu stehlen.«

Langsam blickt Tarryn auf. »Was, wenn ich nicht darüber reden will?«

»Tja, das bleibt ganz dir überlassen. Wir können sprechen, worüber du möchtest. Das hier ist deine Zeit, dein Raum. Und es ist ein sicherer Raum, Tarryn. Er ist privat. Wie ich schon gesagt habe, was auch immer du in diesem Raum sagst, bleibt in diesem Raum. Die ärztliche Schweigepflicht steht an erster

Stelle, was bedeutet, dass deine Beziehung zu mir etwas ist, das du selbst definieren kannst. Wie ich dir auch bei unserer ersten Sitzung erklärt habe, ist es allein deine Entscheidung, ob du mich zur Kenntnis nehmen willst, falls wir einander außerhalb der Therapiesitzungen begegnen, oder nicht. Ich werde mich nach dir richten.«

Ein hinterlistiges Lächeln erscheint auf Tarryns Gesicht. »So wie Sie mich neulich im Schwimmbad ignoriert und so getan haben, als würden Sie mich nicht kennen, als Sie Ihren Sohn zum Schwimmunterricht gebracht haben?«

»Ich habe deine Signale dahingehend gedeutet, also ja. Einige meiner Patienten möchten nicht, dass ihr Umfeld von ihrer Therapie erfährt. Andere sind damit völlig einverstanden.«

»Dann erzählen Sie meiner Mutter also wirklich nicht, was ich hier sage?«

»Wie schon erwähnt, das hier ist deine Zeit.«

»Obwohl sie dafür bezahlt?«

»Wer zahlt, spielt keine Rolle.« Lily notiert sich *Mutter? Kontrollproblem?* in ihrem Buch.

»Aber Sie schreiben auf, was ich sage.«

»Das sind nur meine persönlichen Aktennotizen. Ich muss das nicht tun, wenn du dich damit unwohl fühlst.«

Tarryn mustert sie. Misstrauisch. Weiteres Donnergrollen. Tom hätte längst zurück sein sollen.

»Ich möchte nicht, dass Sie etwas aufschreiben.«

»Okay.« Lily legt das Notizbuch und den Stift auf dem kleinen Tisch neben ihrem Stuhl ab. »Wollen wir noch einmal zu dem Punkt zurückkehren, warum du beschlossen hast, den Pullover zu stehlen, obwohl du genug Geld hattest, um ihn dir zu kaufen?« Aufmerksam behält sie ihre Patientin im Blick, während sie spricht. Therapeutin zu sein ist ein bisschen, als wäre man ein Detektiv. Man sucht nach Hinweisen, um ein Rätsel zu lösen, um herauszufinden, was hinter dem »sich darstellenden

Problem« steht, in diesem Fall hinter dem Ladendiebstahl. Das sich darstellende Problem ist es, was jemanden zur Therapie bringt – derjenige hat einen kritischen Punkt in seinem Leben erreicht. Doch während das sich darstellende Problem offensichtlich sein mag, bleibt oft verborgen, warum es besteht. Verborgen auch vor dem Patienten selbst, tief begraben im Unterbewusstsein. Lilys Aufgabe besteht darin, die zugrunde liegenden Antriebskräfte aus dem Unterbewussten herauszulocken, sie ins Bewusstsein zu holen, wo sie betrachtet und verarbeitet werden können.

Tarryn rutscht auf ihrem Platz herum. »Ja, ich bin nicht gerade arm. Meine Eltern machen eine Menge Geld. Tonnenweise. Mein Dad ist Partner in einer Anwaltskanzlei, mit Zweigniederlassungen in allen möglichen Städten. Sie sind so was wie die absolute Spitzenkanzlei. Und meine Mutter ist Stadträtin und hat eine Immobilienfirma geerbt, die mein Großvater gegründet hat. Wir sind also reich. Meine Mom kandidiert nächstes Jahr als Bürgermeisterin.«

Das weiß Lily natürlich.

Die Bradleys wohnen in einer sehr wohlhabenden Gemeinschaft direkt am Meer, am Rand von Victoria auf Vancouver Island, einen Katzensprung über die Juan-de-Fuca-Straße von Washington in den USA entfernt. Trotzdem ist es eine enge Gemeinschaft. Jeder kennt jeden. Alle stehen in irgendeiner Weise miteinander in Verbindung. Was bedeutet, dass man als Therapeutin auf einem schmalen Grat balancieren muss. Tarryns Mutter – die Stadträtin Virginia Wingate – hat ihre politische Basis darauf errichtet, für Recht und Ordnung und Sauberkeit in Story Cove zu sorgen. Tarryns Vater Sterling Wingate ist Partner bei Hammersmith, Wingate & Klister. Und Dianne Klister gehört zu Lilys engsten Freundinnen. Weshalb Lily eine ziemlich gute Vorstellung davon hat, wie viel Geld Daddy Wingate tatsächlich nach Hause bringt und wie er ist.

Sie weiß auch, dass Tarryns Eltern gerade dabei sind, sich scheiden zu lassen.

Lily wartet. Donner grollt.

Tarryn räuspert sich. »Ich ... wollte nur sehen, ob wirklich jemand die Überwachungskameras checkt, wissen Sie? Eine Freundin von mir aus der Schule hat erzählt, dass sie ständig irgendwas mitgehen lässt, und ...« Sie verstummt.

»Und?«

»Meine Freundin wurde erwischt.«

»Dann wolltest du also auch erwischt werden?«

»Quatsch.«

»Dann wolltest du also *nicht* erwischt werden?«

»Natürlich nicht.«

»Wolltest du dann das System herausfordern? Testen, ob du im Gegensatz zu anderen damit durchkommst?«

»Sie verdrehen einfach alles. Hören Sie mal ... ich glaube nicht, dass das hier funktioniert. Ich habe den blöden Pulli zurückgegeben, okay? Er hat mir nicht mal gefallen. Und ich habe der Geschäftsinhaberin gesagt, dass es mir leidtut, genau wie ich sollte.« Sie springt auf und greift nach ihrem Rucksack.

»Was ist mit deiner Freundin passiert, nachdem man sie erwischt hat, Tarryn?«

Das Mädchen zögert. »Der Geschäftsführer hat sie festgehalten, bis die Polizei da war. Dann wurde sie verhaftet. Es war ein Riesenwirbel – sie musste bei einer Selbsthilfegruppe mitmachen und gemeinnützige Arbeiten erledigen. Deswegen konnte sie keinen Tanzunterricht mehr nehmen.« Pause. Ein trotziger Ausdruck schleicht sich in ihren Blick. »Staceys Eltern haben nicht so viel Einfluss wie meine. Ihr Dad arbeitet in einem Supermarkt, und ihre Mutter ist einfach Hausfrau. Ihre Mom ist immer mitgekommen, wenn Stacey ein Vortanzen hatte. Genau deshalb ist Stacey auch nicht reich – ihre Eltern arbeiten nicht immer nur.« Tarryn schlingt sich einen der Tragriemen des Rucksacks über die Schulter und tritt zu der Garderobe neben der Tür. Sie schnappt sich ihre Jacke vom Haken.

»Wie bist du heute hergekommen, Tarryn?«

Kurz zögert sie, dann dreht sie sich zu Lily um. »Was hat das denn damit zu tun?«

»Ich habe mich nur gefragt, ob dich irgendjemand abholen kann, wenn du früher gehst.«

Das Mädchen sieht sie an. Angriffslustig. Doch unter der Aggressivität liegt Angst. Tarryn ist verletzlich. Sie schreit nach Hilfe. Nach der Liebe und Aufmerksamkeit ihrer Eltern.

»Das hier ist ein sicherer Raum, Tarryn«, ruft Lily ihr sanft in Erinnerung. »Ich wünsche mir, dass du das verstehst. Ich versuche nur, dich ein bisschen besser kennenzulernen, aber wir müssen nicht über den Pulli reden. Wir können reden, worüber du möchtest. Oder wenn du willst, kannst du natürlich auch gehen.«

Tarryn holt tief Luft und wendet den Blick ab. Kurz sieht Lily Tränen in ihren Augen glänzen.

»Mit meiner Mom«, sagt sie schließlich. »Sie parkt in der kleinen Straße hinter dem Haus. Sie … sie hat sich freigenommen, damit sie mich zu meinen Therapiesitzungen fahren kann.«

Lily nickt. »Wäre es dir lieber, wenn deine Mom ein bisschen mehr wie Staceys Mutter wäre?«

»Arm, meinen Sie?«

»Ich meine, bringt dich deine Mutter jeden Morgen zum Schwimmunterricht, so wie Staceys Mutter Stacey immer zum Vortanzen bringt?«

Finster sieht Tarryn sie an.

»Wie kommst du normalerweise zum Schwimmtraining?«

»Mein Dad setzt mich vor der Arbeit dort ab.«

»Wartet er dort, bis du mit dem Schwimmtraining fertig bist, und fährt dich dann zur Schule?«

»Nein, danach nehme ich den Bus. Mein Vater muss arbeiten.«

»Dein Vater fährt morgens um halb sechs zur Arbeit?«

Sie unterbricht den Blickkontakt, starrt auf ihre Stiefel hinab. »Ohne harte Arbeit bringt man es zu nichts.«

»Sagt dein Vater das?«

»Das weiß man einfach.«

»Wie beim Schwimmtraining? Musst du zusätzlich zur Schule hart trainieren?«

»Ich war Anwärterin für Olympia. Das hat der Coach jedenfalls gesagt. Deshalb bin ich an fünf Tagen die Woche zum Training gegangen. Deshalb habe ich jedes Wochenende bei Schwimmcamps oder Wettkämpfen verbracht.«

»Du hast gesagt, du *warst* Anwärterin für Olympia. Was hat sich verändert?«

Langsam kehrt Tarryn zum Sofa zurück. Geknickt lässt sie sich in der Ecke nieder, die Jacke und den Rucksack immer noch in der Hand. »Ich konnte nicht zu den Vorläufen gehen, weil ich an dem Programm für ausgleichende Justiz teilnehmen musste. Sonst hätte ich einen Eintrag im Strafregister kassiert und wäre vorbestraft gewesen. Außerdem« – auf einmal verhärten sich ihre Züge – »hat der Coach jetzt sowieso eine neue und bessere Lieblingsschülerin. Jemanden, der jünger und hübscher ist.«

»Hat man bei den Olympischen Spielen bessere Chancen, wenn man hübsch ist?«

Tarryns Blick bohrt sich in ihren. Sie presst die Lippen aufeinander und erwidert nichts. Lily denkt an den Mann, den sie mit Tarryn und dem Schwimmteam beim Pool gesehen hat, als sie Matthew zum Unterricht gebracht hat. Ein großer, machohafter Kerl mit sandblondem Haar. Lily hat ihn schon mehrmals im Schwimmbad gesehen und beim Work-out auf der Sportanlage. Ein Mann, der den Frauen gern nachschaut.

Sie nimmt sich vor, auf den Coach zurückzukommen.

»Wie fühlt es sich an, keine Anwärterin mehr auf Olympia zu sein?«

»O Mann. Was glauben Sie denn, wie sich das anfühlt?« Schweigend sitzt sie eine Weile da. »Meine Mom … sie glaubt, ich habe etwas geklaut, damit ich verhaftet werde.«

Lily hört, wie das Gartentor zufällt. *Tom. Er ist wieder da.* Ihr Magen krampft sich zusammen. Sie zwingt sich dazu, ihre Aufmerksamkeit auf Tarryn zu richten. »Warum das?«

»Weil ich eine Perfektionistin bin, und meine Mom glaubt, ich hätte mich selbst zu sehr unter Druck gesetzt. Und sie glaubt, ich hätte Angst gehabt, es in den Vorläufen nicht zu schaffen, weshalb ich mich selbst sabotiert habe, um mir einen Vorwand zu liefern.«

»Glaubst du, dass sie damit recht hat?«

Sie reckt das Kinn, und ihre Wangen werden flammend rot. »Das ist totaler Mist! Warum sollte ich so was tun? Mein Dad glaubt mir – dass ich das nicht geplant habe. Ich möchte lieber bei ihm leben, aber meine Mutter will mich nicht seinem ›Lebenswandel‹ aussetzen. Er hatte eine Affäre, und sie hat ihn rausgeworfen. Da kann ich ihm allerdings keinen Vorwurf machen, meine Mutter ist echt eine Bitch.«

»Deine Eltern sind geschieden?« Lily will hören, wie Tarryn es ausdrückt.

»Bald sind sie es. Im Moment leben sie getrennt. Meine Mom sagt, dass ich das Programm für ausgleichende Justiz als ›Gelegenheit‹ betrachten soll« – Tarryn tupft Anführungszeichen in die Luft – »um diese ›Schwimmsache‹ endlich sein zu lassen und mich auf die Schule zu konzentrieren. So nennt sie meinen olympischen Traum: eine Sache. Dabei ist sie hier die Perfektionistin. Sie versucht immer, in dieser perfekten Stadt total perfekt zu sein. Sie ist hier diejenige, die so damit beschäftigt war, perfekt zu sein, dass ihr Ehemann sie für eine andere sitzen gelassen hat – für eine noch perfektere Frau.«

»Und hast du diese Frau schon kennengelernt?«

Sie schluckt und sieht schweigend auf den Teppich hinab. Endlich sagt sie: »Meine Mutter hat mich in diese blöde katholische Privatschule gesteckt. Anscheinend ist die Schule, auf die Ihre Tochter und Ihr Sohn gehen, für mich nicht gut genug.«

Bei der Erwähnung ihrer Tochter zieht sich der Knoten in Lilys Magen noch fester zusammen. Sie weiß, dass das eine Verschleierungstaktik von Tarryn ist. Sie versucht, Lily abzulenken, sie aufzustacheln und damit auf eine falsche Fährte zu locken. Ihre Gedanken kehren zu dem schrecklichen Streit um das Thema Mädchen im Teenager-Alter am Vortag beim Grillen zurück.

Konzentrier dich.

Aus dem Augenwinkel sieht sie, wie das Licht im Schuppen aufflackert. Rasch schaut Lily hinüber, sieht Toms Silhouette hinter den Schuppenfenstern. Er trägt kein T-Shirt und eine seltsame Hast liegt in seinen Bewegungen.

Lily ringt darum, Ruhe auszustrahlen. »Ähm … du hast erwähnt, dass es bei deinem Vater anders ist als bei deiner Mutter?« Das Licht im Schuppen erlischt wieder.

Lily hört die Hintertür des Hauses zufallen – ihr Behandlungszimmer befindet sich mit im Haus. Es ist ein altes Gebäude. Sie hört, wie Tom die Holztreppe heraufkommt. Er läuft schnell. Ungewöhnlich. Ihre Anspannung nimmt zu. Sie wirft einen Blick auf die Uhr an der Wand. Die Sitzung mit Tarryn ist fast vorüber.

»Mein Dad versteht mich. Er weiß, wie es ist, einen Traum zu haben und sich dafür einzusetzen. Er ist so ziemlich der Einzige auf der Welt, der mich liebt.«

»Der Einzige auf der ganzen Welt?«

Sie reibt sich das Knie. »Und mein Coach.«

»Also ... dein Coach – er ist der eine von nur zwei Menschen auf der Welt, die dich lieben?«

»Na ja, nicht *so* lieben. Es ist mehr ... ich war ihm wichtig.«

»Du *warst* ihm wichtig? Bedeutet das, dass es nicht mehr so ist?«

Tarryns Augen werden schmal. »Ich habe es nicht durch die Vorläufe geschafft, oder? Also ... er hat viel zu tun. Er konzentriert sich jetzt auf diejenigen, die zu den Landesmeisterschaften fahren. Aber er war es, der immer an den Wochenenden mit mir zu den Schwimmcamps gefahren ist. Die anderen werden ja von ihren Eltern begleitet. Die nehmen mit ihnen die Fähren und übernachten in Motels und so. Meine Eltern können sich kein komplettes Wochenende freinehmen.«

In der Ferne hört Lily das Heulen einer Sirene. Der Nebel draußen verdichtet sich, es regnet immer noch heftig. Wahrscheinlich hat es auf der Straße einen Unfall gegeben.

»Meine Eltern sind nicht wie andere Eltern. Andere Mütter backen Kuchen für Spendenveranstaltungen, aber meine Mom ... sie schreibt einfach einen Scheck oder so. Für solchen Mist hat sie keine Zeit.«

Das Sirenengeheul wird lauter – ein klagendes Jaulen in Wind und Regen. Lily kann Sirenen nicht ertragen. Sie versetzen sie zurück an einen dunklen Ort. Sie rufen ihr eine schreckliche Zeit in ihrer Kindheit in Erinnerung, als sie ihre Eltern und ihren Bruder verloren hat. Als sie zur Waise geworden ist. Sirenen triggern eine urwüchsige physische Reaktion ihres Körpers, zu der ihr Verstand keine Verbindung hat. Sie hat keine Kontrolle darüber. Als Therapeutin weiß Lily, dass sich ein Trauma im Körper festsetzt und dass der Körper reagiert, auch wenn der Verstand keine passende Erinnerung dazu hat, was geschehen ist. Sogar dann, wenn es vollständig abgeschottet im Unbewussten liegt.

Das ist zum Teil der Grund, warum sie Therapeutin geworden ist – sie weiß persönlich, aus allernächster Erfahrung, wie belastend und lähmend die Langzeitauswirkungen eines Traumas auf ein Kind sein können und wie schockierende Ereignisse sowohl Teenager als auch Erwachsene formen können. Ihr Lebensziel ist es, anderen dabei zu helfen, ihre mentale Not zu bewältigen, und zu zeigen, dass man von grauenvollen Erlebnissen in der Vergangenheit nicht zwingendermaßen irreparabel beschädigt sein muss. Ihr Ziel ist es, jede Stunde, jeden Tag, jede Woche, jedes Jahr zu zeigen, wieder und wieder, dass eine Person die Wahl hat, die Geschichte zu ändern, die Muster der Vergangenheit zu überschreiben. Dass eine Person nicht durch die Vergangenheit definiert sein muss. Oder durch die Gene. Der Mensch *kann* sich ändern.

Das ist ihr Lebenszweck. Ihr Ziel. Jeder braucht ein Ziel.

Wieder sieht Lily nach draußen zum Schuppen. Dieses Mal folgt Tarryn ihrem Blick. Lily erkennt, dass auch Tarryn auf die Sirene lauscht. Weiteres Heulen kommt dazu. Ein jaulender abklingender und wieder anschwellender Chor, der immer lauter wird. Oben wird etwas zugeknallt. Durch die Wände hört sie, wie Tom nach ihrer Tochter Phoebe ruft. Ihr Herz hämmert. Sie schwitzt. Erneut schaut sie zur Wanduhr. Nur noch ein paar Minuten bis zum Ende der Sitzung. Sie muss das hier zu Ende bringen.

»Tarryn, können … wir, ähm … können wir noch einmal auf etwas zurückkommen, das du vorhin erwähnt hast? Über die neue Lieblingsschülerin deines Coaches?«

Schwer atmet Tarryn aus. »Sie meinen das neue Mädchen mit dem ›meisten Potenzial‹?« Wieder malt sie Anführungszeichen in die Luft. »Das ist jetzt Sally-Ann.«

Die Sirenen sind nun sehr laut. Es klingt, als würden sie ihre Straße herunterkommen. Lilys Kehle wird eng. Ihre Haut prickelt. Sie kann kaum denken.

»Dann … dann muss man also hübsch sein, um beim Schwimmen olympisches Potenzial zu haben?«

»Was?«

»Du hast gesagt, sie wäre jünger und hübscher.«

»Das ist doch Scheiße.«

Lily blinzelt. Das Jaulen wird noch lauter.

»Außerdem hat mein Coach das vielleicht gar nicht gesagt. Sally-Ann hat mir nur erzählt, er hätte es gesagt. Wahrscheinlich war das gelogen. Wahrscheinlich ist sie in ihn verknallt. Und das ist so hirnverbrannt. Wie kann man so blöd sein und sich in seinen Coach verlieben und dann auch noch glauben, dass man so in ein Weltklasseteam kommt?«

Die Sirenen sind jetzt direkt vor dem Haus. Auf einmal dringt pulsierendes rot-blaues Licht durch die Jalousien des schmalen Fensters zur Straße und erhellt die Wände und die Decke. Lily springt auf und hastet zum Fenster. Als sie die Jalousien teilt, sieht sie zwei Streifenwagen, die direkt vor ihrem Garten zum Stehen kommen. Die Sirenen verstummen, doch das Blaulicht pulsiert weiter. Die Türen schwingen auf. Drei uniformierte Polizisten steigen aus und treten in den Regen hinaus. Lily hört, wie Tom jetzt nach Matthew ruft.

»Mein Coach ist ja auch verheiratet, und er hat kein Interesse an Teenagern«, sagt Tarryn, die jetzt neben Lily tritt, um ebenfalls aus dem Fenster zu schauen.

Lilys Puls rast. Sie kann sich nicht konzentrieren. Sie hört, wie ihre Haustür geöffnet wird.

»Als ob das überhaupt irgendwas heißt, wenn man verheiratet ist«, fährt Tarryn fort. »Ich habe den Coach mit einer Frau gesehen, die definitiv nicht seine Ehefrau und ganz eindeutig kein Teenager mehr ist. Er hat hinter der Sporthalle mit ihr rumgeknutscht.«

Lily verfolgt, wie Tom die Einfahrt hinuntereilt und den Polizisten entgegengeht. Seine Regenjacke ist orange – es ist nicht die rote, die er sonst immer anhat, dazu trägt er seine Jogginghose mit den Reflektorstreifen. Sein Haar ist tropfnass und klebt ihm am Kopf. Seine Laufschuhe sind mit schwarzem Schlamm überzogen.

»Hey, ist das Ihr Ehemann?«, fragt Tarryn. »Was will denn die Polizei bei Ihnen?«

Matthew

Jetzt

Matthew Bradley hört, wie die Tür zufällt. Er glaubt, es wäre der Wind gewesen.

Er trägt immer noch seinen Schlafanzug, und jetzt kniet er sich auf sein Bett, um aus der Gaube seines Dachzimmers zu schauen. Das ganze ausgebaute Dach ist sein Reich. Sein Wachturm. Aus den Fenstern kann man auf drei Seiten hinaussehen – über den Garten, auf die Straße vor ihrem Haus und auf die Gasse, die neben dem Haus entlangläuft, wo seine Mutter zwei Parkbuchten für ihre Patienten hat. Er ist der König in seiner Festung. Der Beobachter, der sich alles merkt. Es ist Sommer, und morgen ist Sommersonnenwende – der längste Tag des Jahres –, aber heute ist es stürmisch draußen und dunkel wie an einem Wintermorgen. Dichter Nebel und Regenschleier. Wasser läuft an der Fensterscheibe hinab. Während er hinaussieht, bricht ein Ast von der Pappel ab und stürzt in den Garten hinunter. Kurz bleibt er in der Wäscheleine hängen, dann landet er im Gras.

Da fällt Matthews Blick auf seinen Vater, der über den Rasen zum Schuppen geht.

Sein Herz schlägt schneller, und er beugt sich näher zum Fenster. Sein Dad trägt seine wasserfeste Jogginghose mit den Reflektorstreifen, aber er hat keine Cap auf, und seine Haare sind klitschnass. Die Regenjacke ist auch weg. Matthew hat ganz genau gesehen, dass sein Dad heute Morgen mit Regenjacke und Taschenlampe losgelaufen ist. Er hat den Strahl der Lampe im Nebel die Gasse hinunterhopsen sehen, und er hat es total cool gefunden, dass sein Vater mitten im Gewitter joggen geht. Das langärmlige weiße Joggingshirt ist auch triefnass und klebt ihm an der Haut.

Der Bewegungsmelder über der Schuppentür lässt das Licht aufflammen. Jetzt kann Matthew seinen Vater noch deutlicher erkennen. Wie er mit dem Türschloss kämpft, einen Blick über die Schulter wirft. Er kommt ihm … nervös vor?

Matthew beugt sich so nah zum Fenster, dass seine Nase gegen das Glas drückt. Vorne auf dem Shirt seines Vaters ist ein großer dunkler Fleck. Schlamm? Vielleicht ist er hingefallen. Sein Vater verschwindet im Schuppen. Hinter ihm fällt die Tür zu. Das Licht im Schuppen geht an.

Matthew runzelt die Stirn. Seine wilde Fantasie geht mit ihm durch. Der Fleck auf dem Shirt seines Vaters hat eher rot als braun ausgesehen. *Wie Blut.*

Er klettert aus dem Bett und läuft zu seinem Schreibtisch, wo er die Schublade aufreißt und seine Digitalkamera herausholt. Matthew könnte auch mit seinem Handy Fotos schießen, aber er will einmal ein berühmter Reporter werden. Vielleicht ein investigativer Journalist. Oder ein Detektiv. Oder ein Undercover-Cop. Oder einer von den Polizisten, die einen von diesen weißen Tyvek-Anzügen mit Kapuze tragen, wie im Fernsehen, und die Fotos von Tatorten schießen. Er ist erst acht, und in der Schule finden ihn die meisten anderen Kinder komisch, wie einen Stalker oder so, aber es gefällt ihm eben, andere zu beobachten, wenn sie nicht wissen, dass sie beobachtet werden. Und er macht gern Fotos von den anderen Kindern, wenn sie glauben, dass sie niemand sieht. *Ungestellt.* Ein neues Wort für ihn. Er hat es von Mr Cody gelernt, der ein Stück die Straße runter am Waldrand wohnt und Fionas und Jacobs Vater ist. Mr Cody ist selbst ein Beobachter und Fotograf, aber Mr Cody beobachtet Vögel. Er hat zu Matthew gesagt, dass er »echtes Talent« hat. Dass seine Fotos »fantastische ungestellte Aufnahmen« sind, und dann hat er Matthew erklärt, was dieses Wort bedeutet. Und er hat Matthew ein paar tolle Tricks mit der Kamera beigebracht. Matthew schießt seine ungestellten Fotos von Erwachsenen in seiner Nachbarschaft, und ein paar der Aufnahmen druckt er auf seinem eigenen Drucker aus, auf dem Fotopapier, das ihm Mom bei Walmart gekauft hat. Er hat Ordner mit verschiedenen Registerüberschriften angelegt, wie: *Hinterhöfe. Schwimmbad. Umgebung. Leute am Strand. Der Cricket-Club. Am Jachthafen. Das Leben in der Mall.*

Fallakten nennt er sie. In seiner Sammlung finden sich junge Mädchen in Badeanzügen. Pärchen, die sich küssen. Leute, die frühmorgens auf der Straße die Mülltonnen und Recyclingcontainer durchwühlen oder mit ihren Hunden Gassi gehen oder sich streiten. Oder in Autos sitzen. Manchmal schleicht er sich auch ganz nah an die Häuser heran und schaut durch die Fenster. Wenn er loszieht, wenn es schon dunkel wird, kann er in den Häusern alles ziemlich gut erkennen – wie kleine Bühnen. Er sieht den alten Mann, der jeden Tag mit einer Whiskeyflasche neben sich im Sessel einschläft. Oder die Dame, die strickt, während ihre Katze hinter ihr auf der Sofalehne liegt. Oder das stylische Pärchen, das ein Stück die Straße runter in dem neuen Haus mit dem vielen Glas wohnt und bunte Drinks an eine Menge sehr interessant aussehende Freunde ausschenkt. Oder die Mütter, die Yoga machen, während ihre Babys ihnen zusehen. Oder die Lady einen Block weiter, die Schnapsflaschen an komischen Orten versteckt.

Oder den Vater, der sich im Park mit der Mutter von jemand anderem trifft. Oder die Jugendlichen aus der Schule, die sich zum Trinken, Rauchen oder Knutschen auf einer Lichtung tief im Wald oder in der Höhle bei Grotto Beach versammeln.

Matthew hat eine komplette Karte von seiner Nachbarschaft im Kopf, von den Leuten, die dort leben, und davon, was sie tun. Manchmal beschließt er, einer bestimmten Person eine Woche oder so zu folgen. Sie auszuspähen. Dann legt er eine extra Fallakte für diese Person an, macht sich Notizen darüber, an welchen Tagen und zu welcher Uhrzeit sie bestimmte Dinge tut. Gewohnheiten. Muster. Genau wie es Mr Cody vielleicht bei seinen Vögeln tut, oder so, wie ein Wissenschaftler den Tagesablauf der Wiesel studiert. Matthew ist wie ein Fotoreporter des National Geographic, hier in Story Cove. In dieser sicheren Nachbarschaft mit ihren verborgenen Geheimnissen. Er ist der Allwissende, der Hüter dieser Geheimnisse, in seinem Wachturm ganz oben unter dem Dach des Familiensitzes der Bradleys.

Normalerweise erzählt Matthew niemandem davon, was er sieht. Lieber behält er die Informationen für sich, wie eingeschlossen in Schubladen in seinem Kopf. Aber darüber Bescheid zu wissen – das gibt ihm das Gefühl, etwas Besonderes zu sein. Als hätte er eine Superkraft. Als wäre er Teil einer Liga von geheimen Superhelden, die wie ein großes sehendes Auge über Story Cove fliegen. Manchmal verrät er Harvey Hill etwas von den ganz besonders interessanten Sachen. Harvey Hill ist ein Schach-Champion und Matthews einziger richtiger Freund. Außerdem würde Matthews Mutter ihn umbringen, wenn sie wüsste, dass er auch Fotos von ihren Patienten macht, während sie die Praxis unten betreten oder wieder verlassen. Er hat seiner Mom und seinem Dad auch nichts von dem Schattenmann erzählt. Der Schattenmann steht manchmal im Schatten auf der anderen Straßenseite und beobachtet das Bradley-Haus. Der

Schattenmann ist groß und trägt immer Schwarz. Unter seinem Fahrradhelm hat er eine schwarze Maske. Der Schattenmann hat ein Fahrrad mit einem reflektierenden Streifen auf der Querstange, und er weiß nicht, dass Matthew ihn aus seinem dunklen Dachzimmer ebenfalls beobachtet.

Matthew schießt ein Foto von der Silhouette seines Vaters im Licht hinter dem Fenster des Schuppens. Er richtet die Kamera aus, drückt noch einmal auf den Auslöser, als sein Dad das nasse, schmutzige Shirt auszieht. *Klick.* Ein Foto von seinem Vater mit freiem Oberkörper. Dann verschwindet sein Dad außer Sicht. Matthews Aufmerksamkeit richtet sich auf die Gasse auf der anderen Seite des Zauns. In einer der Parkbuchten dort steht ein silbernes Auto mit laufendem Motor. Jemand sitzt darin. Ein rechteckiger Lichtschein fällt auf den Rasen. Das Licht kommt aus dem Behandlungszimmer seiner Mom – sie muss einen frühen Termin haben. Wahrscheinlich wartet jemand im Auto auf den Patienten.

Auf einmal kommt sein Dad wieder aus dem Schuppen und eilt mit nacktem Oberkörper durch den Regen auf die Hintertür zu, die in die Küche führt.

Die Tür fällt ins Schloss. Einen Moment lang bleibt es still. Matthew verharrt, lässt die Kamera sinken. Aus irgendeinem Grund, den er selbst nicht begreift, hat er ein bisschen Angst. Er hört, wie sein Dad die Treppe heraufkommt.

»Phoebe!« Die Stimme seines Vaters hallt durch den ersten Stock. »Aufstehen – Zeit für die Schule!«

Im Schlafzimmer seiner Eltern knallen Schranktüren. Ein Wasserhahn wird aufgedreht.

In der Ferne hört Matthew das Heulen von Sirenen.

»Matthew!«, ruft sein Vater die Dachbodentreppe herauf. »Anziehen!«

Mit schweren Schritten läuft sein Vater die Treppe wieder hinunter.

Die Sirenen werden lauter. Sie kommen näher. Irgendwas passiert hier. Auf einmal sieht Matthew draußen das Flackern von blau-roten Lichtern. Er läuft zum vorderen Fenster, von dem aus man über Oak End schauen kann.

Zwei schwarz-weiße Streifenwagen bremsen mit pulsierenden Lichtern scharf vor Matthews Haus ab. Vor Aufregung beginnen seine Hände zu zittern. Er richtet die Kamera aus dem Fenster, drückt ab, *klick, klick, klick,* als drei Uniformierte aus den Streifenwagen steigen.

Noch ein Auto – metallicbraun – hält vor dem Haus. Auch mit Blaulicht, aber nicht auf dem Dach, sondern innen entlang der Fenster. Ein nicht gekennzeichnetes Fahrzeug. *Ein Geisterauto!* Matthew ist fasziniert. Es bleibt auf der anderen Straßenseite stehen, unter dem knorrigen Kirschbaum, wo auch der Schattenmann immer steht.

Matthew sieht seinen Vater auf die Polizisten zueilen. Jetzt trägt er eine Regenjacke.

Auf einmal kommt seine Mutter aus dem Haus gerannt.

Sie fasst seinen Vater am Arm. Sein Vater dreht sich zu ihr um. Er sagt etwas zu ihr, und sie schlägt sich die Hand vor den Mund. Sie sieht erschrocken aus. Sein Vater ist ganz weiß im Gesicht. Einer der Polizisten berührt seine Mutter am Arm, und es sieht aus, als würde er sie bitten, einen Schritt zurückzugehen, weg von seinem Dad.

Langsam lässt Matthew die Kamera sinken.

Etwas Schreckliches ist passiert.

Lily

Jetzt

Lily streift sich die Jacke über und eilt durch die Haustür in den Regen hinaus.

Eine Frau in einem schwarzen Mantel steigt gerade aus einem nicht gekennzeichneten Wagen auf der anderen Straßenseite, und drei Polizisten gehen auf Tom zu.

Lily streckt die Hand nach ihrem Ehemann aus, umfasst seinen Arm. »Was ist denn los?«

Er dreht sich zu ihr um. Sein Gesicht ist blutleer. Die Angst trifft sie wie eine Axt ins Herz. »Tom?«, flüstert sie und wirft den uniformierten Beamten des Story Cove Police Departments einen nervösen Blick zu. Ihre Mienen wirken ernst. Sie packt seinen Arm fester. »Tom, was zum Teufel ist hier los?«

Er senkt den Kopf, sagt leise, nah an ihrem Ohr: »Unten am Strand liegt eine tote Frau. Ich habe sie beim Joggen gefunden.«

»*Was?*«

Bevor Tom noch mehr sagen kann, berührt einer der SCPD Officer Lilys Arm. »Würden Sie bitte zurücktreten, Ma'am?«

»Warum? Was in aller Welt soll das hier?« Dann sieht sie, wohin der Officer schaut – ein verschmierter roter Streifen an

Toms Hals. Blut? Und noch mehr verschmierte Flecken auf seinen Handrücken. Ihr stockt der Atem.

Der Officer fragt: »Haben Sie den Notruf gewählt, Sir?«

Tom fährt sich mit zitternder Hand über das nasse Haar. »Ja. Ich bin Tom Bradley. Ich … ich war joggen, ganz früh morgens, den Weg entlang, der am Ende der Sackgasse da drüben losgeht …« Er deutet ans Ende der Straße. »Er führt durch den Spirit Forest Park. Ich bin auf der anderen Seite des Walds bei den Garry Bluffs wieder rausgekommen und zum Aussichtspunkt gelaufen, um kurz Pause zu machen, und dann … dann habe ich … gesehen, dass unten jemand am Grotto Beach liegt, schon fast im Wasser.«

Lily folgt mit dem Blick Toms deutendem Zeigefinger, dorthin, wo der Wanderweg beginnt. Die Sirenen sind verstummt, aber die Lichter pulsieren noch immer durch den Morgennebel. Allmählich lässt der Regen nach. Auf der anderen Straßenseite versammeln sich Hundespaziergänger, Nachbarn treten aus den Häusern, andere spähen aus den Fenstern. Die Frau im schwarzen Mantel kommt auf Lily und Tom zu. Ihre Haut ist braun, die Lippen sind voll, ihre Gesichtszüge auffallend kantig. Sie trägt schwere Stiefel und eine schwarze Polizeimütze. Die schwarzen Locken hat sie im Nacken zu einem strengen Knoten gebunden. Aus ihren tintenschwarzen Augen blickt sie mit einem unergründlichen Ausdruck unter den langen, künstlichen Wimpern hervor.

Lily starrt sie an. Sie hat diese markant aussehende Schwarze schon im Fernsehen gesehen. Sie ist Detective bei der Mordkommission, und sie hat die Fragen der Presse über die drei tödlichen sexuellen Angriffe auf Joggerinnen beantwortet – eine von ihnen wurde im vergangenen Jahr auf dem Wanderweg um den Elk Lake getötet, die anderen beiden waren im Jahr davor auf dem Goose Trail brutal erschlagen worden. Alle drei Angriffe hatten sich auf der Saanich Peninsula ereignet, keine zwanzig Minuten mit dem Auto von Victoria entfernt. Die Medien hatten von den »Angriffen des Joggerinnen-Killers« gesprochen. Lilys Gehirn weigert sich, Worte zu formen.

Die Frau mustert Lily kurz, dann wendet sie sich an Tom.

»Detective Rulandi Duval«, stellt sie sich vor. »Sie waren es, der den Notruf gewählt hat?«

»Ja. Das … das habe ich den Officers gerade gesagt. Ich bin Tom Bradley. Dr. Tom Bradley. Das hier ist meine Frau Lily.«

Lily erwartet, dass Detective Duval die Hand ausstreckt, um ihre zu schütteln, aber die Frau behält beide Hände tief in den Taschen ihres Trenchcoats, den Blick weiter fest auf Tom gerichtet.

»Ich habe die Frau gefunden, als ich heute Morgen joggen war. Sie liegt am Grotto Beach.«

»Sie waren joggen? Am Grotto Beach?« Ihre Stimme klingt rau, ruhig, gelassen. Ihr Gesicht gibt nichts preis.

Schiere Angst durchzuckt Lily. Das ergibt alles keinen Sinn. Am Grotto Beach kann niemand joggen. Es ist ein schmaler Streifen Geröllstrand. Die Steine sind groß wie Tennisbälle, und sie sind glitschig und mit Algen und scharfkantigen Seepocken bewachsen. Der ganze Strand ist übersät mit Treibgut und riesigen Baumstämmen. Grotto Beach liegt unter senkrecht abfallenden Sandsteinwänden, bei Flut ist der Strand kaum zu sehen. Man kommt nur über die Uferklippen hinunter, an einer wackeligen Stiege aus Holz und Eisen hinab.

»Ich bin den Küstenpfad durch den Wald entlanggelaufen, und als ich auf den Uferklippen kurz zu Atem kommen wollte, habe ich sie unten auf dem Strand gesehen«, sagt Tom. Er schaut zu Lily. »Sie … sie hat einfach dagelegen, reglos, mit verdrehten Armen und Beinen. Für mich hat es ausgesehen, als wäre sie von den Klippen gestürzt. Und da war ein … Krähen sind um sie herumgehopst. Also bin ich die Stiege hinuntergeklettert, und …« Er beginnt zu weinen.

Lilys hochgebildeter, gelehrter Ehemann, ihr Akademiker, steht vor ihr auf dem Rasen des Vorgartens im Regen und weint. Grauen, Abscheu und Fassungslosigkeit schwellen in ihrer Brust an. Auf einmal ist sie sich der Leute, die sie von der anderen Straßenseite aus beobachten, übermäßig bewusst. Ihre Nachbarn, die Tom und sie so sehen. Eine silberne Limousine, die in einer der Parkbuchten steht, fällt ihr auf, an der Ecke, wo die schmale Gasse von der Straße abzweigt. Tarryns Mutter. Stadträtin Virginia Wingate, die für das Amt des Bürgermeisters kandidiert. Sie beobachtet die Szene durch ihre Windschutzscheibe ganz genau. Virginia steht schon die ganze Zeit über dort, um auf ihre Tochter zu warten. Sie muss gesehen haben, dass Tom den Garten durch das hintere Tor betreten hat, wahrscheinlich ohne seine Jacke. Vielleicht sind ihr die Blutschlieren an ihm aufgefallen.

Lily mustert wieder Tom. Der jetzt seine orange Jacke trägt. Eine frische, saubere Jacke, die er normalerweise nie anzieht, weil ihm die Farbe nicht gefällt.

Detective Duval blickt die Straße hinab. Sie starrt die dunkle Wand des Waldes an, die großen Bäume, die sich im Wind wiegen. Langsam dreht sie sich zur Seite und betrachtet das Haus der Bradleys.

»Und dann sind Sie bis nach Hause zurückgelaufen, hierher.« Es ist keine Frage. Eher eine Feststellung. »Und Sie haben den Notruf gewählt. Von hier aus.«

»Ich … Herrgott noch mal«, blafft Tom. »Wie können Sie einfach hier herumstehen und mir Fragen stellen, während sie da unten liegt? Während die Krähen an ihr herumhacken!«

»Der Coroner und ein forensisches Team sind schon auf dem Weg zum Fundort, Sir«, antwortet Detective Duval. »Mein Partner wird ebenfalls gleich dort eintreffen.« Sie deutet mit dem Kinn auf das Haus. »Sie wohnen hier?«

Er wischt sich über den Mund. Lily kann den Blick nicht von den Blutschlieren auf der Hand ihres Ehemanns wenden.

»Ja. Ich … ich hatte kein Handy dabei. Normalerweise nehme ich es zum Joggen mit, aber ich habe es gestern Abend zum Laden in der Küche eingesteckt. Sonst lade ich es immer über Nacht neben meinem Bett, aber weil es heute nicht dort lag, habe ich … habe ich es vergessen.«

Phoebe öffnet die Haustür. »Mom?«, ruft sie.

Lily hört die Panik in der Stimme ihrer Tochter. »Geh wieder rein, Phoebe«, ruft sie zurück.

»Was ist los?«

»Sofort!«

Detective Duval mustert die zwölfjährige Bradley-Tochter mit ihren pinken Haaren und den dunkel geschminkten Augen. Lily verfolgt, wie der Blick der Polizistin ein weiteres Mal über das hübsche alte Haus schweift und an dem Bronzeschild auf dem Torpfosten hängen bleibt, auf dem »Oak Tree Therapy, L. Bradley, PhD« steht. Dann sieht diese Polizistin mit den undurchschaubaren Gesichtszügen und den Kampfstiefeln hinauf zu den Gauben unter dem Dach. Es trifft Lily wie eine Faust in den Magen, als sie dort am Fenster Matthews kleines weißes Gesicht erkennt. Ihr Sohn, der auf die Szenerie hinabstarrt, die sich hier im Vorgarten entfaltet. Statt Furcht empfindet sie nun heiße Wut, und blitzschnell verwandelt sich das Gefühl in eine Art beschützerischen Zorn.

Ihre kostbaren Kinder. Ihr wunderschönes Haus. Ihr perfektes Leben. Sie fühlt, wie ihr all dies zu entgleiten beginnt, wie es bröckelt, genau wie die Sandsteinklippen, die nach und nach ins Meer rutschen. Sie schmeckt Galle in der Kehle. Sie will fliehen. Gleichzeitig will sie die Stellung halten, die Fersen stur in den Boden stemmen, das alles aufhalten – wieder in Ordnung bringen. Ihre Familie und ihr Leben bis auf den Tod verteidigen. Denn dies ist alles, was sie hat.

Sie fürchtet sich davor, diese Polizistin könnte von gestern Abend erfahren.

Detective Duval wendet sich an Tom und sagt langsam, als wäre sie begriffsstutzig, als hätte sie es beim ersten Mal nicht richtig verstanden: »Dann sind Sie also von den Uferklippen aus durch den Wald gelaufen, diese Straße hier entlang und durch die Eingangstür da drüben?«

»Nein. Ich … bin hintenrum gegangen. Durch das Tor an der Gasse.«

»Diese Gasse dort drüben?« Sie deutet dorthin, wo Virginia Wingates Limousine immer noch steht.

Warum zum Teufel fährt die Frau nicht einfach? Verdammte Voyeurin. Aasgeier. Stehen herum und starren, glotzen und lauern gierig auf einen Informationsfetzen, den sie sofort in der ganzen Stadt herumtratschen können.

»Ja, die Gasse da«, bestätigt Tom.

»Nicht auf direktestem Weg?«

»Die Haustür war verschlossen«, sagt Tom. »Ich nehme zum Joggen keinen Schlüssel mit, also lasse ich die Hintertür offen. Die Tür zur Küche.«

»Dann sind Sie also die Gasse entlanggelaufen und haben Ihren Garten durch das Tor an der Rückseite Ihres Grundstücks betreten … Wann war das?«

»Können Sie das nicht durch den Notruf herausfinden?« Toms Frustration treibt ihm wieder etwas Farbe in die Wangen. Er steht jetzt aufrechter, die Schultern gestrafft. Defensiver. Kämpferisch.

»Wie viel Uhr war es nach *Ihrer* Schätzung?«, beharrt Detective Duval. »Wann haben Sie das Haus betreten und den Notruf gewählt?«

»Meine Güte«, murmelt er. »Ich weiß es nicht. Was spielt das für eine Rolle? Da liegt eine tote Frau am Strand.«

»Geht es hier um den Joggerinnen-Killer?«, wirft Lily rasch ein, um die Aufmerksamkeit von ihrer Familie abzulenken.

Die Polizistin erwidert ihren Blick.

Lily schluckt. »Ich … ich habe Sie im Fernsehen gesehen«, sagt sie. »Die Joggerinnen – das ist Ihr Fall, oder? Hat man Sie deswegen gerufen? Ist wieder eine Joggerin angegriffen worden? Dieses Mal am Grotto Beach?«

»Ich mache Ihnen einen Vorschlag«, sagt Detective Duval zu Tom, ohne Lily weiter zu beachten. »Wie wäre es, wenn Sie uns über diesen Weg führen? Dann können Sie uns zeigen, wo Sie entlanggelaufen und an welcher Stelle Sie bei den Klippen herausgekommen sind. Sie können uns auch den Aussichtspunkt zeigen, von wo aus Sie die Tote gesehen haben, und uns Schritt für Schritt erklären, was Sie dann getan haben. Einverstanden?«

»Ja, ja, das ist in Ordnung«, gibt Tom zurück. »Das mache ich.«

Lily meldet sich zu Wort. »Ich hole nur schnell meine …«

»Sie müssen hierbleiben, Mrs Bradley«, unterbricht Detective Duval sie.

»Dr. Bradley«, kontert Lily.

Detective Duval erwidert nichts.

Das Blut pocht in Lilys Ohren, während sie zusieht, wie ihr Ehemann mit der Ermittlerin der Mordkommission und zwei uniformierten SCPD-Cops die Straße hinunterläuft. Der dritte Cop steigt wieder in sein Auto. Er sagt etwas in sein Funkgerät, die Autotür steht noch offen, und er lässt ein Bein hinaushängen. Nebel wabert um sie alle herum, lässt die Konturen verschwimmen, als wäre dies hier ein Produkt ihrer Fantasie. Als würde es nicht wirklich passieren.

Eine Frau kommt die Straße hinauf auf Lily zugeeilt. Es ist Hannah Cody, Lilys Freundin, die in dem Haus am Ende der Sackgasse wohnt.

Dann ist Hannah bei ihr. »O mein Gott. Was ist passiert? Ich habe gehört, dass eine Leiche am Strand liegt. Hat Tom sie gefunden? Ist alles …«

»Das da ist die Ermittlerin, die den Fall des Joggerinnen-Killers leitet«, gibt Lily zurück, doch es klingt so monoton, dass sie ihre eigene Stimme kaum wiedererkennt.

Hannah starrt sie an. »Sie glauben, es hängt mit den Vergewaltigungen zusammen?«

»Ich … ich weiß nicht. Ich weiß nicht, was ich denken soll«, sagt sie leise.

Hannah dreht sich um und sieht Tom und den Polizisten nach, die gerade im Wald verschwinden. »Wer ist es? Wer ist die Tote?«

»Ich weiß es nicht.«

Hannah sieht sie an. »Wahrscheinlich war es Mord«, flüstert sie fast. »Warum sonst sollte die Mordkommission hier sein?«

Rue

Jetzt

Ein kühler Wind weht vom Meer heran, während sich Detective Rulandi Duval einen Weg über die Steine und das Geröll zu der Toten sucht.

Zwei Kleintransporter mit Medienlogos stehen bereits oben auf den Garry Bluffs hinter dem gelben Absperrband, das in den Böen flattert. Die Aasgeier haben nicht lange gebraucht. Eine Leiche wittern sie auf eine Meile Entfernung. Etwas weiter hinten auf den Uferklippen hat sich außerdem eine kleine Menschenmenge versammelt. Anwohner, die den Forensikern zusehen, die in ihren weißen Anzügen wie Gespenster durch den Nebel huschen und den Strand nach Beweisstücken absuchen.

Der Pathologe Fareed Gamal – aus dem Büro des Coroners – beugt sich bereits über die Tote und misst die Körperkerntemperatur. Wenn das Herz aufhört zu schlagen, kühlt der Körper ab, was sich anhand eines Durchschnittswerts berechnen lässt. Obwohl die Lufttemperatur, die Luftbewegung, die Kleidung, die Körperfülle, Regen und Lage allesamt Einfluss darauf haben, kann die Totenkälte dennoch hilfreich bei der

Bestimmung des Todeszeitpunkts sein, weshalb Fareed sie immer noch verwendet.

Ein Polizeifotograf hat die Tote und die unmittelbare Umgebung bereits abgelichtet. Während Rue näher kommt, fällt ihr auf, dass die Verstorbene schwarze Leggins trägt, dazu eine Regenjacke in einem dunklen Pink und schwarze Laufschuhe mit einem weißen Haken an der Seite. Das Meerwasser hat ihre Schuhe bereits erreicht – die Flut steigt. Sie müssen sie bald hier wegbringen. Ihre Arme und Beine stehen in bizarren Winkeln vom Körper ab. Wie bei einer zerbrochenen Puppe.

»Hey«, sagt Rue, als sie den Fundort erreicht.

Fareed sieht auf. Rues Blick fällt auf den Kopf der Frau, und der Schreck fährt ihr durch die Glieder. Der Schädel ist aufgeplatzt wie eine Wassermelone, glänzende, graurosa Hirnmasse ist darin zu erkennen. Das Haar der Toten ist dunkelbraun, schulterlang, nass, verklebt. Unter ihrem Schädel schimmert eine Blutlache. Ihr Gesicht ist vollständig zertrümmert. Rue kann nicht einmal erkennen, ob sich in den blutigen Höhlen noch Augen befinden. Kleine Krebstiere und andere Viecher krabbeln schon in den Wunden herum. Neben dem Kopf der Frau liegt eine zerknüllte rote Regenjacke. Blutbedeckt. Noch mehr Blut hat sich unter dem rechten Oberschenkel der Frau gesammelt. Der Stoff ihrer Leggins ist zerrissen und entblößt eine klaffende Fleischwunde. Darunter ragt das zersplitterte Schienbein aus der Haut.

»O Mann«, flüstert Rue.

»Massive stumpfe Gewalteinwirkung«, kommentiert Fareed. »Wie man es oft auch bei Fahrzeugunfällen zu sehen bekommt. Könnte schwierig werden, herauszufinden, welche der Verletzungen die Todesursache war.« Er hebt den Blick zu den Klippen, die hinter ihnen emporragen, dann sieht er wieder Rue an. »Was machen Sie denn hier? Glauben Sie, das könnte der Joggerinnen-Killer gewesen sein?«

»Die First Responder achten sehr genau auf Anzeichen, die mit den Joggerinnen-Morden in Verbindung stehen könnten«, antwortet sie. »Die Story Cove PD hat erkannt, dass die Tote Laufsachen trägt und dem Alter und den Begleitumständen nach zu den anderen Opfern passen könnte – also hat man uns sofort verständigt.«

»Allerdings gibt es bei dieser hier keine offensichtlichen Anzeichen sexueller Gewalt.«

Wieder mustert Rue die Verstorbene. Sie trägt ihre Leggins noch. Ein entscheidender Unterschied. Die anderen waren von der Taille abwärts nackt.

»Können Sie mir sagen, was Sie bisher haben, Doc?«

»Tja, sie ist weiblich und weiß. Wie die anderen. Mitte dreißig bis Mitte vierzig. Der Leichenstarre und der Kerntemperatur nach zu urteilen, ist sie seit etwa acht bis zwölf Stunden tot. Die stumpfe Gewalteinwirkung passt zu einem Sturz aus der Höhe dieser Klippen dort.«

Rue beißt sich auf die Unterlippe und betrachtet die rissigen Felsen. »Dann … könnte sie also von da oben abgestürzt sein … irgendwann letzte Nacht?«

»Ja, ich schätze, sie liegt schon den Großteil der Nacht hier.« Er beginnt seine Ausrüstung zusammenzupacken. »Ich weiß mehr, wenn ich sie auf dem Tisch habe.« Mit einem Klicken schließt er seine Tasche und steht auf.

»Ist das da der Typ, der sie gefunden hat?«, fragt er und neigt leicht den Kopf in Richtung der Stiege, die auf die Garry Bluffs hinaufführt. Dort am Fuß der Treppe steht Tom Bradley mit Rues Partner Toshi Hara. Bradley hat sich eine silberne Rettungsdecke um die Schultern geschlungen.

»Ja«, sagt sie.

»Und das ist seine rote Jacke, die über dem Gesicht der Toten lag?« Er nickt zu dem blutigen Kleidungsstück neben dem Kopf der Frau hinab.

»Das hat er zumindest ausgesagt. Er behauptet, sie von dem Aussichtspunkt auf den Klippen aus gesehen zu haben. Also ist er die Stiege hinuntergeklettert, zu der Leiche gelaufen und neben ihr auf die Knie gegangen. Dann hat er sie leicht angehoben, sagt er, auf seine Arme gelegt, ungefähr so« – sie stellt nach, was Bradley angegeben hat, eine fast wiegende Geste – »weil er versuchen wollte, sie wiederzubeleben, aber dann hat er begriffen, dass sie tot ist.«

Fareed hebt die Brauen und blickt auf den zertrümmerten Schädel hinab. »Er wollte sie wiederbeleben? Wie denn? Mund-zu-Mund-Beatmung? Man kann ja kaum erkennen, wo der Mund ist.«

Rue zuckt mit den Schultern. »Er sagt, dass er sich dann die Jacke ausgezogen und sie über ihr Gesicht gelegt hat, um sie vor dem Regen zu schützen. Dann ist er nach Hause gelaufen, um Hilfe zu holen.«

Fareed sieht Rue an. Leise sagt er: »Bei den anderen wurde das Gesicht auch bedeckt.«

»Bei den anderen wurden Zweige und Laub über dem Gesicht verteilt.«

Er nickt langsam. »Trotzdem, bedeckt ist bedeckt.«

»Diese Information ist nicht freigegeben, Doc, das Bedecken des Gesichts. Behalten Sie das also für sich.«

»Fühlt sich irgendwie persönlich an«, fährt er fort, den Blick wieder auf das Gesicht der Toten gerichtet. »Wie ein Zeichen von Reue. Schuld. Scham darüber, was ihr angetan wurde. Das Verhüllen des Gesichts.«

»Ja, Bradleys Geschichte geht nicht auf. Lassen Sie mich wissen, wenn Sie einen Termin für sie angesetzt haben? Ich wäre gern dabei.«

»Klar. Ich rufe Sie an.«

»Danke.«

»Dann sind wir also verabredet.« Er grinst. »Anders kriege ich Sie ja nicht dazu.«

»Wie oft muss ich Sie noch daran erinnern, dass ich eine glücklich verheiratete Frau bin, Doctor?«

»Bis Sie es nicht mehr sind.« Er lacht und macht sich mit seiner Tasche auf über die rutschigen Steine in Richtung Treppe.

Ein ungutes Gefühl sickert Rue in den Magen, während sie zusieht, wie sich Fareed vorsichtig seinen Weg sucht. Als Frau, und dazu noch als Schwarze, musste sie härter arbeiten als die meisten anderen, um an den Punkt zu kommen, an dem sie jetzt ist, und sie behält ihr Privatleben für sich. Von ihren Eheproblemen kann niemand etwas wissen. Trotzdem trifft Fareed mit seinen Worten einen wunden Punkt.

Über ihr schreit eine Möwe, und Rue hebt den Blick wieder zu den Klippen. Ein Rabe sitzt auf einem toten Ast, der aus der Felswand ragt, und beobachtet sie. Noch viel weiter oben – weit über den hoch aufragenden Wipfeln der Bäume – zieht ein Adler seine Kreise. Mutter Natur weiß, dass hier unten Aas liegt. Genau wie die Medien.

Rue geht neben der Leiche in die Hocke, um sie genauer zu untersuchen. Eine winzige lila Krabbe huscht über ihren Stiefel. Regen tropft von dem Schirm ihrer Kappe. Die Steine am Strand rollen klackend und gluckernd übereinander, während die Flut einläuft.

Rue listet im Kopf die Kleidung der Toten auf. Die Laufschuhe stammen von einer bekannten Marke. Noch ziemlich neu. Etwa Größe neununddreißig. Die Sohlen haben ein tiefes Profil – speziell für das Joggen auf unbefestigten Wegen. In den Rillen klebt schwarzer Schlamm. Dieselbe Farbe wie der Waldpfad, auf dem Tom Bradley sie hergeführt hat. Auf Leggins und Jacke haben sich Tröpfchen gebildet, die dort hängen wie kleine Juwelen, woraus Rue schließt, dass der Stoff wasserdicht ist. Ein winziges Logo auf dem linken Ärmel zeigt, dass die Jacke von einer üblichen Marke für Outdoorkleidung stammt. Unter dem Reißverschluss scheint ein T-Shirt hervorzuschauen. Rues Blick wandert weiter hinauf. Eine Kette mit einem silbernen Medaillon ruht am Hals der Frau. Mit behandschuhten Fingern schiebt Rue vorsichtig ein paar verklebte Haarsträhnen beiseite, um sich die Kette genauer ansehen zu können. Dabei kommt seitlich am Hals eine Tätowierung zum Vorschein – das Bild einer mythologisch aussehenden Kreatur mit einem Löwenkopf, dem Körper eines Hundes oder vielleicht einer Ziege und einem Schwanz, an dessen Ende ein Schlangenkopf sitzt. Flammen schlagen aus dem Maul des Löwen. Merkwürdige, nicht zusammenpassende Körperteile.

Ein Funkeln inmitten des zertrümmerten Gesichts weckt Rues Aufmerksamkeit. Sie beugt sich etwas weiter vor. Ein kleiner Kristall im aufgerissenen Fleisch. Ein Nasenstecker? Doch das Gesicht ist zu zerstört und blutig, um es genau sagen zu können.

Rue sieht sich die Hände der Toten an. Blutig, zerschlagen. Mehrere Finger sind offensichtlich gebrochen. Die Nägel abgerissen. Dunkle Krusten unter den Nägeln. Drei Silberringe an der linken Hand. Ohne die Jackenärmel zurückschieben zu müssen, erkennt Rue acht Armreifen aus einem weißen Metall am linken Handgelenk. Ein paar davon sind verbogen. Die Frau trägt eine Uhr, die keine Smartwatch zu sein scheint.

Gerade will Rue in die Jackentaschen greifen, als sie zwischen den gebogenen Fingern der rechten Hand der Toten etwas Grünes schimmern sieht. Sie rückt näher heran, beugt sich vor. Eine zerrissene Kette aus grünen und orangeroten Plastikperlen steckt zwischen den Fingern. Sie kommt Rue seltsam bekannt vor.

Vorsichtig zieht sie die Kette heraus.

»Hey, Boss.«

Sie zuckt zusammen und verliert das Gleichgewicht. Mit der Faust muss sie sich auf einem Felsen abstützen. »Herrgott, Toshi, schleich dich nicht so an mich ran.«

»Ich wollte dich nicht erschrecken.« Er verstummt kurz, als sein Blick auf die Tote fällt. Dann räuspert er sich. »Bradley will wissen, ob er heimgehen kann. Er sagt, dass er heute ein paar wichtige Termine auf dem Campus hat.«

»Auf dem Campus?«

»Er ist Professor für Psychologie an der Kordel University.«

Rue wendet den Kopf Tom Bradley zu, der immer noch am Fuß der Stiege steht, in die silberne Decke gewickelt.

»Zittert wie Espenlaub«, fährt Toshi fort. »Er ist schon seit sehr früh morgens hier draußen in der Kälte und dem Regen. Ich schätze, dass sich da langsam eine Unterkühlung breitmacht, und wahrscheinlich steht er unter Schock.«

»Organisiert jemanden, der ihn zur Polizeiwache bringt und ihm etwas Warmes zu trinken holt«, antwortet sie. »Aber zuerst will ich seine Kleider und seine Schuhe. Ich will, dass er fotografiert wird. Ich will, dass Proben von den Blutflecken auf ihm genommen werden. Sieh zu, ob er uns eine DNS-Probe überlässt, solange er noch so neben sich steht. Solange er keine ernsten behandlungsbedürftigen Symptome zeigt, haltet ihn fest. Andernfalls bringt ihn in die Notaufnahme und behaltet ihn dort im Auge. Ich will ihn später selbst befragen. Bradley kann die Leiche auf keinen Fall von dem Aussichtspunkt da oben gesehen haben. Der Blickwinkel passt nicht. Außerdem war die Sicht heute Morgen sehr schlecht.«

»Ja, da stimmt was nicht mit ihm, ganz sicher.«

»Lassen wir ihn ein bisschen schmoren.«

Als Toshi sich abwendet und zu Tom Bradley zurückkehrt, greift Rue in die rechte Tasche der pinken Jacke. Sie zieht einen kleinen Schlüsselbund mit einem metallenen Anhänger heraus. Drei Schlüssel hängen daran. Einer sieht aus, als könnte er zu einem alten Volkswagen gehören – das Metall weist das typische VW-Firmenzeichen auf. Sie dreht den Anhänger um. Beim Anblick des Logos schlägt ihr Herz schneller.

Die »Red Lion Tavern«. Ein »altenglischer« Pub in der Nähe des Jachthafens in Story Cove.

Eine Erinnerung schneidet durch Rues Gedanken. Eine dunkle, glatte Straße. Eine Frau, die ein Pub in einem Haus im Tudor-Stil verlässt. Der Wind zerzaust ihre dunklen, schulterlangen Locken.

Rues Blick zuckt zu den verklebten dunklen Strähnen der Toten.

Das kann nicht sein.

Ein anderer Teil ihres Bewusstseins wispert jedoch: *Sie ist es. Sie muss es sein. Warum hast du es nicht sofort erkannt?*

Ihr Puls rast.

Ganz vorsichtig schiebt Rue die Schlüssel zurück in die Jackentasche – sie werden in der Leichenhalle als Beweismittel gesichert werden. Dann greift sie in die linke Tasche und zieht einen zerknüllten Tankbeleg hervor. Umsichtig faltet sie ihn auseinander. Er stammt von einer Tankstelle an der Main Street in Story Cove, bezahlt wurde mit Kreditkarte. Was hilfreich sein wird, um die Identität der Frau zu ermitteln und ein Bewegungsprofil zu erstellen. Darüber hinaus findet sie in der Jackentasche einen Lippenbalsamstift und eine zusammengefaltete Visitenkarte.

Sie faltet auch die Karte auseinander.

Darauf ist am oberen Rand das Logo der Kordel University zu sehen. In der Mitte der Karte steht ein Name.

Tom Bradley (PhD), Psychologische Fakultät.

Frische Energie und Erleichterung laufen durch ihren Körper. Tom Bradley kannte diese Frau? Jetzt hat sie den Professor fest im Visier.

Und das hat rein gar nichts mit ihrem Privatleben zu tun.

Lily

Jetzt

Mit blassen Gesichtern sitzen Lilys Kinder am Küchentresen. Sie starren sie an. Sie weiß nicht, was sie ihnen sagen soll. Ihr fällt wieder ein, was sie Tom am vergangenen Abend entgegengeschleudert hat.

Wie konntest du mich belügen? Mich so hintergehen und betrügen? Unsere Ehe, unser ganzes Leben ist auf eine Lüge gegründet.

Der gestrige Tag hat alles verändert, was Lily zuvor über die Beziehung mit ihrem Mann geglaubt hatte, über ihr Leben, über sich selbst als Toms Frau. Und jetzt das.

Zutiefst erschüttert und verwirrt sucht sie mit einer Hand Halt am Tresen.

Sie will sich selbst einreden, dass alles wieder gut wird. Tom ist einfach nur um halb sechs Uhr morgens in einem Gewitter zum Joggen gegangen und hat am Strand eine tote Frau gefunden. Dann ist er mit Blutflecken an Hals und Händen zurückgekehrt, und nun zeigt er einer Ermittlerin, die mit der Aufklärung einer Mordserie betraut ist, wo er die Leiche gefunden hat. Wahrscheinlich ist es irgendeine Fremde, die dort am Grotto Beach liegt. Niemand, den sie kennt … Auf einmal bemerkt sie die schlammigen Fußabdrücke, die über die weißen Bodenfliesen von der Küchentür zur Treppe und dann die Stufen hinaufführen. Weitere Abdrücke verlaufen von der Treppe zur Eingangstür. Er hat die Schuhe nicht gewechselt, aber er ist nach oben gegangen. Um sich eine saubere Jacke zu holen? Denn Lily hat ihn im Schuppen eindeutig ohne Shirt und seine übliche rote Regenjacke gesehen.

Sie kann die Möglichkeiten, die sich heute unter ihren Füßen auftun könnten, nicht einmal ansatzweise erfassen. Langsam wandert ihr Blick über den Küchentresen. Toms Handy ist nicht dort.

Ich … ich hatte kein Handy dabei. Normalerweise nehme ich es zum Joggen mit, aber ich habe es gestern Abend zum Laden in der Küche eingesteckt. Sonst lade ich es immer über Nacht neben meinem Bett, aber weil es heute nicht dort lag, habe ich … habe ich es vergessen.

»Mom?«, fragt Phoebe. »Was ist los?«

Lily räuspert sich und tritt zum Kühlschrank, meidet die bohrenden Blicke ihrer Kinder. »Es ist alles in Ordnung. Euer Dad hat heute Morgen beim Joggen eine Frau gefunden, die sich verletzt hatte, und er hat es der Polizei gemeldet. Jetzt hilft er ihnen, die Frau zu finden.«

»Ist sie tot?«, fragt Matthew.

Lilys Kehle schnürt sich zusammen. »Nein – ich … ähm … ich weiß es nicht. Die Polizei wird alles herausfinden, was sie wissen müssen.«

»Wer ist es?«, fragt Phoebe.

Lily reißt die Kühlschranktür auf, nimmt den Inhalt jedoch gar nicht wahr. »Das weiß man noch nicht, Schatz. Esst jetzt euer Frühstück und danach geht Zähneputzen.« Sie denkt daran, was Detective Rulandi Duval im Fernsehen über den Joggerinnen-Killer gesagt hat. Sie denkt an eine Frau, die tot am Strand liegt. Wenn sie wirklich ermordet wurde, dann muss derjenige, der es getan hat, immer noch dort draußen sein. »Ich fahre euch heute zur Schule.«

»Ich nehme lieber den Bus«, wirft Matthew ein.

»Ich fahre euch. Ende der Diskussion.« Sie greift im Kühlschrank nach der Wurst und der Mayonnaise. Sie muss den Kindern noch ihre Pausenbrote machen. Routine. Ordnung. Das ist es, was Lilys Leben zusammenhält. Sich an feste Gewohnheiten zu halten, wird auch ihre Kinder davor schützen, was da draußen Schreckliches vor sich geht. Ihre Kinder sind ihre ganze Welt. Sie wird alles tun, um sie zu beschützen. Sie weiß, dass das auch für Tom gilt. Tom hat Stabilität für die Familie immer über alles andere gestellt. Trotz allem, was sie gestern Abend über ihn erfahren hat. Oder vielleicht sogar gerade deswegen. Auf einmal steigen ihr Tränen in die Augen, während sie zu entscheiden versucht, was sie sonst noch für die Pausenbrote braucht.

Konzentrier dich.

Schritt für Schritt, so wird sie erreichen, was sie erreichen muss. Bis dahin wird es ihr helfen, die Fassung zu bewahren, wenn sie einfach so tut, als würde sie nur ihre familiären Pflichten erledigen. Genau das sagt sie ihren Patienten oft, wenn diese in einer Krise stecken. Allerdings weiß Lily, dass es sehr viel leichter sein kann, die Probleme im Leben der anderen zu erfassen, als sich seinen eigenen zu stellen. Es ist leichter, die Geheimnisse aus ihren Patienten herauszuholen, als den Vorhang vor ihren eigenen Schutzmechanismen zurückzuziehen. Nicht einmal vor sich selbst will sie zugeben, was ihre Fixiertheit auf Routine und Ordnung wirklich verbirgt.

Wie Carl Jung gesagt hat: »Die Menschen tun alles, egal wie absurd, um ihrer eigenen Seele nicht zu begegnen.«

Von ihren Patienten – und aus eigener Erfahrung – weiß Lily, dass es zwar nichts Erstrebenswerteres gibt, als von einem Leiden erlöst zu werden, gleichzeitig aber auch nichts Furchteinflößenderes, als seiner Krücke beraubt zu werden.

»Mom?«, fragt Phoebe noch einmal. »Alles okay?«

Sie wischt sich eine Träne aus dem Gesicht. »Ja. Natürlich. Möchtest du Schinken oder Salami auf dein Sandwich?«

Phoebes Miene verfinstert sich. »Ich habe dir doch schon hundertmal gesagt, dass ich jetzt Vegetarierin bin. Wo ist dein Problem? Mann, als wenn man mit einer Wand redet. Deinen Patienten hörst du den ganzen Tag zu, aber wenn *ich* dir etwas zu sagen versuche, kriegst du es gar nicht mit.«

Das ärgert Lily. Sie holt ein Glas Erdnussbutter aus dem Küchenschrank und knallt es auf die Granitarbeitsfläche. Sie bekommt die Schutzfolie unter dem Deckel nicht gleich ab. Die Erdnussbutter ist zuckerfrei und nicht homogenisiert, weshalb sich das Öl von dem Nussmus getrennt hat und als fettige Schicht auf der Oberfläche schwimmt. Genau deshalb kann sie es nicht leiden, Erdnussbuttersandwiches zu schmieren. Man muss das Öl erst unterrühren, wobei es immer danebenkleckert. Sie schnappt sich das Brot und beginnt wie auf Autopilot damit, die Brote zu streichen.

»Meinst du, es ist jemand von hier?«, fragt Matthew mit vollem Mund und löffelt weiter Müsli aus der Schüssel.

»Wahrscheinlich nicht.« Lily buttert die Scheiben.

»Aber es könnte jemand aus Story Cove sein«, sagt Phoebe. »Das ist doch sogar wahrscheinlicher, als dass jemand von woanders hier joggen geht. Viele hier joggen morgens. Wen kennen wir denn, der gern an den Klippen …«

»Esst ihr bitte endlich auf?«, faucht Lily und klatscht Erdnussbutter auf eines der Brote. »Wir müssen los. Sonst kommen wir noch zu spät.«

»Und wer will schon zu spät kommen oder den Alltag durcheinanderbringen, während Dad die Polizei durch den Wald zu einer Leiche führt, oder, Mom? Bloß nicht.«

Lily wirft ihrer Tochter einen lodernden Blick zu, den Phoebe erwidert. Schwarzer Kajal umrandet die Wimpernkränze, und finsterer lila Lidschatten sorgt dafür, dass ihre Augen wie dunkle Löcher aussehen. Phoebe ist ganz blass von dem Puder, den Lily nicht ausstehen kann, und die dunkelpinken Haare ihre Tochter hängen ihr strähnig um das Gesicht. Eine alte Erinnerung bricht in Lilys Gehirn auf. Ein anderes Mädchen. Schwarz geschminkte Augen. Schwarz gefärbtes Haar. Gothic-Kleider. Ihre Hand erstarrt. Die Geräusche dringen wie aus weiter Ferne an ihr Ohr. Angst kriecht ihren Hals herauf.

»Warum ist Dad mit der Taschenlampe zum Joggen gegangen und nicht mit seiner Stirnlampe?«, fragt Matthew.

Mit einem Ruck ist Lily wieder da. »Was?«

»Ich habe gesehen, wie er heute Morgen mit einer Taschenlampe in der Hand losgelaufen ist. Und er hatte eine Jacke und eine Cap an, aber als er nach Hause gekommen ist, waren die Jacke und die Cap weg. Und die Taschenlampe auch.«

»Bist du sicher?«

»Ja.« Matthew schiebt sich den letzten Löffel Müsli in den Mund. Milch tropft von seinem Kinn, als er mit vollem Mund weiterspricht. »Dad ist in den Schuppen gegangen, dann ist er ohne sein T-Shirt wieder rausgekommen.«

»Was, Dad war ohne Shirt draußen?«, meldet sich Phoebe zu Wort. »Im Regen?«

Matthew nickt, wischt sich den Mund ab und schiebt seine Schüssel weg.

»Das ist doch Quatsch«, sagt Phoebe. »Warum sollte er so was machen?«

»Natürlich ist das Quatsch«, gibt Lily knapp zurück. Sorgfältig platziert sie die oberen Brotscheiben auf den unteren, wobei sie dafür sorgt, dass die Ecken perfekt aufeinanderliegen. Sie konzentriert sich auf die Sandwiches, schneidet sie diagonal durch, während sie ihren Sohn sehr leise fragt: »Du hast doch keine Fotos gemacht, oder?«

Matthew zögert. »Ich … äh … nein.«

»Ganz sicher?«

Wieder zögert er, aber bevor er antworten kann, klingelt es an der Tür, ein Gong, der durch das ganze Haus hallt. Alle drei sehen erschrocken auf.

»Das ist bestimmt noch mal die Polizei«, flüstert Matthew.

Lily schnappt sich ein Küchentuch und eilt zur Tür, wobei sie sich Erdnussbutter von den Fingern wischt. Sie öffnet.

»Hannah! Ich … ich dachte schon …«

»Hey meine Liebe, ist Tom schon wieder da? Ist alles in Ordnung?«

»Es geht ihm … gut. Tut mir leid, Hannah, ich habe es ein bisschen eilig. Ich muss die Kinder zur Schule bringen.«

»Oh, ich bin hier, weil ich dir anbieten wollte, sie mitzunehmen. Ich fahre Fiona und Jacob zur Schule.« Hannah deutet auf ihren Mercedes, der vor dem Haus steht. Darin sitzen ihre beiden Kinder. Da sieht Lily, dass einer der Streifenwagen jetzt am Straßenrand gegenüber geparkt ist. Ein Polizist beobachtet ihr Haus.

»Ich dachte, das ist besser, als sie mit dem Bus fahren zu lassen, solange … du weißt schon.« Sie beugt sich vor und senkt die Stimme zu einem kaum hörbaren Flüstern. »Solange hier vielleicht ein Mörder frei herumläuft.«

»Das wissen wir doch noch gar nicht, Hannah. Es könnte einfach nur ein schrecklicher Unfall gewesen sein. Aber danke für dein Angebot, das wäre mir wirklich eine große Hilfe.« Über die Schulter ruft sie: »Phoebe! Matthew! Hannah nimmt euch beide zur Schule mit. Putzt euch die Zähne und holt eure Sachen.«

Während Lilys Kinder die Treppe hinaufrennen, sagt Hannah: »Weiß Tom, wer es ist?«

Lilys Kehle wird so eng, dass sie nicht sprechen kann, also schüttelt sie nur den Kopf. In dem Moment fällt ihr Blick auf das Telefon auf dem Flurtischchen unter dem Spiegel. Am Hörer klebt ein roter Fleck. Tom hat ihn in der Hand gehalten, als er die 911 angerufen hat. Ihr ist übel. Sie kann es kaum erwarten, dass Hannah mit den Kindern aufbricht.

Sobald sie weg sind, schließt sie die Tür, lehnt sich dagegen und holt tief und bebend Luft. Sie fühlt, wie die Spannung in ihr nachlässt. Ein bisschen.

Die Wanduhr im Flur schlägt zur vollen Stunde, und der Kuckuck schießt durch das Türchen heraus. *Kuckuck!*

Fast wäre Lily vor Schreck das Herz stehen geblieben. Ihr Puls schießt wieder in die Höhe und rast weiter. Fluchend späht sie durch die Jalousien hinaus. Hannahs Auto ist weg. Der Polizist ist noch da. Lily ist sicher, dass er von seinem Standpunkt aus nicht in den Garten hinter dem Haus sehen kann.

Sie schnappt sich ihre Schuhe und eilt nach draußen zum Schuppen. Der Bewegungsmelder schlägt an und das Licht über der Schuppentür flammt auf. Wieder zuckt Lily zusammen, zögert, dreht sich zum Haus um. Von oben aus Matthews Fenster hat man einen unverstellten Blick auf die Schuppentür.

Die Tür ist nicht verschlossen. Lily öffnet sie, tritt langsam ein und legt die Hand auf den Lichtschalter. Das Licht geht an. Langsam schwingt die Tür hinter ihr wieder zu.

Ein kühler Geruch nach Feuchtigkeit und Erde dringt ihr in die Nase.

Sie sieht sich um. Im Schuppen ist es sauber. Ordentlich. Wie alles andere in ihrem Leben. Die Gartenwerkzeuge hängen an ihren Haken, nach Größe sortiert. Auf Regalbrettern ruhen Säcke voll Erde und Pflanztöpfe aus Ton. Unter dem Fenster steht eine Werkbank. Unter einer weiteren Werkbank an der hinteren Wand reihen sich Aufbewahrungskisten. Lily erinnert sich daran, wie sie Toms Silhouette hinter dem Fenster gesehen hat. Er schien in den hinteren Teil des Schuppens gegangen zu sein. In ihrem Bauch zieht sich ein Knoten zusammen, während sie den Raum durchquert. Sie holt eine der Kisten unter der Bank hervor.

Darin liegt ein Gartenschlauch.

In der nächsten befinden sich Drahtspulen für ihre Tomatenpflanzen.

Als sie die dritte Kiste hervorzieht, stockt ihr der Atem.

Darin liegt das weiße Laufshirt ihres Ehemanns. Sie hat es ihm letzte Weihnachten geschenkt. Auf dem Rücken prangt das große runde Logo von »Ocean Motion«. Es ist zu einem nassen Ball zusammengeknüllt worden. Und der vordere Teil ist durchtränkt von … Blut.

Tom

Jetzt

Die Kamera flammt direkt vor seinem Gesicht auf. Tom blinzelt. Er ist völlig erschöpft. Er friert. Zittert.

»Können Sie sich bitte umdrehen, Sir?«, sagt der uniformierte Polizist.

Langsam dreht Tom ihm den Rücken zu. Jetzt steht er dem Detective gegenüber, der auf einem Stuhl sitzt und ihn beobachtet. Detective Toshi Hara. Ein dritter Polizist steht neben Tom und hält Beweisbeutel aus Papier parat.

»Strecken Sie die Arme bitte seitlich aus, Sir«, sagt der Cop mit der Kamera.

Tom streckt die Arme aus.

Klick. Blitz.

Das Stakkato aus Geräuschen und Licht trifft wie Trommelfeuer auf sein Gehirn. Diese Polizisten geben ihm das Gefühl, ein Verbrecher zu sein. Er kann keine klaren Schlüsse ziehen. Lilys Worte schneiden durch seine Gedanken.

Wie konntest du mich belügen? Mich so hintergehen und betrügen?

»Ich bin nur joggen gegangen.« Er erkennt seine eigene Stimme nicht. Alles fühlt sich surreal an, als wäre er im Morgengrauen aus dem Bett gestiegen und durch die Haustür in einen Sturm eines Alternativuniversums getreten. Oder vielleicht hat sich der Sturm schon vor vier Monaten zusammengebraut. Oder vor fünfzehn Jahren, als er Lily zum ersten Mal gesehen hat. Wenn er richtig darüber nachdenkt, dann hat der Sturm, der nun um sie alle losgebrochen ist, schon vor dreiunddreißig Jahren begonnen.

Vielleicht wacht er ja gleich auf, und alles ist wieder normal.

Doch Tom weiß, dass nichts je wieder normal sein wird. Vielleicht war es das nie. Normalität ist ein Konstrukt. Eine Geschichte, die man sich selbst erzählt. Alle tun das – sie simulieren ein Konzept von Normalität. Dies ist die einzige Realität, die ein Mensch kennt – eine Geschichte, die man sich selbst erzählt. Tom ist sich dieser Tatsache nur allzu bewusst. Genau wie seine Frau als Therapeutin auch.

»Bitte drehen Sie sich wieder zu mir um, Sir«, sagt der Polizist mit der Kamera.

Tom sieht den Mann mit der Kamera an.

»Können Sie die Hände nach vorne zu mir strecken – mit den Handflächen nach oben?«

Tom gehorcht.

Klick. Blitz.

»Handflächen nach unten, bitte.«

Klick. Blitz.

Tom starrt auf die Blutflecken auf seiner Haut. *Ihr Blut.*

»Können Sie bitte Ihre Jacke und Ihr Shirt ausziehen, Sir?«, sagt der Polizist mit der Kamera.

Tom zieht die Jacke aus. Der dritte Cop hält einen der großen Papierbeutel auf. Tom lässt seine Jacke hineinfallen, dann streift er sich das Shirt über den Kopf. Das saubere Shirt, das er oben in seinem Haus angezogen hat. Er lässt es in einen zweiten

Beutel fallen, der ihm hingehalten wird. Er zittert am ganzen Körper. Seine Zähne klappern. Er weiß nicht, ob vor Kälte oder wegen des Schocks. Vermutlich beides.

Klick. Blitz.

»Umdrehen.«

Wieder sieht er Detective Toshi Hara an.

Klick. Blitz.

Schweigend sitzt Hara da, aufmerksam. Die Züge des Mannes sind ausdruckslos. Das Pokerface eines Polizisten. Dieser Mann hat kein Gramm Fett am Körper. Schlank, effektiv. Sein dichtes Haar ist lackschwarz und ordentlich geschnitten. Seine Haut weist einen hellen Beigeton auf, der Teint ist glatt und makellos. Er trägt ein frisches weißes Hemd und eine burgunderrote Krawatte. Seine Hose ist maßgeschneidert, seine Schuhe bestehen aus rehbraunem Leder. Modisch. Kein abgebrühter, ungepflegter Fernseh-Cop. Sein Alter ist schwer zu schätzen. Vielleicht Ende zwanzig. Tom stellt sich vor, dass Detective Hara ein Junggesellenleben in einem Hightech-Designerapartment führt. Klein und viel zu teuer für sein Polizistengehalt. Tom stellt sich vor, dass Toshi Hara ehrgeizig ist, Pläne hat. Wahrscheinlich geht er mit atemberaubend schönen Frauen aus.

Klick. Blitz.

»Können Sie bitte das Kinn senken, damit wir Ihren Nacken richtig sehen können?«

Tom senkt das Kinn. Die Kamera kommt hinter ihm näher. *Klick. Blitz.* Der Polizist schießt Fotos von den tiefen Fingernägelkratzern an seinem Hals. Ein weiteres Foto von dem Blutfleck auf der anderen Seite.

»Hose und Schuhe ausziehen, bitte.«

Tom erstarrt. Er sieht Detective Hara an. Der nickt.

»Ich muss das nicht tun«, sagt Tom. »Oder?«

»Sie haben die Tote angefasst«, antwortet Hara. »Sie haben gesagt, Sie hätten sie auf Ihre Arme gelegt. So.« Er ahmt die wiegende Geste nach, die Tom den Polizisten zuvor gezeigt hat.

»Schon, aber …«

»Deshalb brauchen wir Ihre Kleidung, Sir. Wir müssen herausfinden, was der Frau zugestoßen ist, die Sie gefunden haben. Beweise an ihrer Leiche könnten auf Sie übergegangen sein. Es könnte etwas sein, das uns dabei hilft, herauszufinden, wer ihr das angetan hat. Das würden Sie doch auch wollen, nicht wahr?«

»Sie … Sie glauben nicht, dass es ein Unfall war?«

»Wir ermitteln in alle Richtungen.«

Tom fühlt sich, als würde er in der Falle sitzen. Auf einmal ist er klaustrophobisch. Sein Blick fliegt zur Tür.

»Wir werden Ihnen etwas Trockenes zum Anziehen bringen, sobald das hier vorbei ist«, verspricht Hara. »Und dann organisieren wir Ihnen etwas Heißes zu trinken. Einverstanden?«

»Ich muss jemanden anrufen.«

»In Ordnung, das geht klar. Das können Sie gern tun. Wenn wir nur zuerst bitte Ihre Hose, Ihre Unterwäsche und Ihre Socken und Schuhe haben können.«

Tom starrt Hara an, seine Gedanken rasen. »Meine Unterwäsche?«

»Bitte.«

Er schluckt. Wenn er sich weigert, wird er schuldig erscheinen. Ein unschuldiger Mann würde der Polizei sicher auf jede Weise helfen wollen.

Er zieht die Schuhe aus. Sie kommen ebenfalls in eine braune Papiertüte. Dann folgen die Socken. Schließlich streift er die schwarze, wasserfeste Jogginghose mit den Reflektorstreifen über die Hüften und Beine hinab. Tritt beiseite. Der Polizist mit der Papiertüte hebt sie mit behandschuhten Fingern auf.

Tom holt tief Luft, dann zieht er die Unterhose aus. Der Polizist hält ihm eine weitere Tüte hin.

Tom steht da und bedeckt mit den Händen seine Lenden. Noch nie in seinem ganzen Leben hat er sich so ausgeliefert gefühlt, so … gewaltsam erniedrigt wie in diesem Moment, in dem er nackt und zitternd im harschen Licht der Neonröhren vor drei voll bekleideten Männern steht, von denen zwei sichtbar bewaffnet sind. Männer mit dem verfassungsmäßigen Recht darauf, ihn seiner Freiheit zu berauben, ihn einzusperren.

Der Cop mit den Beweisbeuteln tritt an einen Tisch. Er schreibt Toms Namen auf jeden der Beutel, zusammen mit Datum und Uhrzeit und einer Beschreibung des Inhalts.

Hara steht auf. Er ist viel kleiner als Tom, verfügt jedoch über eine imposante Aura.

»Ich brauche noch Proben von dem Blut an Ihrem Hals und Ihren Händen, in Ordnung?« Hara zieht sich blaue Latexhandschuhe an und greift nach einem Abstrichset auf einem Regal. Er reißt die Verpackung auf.

Tom schließt die Augen, als Hara eines der Probenstäbchen durch das Blut zieht. Der Detective platziert die Proben in den kleinen dafür vorgesehenen Behältern und reicht sie dem Beweismittel-Cop, der alles sorgsam beschriftet. Dann holt Hara eine marineblaue Hose mit Gummizug und einen dazu passenden Fleecepulli für Tom. Wahrscheinlich ist das die Kleidung, die man Verdächtigen gibt, bevor sie in Untersuchungshaft gebracht werden.

»Tut mir leid, aber Schuhe haben wir nicht. Die hier müssen reichen.« Er gibt Tom ein Paar Tatort-Schuhüberzieher.

Toms Blick bleibt an den Überziehern hängen.

»Ach, eines noch«, sagt Hara. »Würden Sie uns bitte eine DNS-Probe überlassen?«

»Was?«

»Eine DNS-Probe. Geht ganz schnell, nur ein kurzer Abstrich von der Innenseite Ihrer Wange. Damit wir die DNS-Spuren, die Sie möglicherweise am Fundort hinterlassen haben, ausschließen können.«

Tom fühlt sich in die Ecke gedrängt. Er versucht zu schlucken, aber sein Hals ist wie zugeschnürt. Wenn er sich weigert, wird ihn das verdächtig aussehen lassen. Das könnte es ihm nur noch schwerer machen. Er denkt daran, warum er an diesem Morgen joggen gegangen ist. Er denkt daran, was am Abend zuvor geschehen ist, an den Streit mit Lily. Er denkt daran, was beim Grillen im Haus der Codys passiert ist. Dann räuspert er sich.

»Natürlich.«

Hara zieht ein frisches Paar Handschuhe über und nimmt ein weiteres Beweismittelset vom Regal. Er reißt es auf. »Setzen Sie sich.«

Tom setzt sich auf den Stuhl, der ihm hingeschoben wird.

»Würden Sie bitte den Mund öffnen, Sir?«

Tom öffnet den Mund.

»Ein bisschen weiter.«

Er gehorcht. Hara steckt ihm das Stäbchen in den Mund und streicht damit über die Innenseite seiner Wange. Es ist ein körperliches Eindringen, die Hand dieses Mannes und das Stäbchen, das sich in seinem Mund bewegt.

Hara zieht das Stäbchen zurück, steckt es in einen Behälter, verschließt ihn und reicht ihn dem Beweismittel-Cop, der wieder Toms Namen sowie Datum und Uhrzeit darauf vermerkt. Der Cop verlässt den Raum mit Toms DNS, den Blutproben und den braunen Papierbeuteln mit den Kleidern und den Schuhen. Der Polizist mit der Kamera geht ebenfalls hinaus.

Hara lächelt und streckt den Arm in Richtung der offenen Tür aus. »Wenn Sie möchten, können Sie jetzt telefonieren.«

»Ich … ich habe mein Handy nicht bei mir«, sagt Tom.

»Wir stellen Ihnen ein Telefon zur Verfügung. Hier entlang, bitte, Sir.«

Tom folgt Detective Hara in einen weißen, fensterlosen Raum. Darin stehen ein Kaffeetisch vor einem kleinen Sofa, ein Sessel und ein Stuhl auf Rollen. Tom sieht zur Decke hinauf. In der Ecke hängt eine Kamera und beobachtet ihn.

»Warten Sie bitte hier, Sir.« Hara schließt die Tür.

Tom hat das Gefühl, sich übergeben zu müssen.

Rue

Jetzt

Nebel wabert durch die tropfnassen Nadelbäume, während Rue langsam den Pfad durch den Spirit Forest Park abschreitet. Dabei sucht sie sorgfältig den Boden ab. Überall tropft Wasser herab, und bei jedem Schritt schmatzt der Matsch unter ihren Stiefeln. Das Gebiet wurde polizeilich abgeriegelt, und die Spurensicherer arbeiten sich rasterförmig an den Klippen über der Stelle voran, wo die Frau gefunden wurde.

Die Bäume um sie herum sind gewaltig. Sie ragen über dem schmalen Pfad auf wie die Bogengänge einer Kathedrale und lassen nur spärliches Licht hindurch. Das Unterholz ist dicht. Beerenbüsche, urzeitlich aussehende Farne, Igelkraftwurz mit winzigen, scharfen Dornen.

»Hier drüben«, ruft einer der Forensiker, der ein Stück weiter auf dem Pfad auf Rue wartet. Als sie bei ihm ist, deutet er auf eine Stelle neben dem Weg, an der die Pflanzen abgeknickt und zerdrückt sind.

»Spuren, die vom Pfad wegführen und die zu den Nike-Laufschuhen Größe neununddreißig der Verstorbenen passen«, sagt er und lotst Rue sorgfältig um die Spuren herum. »Sie führen hier entlang in den Wald.« Mit seinem Spurensuchstock deutet er auf Eindrücke im Boden. »Die Person mit den Nikes scheint einem höchst unberechenbaren Kurs gefolgt zu sein, in Richtung der Klippen, dann ist sie dort durchgebrochen.«

Er deutet mit dem Stock auf eine Stelle, an der das Blattwerk zerknickt und zertrampelt ist. Kleine abgebrochene Zweige, aus den katzenaugenförmigen Abbruchstellen sickert Baumsaft.

»Nur diese Spuren?«, fragt Rue.

»Drei verschiedene Spuren.«

Scharf sieht sie auf. »*Drei?*«

»Kommen Sie, ich zeige es Ihnen. Bleiben Sie hinter mir.«

»Wurde alles schon gekennzeichnet und fotografiert?«

»Ja. Und man hat Gipsabdrücke genommen.«

Er führt Rue in das dichte Unterholz und deutet auf weitere Spuren im schwarzen Schlamm. Rue geht zwischen den Farnen in die Hocke und mustert die Vertiefungen. »Diese dreieckigen Abdrücke …«, sie deutet darauf, »stammen die von dem Profil der Nike-Laufschuhe der Frau?«

»Ganz genau. Ich wette, die Erdproben von ihren Schuhsohlen passen zu den Proben, die wir hier oben und vom Klippenrand genommen haben. Es gibt noch andere Spuren, die von jemandem zu stammen scheinen, der den Pfad verlassen hat und ihr hier ins Unterholz nachgelaufen ist. Sehen Sie, da drüben?«

Rue geht hinüber und schiebt ein paar Beerenranken beiseite. Sie betrachtet den Boden, die Stellen, die der Forensiker ihr zeigt.

»Der hier ist ganz deutlich«, sagt er. »Ein Fischgrätenmuster auf der Sohle. Größe vierundvierzig.«

Rue mustert den Abdruck. »Männlich?«

»Jedenfalls eindeutig jemand, der größer und schwerer ist als die Person, die Nikes getragen hat. Mit breiteren Füßen.«

Rue denkt an Tom Bradley. Toshi wird ihm inzwischen die Schuhe abgenommen haben.

»Diese größeren Fischgrätenspuren überlagern die Nike-Abdrücke an einigen Stellen, was darauf hindeutet, dass der Träger dieser Schuhe die Frau verfolgt hat. Die Tiefe der Eindrücke weist darauf hin, dass sie sehr schnell gelaufen ist, gerannt, gestürzt, manchmal ist sie auch auf Händen und Knien weitergekrabbelt. Die Person hinter ihr hat sich methodischer bewegt.«

Beute und Jäger, denkt Rue. Einer flieht, der – oder die – andere lässt sich Zeit.

»Und beide Spuren führen zu den Klippen?«

»Ich zeige es Ihnen.« Er geht mit Rue tiefer in den Wald hinein. »Wie gesagt, sie hat den Pfad verlassen und scheint einem unberechenbaren Kurs gefolgt zu sein, ohne klare Richtung. Hier ist sie gestürzt.« Er deutet auf den Boden. »Sie kriecht auf Händen und Knien weiter – sehen Sie die Handabdrücke unter den Zweigen da? Die Dellen von den Knien? Dann ist sie wieder losgerannt. Noch einmal gestürzt. Und schließlich unter diesen großen Igelkraftwurz da gekrochen.« Er zeigt auf eine Art Wäldchen aus prähistorisch aussehenden Pflanzen, deren Blätter groß wie Teller sind.

»Oplopanax horridus«, sagt er. »Grässliches Zeug. In die Büsche da will man nicht geraten. Sowohl Stängel als auch Blätter sind mit feinen, brüchigen Dornen gespickt, die einem in die Haut stechen und dann einfach abbrechen. Sie sind giftig und können bei einigen Leuten gefährliche allergische Reaktionen auslösen. Falls es wirklich Ihre Tote war, die sich dort verkrochen hat, dann werden Sie Spuren dieser Dornen an ihrem Körper und ihrer Kleidung finden.«

»Und wo ist die dritte Spur?«, will Rue wissen.

Der Forensiker führt sie näher zur Klippe. »Die dritte Spur kommt aus nordwestlicher Richtung, über einen schmalen Weg, vielleicht ein Wildpfad. Hier drüben folgen sie den anderen Spuren oder verlaufen parallel dazu.« Wieder deutet er mit dem Stock.

Ein weiteres Mal lässt sich Rue in die Hocke sinken, um die Spuren zu betrachten. »Sieht aus, als würden die hier von Stiefeln stammen.«

»Ja. Größe dreiundvierzig. Der- oder diejenige ist erst einige Zeit nach den beiden anderen hier entlanggekommen.« Er geht Rue voran zur Klippe. »Es gibt auch Anzeichen dafür, dass ein Kampf stattgefunden hat. Wir haben dort drüben gelockerte Steine und Felsen. Blutflecken an den zertretenen Farnen und Wildblumen. Und noch mehr Blut da hinten.« Er sieht sie an. »Und der zuständige Spurensicherer hat eine Stirnlampe und eine Cap gefunden.«

»Wo?«

Er führt Rue zu den Fundstücken, die direkt am Rand des bröckelnden Abgrunds auf einer felsigen Stelle liegen. Sie wurden mit gelben Polizeimarkern gekennzeichnet. Sie geht in die Hocke und musterte die schwarze Cap. Auf dem Schirm prangt das Logo der Kordel University in Gold. Sie denkt an die Visitenkarte in der Tasche der Toten.

Tom Bradley (PhD), Psychologische Fakultät.

Die Stirnlampe neben der Cap ist eine Petzl. Blau und weiß mit einem farblich dazu passenden Band.

»Die Cap sollte uns ein paar DNS-Spuren liefern, vielleicht auch die Petzl«, kommentiert der Forensiker. »Und da wäre noch das da.« Er deutet auf einen weiteren gelben Marker am Boden.

Rue geht hinüber. Der Forensiker zeigt ihr ein paar kleine Plastikperlen. Hellgrün und orange vor der schwarzen Erde. Rues Innerstes zieht sich zusammen, während ihre Gedanken zu der zerrissenen Perlenschnur zwischen den gebrochenen Fingern der Toten zurückkehren.

Sie nickt, holt tief Luft und erhebt sich. Sie tritt zum Rand der Klippen und späht vorsichtig über den Rand. Ihr Magen schlägt einen Purzelbaum. Sie befindet sich direkt über dem Fundort der Leiche. Rue blickt auf den Ozean hinaus. Über dem Wasser ist der Nebel immer noch dicht. An einem klaren Tag müsste man von diesem Aussichtspunkt aus die schneebedeckten Olympic Mountains in den USA sehen können. Langsam dreht sie sich um und mustert die Wand des Waldes hinter ihr.

Wenn entweder die Frau oder ihr Angreifer eine Stirnlampe getragen hat, dann muss es dunkel gewesen sein. Und es war stürmisch. Neblig.

Den Abdrücken und Spuren zufolge hatte jemand die Frau vom Weg fort und auf die Klippen zugejagt. Wer auch immer ihr gefolgt war, hatte direkt am Abgrund mit ihr gekämpft. Das Blut bedeutet, dass einer von ihnen verletzt worden war, vielleicht während des Kampfes. Schließlich ist die Joggerin abgestürzt. Die Stirnlampe und die Cap könnten während des Kampfes zu Boden gefallen sein. Und die Tote könnte ihrem Angreifer das Perlenband abgerissen haben, denn ein Stück des Bandes befindet sich immer noch zwischen ihren Fingern.

Was aber ist mit der dritten Person?

»Wir brauchen eine Drohne«, sagt Rue und zieht ihr Handy aus der Tasche. »Wir müssen die Felswand abfliegen und sehen, ob es noch weitere Beweise gibt, irgendetwas, das sich beim Sturz von ihrem Körper gelöst hat.«

Sie tätigt den Anruf.

Lily

Jetzt

Vielleicht ist es gar kein Blut auf dem Shirt ihres Ehemanns, doch ein anderer Teil von Lilys Verstand weiß, dass es das doch ist. Aus irgendeinem Grund hat Tom sein Shirt hier versteckt, bevor er die Polizei verständigt hat. Auch was sein Handy betrifft, hat er gelogen.

Noch während Lily versucht, die schreckliche Realität zur Kenntnis zu nehmen, die sich vor ihr entfaltet, hallen alternative Erklärungen in ihrem Kopf wider. Bequemere Erklärungen.

Die Menschen tun alles, egal wie absurd, um ihrer eigenen Seele nicht zu begegnen.

Ein Windstoß lässt Zweige und Schutt auf das Blechdach regnen. Mit plötzlicher Anspannung fällt ihr Stadträtin Virginia Wingate wieder ein, die in der Gasse vor dem hinteren Gartentor geparkt und auf Tarryn gewartet hat. Sie denkt daran, was Matthew von oben gesehen haben mag. Sie denkt an den Polizisten in seinem Auto, der ihr Haus beobachtet.

Lily streckt die Hand nach dem Shirt aus, dann hält sie inne. Fingerabdrücke. Sie darf keine Fingerabdrücke in dem Blut auf diesem Shirt hinterlassen. Sie sieht sich im Schuppen um und entdeckt ihre Gartenhandschuhe – gelb mit winzigen rosa Röschen. Sie zieht sie über und holt eine kleine Tüte für Gartenabfälle aus einer Packung. Sie nimmt Toms Shirt aus dem Behälter und lässt es ungeschickt in die Tüte fallen.

Und jetzt? Was tut sie hier überhaupt? Sie hört eine weitere Sirene, die in der Ferne zu heulen beginnt. Die Panik trifft sie mitten in den Bauch. Schnell reißt sie sich die Handschuhe herunter und steckt sie zu dem blutigen Shirt ihres Ehemanns in die Tüte, dann öffnet sie die Schuppentür. Sie späht hinaus, sieht zum Nachbarhaus hinüber. Niemand steht am Fenster. Sie hastet durch den Garten und betritt ihr eigenes Haus durch die Tür zur Küche.

Einen Moment lang steht sie einfach da, die Tüte in der Hand, ganz taub.

Ein lautes Klopfen kommt vom Fenster im Esszimmer. Erschrocken keucht sie auf, fährt herum und lässt die Tüte fallen. Sie landet auf dem Boden, klappt auf und gibt das blutige Shirt den Blicken vom Fenster frei. Dort steht ein Mann. Wieder klopft er gegen das Glas, formt Worte mit den Lippen.

Es dauert einen Moment, bis Lily ihren Patienten erkennt – Garth Quinlan, Feuerwehrmann, Ehemann und Vater von drei Kindern. Garth deutet auf seine Armbanduhr. *Mist.* Lily schaut auf ihre eigene Uhr. Sie hat völlig die Zeit vergessen und nicht mehr an ihren Termin mit ihm gedacht.

Sie gibt ihm gestisch zu verstehen, dass er zwei Sekunden warten soll, beugt sich hinab, drückt das Shirt wieder tief in die Tüte. Kurz zögert sie, dann schiebt sie die Tüte mit dem Fuß unter den Esstisch. Sie reibt sich über das Gesicht, streicht sich das Haar zurück, atmet tief durch und öffnet dann die Schiebetür. Ihr Herz pocht schnell.

»Ich habe bei Ihrem Behandlungszimmer geklingelt«, sagt Garth. »Und geklopft. Aber es hat niemand aufgemacht. Dann habe ich versucht, Sie anzurufen, bin aber direkt auf der Mailbox gelandet. Also bin ich zurück zu meinem Truck in der Gasse gegangen und habe dabei gesehen, dass das Licht im Schuppen brennt und wie Sie durch die Hintertür ins Haus gegangen sind, deshalb bin ich hergekommen und habe geklopft.«

Wut explodiert in Lilys Brust – eine weitere Bewältigungsstrategie. Wut erblüht aus Angst, also zügelt Lily die Wut, bekommt sie in den Griff. Das gibt ihr die Kontrolle zurück. Sie ist wieder Dr. Bradley. Und Dr. Bradley hat Regeln. Patienten haben *keinen* Zugang zu ihrem Privatleben. Zu ihrer Familie. Diese Seite des Hauses ist streng privat. Bei jeder ersten Sitzung mit einem neuen Patienten stellt sie das unmissverständlich klar. Trotzdem gibt es immer ein, zwei Patienten, die versuchen, die Grenzen auszuloten, die aus diversen Gründen in ihren persönlichen Raum einzudringen versuchen. Die mehr über sie und ihre Familie herausfinden wollen. Garth hätte nicht auf diese Seite des Hauses kommen sollen, und das wird sie ihm auch sagen.

»Es tut mir leid, Garth«, erklärt sie knapp. »Ich wollte Ihnen eigentlich noch absagen. Es ist etwas sehr Wichtiges dazwischengekommen. Ein Notfall. Aber bitte, kommen Sie nicht noch einmal zu diesem Eingang.«

Er mustert sie. Da ist ein seltsamer Ausdruck auf seinem Gesicht. »Was für ein Notfall?«, fragt er leise.

»Eine Familienangelegenheit. Es tut mir wirklich leid. Ich werde anrufen und Ihnen so schnell wie möglich einen neuen Termin geben, sobald …«

»War das Blut?«

»Was?«

»Auf dem Ding.«

»W-wo?«

»In der Tüte. Es sah wie blutverschmiert aus. Ist jemand verletzt?«, fragt Garth. »Ist das der Notfall?«

Das Telefon im Flur klingelt.

»Kann ich helfen?«, fragt er.

Weiteres Klingeln, dann noch einmal. Noch zweimal, bevor sich der Anrufbeantworter einschaltet.

»Ich … ich muss jetzt los. Ich rufe Sie an.« Lily schlägt ihm die Tür vor der Nase zu und rennt zum Telefon. Beim letzten Klingeln, bevor der Anrufbeantworter anspringt, hebt sie den Hörer ab. Dabei erhascht sie einen Blick auf ihr Abbild im Flurspiegel und sieht ihr gehetztes Gesicht.

»Lily?« Toms Stimme reißt sie in die Gegenwart zurück.

»Gott, Tom. Wo bist du? Was ist los?«

»Lily, ich … ich bin auf dem Revier. Ich brauche …«

»Auf dem Revier? Auf welchem Revier?«

»Auf dem Polizeirevier. In der Innenstadt. Du musst etwas für mich tun. Hörst du mir zu? Ich brauche Dianne. Hol mir Dianne.«

»Dianne?«

»Dianne Klister.«

Ihre Freundin Dianne. Die extrem teure und berüchtigte Rechtsanwältin. Hat sie nicht vor Kurzem noch an Dianne gedacht? Ach ja, als Tarryn sie daran erinnert hat, dass ihr Vater Partner in derselben Kanzlei ist wie Dianne. Hammersmith, Wingate & Klister.

Ihre Gedanken strudeln durch die Zeit zurück – zu einem Tag erst kürzlich, als sie mit Dianne im Ocean Bay Hotel etwas trinken war. Wo sie diese seltsame Nachricht erhalten hat und Dianne gestehen musste, dass jemand sie verfolgte. Beobachtete. Irgendein Stalker. Und Dianne hatte sie angesehen, als wäre sie durchgedreht.

»Lily, bist du noch dran – hörst du mich?«

Sie hat das Gefühl, als wäre ihr Gehirn mit Sirup getränkt. Es funktioniert einfach nicht richtig.

»Du … brauchst eine Strafverteidigerin?« Es klingt heiser.

»Herrgott, ja, Lily. Die Polizei will mich in Zusammenhang mit dem Tod dieser Frau vernehmen. Sie haben mich in irgendeinen Verhörraum gebracht und mir meine Kleider abgenommen. Das kommt mir langsam komisch vor. Ich brauche Rechtsbeistand. Und du musst mir etwas zum Anziehen bringen.«

Ihr Blick huscht zum Esstisch, zu der Tüte mit Toms Shirt darunter.

»Sie haben deine Kleider?«

»Ja.«

»Warum? Ich meine … warum glauben sie, dass es kein Unfall war?«

»Ich … kann hier nicht sprechen. Über mir hängt eine Kamera, und ich rufe nicht von meinem Handy aus an. Hol mir einfach Dianne her und bring mir frische Kleider.«

»Wer … wer war sie, Tom? *Wen* hast du am Strand gefunden?«

Die Verbindung wird unterbrochen.

Lily

Jetzt

Lily wählt die Nummer von Diannes Büro. Während es läutet, wird ihre Aufmerksamkeit von den gerahmten Fotos ihrer Familie an der Flurwand angezogen. Ihr Lieblingsbild ist eine wunderschöne Aufnahme von allen vieren in Aruba. Lachend im strahlenden Sonnenschein an einem zuckerweißen Strand, dahinter das türkisblaue Meer. Ein weiteres Foto zeigt Tom und Lily bei einem Glamping-Ausflug in Clayoquot Sound. An ihrem Hochzeitstag. Sie lächeln, haben die Arme umeinandergeschlungen. Tränen lassen ihre Sicht verschwimmen. Ein weiteres Foto zeigt sie vier auf Safari in Botswana. Aufgenommen hat es ihr Guide an dem Tag, an dem sie drei der »Big Five« gesehen haben: ein Nashorn mit einem Jungen, eine Herde Elefanten und einen Leoparden in einem Baum mit seiner Beute.

»Büro von Dianne Klister, wie kann ich Ihnen helfen?«

Mit einem Ruck ist sie wieder in der Gegenwart. »Ich … äh, ist Dianne da?«

»Ms Klister ist zurzeit nicht zu sprechen, würden Sie gern eine Nachricht …«

Lily legt auf. Mit zitternden Fingern wählt sie ungeschickt eine andere Nummer – Diannes Handy. Wieder betrachtet sie die Fotos, während es läutet. Sie starrt auf ein weiteres Bild von ihrer Afrikareise. Sie, Tom, Matthew und Phoebe, wie sie an Bord eines Boots auf den Beginn einer Hai-Tour warten, in KwaZulu-Natal. Im Hintergrund rauscht die Brandung gegen den Anleger.

»Lily?« Diannes Stimme dringt durch den Hörer.

»Hey, ich … ähm … ich …«

»Lily? Alles in Ordnung?«

»Es hört sich an, als wäre ich auf Lautsprecher«, stellt Lily fest. »Hört … sonst noch jemand zu?«

»Ich fahre gerade Auto. Ich bin allein. Was ist los? Du klingst komisch.«

Sie drückt die Augen zu. »Wir brauchen deine Hilfe. Tom … O Gott …« Ihre Stimme bricht. »Ich weiß nicht, wie ich das erklären soll. Ich weiß nicht mal, was genau los ist.«

»Okay, hör zu, ich fahre gerade rechts ran. Ich halte jetzt.« Lily hört, wie Dianne das Auto parkt. »Gut, ganz langsam. Ich höre zu.«

Lily schluckt, wischt sich über den Mund. Dann fällt ihr ein, dass sie gerade das blutige Shirt in den Händen hatte. Ihr Blick zuckt zum Spiegel. Sie sieht völlig derangiert aus. Ihr Haar ist noch halb nass und unordentlich vom Regen. Das ist doch nicht sie. Sie sollte die Frau – die Mutter, die Ehefrau, die Therapeutin – sein, die ihre Freunde darum beneiden, wie gut sie alles im Griff hat, wie vollkommen ihre Erscheinung ist, ganz gleich, wie die Umstände auch sein mögen. Die Frau ohne Leichen im Keller.

»Lily?«

»Tom ist auf dem Polizeirevier. Er wird befragt bezüglich einer … einer toten Person. Er hat heute Morgen eine tote Joggerin am Strand gefunden, und jetzt verhören ihn Detectives von der Mordkommission. Sie haben seine Kleider, Dianne. Er braucht Rechtsbeistand. Sofort. Kannst du uns helfen?«

Schwer lastende Stille, dann: »Auf welchem Revier?«

»In der Innenstadt. Das Hauptrevier. Dianne ...« Lily zögert, die Realität sinkt wie ein schwerer, kalter Stein in ihren Bauch. »Die Polizistin, sie ist die Ermittlerin aus dem Fernsehen. Eine Mordermittlerin. Die für die Joggerinnen-Morde zuständig ist.«

»Sergeant Rulandi Duval?«

»Ja.«

»Hör mir jetzt genau zu – hörst du zu, Lily? Kannst du dich konzentrieren?« Diannes Tonfall hat sich verändert. Jetzt klingt Lilys Freundin scharf. Hocheffizient. Wie eine ganz andere Frau.

»Ja, ja, ich höre zu.«

»Sag nichts. Gar nichts. Zu niemandem. Verstanden? Nichts. Niemand.«

Sie nickt. »Okay.«

»Sag es, wiederhol es für mich.«

»Ich darf nichts sagen. Zu niemandem.«

»Vergiss das nicht. Für Tom. Für dich selbst. Und merk dir Folgendes: Keiner von euch ist verpflichtet, irgendwelche Fragen der Polizei zu beantworten. Das ist euer Recht.«

»Er hat nichts getan, Dianne.«

»Ob Tom nun etwas getan hat oder nicht, wenn er von der Mordkommission befragt wird, wenn sie ihm seine Kleider abgenommen haben, dann wird das in den Medien nicht gut für ihn aussehen. Wir müssen sofort an Schadensbegrenzung denken, daran, seine Arbeitsstelle zu schützen. Und deine Arbeit. Wir müssen Matthew und Phoebe abschirmen.«

Lily spürt, wie Galle in ihrer Kehle aufsteigt.

»Zuerst musst du jemanden organisieren, der die Kinder nach der Schule abholt, am besten jemanden, der sie mit zu sich nach Hause nehmen und fürs Erste von den Medien fernhalten kann. Und sag für heute alle Termine ab. Ich fahre jetzt sofort zum Revier. In der Zwischenzeit packst du ein paar Kleider für Tom. Etwas Elegantes. Respektables. Und mach dich selbst auch vorzeigbar. Dann komm zum Revier. Wir treffen uns dort.« Es entsteht eine Pause. »Was auch immer da vor sich geht, Lily, Tom braucht dich jetzt. Du musst dich zusammenreißen, für ihn und für deine Familie.«

»Aber wenn Tom doch nichts Falsches getan hat …«

»Er wird von einer hochrangigen Mordermittlerin befragt, die mit dem Fall einer Mordserie betraut ist und einen Täter sucht, der Joggerinnen brutal vergewaltigt und dann erschlägt. Lass das auf dich wirken, Lily. Der Joggerinnen-Killer macht Frauen solche Angst, dass sie sich nicht mehr trauen, allein laufen zu gehen. Und Rulandi Duval ist ein Pitbull in einer defensiven Position. Sie ist eine Frau in einer Machtposition in einer traditionell männlichen Umgebung, und sie hat etwas zu beweisen. Tom und du, ihr verströmt Privilegiertheit. Ihr lebt in Story Cove. Ihr besitzt ein Boot, das in einem exklusiven Jachthafen liegt. Ihr seid Mitglieder im Country Club. Tom arbeitet an der Uni mit jungen Studentinnen. Du arbeitest mit Menschen, die dir vertrauen müssen und die wollen, dass ihre Therapie vertraulich bleibt. Duval wird euch beiden das Leben schwer machen, nur weil sie es kann. Die Öffentlichkeit wird auch nicht zimperlich mit euch umgehen.«

Lily muss sich übergeben. Sie muss ins Bad. Ihr Magen hat sich in Wasser verwandelt.

»Und noch einmal, Lily, ich kann das gar nicht genug betonen: Sprich mit niemandem, ganz egal, wie freundlich sie zu sein scheinen, bis ich weiß, was hier gespielt wird. Dann werden wir uns eine Strategie überlegen.«

Dianne beendet das Telefonat.

Benommen legt Lily den Hörer auf. Dann geht sie zum Esstisch und zieht die Tüte darunter hervor. Sie zögert. Sie muss das Shirt irgendwohin tun. Oder besser noch, sie muss es waschen. Schnell läuft sie zur Waschküche am anderen Ende des Flurs. Sie lässt das Shirt in die Maschine fallen und stellt das Programm ein. Wasser läuft in die Trommel. Sie gibt Waschmittel dazu. Dann starrt sie das Wasser an, das sich rosa verfärbt, während sich ihre Gartenhandschuhe und das Shirt zu drehen beginnen, herum, herum. Plötzlich kommt ihr ein Gedanke: Was, wenn die Polizisten fragen, wo das Shirt ist, das Tom vorher getragen hat?

Ich habe nur die Wäsche gewaschen, Officer.

Sie eilt nach oben in den ersten Stock, nimmt einen Armvoll Schmutzwäsche aus dem Korb im Bad, läuft zurück in die Waschküche und gibt die Kleider in die Trommel, in das rosa Schaumwasser. Sie schließt den Deckel und sieht auf die Mülltüte, die sie auf den Boden fallen lassen hat.

Sie hebt sie auf. Jetzt sind Blutspuren darin. Wohin damit?

Was mache ich hier? Warum versuche ich überhaupt, dieses Zeug zu verstecken?

Weil ihr Ehemann es verstecken wollte.

Wofür es einen guten Grund geben *muss.* Tom hat das Shirt zuerst in den Schuppen gebracht, bevor er den Notruf gewählt hat. Sobald sie den Grund dafür erfährt, wird alles einen Sinn ergeben. Es muss einen Sinn ergeben. Sie vertraut Tom – oder?

Wieder denkt sie an den Streit, und es ist wie ein körperlicher Schlag.

Sie vertraut Tom nicht.

Er hat sie belogen.

Er hat sie ihr ganzes Eheleben lang belogen.

Allerdings hat auch Lily ihn in gewisser Weise getäuscht. Oder jedenfalls hat sie ihre eigenen Geheimnisse tief genug vergraben, um fast vergessen zu können, dass es sie gab. Als würden sie zu jemand anderem gehören. Zu jemandem, der nicht Lily Bradley ist, Mutter von zwei wundervollen Kindern. Dann jedoch war der Stalker aufgetaucht. Dann waren die Nachrichten gekommen. Dann hatten die Probleme ihrer Patienten begonnen, ihre eigenen widerzuspiegeln. Ganz langsam, Stück für Stück, waren Lily die Fäden ihres Lebens entglitten.

Mit der zusammengeknüllten Tüte kehrt sie in die Küche zurück und bleibt vor dem Kühlschrank stehen. Sie hat einmal etwas im Fernsehen gesehen – in einer Sendung über wahre Verbrechen. Eine Frau hat eine Tüte, an der Menschenblut haftete, im Gefrierfach versteckt. Zuerst hatte die Frau jedoch rohes Fleisch in die Tüte gelegt.

Lily zieht die Tür der riesigen doppeltürigen Kühl-Gefrierkombination auf und holt drei Packungen Biohackfleisch von freilaufenden Rindern heraus. Sie reißt die Verpackungen auf und wirft die gefrorenen Fleischklumpen in die Abfalltüte. Dann wickelt sie die Tüte fest zusammen und legt alles wieder ins Gefrierfach. Die Verpackungen für das Rindfleisch wandern in den Mülleimer unter der Küchenspüle. Gerade will sie die Treppe hinaufgehen, um sich umzuziehen, als sie eine Bewegung draußen vor dem Fenster erhascht.

Sie fährt herum, die Hände zu Fäusten geballt. Doch da ist nichts. Nur Äste, die sich im Wind wiegen. Einen Moment lang steht sie einfach da, wie taub, und sieht den Ästen zu. Das laute Ticken der Kuckucksuhr – *ticktack, ticktack, ticktack* – sickert in ihr Bewusstsein. Sie reißt sich zusammen, läuft die Treppe hinauf. Im Bad stellt sie die Dusche an und zieht sich den cremeweißen Pullover und die maßgeschneiderte Leinenhose aus, ihr Unterhemd, die Unterwäsche. Dann bindet sie sich das Haar hoch und steigt in die Dampfschwaden der Dusche, wo sie sich das Blut der Toten abwäscht, das an ihr zu kleben scheint.

Hastig trocknet sie sich ab, zieht sich wieder an. Jeans, ein weißes T-Shirt, einen hellrosa Hoodie. Sie bindet sich das Haar ordentlich zurück und trägt Lipgloss auf.

Du musst so aussehen, als hättest du alles im Griff. Du hast *alles im Griff.*

Doch die Frau, die ihr aus dem Spiegel entgegensieht, ist kaum noch als Lily zu erkennen.

Sie packt eine Tasche mit Kleidung für Tom, dann fällt ihr noch etwas ein. Sein Handy.

Ich habe es gestern Abend zum Laden in der Küche eingesteckt.

Sie zieht das Handy vom Stecker des Ladekabels neben Toms Bett, geht damit in die Küche und verbindet es mit dem Ladekabel auf dem Tresen, damit es zu Toms Geschichte passt. Ein letztes Mal sieht sie sich im Haus um und greift nach ihrer Handtasche. Allein die Vorstellung, zum Polizeirevier zu fahren, jagt ihr furchtbare Angst ein. Sie fühlt sich in der Nähe von Polizisten nicht wohl, eine grundlegende Unruhe, die aufgrund ihrer Kindheit fest in ihrem Körper verankert ist. Ja, sie weiß, dass die Polizei die Bürger beschützt. Ja, die Polizei sorgt dafür, dass Nachbarschaften wie ihre sicher sind. Trotzdem sind die Gesetzeshüter untrennbar mit den grauenvollen Erinnerungen daran verbunden, was mit ihrer Familie passiert ist. Und obwohl Lily in der Lage ist, ihre reflexhaften Ängste zu rationalisieren, obwohl sie sich in ausgedehnten Therapien mit ihrer Vergangenheit auseinandergesetzt hat, bedeutet das nicht, dass sie diese Ängste nicht mehr spürt. Und nun erhebt sich Seite an Seite mit diesen Ängsten ein ganz neues Grauen, die Furcht davor, dass sie irgendwie wieder in die Finsternis der Vergangenheit abrutschen könnte.

Sie tritt zum Garderobenschrank und holt ihren hübschen Regenmantel heraus. Ein letztes Mal lauscht sie auf das verlässliche Rumpeln der Waschmaschine am Ende des Flurs. Sie zieht sich den Regenmantel über, greift nach den Autoschlüsseln und umfasst den Trageriemen der Kleidertasche für Tom, als es laut an der Haustür klopft. Kurz darauf ertönt die Klingel.

»Mrs Bradley? Können Sie bitte aufmachen? Hier ist die Polizei. Öffnen Sie bitte.«

Wie es beginnt

Damals
20. April. Mittwoch.

Zwei Monate vor ihrem Tod

Der Stalker steht tief in den Schatten unter einem knorrigen Kirschbaum und beobachtet das Haus auf der anderen Straßenseite, die behandschuhten Finger um die Lenkergriffe eines Fahrrads geschlossen. Es ist dunkel. Kalt, obwohl es Frühling ist. Vom Meer ein paar Blocks weiter kriecht feuchter Nebel die Straße herauf und bildet unheimliche Heiligenscheine um das Licht der Straßenlaternen. In den Radtaschen befinden sich nasses Badezeug, ein Handtuch, Laufschuhe. Der Atem des Stalkers bildet Wolken vor der Mundöffnung der Balaclava, die er unter dem Helm trägt. Wie Perlen rollen Tröpfchen über die wasserfeste Kleidung des Stalkers und brechen funkelnd das Licht der Straße.

Es ist eine sichere Wohngegend. Alteingesessen. Straßen mit stilvollen Häusern. Kleine grüne Vorgärten. Ein paar mit Lattenzäunen, ein paar ganz ohne Zaun. Alte Bäume – Magnolien, Kirschen, Eichen – säumen die Bürgersteige. Story

Cove. Ein romantischer Name, der auf den Mann zurückgeht, der das Städtchen im neunzehnten Jahrhundert gegründet hat. Ein Engländer namens Simon J. Story. Die englische Tradition lebt hier, nur ein kleines Stück nördlich der Grenze zu den Vereinigten Staaten, weiter. Die britische Wesensart spiegelt sich in den pittoresken Pubs wider, in den Verkaufsständen für Fish and Chips und Pies. In den Cafés, in denen Nachmittagstees mit Scones und Clotted Cream angeboten werden. Man kann sie im Hall der Cricket-Schläger auf dem Rasen des Windsor Country Clubs hören, wo die Männer der Nachbarschaft außerdem auch Rugby spielen und wo man mit den Mitgliedschaftsbeiträgen ein kleines Land ernähren könnte.

Ein paar Blöcke weiter in einem hübschen Jachthafen schlagen Flaggleinen gegen die Masten. Story Cove ist ein Ort mit Gartenpavillons und Kletterrosen, ein Ort, an dem Rehe auf dem Rasen des nahen Golfplatzes grasen, an dem Kinder noch lachend auf der Straße spielen und wo dunkel maskierte Waschbären die einzigen Banditen der Nacht sind, die in der Dunkelheit umherstreifen und den sorgfältig sortierten Recyclingabfall der reichen Anwohner durchstöbern.

Aufgrund der geografischen Lage des Städtchens auf einer Halbinsel, die in die Salish Sea hinausragt, könnte der Ort genauso gut eingezäunt sein. Es gibt keinen Grund für Gesindel, hier durchzureisen. Jene, die nach Story Cove kommen, leben hier. Oder sie kommen als Helfer. Was genau der Grund ist, warum der Stalker gelernt hat, sich einzufügen.

Das Haus, das er beobachtet, gehört den Bradleys. Die Wände des Gebäudes sehen bei Nacht schwarz aus, aber im hellen Tageslicht sind sie auberginefarben, mit einem frischen grünen Streifen entlang der Dachtraufen. Auf einem Messingschild neben dem Gartentor steht: Oak Tree Therapy, L. Bradley (PhD).

Der Stalker hat im Laufe der Monate viel über die Bradleys erfahren. Auf viele unterschiedliche Arten. Ihr Leben besteht aus Routine. Was bedeutet, dass ihre Bewegungen vorhersagbar sind. Das macht es sehr viel leichter.

Der Stalker weiß, welche Yoga- und Pilates-Kurse Dr. Lily Bradley besucht und wo. Welches Gebäck sie an welchen Tagen kauft. Wo sie ihr Haar schneiden und färben lässt. Wer ihre Freundinnen sind, wie viel sie wiegt, auf wie viele Kohlenhydrate pro Tag sie sich beschränkt, welche ihrer Freundinnen zu viel Wein trinkt, wie ausgeprägt ihr Beschützerinstinkt für ihre Kinder ist. Der Stalker weiß, welchen Bio-Saft der kleine Matthew am liebsten mag und wie sehr er seine Kamera liebt. Der Stalker weiß, dass Phoebe eine Verfechterin des Gothic-Styles ist und dass Tom Bradley an der Uni arbeitet und freitagnachmittags gewohnheitsmäßig zu viel in der Red Lion Tavern trinkt, wo er sich mit einer Gruppe Akademiker zur Happy Hour trifft. Manchmal schlendern Tom Bradley und seine Freunde danach auch noch zum Jachthafen hinunter und trinken auf einem ihrer Boote weiter.

Tom und Lily scheinen eine perfekte Ehe zu führen. Eine Bilderbuchfamilie in einem privilegierten Bilderbuchstädtchen. Doch es ist eine Illusion.

Alles im Leben ist eine Illusion.

Leute leben nicht in hübsch gestrichenen alten Häusern in schönen Nachbarschaften. Sie leben nicht in modernen Hochhauswohnungen oder in rustikalen Hütten im Wald. Oder in Obdachlosenverschlägen unter Betonbrücken. Leute leben in der fünfzehn Zentimeter großen Eigentumsimmobilie zwischen ihren Ohren – in diesen eineinhalb Kilo aus Fett und Proteinen, aus denen das menschliche Gehirn besteht. Sie leben in ihrem Kopf. Dort wohnen sie wirklich.

Dort konstruiert jeder Einzelne die individuelle Erzählung seines Lebens.

Dort sagen sie sich selbst, wer sie sind und was sie sein können und was nicht. Und die Realität eines Menschen kann niemals dieselbe sein wie die eines anderen. Die Vorstellung, dass es da draußen die eine objektive Wahrheit gibt, ist die größte Illusion von allen.

Und unter den Erzählungen liegen die Geheimnisse verborgen, immer. Tief und dunkel und ursprünglich. Jeder hat sie.

Je länger man sie beobachtet, desto deutlicher sieht man, wie hart sie arbeiten, um die dunklen Geheimnisse, die sie antreiben, zu verbergen.

Im Erdgeschoss des eleganten auberginefarbenen Hauses sind die Jalousien noch nicht heruntergelassen worden, und die Lichter hinter den Fenstern werfen strahlend goldene Rechtecke in die Nacht. Wie eine beleuchtete Bühne. Eine Aufführung für das Einmannpublikum, das unter dem Kirschbaum lauert.

Die Bewohner fühlen sich eindeutig sicher, obwohl sie so ungeschützt sind. Was sich jedoch bald ändern wird.

Jemand betritt die Küche und damit sein Sichtfeld. Der Stalker spannt sich. Es ist der Ehemann. Groß. Dunkel. In eine schwarze Jeans und einen schwarzen Rollkragenpullover gekleidet. Wie außerordentlich akademisch. Wie passend für einen Psychologieprofessor, der aus der Ferne seines efeubewachsenen Elfenbeinturms Anomalien des Geistes studiert. Ein privilegierter Mann, in generationenalten Reichtum hineingeboren. Die Art von Reichtum und familiärem Hintergrund, die jemanden davor schützen kann, für die grausamen, kranken Dinge zu bezahlen, die er möglicherweise tut.

Professor Tom Bradley zieht sich Ofenhandschuhe an und trägt einen dampfenden Topf zum Esstisch. Auf einmal betritt seine Frau die goldene Bühne. Dr. Lily Bradley. Perfekt frisiert und butterblond. Hübsche Brüste. Schlanke Hüften von den teuren Work-outs mit ihrem Personal Trainer im Fitnesscenter.

Lily Bradley stellt eine Flasche Wein auf den Tisch. Der Ehemann holt den Flaschenöffner.

Der Wein wird entkorkt, ausgeschenkt. Die Ehefrau greift nach einem Glas, sagt etwas. Er lacht. Sie lacht auch, wirft das butterblonde Haar zurück und entblößt die glatte Säule ihres Halses.

Ein Tropfen des Verlangens kondensiert tief im Bauch des Stalkers. Fäuste ballen sich um den Fahrradlenker zusammen.

Eine Frau, die gut geheiratet hat. Ihr Ehemann ist fünfzehn Jahre älter. Sie ist seine zweite Frau. Er hat das Geld mit in die Ehe gebracht.

Das Verlangen im Bauch des Stalkers erblüht zu einer heißen, heftigen und gefährlichen Gier. Sie steigt ihm ins Herz. Und mit der unverhüllten, schmerzhaften Sehnsucht erwacht etwas noch Dunkleres – der Wunsch zu zerstören, was in diesem auberginefarbenen Haus wohnt.

Was der Stalker von den Bradleys will, ist … einfach alles.

Auf einmal hält die Ehefrau inne. Sie blickt zum Fenster. Der Stalker erstarrt. Die Frau sagt etwas zu ihrem Ehemann, dann tritt sie mit dem Weinglas direkt ans Fenster. Die freie Hand legt sie an die Glasscheibe, und sie späht in die Nacht hinaus, direkt zum Kirschbaum. Reglos bleibt der Stalker stehen, atmet nicht einmal. Dr. Lily Bradley streckt die Hand nach einer Kordel aus und lässt die Jalousien herunter.

Die Show ist vorbei.

Der Stalker lächelt. Es funktioniert. Lily Bradley hat gespürt, dass etwas sie beobachtet und am Rand ihres Lebens umherschleicht. Ein rudimentäres Aufflackern der Wahrnehmung.

Das Spiel läuft. Zeit, zur nächsten Bühne zu wechseln.

Doch als der Stalker auf sein Fahrrad steigt, durchschneidet ein gelber Lichtschlitz die Dunkelheit. Ruckartig sieht der Stalker nach oben zum Dachfenster. Der Vorhang hinter der kleinen Gaube wurde einen Spalt zurückgezogen und lässt einen Lichtstreifen hinaus. *Der Junge.*

Jeder Muskel im Körper des Stalkers friert ein, bis der Vorhang endlich wieder zufällt und das gelbe Licht erlischt.

Der Stalker ist jetzt nervös. Es gibt immer eine Lücke. Eine Lücke in allem. So kommt das Licht herein. Oder die Dunkelheit hinaus.

Der Stalker wartet noch einen Moment länger. Kälte kriecht in seine Knochen. Seine Hände in den Handschuhen am Lenker werden steif.

Eine schwache Brise erhebt sich. Tropfen fallen von den knorrigen Zweigen, und in der Ferne erklingt die Sirene eines Krankenwagens. Der Klang schwillt an und ebbt wieder ab, als der Wagen an Story Cove vorüberrast, auf dem Weg zu einer Tragödie.

Der Beobachter fährt die Straße hinunter, nur eine weitere schattenhafte, behelmte Gestalt in der vorstädtischen Nacht.

Lily

Jetzt

Lily strafft sich und öffnet die Eingangstür in der Erwartung, den uniformierten Polizisten aus dem Streifenwagen zu sehen, der auf der anderen Straßenseite parkt.

Stattdessen ist es ein Mann im Anzug. Asiatische Herkunft. Gut aussehend und tadellos gekleidet.

»Mrs Bradley, ich bin Detective Toshi Hara.« Der Mann zeigt Lily seinen Dienstausweis. »Ich gehöre der Integrated Homicide Unit an und arbeite mit Detective Rulandi Duval zusammen – ich bin ihr Partner. Ich glaube, Sie haben sie heute Morgen kennengelernt?«

Lily wirft dem Polizeiauto auf der anderen Straßenseite einen Blick zu und erkennt mit Schrecken, dass dahinter nun ein Transporter der Medien parkt. Auf der Seite des Transporters prangt ein großes rotes Logo: CITV News. Wie ein blinkendes Neonschild vor ihrem Haus. Der Ring aus Anspannung um ihre Schläfen zieht sich enger zusammen, als sie begreift, wie sichtbar der Name ihrer Praxis auf dem Messingschild neben der Einfahrt ist. Auf jeder Aufnahme des Hauses wird dieses Schild zu sehen sein. Ihr Name darauf.

»Was kann ich für Sie tun?« Sie zittert. Auf einmal begreift sie, dass es um so viel mehr als um die tote Joggerin am Strand geht. Ihr Kindheitstrauma wird wieder getriggert, und sie durchlebt noch einmal, was geschah, nachdem die Polizei an jenem schrecklichen Tag aufgetaucht ist. Ein Summen erhebt sich in ihrem Kopf.

Die Waschmaschine fängt zu schleudern an und gibt dabei ein lautes Klackern von sich. Detective Hara späht an ihr vorbei in den Flur. Sie stellt sich mitten in die Tür, um ihm die Sicht zu versperren. Sie schweigt, wartet auf seine Antwort.

»Ist das Ihre Maschine?«, fragt er. »Wollen Sie danach sehen?«

»Sie funktioniert nicht mehr richtig. Ich will sie schon seit Ewigkeiten reparieren lassen. Alles in Ordnung.«

Er mustert sie.

»Was wollen Sie?«

»Ich würde Ihnen gern ein paar Fragen stellen. Über diesen Morgen.«

»Mein Ehemann ist auf dem Revier.«

»Ich möchte nicht mit Ihrem Ehemann sprechen, sondern mit Ihnen. Ich habe nur ein paar Fragen. Routinevorgehen. Kann ich reinkommen?«

Die Waschmaschine klackert immer lauter.

»Ich wollte gerade gehen.« Sie hängt sich die Handtasche über die Schulter und greift nach der Tasche mit Toms Kleidung, dann tritt sie durch die Tür hinaus und zwingt Hara dazu, zurückzuweichen. Fest zieht sie die Tür hinter sich zu und schließt ab. »Mein Ehemann, Tom, er hat mich gebeten, ihm etwas zum Anziehen zu bringen, da Sie ihm seine Kleider abgenommen haben, und ich wollte gerade los, also …«

»Können Sie mir sagen, wo Sie gestern waren, bis heute Morgen?«

Sie hält inne. »Ich?«

Der Blick seiner dunklen Augen hält ihren. Er wartet. Lily sieht zum Medientransporter hinüber. Die Türen öffnen sich. Eine Frau in einem Rock und ein Mann mit Kamera steigen aus. Lily wappnet sich.

»Ist sie – diese Frau – gestorben? Gestern irgendwann?«

Er wartet.

Die Reporterin und der Kameramann überqueren die Straße. Lilys Gedanken rasen. Die Polizei muss Tom dieselben Fragen gestellt haben – oder man wird sie ihm noch stellen. Sie darf Tom nicht widersprechen. Vielleicht ist das der Grund, warum Detective Duval ihren Partner hergeschickt hat, um Lily abzupassen und zu befragen, bevor sie Gelegenheit hat, mit ihrem Ehemann zu sprechen. Bevor Tom und sie sich auf eine gemeinsame Geschichte einigen und sich gegenseitig Alibis geben können.

Ich kann das gar nicht genug betonen: Sprich mit niemandem, ganz egal, wie freundlich sie zu sein scheinen, bis ich weiß, was hier gespielt wird.

»Tut mir leid.« Lily drängt sich an Detective Hara vorbei, gerade als die Reporter den Rand des Gartens erreichen. »Unsere Anwältin ist Dianne Klister. Sie können mit ihr sprechen.« Sie eilt auf ihren BMW zu, der in der Einfahrt steht. Während sie sich nähert, entriegelt sie ihn mit dem Funkschlüssel.

Detective Hara ruft ihr nach: »Sie ist die Anwältin Ihres Ehemanns, Mrs Bradley. Nicht Ihre. Sie wird für ihn arbeiten, nicht für Sie.«

Lily reißt die Autotür auf und wirft die Taschen hinein. Als sie sich auf den Fahrersitz setzt, kommt die Journalistin mit einem Mikrofon auf sie zu, der Kameramann beginnt mit der Aufnahme.

»Dr. Bradley!«, ruft die Journalistin. »Warum wurde Ihr Ehemann auf das Polizeirevier in der Innenstadt gebracht? Warum wird er von der Mordkommission befragt?«

Lily knallt die Autotür zu und lässt den Motor an. Sie hört die Reporterin vor dem Fenster rufen. »Kannte Ihr Ehemann das Opfer, Mrs Bradley? Steht das hier mit den Joggerinnen-Morden in Verbindung?«

Lily beißt die Zähne zusammen, ballt die Hände um das Lenkrad zu Fäusten, tritt aufs Gas und zieht zu schnell aus der Ausfahrt. Sobald sie auf der Straße ist, dreht sie schwungvoll das Lenkrad, und die Reifen geben ein lautes Quietschen von sich. Sie gibt Vollgas und rast die stille Sackgasse hinauf. Abrupt hält sie am Stoppschild. Ihr Herz trommelt wild. Schweiß sammelt sich unter ihren Achseln. Die Stimme der Reporterin hallt in ihrem Kopf wider.

Kannte Ihr Ehemann das Opfer, Mrs Bradley? Steht das hier mit den Joggerinnen-Morden in Verbindung?

Darauf folgt das Echo von Diannes Worten.

Ob Tom nun etwas getan hat oder nicht, wenn er von der Mordkommission befragt wird … dann wird das in den Medien nicht gut für ihn aussehen.

Auf der Fahrt zum Revier versucht sie einzuordnen, wann ihr zum ersten Mal bewusst geworden ist, dass etwas nicht stimmte. Es war im Frühling, als sie begonnen hat, sich beobachtet zu fühlen.

Dann sind die Nachrichten gekommen.

Lily

Damals
24. April. Sonntag.

Fast zwei Monate vor ihrem Tod

»Wir müssen los, ihr zwei!«, ruft Lily die Treppe hinauf.

Es ist Sonntag, und Lily geht mit den Kindern zur Messe in der kleinen Steinkirche am Strand. Jeden Sonntagmorgen besucht sie mit Matthew und Phoebe die katholische Kirche »Our Lady of the Peace«. Früher hat Tom sie begleitet, doch während Lily diese religiöse Tradition als Rahmen für die Woche braucht und um sich selbst in der Spur zu halten, hat sich ihr Mann mehr und mehr von jeder Form von organisiertem Glauben entfernt. Er bricht sonntags lieber zu einer langen Joggingrunde auf. Er behauptet, dass der Sport und die Natur für ihn Gott sind, und sonntags versucht er immer, einen Naturpfad in sein Trainingsprogramm mit aufzunehmen. Ein Stück Weg durch den Wald, am Meer entlang oder über die Wanderroute durch die Berge.

Der Besuch der Messe ist für Lily außerdem ein Weg, ihre Eltern und ihren kleinen Bruder im Herzen zu behalten. Als

Lily noch jung war, sind ihre Eltern immer mit ihr und ihrem kleinen Bruder zur Kirche gegangen. Die Therapeutin in Lily erkennt außerdem den Wert der Tradition des Beichtens, obwohl sie sehr wohl weiß, dass man einige Geheimnisse niemals einem Priester anvertrauen kann, der in derselben Kleinstadt lebt und einkauft und ins Fitnesscenter geht. Genauso ist ihr bewusst, dass auch einige ihrer Patienten Geheimnisse vor ihr haben. Allerdings hat sie ihre Methoden, um sie ihnen zu entlocken. Der menschliche Körper ist nicht sonderlich gut dafür gerüstet, Geheimnisse zu wahren. Das verursacht unfassbar großen Stress. Es kann erschöpfend sein und sich in problematischem Verhalten äußern.

Auch Polizisten wissen das. Die Erleichterung, wenn ein Bösewicht endlich aufgibt und gesteht, ist körperlich sichtbar. Oft schlafen Kriminelle noch im Verhörraum ein, nachdem sie ihr Geheimnis preisgegeben haben.

Phoebe und Matthew kommen laut polternd die Treppe herunter. Als Lily sieht, was ihre Tochter anhat, ärgert sie sich.

»Phoebe, geh dich umziehen.«

»Warum?«

»So kannst du nicht zur Messe.«

»Weil die Klamotten schwarz sind? Weil sie Gothic sind?«

»Weil sie unangemessen sind. Los – rauf in dein Zimmer und umziehen. Wir kommen sonst noch zu spät.«

Phoebe gibt nicht nach, trotzig funkelt sie ihre Mutter aus schwarz umrandeten Augen an, und die Anspannung, die sich in Lilys Magen zusammenzieht, weckt etwas, das noch viel, viel tiefer darunterliegt. Eine Erinnerung regt sich, daran, als sie selbst zwölf gewesen ist, als ihre eigene Mutter sie wegen ihres Outfits und der Wahl ihres festen Freundes zur Rede gestellt hat. Wie sie ihr schließlich verboten hat, ihn zu sehen. Lily ermahnt sich selbst, sich zu zügeln. Sich zu überlegen, worüber es wert ist, sich mit Phoebe zu streiten. Sie weiß nur zu genau, wie furchtbar schief die Dinge laufen können und wie verletzlich dieses Alter für ein Mädchen sein kann, sogar für eines, das offenbar alles hat, das sich zu Hause wohlzufühlen scheint, liebevolle Eltern und Freunde hat und gut in der Schule ist. Bis auf einmal gar nichts mehr gut ist.

»Okay«, sagt Lily. »Wir können später darüber reden. Lasst uns einfach gehen.«

»Ich will nicht mehr in die Kirche«, verkündet Phoebe.

»Du musst aber«, mischt sich Matthew ein. »Das ist ein gottgesendeter Befehl.«

»Das heißt gottgesandter Befehl, du Idiot. Außerdem geht Dad auch nicht. Ich habe ihn gefragt, warum, und er hat gesagt, dass das nichts für ihn ist. Er hat gesagt, dass ich meine eigenen Entscheidungen treffen kann, und eigentlich glaube ich echt, dass Buddhismus besser zu mir passt.«

Lily beißt sich auf die Zunge und zählt langsam von fünf abwärts. »Darüber sprechen wir, wenn wir nach Hause kommen, okay? Wir können ein Familiengespräch daraus machen, mit deinem Vater. Einverstanden?«

Phoebe seufzt und marschiert auf die Haustür zu. »Okay«, ruft sie über die Schulter zurück.

Matthew eilt seiner großen Schwester hinterher. Ein weiterer Erinnerungsblitz durchzuckt Lily, während sie die kurzen Beine ihres Sohns betrachtet. Einen Moment lang kann sie sich nicht rühren. Immer öfter geschieht das – diese Erinnerungen. Vielleicht liegt es an dem Alter, in dem ihre Kinder sind. Oder einfach an der Jahreszeit.

Oder es steckt etwas Unheilvolleres dahinter.

Während der vergangenen Wochen hat sie das Gefühl beschlichen, beobachtet zu werden. Gestalkt. Erst war es nur eine Ahnung, eine Art übersteigertes Bewusstsein. Nervosität. Dann hat sie begonnen, Bewegungen in den Schatten zu erahnen, wenn sie bei Dunkelheit aus dem Fenster sieht. Außerdem ist sie sicher, dass ihr jemand zum Supermarkt gefolgt ist und sie von der anderen Seite des Parkplatzes aus im Auge behalten hat, als sie aus dem Fitnesscenter gekommen ist. Ein Typ auf einem Fahrrad mit einer Balaclava.

Und sie glaubt, dieselbe Gestalt auf der anderen Straßenseite gesehen zu haben, als sie beim Friseur war, und dann noch einmal, als sie sich mit Hannah im French Bakery Café getroffen und an einen Tisch auf dem Bürgersteig gesetzt hat.

Lily versucht, diese Gedanken zu vertreiben, während sie zur Kirche fährt. Die Welt sieht an diesem Tag wunderschön aus. Die Straßen sind voller Kirschblüten. Weiße und rosafarbene Blütenblätter haben sich wie Frühlingsschnee auf Autos und Gehwegen niedergelassen. In den Gärten blühen Blumen, und Matthew entdeckt einen großen Rehbock auf dem strahlend grünen Golfrasen.

Als sie die Kirche nach der Messe wieder verlassen, weht eine steife Meeresbrise, und während sie auf das Auto zugehen, entdeckt Lily einen rosa Papierfetzen, der unter dem Scheibenwischer flattert.

Sie öffnet die Zentralverriegelung und lässt die Kinder einsteigen, bevor sie nach dem Zettel greift, den sie für einen Strafzettel oder einen Werbeflyer hält. Trotzdem ist sie auf einmal beunruhigt und nimmt ihre Umgebung überdeutlich wahr.

Sie zieht den Zettel unter dem Scheibenwischer hervor und sieht sich um, mustert die Leute, die aus der Kirche kommen, sucht nach jemandem, der sie beobachtet. Ihr Blick landet auf einem Mann neben einer Baumgruppe, der eine Zigarette raucht. Dann fällt ihr eine Frau auf, die sie anzustarren scheint, bis Lily begreift, dass sie nur auf jemanden wartet, der gerade auf sie zugelaufen kommt. Sie schluckt und faltet das Papier auseinander. Ihr wird eiskalt.

In schwarzer Druckschrift steht dort: *Du kannst dich nicht vor Satan verstecken, wenn Satan in deinem Kopf ist.*

Rue

Jetzt

Rue betritt den Verhörraum mit ihrer »Requisitenkiste« und findet Tom Bradley auf dem Sofa sitzend vor. Er trägt Sweatshirt und Jogginghose des PD, dazu Tatortschuhüberzieher. Er ist blass und knetet seine Finger.

»Hallo, Dr. Bradley. Danke, dass Sie gewartet haben.«

Er antwortet nicht.

Sie stellt ihren Karton auf den Kaffeetisch und setzt sich dahinter auf einen Bürostuhl mit Rollen. Über den kleinen Tisch hinweg sieht sie Tom an. Hinter ihr an der Wand hängt eine Pinnwand. Eine Kamera unter der Decke führt in einen Überwachungsraum, wo ihre Vorgesetzte und andere Mitglieder des Teams zusehen und sich Notizen machen. Rue geht davon aus, dass vielleicht von Zeit zu Zeit andere Ermittler an die Tür klopfen und sie aus dem Raum rufen, um ihr vorzuschlagen, eine bestimmte Befragungsrichtung zu beenden oder eine andere wieder aufzugreifen, die ihrer Meinung nach funktioniert.

Der Befragungsraum ist möglichst behaglich eingerichtet. Das Letzte, was sie bei Gericht brauchen, ist ein Anwalt, der vor der Jury erklärt, man hätte einen Verdächtigen in irgendeiner Weise misshandelt. So etwas kommt nicht gut an. Alles, was Rues Team unternimmt, geschieht mit Blick auf eine erfolgreiche spätere Strafverfolgung. Natürlich wäre es ihnen am liebsten, wenn der Fall gar nicht erst vor Gericht landet. Ein Geständnis und ein Schuldbekenntnis wären das Beste.

»Wie geht es Ihnen?«, fragt sie. »Ist Ihnen ein bisschen wärmer?«

Tom sieht kurz zur Kamera hinauf. Er reibt sich das Knie. »Ich habe einen Termin. Ich muss zur Arbeit.«

»Wir werden hoffentlich nicht lange brauchen.« Sie drückt einen Knopf auf ihrem digitalen Diktiergerät und stellt es auf den Tisch zwischen ihnen. »Diese Befragung wird aufgezeichnet. Ich bin Sergeant Rulandi Duval. Verhör mit Tom Bradley, wohnhaft in 2112 Oak End, Story Cove.« Sie nennt Datum und Uhrzeit.

»Bin ich verhaftet?«, fragt Bradley.

»Nein. Sie können jederzeit gehen, und Sie haben das Recht zu schweigen, allerdings wäre Ihre Kooperation sehr hilfreich für uns. Eine Frau ist tot, und Sie haben sie gefunden, weshalb Sie in der besten Position sind, uns dabei zu helfen, herauszufinden, was geschehen ist. Darf ich Sie Tom nennen?«

Er schluckt und nickt.

Sie zieht einen Aktenorder aus dem Karton, schlägt ihn auf und überfliegt die erste Seite. »Sie arbeiten an der Kordel University?«

»Ja. Ich bin Fakultätsmitglied an der Kordel. Psychologische Fakultät. Mein Forschungsgebiet sind die Neuropsychologie und die klinische Psychologie.«

Rue schürzt die Lippen. »Also … die Sache ist die, Tom.« Sie lehnt sich auf ihrem Stuhl zurück, wirkt entspannt, tut so, als hätte sie alle Zeit der Welt. »Da gibt es ein paar Dinge an Ihrer Darstellung der Ereignisse von heute Morgen, die nicht richtig zusammenpassen, und wir würden die Details gern noch einmal durchgehen, nur um einige Fragen zu klären.«

Ein forderndes Klopfen, dann schwingt die Tür auf, und dort steht eine Frau.

Rues Puls geht schneller, als sie Dianne Klister erkennt. Eine berüchtigte Strafanwältin in dieser Stadt. Geradezu mediengeil. Klister ist Mitte vierzig, und ihr dichtes kastanienbraunes Haar schwingt fedrig an ihrer Kinnlinie entlang. Sie trägt ein Designerkostüm mit Pumps, die vermutlich mehr gekostet haben als Rues Subaru Outback. Ihre klobige Goldkette ist eine Kampfrüstung, und für die lederne Aktentasche musste vermutlich irgendein Krokodil oder eine Schlange das Leben lassen.

Professor Bradley hat sich also nicht nur einen Rechtsbeistand besorgt, er hat sich dafür auch einen der erstklassigsten und hartgesottensten Rechtsanwalts-Haie der Stadt ausgesucht. Anwälte wie Klister engagiert man nicht, wenn man nichts zu verbergen hat. Das Honorar dieser Frau würde normale Leute in den Bankrott treiben. Oder zumindest dazu zwingen, eine zweite Hypothek aufzunehmen. Die Tatsache, dass Klister in diesem Moment vor ihnen steht, weckt Rues Aufmerksamkeit, und nun sieht sie Tom Bradley erst recht als Person von besonderem polizeilichen Interesse. Und niemand im Team hat irgendeinen Zweifel daran, dass es die Joggerin am Grotto Beach mit Fremdeinwirkung zu tun bekommen hat.

»Ms Klister«, sagt Rue.

»Sergeant Duval«, antwortet Klister und bleibt in der Tür stehen. »Ich würde gern kurz unter vier Augen mit meinem Klienten reden.«

Rue hebt die Braue und wirft Bradley einen Blick zu. »Wir waren gerade dabei, offiziell Toms Aussage für diesen Morgen durchzugehen …«

»Mit anderen Worten, Sie haben ins Blaue hinein ermittelt«, fällt Klister ihr ins Wort.

»Wir haben noch ein paar Fragen zu Dr. Bradleys Version der Ereignisse«, gibt Rue zurück.

»Was haben Sie sonst noch?«

»Eine Lauf-Cap der Kordel University, die am Tatort gefunden wurde. Und eine Stirnlampe. Anzeichen einer Verfolgungsjagd und eines Kampfes, außerdem Blutspuren an der Klippe oberhalb der Stelle, wo die Verstorbene gefunden wurde.« Rues Drohnenflieger hat auch eine zweite Stirnlampe gefunden, deren Gummiriemen an einem Felsen hängen geblieben ist, sowie eine pinke Lauf-Cap, die sich auf halbem Weg die Felswand hinab an einem toten Ast verfangen hat. »Und wir haben Fußabdrücke am Rand des Abgrunds. Dieselbe Größe und dieselbe Marke wie die Laufschuhe, die Ihr Klient getragen hat.« Was inzwischen bestätigt worden ist. Rue hält kurz inne und lässt das wirken, dann sagt sie: »Plus einer Visitenkarte in der Jackentasche der Toten mit dem Namen Ihres Klienten darauf. Und das Blut der Toten an seinen Händen und an seinem Hals. Und die Jacke Ihres Klienten, die er am Tatort zurückgelassen hat. Und eine Zeugin, die gesehen hat, wie Ihr Klient an diesem Morgen seinen Garten betreten hat, wobei er ein blutiges Shirt anhatte, das er nicht mehr getragen hat, als wir nach seinem Notruf bei seinem Haus angekommen sind.«

Klister zuckt nicht mit der Wimper. Tom Bradley jedoch erstarrt auf dem Sofa, seine Augen werden groß.

Rue schickt einen stummen Dank an Toshi dafür, dass er bereits eine DNS-Probe von Bradley ergattert hat, denn Klister hätte das auf gar keinen Fall zugelassen. Darüber hinaus hat Rue ihren Partner auch losgeschickt, um die Ehefrau zu befragen, bevor das Paar Gelegenheit bekommt, die Geschichten und Alibis aufeinander abzustimmen.

»Stellen Sie meinen Klienten unter Anklage?«, fragt Klister.

»Nein. Wir …«

»Komm, Tom, wir gehen«, sagt Klister, die Hand auf der Türklinke.

»Ich muss Ihren Klienten fragen, wo er gestern war. Wenn er uns einen Bericht über sein Bewegungsprofil von gestern Morgen bis zu dem Zeitpunkt, als er die Leiche gefunden hat …«

»Er hat nichts mehr zu sagen. Tom, lass uns gehen.«

Bradley steht auf.

»Haben Sie die Tote erkannt, Dr. Bradley?«, fragt Rue. »Wissen Sie, wer sie ist?«

Tom Bradley geht auf seine Anwältin zu. Rue sieht, dass der Professor reden will, dass er sich erklären will, und im Stillen verflucht sie Klister. Wenn Rue noch ein paar Minuten allein mit ihm gehabt hätte, dann hätte sie etwas aus ihm herausbekommen. Da ist sie sicher.

»Warum haben Sie ihr Gesicht bedeckt, Dr. Bradley?«, fragt Rue.

»Wir sind hier fertig«, sagt Klister.

Als Bradley und Klister sich jedoch abwenden, tritt ihnen eine Polizistin in den Weg und macht Rue ein Zeichen. »Ein Wort, Detective?«

»Kann das warten?«, entgegnet Rue knapp.

»Draußen steht ein Teenager. Joe Harper. Er sagt, dass seine Mutter vermisst wird. Er wohnt mit seiner Mutter in Story Cove. In Oak End, direkt am Anfangspunkt des Waldpfads. Er sagt, dass die Laufschuhe, die Cap, die Regenjacke, das Handy und die Stirnlampe seiner Mutter nicht im Haus sind. Zuletzt hat er seine Mom bei einem Grillfest auf der anderen Straßenseite der Sackgasse gesehen, und er hat von der Leiche am Strand gehört. Er sagt, dass er den Mann kennt, der die Tote gefunden hat. Tom Bradley ist ein Nachbar aus der Straße, und Bradley und seine Frau waren ebenfalls bei dem Grillfest.«

Rues schaut zu Bradley. Er ist weiß wie die Wand. Bradley und seine Anwältin tauschen einen hitzigen Blick.

Bevor Rue noch etwas sagen kann, legt Klister ihrem Klienten die Hand auf den Arm und sagt: »Es war schön, Sie wiederzusehen, Detective.« Sie wirft Rue ein falsches Lächeln zu, wendet sich dann ab und führt ihren Klienten mit laut klackenden Absatzschritten den Korridor hinab.

Während Rue dem Professor und seiner Hai-Anwältin hinterherschaut, sagt sie leise zu der uniformierten Polizistin: »Wie heißt die Mutter dieses Jungen?«

»Arwen Harper. Sie arbeitet im Red Lion.«

Arwen

Damals
6. Mai. Freitag.

Sechs Wochen vor ihrem Tod

Arwen Harper legt die dritte Tarotkarte auf den Kupfertresen der Bar. Sie macht eine schnelle Lesung aus drei Karten für die Wirtin der Red Lion Tavern. Dez Parry hat Arwen vor sechs Tagen eingestellt.

Die dritte Karte ist der Tod.

»Na toll«, sagt Dez, die gerade ein Bierglas poliert. In einer Flaute zwischen Mittagessen und Happy Hour hat Dez sie um eine Lesung gebeten, nachdem sie die Tarotkarten aus Arwens Handtasche hervorschauen gesehen hatte. »Heißt das, ich werde sterben?«

»Natürlich wirst du das.« Arwen sieht auf und begegnet Dez' Blick. Langsam breitet sich ein Lächeln auf ihrem Gesicht aus. »Wir sterben alle. Manche früher, andere später.«

»Tja, dann ...« Dez stellt das Glas in das Regal und holt sich das nächste vom Abtropfsieb. »Und was heißt das jetzt?«

»Du musst die Karten in Beziehung zueinander interpretieren, in Beziehung zu dir selbst und im Kontext deiner Frage«, erklärt Arwen. »Du hast gesagt, dass du vor einer schwierigen Frage stehst – du weißt nicht, ob du deine ganzen Ersparnisse als Anzahlung für eine Wohnung verwenden sollst, was dir eine sichere Zukunft bieten würde. Andererseits würde es dich aber auch festlegen. Du könntest dein Geld natürlich auch dafür ausgeben, die Welt zu bereisen, aber dann hättest du keine Rücklagen mehr. Also …« Arwen schiebt die drei Karten noch weiter auseinander, ihre Ringe funkeln im Licht der Bar. Sie tippt auf die erste Karte. »Diese Karte steht für deine Frage, für deine derzeitige Situation. Diese zweite Karte hier repräsentiert deine Gefühle dazu, und die dritte Karte ist das, worauf es hinausläuft.«

Dez hält im Polieren inne. »Für mich läuft es also auf den Tod hinaus?«

Arwen grinst. »Das ist keine schlechte Karte. Sie symbolisiert, dass etwas endet, wie bei einer großen Transformation, der Übergang von einem Zyklus zum nächsten. Eine *notwendige* Veränderung. Sie ist ein Zeichen dafür, dass du vielleicht loslassen solltest, was dir nicht länger dient. Oder vielleicht liegt etwas Neues vor dir, wie eine Hochzeit, eine Karrieremöglichkeit, eine Schwangerschaft, ein großer Umzug … etwas, das in irgendeiner Weise von dir verlangen wird, dein altes Leben loszulassen, dein altes Selbst zu verlieren, um jemand anderes, Neues zu werden. Aber wenn die Karte verkehrt herum liegt, so wie hier, dann kann das auf eine Verzögerung hindeuten, auf ernst zu nehmende Probleme damit, den notwendigen Wandel zu akzeptieren und sich daran anzupassen.«

»Und die zweite Karte – der Narr – steht dafür, wie ich mich bezüglich meiner Frage fühle?«

»Der Narr ist der Teil von dir, der gedankenlos seinem Lebensweg folgt, die Sorgen wie ein Bündel an einem Stock, der aber nie innehält, um zuerst nachzudenken. Der sich einfach treiben lässt. Der Narr steht aber im Zusammenhang mit der ersten Karte, mit der Sonne, die mir verrät, dass du diese Art des Seins in Zweifel ziehst. Du willst deiner Lebensreise mehr Bedeutung geben. Die Sonne steht hier für einen Triumph über diesen Aspekt deines Lebens. Mehr Kontrolle.«

Dez schnaubt und greift nach dem nächsten nassen Glas. »Ein ganz billiger Trick, Arwen. Ganz billig. Hokuspokus. Das habe ich dir doch alles mehr oder weniger selbst schon erzählt.«

Arwen lacht. »Stell es dir wie eine Therapie vor – der Patient weiß die Antworten sowieso schon die ganze Zeit. Die Karten sind wie das Werkzeug eines Therapeuten, mit dem man die Wahrheit aus dem Unterbewusstsein hervorlocken kann. Manchmal werden die Karten sogar in der Therapie eingesetzt.«

»Bei einer Therapie findest du mich ganz sicher nie.«

Als Dez antworten will, schwingen die Türen der Bar auf. Sowohl Arwen als auch Dez sehen auf.

Vier Männer treten ein. Einer ist größer als die anderen – dunkles Haar mit deutlich davon abgehobenen grauen Schläfen. Gut aussehend. Breite Schultern. Athletische Haltung, die im Kontrast zu dem eleganten Wollmantel, dem Schal und der Ledermappe steht, die über seiner Schulter hängt.

Ein Klingeln in Arwens Kopf. *Jackpot. Bingo.* Aufregung knistert auf ihrer Haut, als sich die Männer die Schals abwickeln und der jungen Frau am Empfang die Mäntel reichen. Sie steuern den großen runden Tisch in der Fensternische beim Kamin an.

Menschen sind Gewohnheitstiere, und der Professor für Psychologie ist da keine Ausnahme. Kurz nach den Männern kommt eine Schar Frauen herein, sechs von ihnen, lachend und schrill plaudernd. Fast alle sind blond. Teuer ausstaffiert. Im mittleren Alter. Sie sind hier, um an einem Freitagabend noch einen Wein zu trinken, bevor ihre Kinder und Ehemänner nach Hause kommen und das Wochenende beginnt.

»Showtime«, kommentiert Dez, greift nach einem Stapel Speisekarten und ruft nach dem Barkeeper, der gerade in der Küche ein spätes Mittagessen vertilgt.

»Macht es dir etwas aus, wenn ich die Männer übernehme?«, fragt Arwen, während sie ihre Tarotkarten einsammelt. Ihre Armreifen klimpern bei jeder Bewegung,

»Die Profs von der Kordel Universität?«

»Sind sie das?«

»Stammgäste zur Happy Hour am Freitagabend. Pünktlich wie die Maurer. Der Große, Dunkle ist Tom Bradley. Psychologie. Der etwas Kleinere mit den braunen Haaren ist Simon Cody – Philosophie. Der indisch aussehende Typ ist Sandeep Gunjal. Er unterrichtet Wirtschaft. Und der dünne, leichenblasse Kerl mit der Halbglatze und der breiten Stirn ist Milton Timmons, englische Literatur.« Sie mustert Arwen. »Bist du sicher? Sie sind nicht besonders großzügig. Die Frauen da geben super Trinkgeld, wenn man weiß, wie man sie nehmen muss«, erklärt Dez.

»Ich weiß irgendwie nie, wie ich solche Frauen da nehmen muss.«

Dez grinst und mustert Arwens Tattoo am Hals, ihre wilden Locken, ihre klimpernden Armreifen, ihren langen Rock, ihre unverhohlen sinnliche Ausstrahlung. »Wie du willst, aber es ist ein Verlustgeschäft für dich.«

Falsch, es ist der Hauptgewinn für mich, denkt Arwen, nimmt sich die Speisekarten vom Stapel und geht zu der Gruppe Männer hinüber.

»Guten Abend, die Herren. Mein Name ist Arwen. Kann ich Ihnen etwas zu trinken holen, während Sie einen Blick in die Karte werfen?« Sie lächelt, sieht jedem der Männer in die Augen, während sie ihnen die Karten reicht. Sorgfältig mustert sie die vier, erwägt Möglichkeiten, registriert Eheringe – allesamt tragen sie einen. Arwen vermutet, dass Simon Cody Gewichte stemmt und eitel ist, und er hält sich für einen Charmeur. Seine Hände wirken kräftig. Seine Augen sind intensiv grün. Milton Timmons Blick dagegen wirkt wehmütig. Der Professor für englische Literatur hat lange, feingliedrige Finger, und seine hohe Stirn verleiht ihm etwas Intellektuelles. Sandeep Gunjal hat eine warme Aura und feucht schimmernde Augen, aus denen ein Lächeln zu strahlen scheint. Elegant gekleidet und offenbar derjenige der vier mit dem ausgeprägtesten Modebewusstsein. Tom Bradley unterhält sich mit seinen Freunden und sieht ihr nicht einmal ins Gesicht, als er seine Speisekarte entgegennimmt. Arwen hält die Karte fest, zwingt ihn dazu, leicht daran zu ziehen. Als sie nicht sofort loslässt, sieht er auf, direkt in ihre Augen.

Sie lächelt. Er hält ihren Blick, instinktiv neugierig, und Arwen erkennt, dass seine Augen aus der Nähe dunkelblau sind. Sein Haar ist gut geschnitten und windzerzaust. Sie lacht, als sie ein paar verirrte Kirschblütenblätter darin entdeckt. »Sie haben Blütenblätter auf dem Kopf«, sagt sie. »Als ob Sie bei einer Hochzeit gewesen wären.«

Lachend fährt er sich übers Haar. »Der Wind pflückt die Blüten ab und wirbelt sie überall herum. Ist ja der reinste Sturm heute.«

Arwen kann ihn sich vorstellen, wie er in seinem langen Wollmantel durch den Kirschblütensturm läuft. Oder an einer windigen Klippe entlang. Wie Heathcliff im Moor – ein Protagonist, der in ein gotisches Herrenhaus passt. Sie ist gefesselt, verlockt von der Tatsache, dass er »abnorme« Psychen studiert. Für Arwen ist Tom Bradley eindeutig der Attraktivste der vier.

Er nimmt die Karte und liest das Namensschild auf ihrer Brust.

»Arwen. Danke.« Seine Stimme ist tief, warm. Ein verspieltes Funkeln blitzt in seinen Augen auf. Und das war's mit seinem Image des ergebenen Ehemanns.

Tut mir leid, Lily Bradley, aber dein Dr. Tom Bradley ist ein typischer Mann mit einem Ego, das für Streicheleinheiten empfänglich ist, und er hat mir gerade eine Tür geöffnet.

Eine Tür, die für ihn zur Falle wird.

Und für dich.

Arwen erwidert Toms warmes und einladendes Lächeln, fühlt Aufregung in sich aufsteigen, ein vorfreudiges Flattern. Das Spiel geht los.

»Waren Ihre Eltern Fans von Herr der Ringe?«, fragt er.

»Wie bitte?«

Der Dünne mischt sich mit theatralischer Stimme ein: »Ich bin Arwen, Elronds Tochter, Halbelbin.«

Sie verzieht das Gesicht. »Tut mir leid, das verstehe ich nicht. Mein Name stammt aus der Familie meiner Mutter. Walisische Herkunft. Also, was kann ich Ihnen holen? Etwas zu trinken, während Sie sich aussuchen, was Sie essen möchten?«

Die Männer bestellen Craftbier vom Fass, und Arwen lässt sie am Feuer plaudernd zurück und geht zu Hank, dem Barkeeper, um die Bestellung aufzugeben.

Während Hank die Biere zapft, sagt er: »Sie fangen immer mit Bier an, aber wenn sie gut dabei sind, dann schenken wir später noch den Single Malt Scotch von ganz oben aus.« Er stellt die Biergläser auf den Tresen. »Jeden Freitagabend, pünktlich auf die Minute, diese Profs. Manchmal bringen sie noch ein paar Freunde mit, aber normalerweise sind es nur die vier.«

»Habe ich schon gehört.«

Genau aus diesem Grund hat sie sich für den Job im Red Lion beworben. Professor Tom Bradley kommt gewohnheitsmäßig zur Happy Hour am Freitag her, und auch Dr. Lily Bradley geht freitagabends aus, zum Buchclub, was übersetzt

»Mädelsabend mit viel Wein« bedeutet. Sonntags gleichen die Bradleys diese alkohollastigen Gepflogenheiten mit einer gewohnheitsmäßigen Joggingrunde und einem gewohnheitsmäßigen Besuch des Gottesdiensts aus. Um den Kopf zu klären und sich von Sünden zu reinigen.

Freitagabends ist die kleine Phoebe Bradley allein zu Hause und passt auf ihren jüngeren Bruder Matthew auf. Phoebe beschäftigt sich mit ihrem iPad, und Matthew verkriecht sich auf dem Dachboden, während ihre Eltern über die Stränge schlagen.

Arwen trägt das Tablett mit den Getränken zum Tisch der Männer.

Freitagabends hat Arwen jede Menge Möglichkeiten.

Rue

Jetzt

Der Teenager, der im Empfangsbereich auf Rue wartet, ist groß und von asiatischer Herkunft.

»Ich bin Joe Harper«, sagt er mit bebender Stimme. »Und meine Mom wird vermisst.«

Sie bringt ihn in ein Befragungszimmer mit einem Tisch und zwei Stühlen, dann schließt sie die Tür.

»Setz dich, Joe. Lass dir Zeit. Kann ich dir etwas zu trinken bringen? Wasser, Tee, Kaffee?«

Er schüttelt den Kopf und setzt sich an den Tisch. Seine Hände zittern. Sofort hat er Rues ganzes Mitgefühl. Er ist etwa im selben Alter wie ihr Sohn.

Rue setzt sich, und Joe schiebt ihr sein iPhone über den Tisch zu. Das Display zeigt das Bild einer Frau.

»Das … das ist ein ziemlich neues Foto von meiner Mom«, sagt er.

Rue nimmt das Telefon entgegen, und ihr stockt der Atem. Ihre Haut wird heiß.

Sie *könnte* es sein – die Frau, der Rue zum Red Lion gefolgt ist. Ihr Gesicht hat Rue nie deutlich gesehen, aber Joe Harpers

Mutter kommt ihr verstörend bekannt vor. Langsam und tief atmet sie durch, klärt ihre Gedanken, dann sieht sie auf und begegnet dem Blick des Jungen.

Er sieht der Frau auf dem Foto kein bisschen ähnlich. Seine Mutter hat sehr helle Haut, und ihr dunkelbraunes Haar weist einen Rotschimmer auf. Hellblaue Augen. Wie der Himmel an einem heißen Sommertag. Die Frau auf dem Bild wirft den Kopf in den Nacken und lacht. Ihr langer, heller Hals lässt Rue an einen Schwan denken. Und dort, glasklar, auf der linken Seite dieses Schwanenhalses, ist das Tattoo zu erkennen: das mythologische Wesen mit dem Löwenkopf und dem Schlangenschwanz, das Rue bei der Toten gesehen hat. Auf dem Foto ist sie so lebendig. Sie lehnt an einem riesigen umgestürzten Baum, der bereits verwittert und hellgrau geworden ist. Ihre offenen Locken wehen im Wind. Ihr Arm – den sie erhoben hat – ist voller Armreifen. Rue zoomt das Gesicht heran. Sie sieht einen Nasenstecker aufblitzen.

Sie fragt sich, ob Joe Harper vielleicht adoptiert ist, so wie sie selbst. Rue sieht ihren Eltern auch kein bisschen ähnlich. Jahrelang hat sie gesucht, ist Hinweisen gefolgt und zweimal nach Südafrika gereist, um herauszufinden, dass ihre biologische Mutter gemischter Abstammung war, aus Malaysia gekommen und in Cape Town in Südafrika aufgewachsen ist. Ihre biologische Mutter, die mittlerweile verstorben war, hatte offenbar hauptsächlich Afrikaans gesprochen. Über ihren leiblichen Vater weiß Rue nur, dass er schwarz war und eine Zeit lang in der Nähe von Maputo in Mosambik gelebt hat, einer ehemaligen portugiesischen Kolonie, und dass er sowohl Portugiesisch als auch Makua gesprochen hat.

»Und deine Mutter heißt Arwen?«, fragt sie leise.

Joe nickt, reibt sich über den Mund. »Arwen Harper.«

»Wann ist dir aufgefallen, dass deine Mutter nicht da ist, Joe?«

»Ich habe sie seit gestern nicht gesehen, seit wir über die Straße zu einem Grillfest bei den Codys gegangen sind – die Codys wohnen gegenüber von uns.«

»Ihr wohnt in Oak End?«

»Genau neben dem Wanderweg, der zum Spirit Forest Park führt, ja. Ich bin vor ihr von dem Grillfest nach Hause gegangen. Ich … ich war nicht in der Stimmung.«

»Dann weißt du also nicht, wann deine Mutter das Grillfest verlassen hat?«

»Das … das weiß ich wirklich nicht. Ich hätte aufpassen sollen, dass sie heil nach Hause kommt, und vielleicht ist sie das ja auch, aber ich bin einfach ins Bett gegangen.« Seine Augen füllen sich mit Tränen. Er wischt sie weg. »Sie arbeitet oft die ganze Nacht in ihrem Atelier, also erwarte ich gar nicht, sie nachts zu sehen oder zu hören. Sie schläft auch im Atelier, es ist wie eine Einzimmerwohnung. Aber wir frühstücken immer gemeinsam, besonders an Schultagen. Das ist ihr Ding, ihre eine Regel, ihre Zusage an mich – dass wir diese Zeit miteinander verbringen …« Seine Stimme bricht. Einen langen Moment starrt er die Tischplatte an und versucht, sich zu fassen. »Mittags essen wir meistens nicht zusammen, und den Rest des Tages sehen wir einander auch oft nicht, aber beim Frühstück gibt sie sich *immer* Mühe. Das ist ihre Zeit, um nach mir zu sehen und dafür zu sorgen, dass ich etwas Vernünftiges esse. Es … es tut mir leid.« Er wischt sich die Tränen ab.

»Schon gut. Lass dir so viel Zeit, wie du brauchst.«

»Als sie heute Morgen nicht zum Frühstück gekommen ist, habe ich im Atelier nach ihr gesucht, aber da war sie nicht. Dann habe ich bemerkt, dass ihre Laufsachen auch fehlen, also dachte ich, sie ist einfach eine Runde joggen gegangen, was montagmorgens aber ungewöhnlich gewesen wäre. Also habe ich es auf ihrem Handy versucht, bin aber direkt auf der Mailbox gelandet. Dann … dann habe ich die Sirenen gehört und alle auf der Straße gesehen und den Streifenwagen ein Stück die Straße hoch. Und ich habe gehört, dass eine Leiche – eine tote Frau – am Strand gefunden worden ist.«

»Nimmt deine Mutter ihr Handy normalerweise mit, wenn sie joggen geht?«

Er nickt. »Besonders, wenn sie alleine läuft.« Sein Blick scheint Rue festzuhalten, der Ausdruck in seinen Augen ist flehend. »Ist sie es? Ist die Frau am Strand meine Mom?«

Rue denkt daran, dass bei der Leiche kein Handy gefunden worden ist. »Wir wissen noch nicht, wer die Frau ist, Joe«, sagt sie sanft. »Gibt es etwas, anhand dessen wir sie identifizieren …«

»Das Tattoo.« Er deutet auf ihren Hals. »Sie hat eine Tätowierung am Hals. Es ist eine Chimäre. An der Hüfte hat sie auch eine. Ein Bild der griechischen Göttin Apate.«

Behutsam fragt Rue: »Du hast erwähnt, dass ihre Laufsachen auch verschwunden sind. Was trägt deine Mutter normalerweise, wenn sie joggen geht?«

Er reibt sich über die Augen, hart. »Eine pinke Laufjacke – ein dunkles Pink, sie nennt die Farbe Fuchsia. Sie ist Malerin. Sie verwendet immer so abgefahrene Namen für Farben. Meistens malt sie mit Ölfarben. Und … ihre Schuhe sind Nikes. Geländeschuhe. Und eine schwarze Leggins.«

»Eine Mütze? Stirnlampe? Irgendein Licht?«

»Eine … eine pinke Cap, passend zur Jacke. Und eine Stirnlampe von Petzl, die sie bei Mountain Equipment gekauft hat. Wenn es draußen dunkel ist, nimmt sie die Lampe immer mit.«

»Dann geht sie also öfter im Dunkeln joggen?«

»Na ja, manchmal läuft sie los, wenn es schon dämmert, und wenn sie dann nach Hause kommt, ist es dunkel.«

»Welche Farbe hat die Stirnlampe?«

Er sieht verängstigt aus, seine Augen sind glasig, sein Blick wild. »Sie … sie ist orange und weiß. Ist sie es?«

Das passt zu der Beschreibung der Stirnlampe, die sie mithilfe der Drohne an der Felswand gefunden haben.

»Hast du noch einen anderen Elternteil, Joe? Oder einen nahen Verwandten in der Gegend?«

»Es gibt nur mich und meine Mom. Einen Vater habe ich nicht. Ich meine, ich bin meinem biologischen Vater nie begegnet. Ich weiß nicht mal, wie er heißt oder wer er war. Eine Weile lang hatte ich einen Stiefvater. Peter Harper. Er hat mich adoptiert, als er meine Mom geheiratet hat. Dann haben sie sich aber vor ein paar Jahren getrennt, und dann ist Peter gestorben. Seitdem sind es nur noch Mom und ich.«

Rue denkt an den zerschlagenen Körper am Strand. Eine alleinerziehende Mutter. Dieser Junge, ganz allein.

»Deine Mutter hat also keine Angehörigen, keinen Partner?«

Er senkt den Blick und zögert, als wäre ihm etwas peinlich oder als würde er sich schämen, dann schüttelt er den Kopf. Ganz leise sagt er: »Sie hat eine Menge männlicher Freunde, und manchmal bleiben die über Nacht, aber …« Er räuspert sich und sieht Rue wieder an. »Niemand Festes.«

Langsam nickt Rue, behält ihn dabei im Auge. »Wie alt bist du, Joe?«

»Sechzehn.«

Sie spürt einen Knoten im Magen. Er ist zwei Jahre jünger als ihr eigener Sohn. Sie denkt an die Frau, der sie zum Red Lion gefolgt ist, und fragt sich, ob sie in diesem Fall angeben muss, befangen zu sein. Sie will es nicht. Sie muss wissen, wohin dies hier führt, sie muss es unter Kontrolle haben. Außerdem ist sie sich nicht sicher, dass dies die Frau ist, mit der sich ihr Mann getroffen hat.

Rue zieht ihr Handy aus der Tasche und öffnet ein Foto. Sie zeigt es dem Jungen. »Erkennst du diese Schlüssel, Joe?«

»Ja. Ja, das sind ihre. Wir haben einen VW-Bus. Wir sind damit durch ganz Kanada gefahren, als wir hergezogen sind. Wir haben unterwegs praktisch dadrin gewohnt, und einmal sind wir quer durch die Staaten bis nach Mexiko gefahren, und …« Er weint leise.

Rue holt eine Packung Taschentücher und eine Flasche Wasser. Sie reicht Joe beides. Er putzt sich die Nase und trinkt einen großen Schluck. Als er sich ein wenig gefasst zu haben scheint, zeigt Rue ihm ein weiteres Foto. »Und diesen Anhänger – erkennst du den auch?«

Er nickt. »Der ist von der Bar, in der sie arbeitet. Ihre … ihre Malerei reicht nicht, um davon leben zu können, ich meine, sie verkauft ihre Kunst und so, aber das war nie ihre Haupteinnahmequelle. Und sie muss Geld verdienen, während sie an ihrem speziellen Projekt arbeitet.«

»Was für ein Projekt?«

Benommen starrt er auf das Foto des Anhängers.

»Joe?«

Er sieht auf.

»Was für ein Projekt, Joe?«

»Ich … ich weiß nicht. Es ist ein Buch. Nonfiction. Mehr wollte sie mir darüber nicht erzählen. Sie hat nur gesagt, dass es ein spezielles Projekt ist und dass es unser großer Durchbruch wird. Deshalb sind wir hier an die Westküste gezogen. Sie hat gesagt, das wäre zu Recherchezwecken und dass es eine Weile dauern wird, bis sie alle Details hat, die sie braucht.«

»Wann seid ihr nach Story Cove gekommen?«

»Wir sind am letzten Tag im Mai nach Oak End gezogen. Davor haben wir näher bei der Stadt in einer Wohnung gelebt. Wir sind Anfang März auf die Insel gekommen.«

»Und wo habt ihr gewohnt, bevor ihr auf die Insel gekommen seid?«

»In einer Stadt namens Oakville, außerhalb von Toronto. Meine Mom hat für ein Fernsehstudio gearbeitet und investigative Nachforschungen und Reportagen gemacht. Außerdem hat sie für mehrere Programme geschrieben.«

»Investigative Arbeit?«

»So was wie Undercover-Sachen, meistens für Konsumentensendungen. Einmal hat sie für eine Serie des CBC gearbeitet und ist unter Decknamen zu mehreren Zahnärzten gegangen, um aufzudecken, dass einige von ihnen behauptet haben, sie würde eine teure Füllung und so etwas brauchen, während andere gesagt haben, es wäre alles in Ordnung mit ihren Zähnen. Einmal hat sie dabei geholfen, einen Finanzbetrüger auffliegen zu lassen. Und einmal einen Blender auf einer Datingseite und jemanden, der Senioren ausgenommen hat. Sie hat auch für ein paar True-Crime-Shows gearbeitet … aber die Kunst, ihre Malerei, ihre Tarotkarten, das braucht sie, um alles zu verarbeiten, sagt sie. Ihre Kunst ist für sie wie eine Therapie, ein Ventil. Sie … sie braucht das.« Er lässt den Kopf hängen und sitzt lange schweigend da. Rue ahnt viel mehr hinter den Worten. Eine Mutter mit Problemen. Einen sehr verlorenen Teenager.

»Sie ist es, oder? Die Frau am Strand?«, sagt er ganz leise, ohne aufzuschauen. »Sie ist die Tote, die unter den Klippen liegt. Meine Mom. Es ist meine Mom.«

»Joe, wir müssen die Identität noch offiziell bestätigen, aber es hört sich so an, als wäre es deine Mutter.«

Er wird ganz still. Eine lange Weile sagt er nichts. »Kann … kann ich sie sehen? Um sicher zu sein.«

»Es wird eine Autopsie geben. Das wird bei einem plötzlichen Todesfall gesetzlich angeordnet. Die Obduktion wird dem Coroner und uns helfen herauszufinden, was mit ihr passiert ist. Und dann, ja, dann kannst du sie sehen. Der Coroner wird eine offizielle Identifizierung wollen – entweder mithilfe der DNS oder zahnärztlicher Unterlagen. Es würde also helfen, wenn du uns den Namen des Arztes oder des Zahnarztes deiner Mutter mitteilen könntest. Und wir würden gern zu euch nach Hause kommen, um uns umzusehen und auch, um etwas wie eine Haar- oder Zahnbürste mitzunehmen, etwas, an dem die DNS deiner Mutter zu finden ist.«

»Ich glaube nicht, dass meine Mom bei einem Arzt oder einem Zahnarzt war, seit wir hier sind, aber ich weiß, wo sie ein paar Arztrechnungen von zu Hause aufbewahrt.«

»Das wäre gut. Hast du jemanden, bei dem du bleiben kannst?«

»Ich … ich weiß nicht. Vielleicht bei den Codys von gegenüber.«

»In Ordnung, ich sage dir was – mein Partner und ich werden dich zurück nach Hause fahren, und du kannst diese Rechnungen für uns heraussuchen und uns durch das Haus führen, uns vielleicht sagen, falls dir etwas Ungewöhnliches auffällt. Dann können wir uns mit den Codys treffen. Ich bringe dich außerdem mit jemandem von der Opferhilfe in Kontakt, der dafür sorgt, dass sich ein Sozialarbeiter mit dir in Verbindung setzt, der sich auch darum kümmert, falls du noch etwas anderes brauchst. Einverstanden?«

Er nickt.

»Kannst du mir das Foto von deiner Mutter aufs Handy schicken?«

Joe sendet es ihr via AirDrop.

»Danke. Ich werde einen Polizisten bitten, bei dir zu warten, während ich das Foto ausdrucke. Ich bin gleich wieder da, okay?«

Er nickt.

Rue steht auf und will den Raum gerade verlassen, als Joe sagt: »Ich habe gehört, dass Dr. Bradley sie gefunden hat.«

Mit der Hand auf der Klinke hält Rue inne. »Kennst du Dr. Bradley?«

»Ja. Er … Ich bin mit der Tochter der Bradleys zusammen, irgendwie, mit Phoebe.«

Phoebe

Damals
1. Juni. Mittwoch.

Achtzehn Tage vor ihrem Tod

Phoebe Bradley sieht ihn zum ersten Mal im Frühsommer, als das Schuljahr fast vorüber ist.

Die Bäume sind voller frischer grüner Blätter, und die Gärten blühen. Es ist ein klarer Tag, Versprechen schimmern in der Luft, und eine warme Brise streicht vom Meer heran, als sie zur Haltestelle des Schulbusses läuft. Sie biegt um die Ecke, und sofort fällt ihr der Neue auf – wie könnte es auch anders sein?

Er ist groß – größer als die meisten anderen Kids, die sich mit ihren Rucksäcken und Büchern an diesem warmen Morgen an der Haltestelle tummeln. Sein Haar ist rabenschwarz und glänzend. Hohe, ausgeprägte Wangenknochen. Athletisch gebaut, aber definitiv kein Sportler – er hat etwas Gebildetes, Unnahbares an sich. Sein Haar ist an den Seiten kurz geschoren, oben auf dem Kopf jedoch länger, und die Stirnfransen fallen ihm fast in die Augen. Ordentliche, schmale Koteletten. Ein Ohrring auf einer Seite. Phoebe ist ein Manga-Fan. Sie ist so fasziniert von Manga und Anime und der Kultur darum herum, dass sie begonnen hat, sich selbst Japanisch beizubringen. Nächstes Jahr will sie in der Schule einen Japanischkurs belegen. Wann immer sie kann, zeichnet sie Mangas auf ihrem iPad oder auf einem Block oder in ein Notizbuch … und er ist wie ein perfekter, glühender Manga-Held. Sie ist verliebt. Quasi auf den ersten Blick. Sie kann gar nicht wieder wegschauen.

»Wer *ist* das?«, flüstert sie Fiona Cody zu, die in ihre Klasse geht. Die Codys leben am Ende der Straße, und Fionas Mom und Phoebes Mom sind Freundinnen. Fionas Dad unterrichtet auch an der Uni – Simon Cody ist Professor für Philosophie – und er ist ein Kumpel von Phoebes Vater. Es gibt hier so einige in der Nachbarschaft, die an der Uni arbeiten. Akademiker mit Geld oder »Erbreiche«, wie es ihr Vater nennt. Und wenn er das sagt, lacht er, weil jeder weiß, dass Professoren mit dem Unterrichten wirklich nicht die ganz große Kohle verdienen. Die meisten der anderen Uni-Mitarbeiter leben in einer künstlerischen und etwas heruntergekommeneren Gegend nördlich von hier, näher beim Campus. Ihre Mutter nennt dieses Viertel »eklektisch«.

Im Sommer treffen sich die Codys und die Bradleys oft zum Grillen. Und an diesen langen, warmen Abenden sitzen Simon Cody und Phoebes Vater gern zusammen im Garten um die Feuergrube und reden stundenlang miteinander, während sie trinken. Und dann wankt der eine oder der andere – je nachdem, in wessen Garten sie gesessen haben – die Straße entlang nach Hause, lachend und Abschiedsgrüße rufend, so laut, dass Phoebe sicher ist, dass sie damit die ganze Nachbarschaft aufwecken.

Fiona hat auch einen kleinen Bruder. Jacob. Der ist viel weniger nervig als Matthew. Jacob und Matthew verstehen sich nicht besonders gut, aber Matthew versteht sich eigentlich mit den meisten Kindern in seinem Alter nicht besonders gut.

Matthew und Jacob fahren auch nicht mit demselben Bus zur Grundschule.

Fiona flüstert: »Er ist gerade gegenüber von uns eingezogen.«

»In *unsere* Straße? Oak End?«

»Ja.« Fiona mustert den Neuen. »In das Haus mit dem Cottage und dem Atelier im Garten.«

»In das Amerikanerhaus?« Sie alle nennen es nur das »Amerikanerhaus«, weil die Besitzer aus den Staaten kommen und nur selten hier sind. Das Haupthaus steht den Großteil des Jahres leer, aber sie vermieten das kleine Cottage und das angebaute Atelier das ganze Jahr über. Das Cottage war unbewohnt, seit der alte Mann, der dort gelebt hat, einen Schlaganfall hatte und ins betreute Wohnen ziehen musste. »Wann?«, fragt Phoebe. »Warum hast du mir das nicht erzählt?«

»Sie sind gerade erst angekommen. Seine Mom und er.«

»Kein Vater?«

»Nur die beiden. Mein Dad hat ihnen geholfen, ihre Sachen reinzutragen, und meine Mom ist mit einem Zucchinibrot rübergegangen, um sie in der Nachbarschaft willkommen zu heißen. Sie ist Künstlerin oder Schriftstellerin oder so.«

Künstlerin.

Das gefällt Phoebe.

Sie starrt den heißen neuen Typen an. Ihren Manga-Helden. In ihrem Kopf zeichnet sie ihn, und sie fügt sich auch selbst in das Bild ein, als diejenige, die er begehrt. Sie ist ein »Dark Magical Girl« im Gothic-Style – melancholisch und das Gegenteil eines »Sweet Magical Girl«. Sie ist nicht böse, man muss sie nur verstehen. Und sie braucht jemanden, der sie liebt. Wie ihn. Sie sieht sich selbst mit rabenschwarzem Haar, einem dichten Pony, der ihr vor die Augen fällt. Nein. Gestrichen. Lavendelsilbernes Haar. Seitenscheitel. In einem schwarzen, kurzen Spitzenoberteil. Oder … lieber … ein dunkles Pink für die Haare. Ja. Diese Bild passt besser. Und sie trägt einen langen Mantel über ihrem Spitzentop, eng an der Taille, offen, an den Waden leicht ausgestellt. Stiefel – Kampfstiefel bis zu den Knien, geschnürt. Die Mantelschöße wehen hinter ihr im Wind, wenn sie geht oder rennt. Fingerlose Handschuhe.

Da sieht er sie an. Das Bild in ihrem Kopf splittert wie ein zerberstendes Mosaik. Sie kann nicht atmen. Er hält ihren Bick einen Moment länger als notwendig, und Phoebes Wangen werden heiß. Dann wendet er sich ab, und in ihrem Bauch kribbelt es.

Zwei Tage später – als Fiona einen frühen Zahnarzttermin hat und nicht zum Bus kommt – ist der Platz neben Phoebe frei, als ihr Manga-Held in den Bus steigt.

Er kommt den Mittelgang entlang, und als er bei ihr ist, fragt er: »Hey. Ist es okay, wenn ich mich hier hinsetze? Oder ist der Platz besetzt?«

»Nein. Ich meine, ja. Ähm, er ist nicht besetzt.« Sie wird rot und rutscht ein Stück zur Seite. Ihr Herz, ihr Blut, ihr ganzer Körper rast. Sie sieht aus dem Fenster, aber sie *fühlt* ihn neben sich, seine Wärme. Seine Gegenwart. Sie hat keinen Schimmer, was sie zu ihm sagen soll oder ob sie überhaupt irgendetwas sagen soll.

Der Bus fährt an. Der Lärm der Kinder steigert sich zu einer wilden Kakophonie, als jemand einen Apfel nach jemand anderem wirft. Der Busfahrer ruft laut und ermahnt alle, sich zu beruhigen und sitzen zu bleiben.

»Du wohnst also ein paar Häuser weiter die Straße rauf von mir«, sagt er.

Überraschung durchrieselt sie. Sie ist ihm aufgefallen.

»Ja.« Sie sieht zu ihm auf. Er schaut zu ihr herunter. Er ist so vollkommen perfekt. Sie kann nicht fassen, dass er echt ist und neben ihr sitzt, mit ihr spricht. Er hat einen hellen Khaki-Teint, und seine Augen sind wie geheimnisvolle Teiche.

Nachdem er ihr zum ersten Mal aufgefallen ist, hat sie nach der Schule mit den Entwürfen für ein Storyboard angefangen, in dem er ein Captain ist, der für eine Macht der Gerechtigkeit kämpft, und sie ist seine dunkle und teuflische Gefährtin, die Magie einsetzt und nicht immer nur Gutes im Sinn hat, und für die Dauer eines Herzschlags hat Phoebe das Gefühl, dass er direkt in ihren Kopf sehen kann. Dass er ihre geheimen Bilder, ihre Sehnsüchte und Träume erkennt, dass er die Packung Haarfärbemittel sieht, die sie am Wochenende in der Drogerie kaufen will und mit der sie sich vielleicht am darauffolgenden Freitag, wenn ihre Eltern sie mal wieder mit Matthew zu Hause lassen, die Haare in einem dunklen Pink färben wird. Vielleicht kommt Fiona ja auch vorbei und hilft ihr.

»Ich heiße Joe«, sagt er.

»Phoebe«, gibt sie zurück, während der Bus weiterrumpelt und das Kreischen der Kinder immer schriller wird.

»Ich dachte, wir hätten vielleicht ein paar Kurse zusammen, ist aber wohl nicht so.«

Ihr Gesicht wird warm. Wie so viele andere nimmt auch er an, dass sie schon älter ist. Sie weiß längst, dass er Joe heißt. Joe Harper. Und dass er in die zehnte Klasse geht. Was bedeutet, dass er fünfzehn oder sechzehn sein muss. Sie ist erst zwölf. Sie geht in die siebte Klasse und ist eine der Jüngsten. Ihr Geburtstag liegt ganz knapp vor dem Stichtag. Trotzdem kann Phoebe locker als fünfzehn oder sechzehn durchgehen, besonders wenn sie sich schminkt. Sie weiß inzwischen auch, dass Joe schon seit März auf ihre Schule geht, aber erst als er in ihre Straße gezogen ist und zum ersten Mal diesen Bus genommen hat, ist er ihr aufgefallen.

»Und woher kommst du?«, fragt sie, um das Gespräch von Klassenstufen und Fragen nach dem Alter wegzulenken.

Er lacht, und es klingt ein bisschen betrübt, was Phoebes Interesse weckt. Sie sieht ihm in die Augen und wartet darauf, dass er antwortet.

»Du meinst, vor dem Umzug hierher? Wir ziehen nämlich etwa alle zwei Jahre um.«

»Das ist so cool.«

»Nein, ist es nicht. Es ist … keine Ahnung. Ich habe genug davon. Ich wollte dort bleiben, wo wir zuletzt gewohnt haben. Eine Kleinstadt in der Nähe von Toronto. Die Schule hat mir gefallen. Ich hatte Freunde. Aber meine Mom hat gesagt, wir müssten in den Westen ziehen, wegen einem Projekt, an dem sie gerade dran ist. Nach Story Cove sind wir erst vor Kurzem gekommen. Davor haben wir ein Stück näher an der Innenstadt gewohnt, und ich bin vor dort aus mit dem Bus zur Schule gefahren. Die Wohnung dort hatten wir nur zur Zwischenmiete, und wir hätten eigentlich in eine kleinere ziehen müssen, wenn meine Mom nicht jemanden bei der Arbeit getroffen hätte, der ihr dabei geholfen hat, das Cottage am Ende von Oak End für uns klarzumachen.« Er lacht. »Das Ende von Oak End. Das klingt echt mal nach dem Ende.« Er verstummt, dann fährt er fort: »Hoffe ich jedenfalls. Es wäre schön, endlich mal irgendwo zu bleiben.«

Auch Phoebe lacht, und es fühlt sich so gut an. Als würden sie etwas sehr Inniges miteinander teilen.

»Bei dem Cottage ist ein Atelier dabei, was für Moms Kunst natürlich super ist.«

»Sie ist Künstlerin?« Natürlich weiß Phoebe schon, dass sie das ist.

»Na ja, es ist eigentlich nicht ihr richtiger Job, obwohl sie schon ein paar Stücke verkauft.«

»Und was ist dann ihr richtiger Job?«

»Sie arbeitet in der Bar an der Main Street als Kellnerin.«

Phoebe starrt ihn an. Die meisten Freundinnen ihrer Mom sind Therapeutinnen oder Anwältinnen oder Ärztinnen, oder sie haben ein eigenes Geschäft, wie einen Wollladen oder einen Coffeeshop, oder sie sind Hausfrauen, die über ihren Kindern kreisen und zum Yoga und ins Spa gehen, um sich eine Faszienmassage zu gönnen oder eine Mani-Pediküre. Von denen würde keine jemals kellnern.

Er liest irgendetwas in ihrem Gesicht und lächelt. »Ich nenne sie Renaissance Mom alias Super Mom.«

Es ist ihm nicht peinlich. Keine verkorksten blöden Ansprüche. Das ist ja so unglaublich romantisch. Sie hat von hungernden Künstlern und so gelesen – berühmte Leute, die kellnern mussten, bis der große Durchbruch gekommen ist. Ihr Herz scheint sich auszudehnen. Die Art, wie er über seine Mutter spricht, besiegelt es: Phoebe ist Joe Harper jetzt zu einhundert Prozent verfallen.

»Ich wäre auch gern Künstlerin«, gesteht sie. »Na ja … ich zeichne, aber keine Gemälde. Meistens digital auf meinem iPad.«

Er sieht hinab auf das iPad, das auf einem dicken Fantasyroman, den sie gerade liest, auf ihrem Schoß liegt.

»Hast du da irgendwelche Zeichnungen drauf, die du mir zeigen kannst?«

Wieder wird ihr Gesicht heiß. Wenn Joe ihre Manga-Zeichnungen sieht, dann begreift er vielleicht sofort, dass er derjenige auf den Bildern ist. Das plötzliche kollektive Aufspringen der Schüler rettet sie, als der Bus in die Auffahrt einbiegt.

Phoebe und Joe reihen sich ein, während überall laut lärmend Jacken und Rucksäcke geschwungen werden und die Kids wie Jelly Beans aus dem Bus purzeln.

»Hey«, ruft er ihr zögerlich nach, als sie auf den Eingang der Schule zugeht. Sie bleibt stehen, dreht sich um. Ein Windhauch streicht ihr das Haar zurück, und die Schar der Schüler teilt sich wie das Meer um Phoebe und Joe, während die anderen ihren Weg in Richtung Eingang fortsetzen. Er kommt zu ihr, zögert. »Hast du Lust, nach der Schule zu der Pizzeria in der Main zu gehen?«

Einen Moment lang fehlen Phoebe die Worte. Sie hat Aufgaben zu erledigen. Sie muss später noch Babysitten. Außerdem muss sie erst ihre Mutter fragen, und dann wird Joe wissen wollen, warum, und es wird herauskommen, dass sie erst zwölf ist.

»Ich habe da später die Nachmittagsschicht«, erklärt er. »Außerdem ist Freitag.« Er lächelt. »Und ich kriege Mitarbeiterrabatt.«

Keiner ihrer Freunde oder Bekannten hat einen Nebenjob oder macht sich Gedanken darüber, wie viel ihr Essen kostet. Auf einmal hat sie unheimlichen Appetit auf Pizza.

»Gibt es auch vegetarische Sachen?«

»Natürlich.« Sein Lächeln wird breiter. »Ich bin auch Vegetarier. Genau wie meine Mutter.«

Phoebe schmilzt dahin. Das, was Joe Harper und seine alleinerziehende Mutter haben, die im Garten-Cottage mit dem Atelier ein Stück die Straße runter wohnen, ist genau das, was sie sich auch in ihrem eigenen Leben wünscht.

»Klar«, sagt sie.

»Super.«

»Tja … ich muss jetzt los.« Sie neigt den Kopf in Richtung des Schultors.

»Ja, ich auch. Die erste Stunde habe ich aber in der Werkstatt. Automechanik. Ich muss also da lang.«

Sie lächelt, dann dreht sie sich um und läuft die Stufen hinauf. Oben angekommen wirft sie einen Blick über die Schulter zurück.

Joe sieht ihr nach und winkt, knapp und leicht verlegen, was ihr gleichzeitig machomäßig und furchtbar süß vorkommt.

Lily

Jetzt

Lily sitzt auf einem Plastikstuhl im Empfangsbereich des Polizeireviers, mit der Tasche voll frischer Kleidung auf dem Schoß.

Jedes Mal, wenn die Tür aufschwingt, strafft sie sich, in der Erwartung, Tom zu sehen.

Als sich die Tür schließlich ein weiteres Mal öffnet und Dianne und Tom hindurchtreten, ist sie zutiefst erschrocken. Sie hat gewusst, dass man ihrem Ehemann seine Kleider abgenommen hat, aber sie hat nicht erwartet, dass er so aussehen würde, wie ein Häftling, in einem marineblauen Jogginganzug mit Tatortschuhüberziehern als provisorische Schuhe. Zu spät begreift sie, dass sie vergessen hat, Schuhe für ihn einzupacken. Detective Haras Besuch hat sie abgelenkt – sie hat einfach nicht an die Schuhe gedacht.

Sie steht auf, drückt sich die Tasche mit beiden Händen an den Bauch.

»Tom?«

Sein Gesicht ist blutleer. Bartstoppeln verdunkeln seinen Kiefer, und sein Haar steht nach dem Trocknen an einigen

Stellen merkwürdig ab. Er wirkt ungeschützt, verletzlich. Irgendwie knittrig. Am schlimmsten ist jedoch seine beschämte Miene. Er wirkt eingeschüchtert. Was ihr Angst macht.

Ihre Blicke begegnen sich, und Lily liest noch etwas Tieferes und viel Komplexeres in seinen Augen. Ihre Aufmerksamkeit zuckt zu Dianne. Ihre Freundin wirkt im Kontrast dazu wie aus dem Ei gepellt. Die Schultern gestrafft, kerzengerade Haltung, erhobenes Kinn, und ihre Augen funkeln … wütend?

Lily kennt Dianne seit vierzehn Jahren, seit sie einander im Fitnesscenter zum ersten Mal begegnet sind und festgestellt haben, dass sie sich einen Personal Trainer teilen. Damals waren Lily und Tom gerade frischvermählt in ihr Haus in Story Cove eingezogen, und Lily hat sich darauf vorbereitet, ihre eigene Praxis zu eröffnen.

Sie konnte sich Dianne immer anvertrauen, der Frau, mit der sie ein bisschen zu viel trinkt, üblicherweise im Ocean Bay Hotel, mit Aussicht auf das Meer. Jetzt kommt ihr Dianne jedoch wie eine Fremde vor, und Lily begreift, dass sie ihre Freundin zum ersten Mal voll und ganz im Arbeitsmodus sieht, und sie ist tatsächlich ganz genauso eindrucksvoll und furchteinflößend, wie die Presse sie immer darstellt. Ihr fällt wieder ein, was Detective Toshi Hara gesagt hat.

Sie ist die Anwältin Ihres Ehemanns, Mrs Bradley. Nicht Ihre. Sie wird für ihn arbeiten, nicht für Sie.

Lily denkt daran, was sie Dianne bei ihrem letzten Treffen im Ocean Bay Hotel gestanden hat, und ihr wird eiskalt. »Ist … ist alles in Ordnung?« Natürlich ist es das nicht. Nichts ist in Ordnung.

»Wir reden später«, gibt Dianne knapp zurück. »Sind das da Toms Kleider?« Sie ruckt mit dem Kinn in Richtung der Tasche, die Lily umklammert hält.

»Vor dem Revier stehen Medientransporter und Journalisten«, berichtet Lily, während sie Tom die Tasche reicht. »Und vor unserem Haus auch.«

»Zieh dich auf der Herrentoilette um«, weist Dianne ihn an. »Am Ende des Gangs hier gibt es eine. Ich mache ein paar Anrufe und sehe zu, dass ich euch beide durch den Dienstboteneingang im Keller hinter dem Revier nach draußen schaffen kann. Der Ausgang führt zu einer keinen Seitengasse. Ich rufe einen Fahrer, der uns dort abholen kommt.« Sie kramt in ihrer Handtasche nach ihrem Handy, während Tom mit der Tasche die Herrentoilette ansteuert.

Als er zurückkehrt, sieht er ein bisschen normaler aus, abgesehen von den Schuhüberziehern, die er immer noch an den Füßen hat, weshalb er leicht schlurft. Ein uniformierter Polizist führt sie durch den Empfangsbereich zu einer Treppe. Sie eilen die Stufen hinunter. Dianne scheucht sie durch eine Tiefgarage und hinaus in eine von Mülltonnen gesäumte Gasse. Lily nimmt Toms Hand. Seine Haut ist trocken, kühl. Wie Geflüchtete stehen sie im Nieselregen und warten auf Diannes Fahrer.

Schließlich hält eine schwarze Limousine mit getönten Scheiben vor ihnen. Dianne schiebt Lily und Tom auf die Rückbank, dann nimmt sie selbst auf dem Beifahrersitz Platz.

Der Fahrer trägt eine Sonnenbrille, seine Miene ist völlig ausdruckslos. Sie biegen auf die Straße hinter dem Revier ein. Die Scheibenwischer kämpfen quietschend gegen den Regen an. Sie erreichen eine breitere Straße, wo zu Lilys Erleichterung keine Medienfahrzeuge oder Reporter auf sie warten. Sie nehmen Kurs auf Oak End, durchqueren verstohlen ihre eigene kleine Stadt, und Lily hat das Gefühl, in ein Alternativuniversum gerutscht zu sein.

»Sie haben die Leiche identifiziert«, berichtet Tom ihr leise.

Ihr Kopf ruckt in seine Richtung, und sie mustert ihn. Der Ausdruck in seinen Augen ist wie ein Schlag in den Magen.

»Es ist Arwen Harper«, sagt er.

Lily öffnet den Mund.

Dianne fährt auf ihrem Sitz herum, sieht sie beide an und wiederholt nur knapp: »Wir reden später.«

Stille senkt sich herab. Lilys Herz hämmert. Sie fahren die vertrauten Straßen entlang, dennoch sieht alles anders aus. Die Geschichte ihres Lebens – ihre Wirklichkeit – hat sich tatsächlich verändert. Eine Erinnerung erfüllt ihre Gedanken. Sie hört Arwens Stimme in ihrem Kopf.

Du glaubst, du kennst ihn? Du glaubst, man kann seinen Partner jemals wirklich kennen? Er wusste die ganze Zeit, was du bist …

Lily entzieht Tom ihre Hand und wendet sich ab. Ihre Augen brennen.

Der Wagen biegt nach Oak End ab. Jetzt stehen dort schon zwei Medientransporter, außerdem ein weißer SUV mit dem Logo eines Radiosenders an der Seite. Alle drei vor ihrem Haus. Ein Stück weiter die Straße hinauf steht eine dunkelblaue Limousine unter einem Kirschbaum. Die Frontschutzbügel wirken aggressiv, und der SUV schreit geradezu »Zivilwagen«. Lily nimmt an, dass die Polizei sie beschatten wird, bis dieser Fall aufgeklärt ist. Bis einer von ihnen – entweder sie oder Tom – einen Fehler macht.

»Okay.« Dianne dreht sich auf ihrem Sitz um. »Wenn wir aussteigen, dann schaut nur geradeaus und geht direkt ins Haus. Und haltet euch an den Händen. Sagt nichts.« Sie sieht jedem von ihnen in die Augen. »Und ich meine nichts. Zu niemandem. Nicht zu euren Kindern. Nicht zu euren Nachbarn. Im Moment ist niemand euer Freund, verstanden? Und ich möchte, dass ihr vor mir auch zueinander nichts sagt, sonst könntet ihr gewisse Privilegien unter Ehepaaren verlieren, falls diese Sache vor Gericht landet.«

Lily beißt die Zähne zusammen.

Die Limousine biegt in ihre Auffahrt ein. Die Reporter, die sich bis jetzt vor dem Regen verkrochen haben, springen aus ihren Fahrzeugen und kommen mit Mikrofonen bewaffnet auf sie zugerannt. Kameras blitzen. Lily, Tom und Dianne steigen aus und gehen auf die Haustür zu. Lily und Tom halten sich fest an den Händen.

»Ms Klister? Ms Klister, vertreten Sie Professor Bradley? Wurde Anklage gegen ihn erhoben? Professor Bradley, kannten Sie das Opfer? Dr. Bradley, war das Opfer eine Ihrer Patientinnen?«

Dianne fährt zu der Meute herum. »Das hier ist Privatgrund. Wenn Sie ihn betreten, werden sich Ihre Arbeitgeber nicht sonderlich über die Klageflut freuen, die wie ein Tsunami über Ihnen allen hereinbrechen wird.«

Noch ein Kamerablitz, dann sind sie im Haus und schließen die Tür hinter sich. Lily wirbelt zu ihrem Ehemann herum.

»*Arwen?* Mein Gott, Tom. Wie … wie ist das passiert?«

»Sag *du* es mir!«, fährt Tom sie an. »Du denkst, *ich* wüsste, was passiert ist? Herrgott noch mal …«

»Lily«, fällt Dianne ihr schnell ins Wort und legt ihr eine manikürte Hand auf den Arm. »Könntest du Tom und mich bitte einen Moment allein lassen? Ich muss unter vier Augen mit ihm sprechen.«

»Warum unter vier Augen?«, will Lily wissen.

»Wir müssen ein paar Dinge durchgehen. Allein.«

Lilys Gedanken überschlagen sich. »Das verstehe ich nicht. Warum kann ich nicht dabei sein?«

»Es ist das Beste, wenn Tom und du vor mir über nichts sprecht.«

»Sie ist meine Frau, verdammt noch mal, Dianne«, fährt Tom sie an. »Lily und du, ihr seid *Freundinnen.* Du bist unsere Anwältin.«

»Ich bin *deine* Anwältin, Tom.«

Lily starrt Dianne an. Eine schreckliche Kälte sickert in ihren Bauch.

»Was hast du damit gemeint, ›falls die Sache vor Gericht landet‹, Dianne? Tom kann doch unmöglich für irgendetwas angeklagt werden … oder?«

»Lass mich das mit Tom besprechen. Wir finden heraus, in welchem Punkt sich Detective Duval so verdammt sicher ist, okay? Und dann beantworten wir diese Frage. Egal, wer was getan hat, es ist nicht unsere Aufgabe, Toms Unschuld zu beweisen. Es ist die Polizei, die eine bestehende Schuld nachweisen muss. Sie müssen eindeutige und unzweifelhafte Beweise dafür vorlegen, dass Tom etwas getan hat. Da Tom bisher nicht verhaftet wurde, haben sie im Moment ganz eindeutig nichts.«

Lily klappt der Mund auf. »Ich … ich kann nicht fassen, dass das hier wirklich passiert«, flüstert sie. Sie sieht Tom an. Denkt an sein blutiges Shirt. Daran, dass er Detective Duval wegen seines Handys belogen hat. Sie denkt an den Grillabend und den schrecklichen Streit im Poolhaus und an die welterschütternde Auseinandersetzung, die Tom und sie danach zu Hause hatten. Ihr ist schwindlig.

»Warum kannst du nicht uns beide vertreten?«, fragt sie Dianne leise.

»Wenn das hier vor Gericht landet, Lily, dann kann dich der Staatsanwalt unter Strafanordnung dazu zwingen, gegen deinen Ehemann auszusagen. Im Augenblick ist alles, was Tom dir unter vier Augen erzählt haben mag, durch ein Sonderrecht unter Ehepartnern geschützt, aber alles andere nicht. Dieses Gesetz ist ein bisschen veraltet, aber sehr nützlich. Wenn Tom dir vor mir jedoch irgendetwas gesteht, dann ist dieses Privileg verspielt.«

»Ich habe nichts getan«, sagt Tom.

»Brauche *ich* denn einen Anwalt?«, fragt Lily.

Dianne mustert sie, und Lily weiß, dass ihre Freundin daran denkt, was Lily ihr bei ein paar Martinis anvertraut hat – ihren Verdacht, was Tom betrifft. Lily ist sich Diannes Sorge darüber, was sie als Lilys wachsende Paranoia verstanden hat, sehr bewusst. Vielleicht sogar als psychische Störung. Lily fragt sich, ob Dianne diese Eingeständnisse benutzen könnte – oder würde –, um Tom zu verteidigen. Nur um zu demonstrieren, dass noch jemand außer Tom ein Motiv oder die Mittel und die Möglichkeit hatte, Arwen Harper umzubringen. Jemand, der möglicherweise sogar emotional oder mental instabil ist. Schlimmer noch. Sie könnte noch viel mehr herausfinden – Diannes Kanzlei beschäftigt hochkarätige Ermittler.

»Es ist vielleicht eine gute Idee, vorbereitet zu sein, nur für den Fall«, antwortet Dianne. »Ich kann dir jemanden empfehlen, wenn du möchtest. Oder wenn es dir lieber ist, kann ich auch für Tom jemand anderen finden und stattdessen dich vertreten. Allerdings ist es Tom, der derzeit bei einem Mordfall von polizeilichem Interesse ist, Lily. Nicht du.«

Lily starrt ihre Freundin an. Ihre intime Trinkgefährtin, der sie so viele Geheimnisse anvertraut hat. Würde Dianne sie opfern, um zu gewinnen? Lily kennt die Antwort darauf bereits. Dianne ist ein Hai, der Fälle jagt, die Schlagzeilen versprechen. Sie will, dass ihre Fälle in den Medien und in der Öffentlichkeit diskutiert werden, je kontroverser, desto besser. Sie würde *alles* tun, um nicht zu verlieren. Dianne *ist* ihr Ruf. Dianne weiß nicht, wie sie irgendetwas anderes sein soll. Lily hat nur nie erwartet, einmal auf der falschen Seite des Ehrgeizes ihrer Freundin zu stehen.

Bevor Tom hinter Dianne sein Arbeitszimmer betritt, hält Lily ihn auf, zieht ihn beiseite. Sie flüstert ihm ins Ohr: »Was auch immer du tust, Tom, was auch immer du sagst, denk an die Kinder. Tu es für die Kinder. Sie haben das hier nicht verdient.«

Ihr Blick hält seinen, und die Erinnerung an den Streit pulsiert fast greifbar zwischen ihnen.

Mit beiden Händen umschließt er ihr Gesicht. Sieht sie eindringlich an. »Ich liebe dich«, flüstert er. »Ich habe dich immer geliebt. Alles wird gut. Bitte vertrau mir.«

Doch Lily kann nur daran denken, dass Tom ihr Vertrauen gebrochen hat.

Lily

Damals
20. Mai. Freitag.

Vier Wochen vor ihrem Tod

Lily entdeckt Dianne an »ihrem« Tisch auf der Terrasse mit Blick auf den Pool und das Meer dahinter. Es ist Freitag, aber das Treffen des Buchclubs wurde abgesagt, weil Hannah einen Termin hat und die anderen daraufhin beschlossen haben, das Treffen zu verschieben. Da Lily den Freitagabend aber als »ihre Zeit« betrachtet, hat sie Dianne angerufen, um ihr vorzuschlagen, zusammen einen Cocktail zu trinken. Oder drei.

»Ich habe schon mal angefangen.« Dianne grinst und hält ihr halb leeres Martiniglas hoch, als Lily die Handtasche über die Lehne ihres Stuhls hängt und sich setzt.

Fast sofort kommt ein Kellner und bringt ihnen zwei frische Martinis und einen Teller voller Austern in der Schale.

»Ich war so frei, für dich gleich mitzubestellen.« Dianne breitet eine weiße Leinenserviette aus, während der Kellner einen der Drinks vor Lily abstellt.

Durstig greift sie danach. »Du siehst heute Abend aber ziemlich zufrieden mit dir aus. Was gibt's denn?« Sie trinkt einen großen Schluck und genießt das Brennen des Alkohols in ihrer Brust.

»Ich habe einen großen Fall gewonnen.«

»Glückwunsch. Cheers.« Lily hebt ihr Glas. »Davon habe ich noch gar nichts in den Nachrichten gehört.«

»Das kommt noch, morgen.« Dianne nimmt sich einen Zitronenschnitz.

»Meinst du diesen Fernsehmanager? Der sechs Frauen vergewaltigt haben soll?«

Dianne schmunzelt und nickt, während sie die Zitrone über den rohen Austern ausdrückt. »Der Urteilsspruch ist da. Nicht schuldig.« Sie lässt die Auster in ihren Mund gleiten und schlürft den Saft aus der Schale.

Lily stellt ihr Glas ab und mustert ihre Freundin. »Verdammt, und ob der schuldig ist.«

»Die Staatsanwaltschaft hat Mist gebaut. Ich nicht. Hey, schau mich nicht so an – genau dafür werde ich so gut bezahlt: dafür, dass ich den gesetzlichen Richtlinien folge.« Sie nimmt ihr Glas, trinkt und lehnt sich auf dem Stuhl zurück. »Ich bin kein Moralapostel. Ich halte mich nur strikt an das Gesetz.«

»Gibt es irgendetwas, das du nicht tun würdest, um zu gewinnen, Dianne?«

»Nein.«

»Fühlst du dich denn nie … ich weiß auch nicht, schmutzig?«

»Oh, versuch jetzt ja nicht, mich zu analysieren, Süße. Das kannst du schön in deiner Praxis machen. Außerdem haben wir alle unsere dunklen Seiten. Sogar du.« Mit ihrem Martini deutet sie auf Lily.

Lily lacht, aber sogar in ihren eigenen Ohren klingt es irgendwie falsch. Das Licht hat sich verändert. Die Brise kommt ihr kühler vor. Sie greift nach ihrem Pullover und hängt ihn sich über die Schultern, dabei nutzt sie die Gelegenheit und lässt den Blick über die anderen Gäste an den Tischen des Außenbereichs schweifen. Das Gefühl, beobachtet zu werden, macht sie nervös und überaufmerksam. Ein Mann unter einem Rosenspalier fällt ihr auf. Er steht halb verborgen hinter einer Säule. Allein. Dunkles Haar. Schwarze Sonnenbrille. Dunkle Jacke.

Sie richtet ihre Aufmerksamkeit wieder auf Dianne, aber das Gefühl, ausspioniert zu werden, breitet sich kalt in ihrem Bauch aus. Wieder muss sie an die Nachricht unter dem Scheibenwischer denken.

Du kannst dich nicht vor Satan verstecken, wenn Satan in deinem Kopf ist.

Dieser Zettel war real. Sie hat ihn sich *nicht* nur eingebildet. Sie ist nicht paranoid. Vielleicht sollte sie es Tom erzählen. Aber sie hat furchtbare Angst, es Tom zu sagen, weil er sie dann fragen wird, warum diese Nachricht sie so aufregt, warum diese Worte so viel Macht über sie haben.

»Und, wie geht's Tom?«, fragt Dianne, als hätte sie Lilys Gedanken gelesen.

Lily platzt mit der Antwort heraus, ohne nachzudenken.

»Ich … ich glaube, er hat eine Affäre.« Vielleicht sagt sie das, um Diannes Aufmerksamkeit abzulenken, aber jetzt, da es ausgesprochen ist, hängt es in der Luft wie etwas Greifbares, und Lily erkennt, wie sehr diese Vorstellung ihr zusetzt.

Dianne lässt ihr Glas sinken. »Was?«

Lilys Wangen werden heiß. »Ich weiß gar nicht, warum ich das gesagt habe. Vergiss es einfach.« Sie hebt ihr eigenes Glas und leert es in zwei großen Schlucken. Dann winkt sie den Kellner heran und bestellt noch eine Runde.

Dianne starrt sie immer noch an. »Wie kommst du darauf, Lily?«

»Es sind nur … kleine Anzeichen, verstehst du?«

»Du meinst, du bist paranoid?«

»Nein. Ich meine, dass Tom am Wochenende immer länger beim Joggen ist. Und er geht weiter weg, wie zum Beispiel zum Elk Lake. Und freitagabends bleibt er auch länger weg – er geht nach dem Red Lion noch zum Jachthafen. Ich habe Parfüm an seinem Hemd gerochen. Er kommt mir … distanziert vor. Und Hannah hat gesagt, dass sie ihn letzten Sonntag neben einer dunkelhaarigen Frau joggen gesehen hat, als sie an den Uferklippen vorbeigefahren ist. Als ich ihn gefragt habe, wie es beim Laufen war, hat er gesagt, es wäre alles ganz normal gewesen, nichts Ungewöhnliches.« Die Martinis kommen, und prompt trinkt Lily einen Schluck. »Und er achtet sehr auf sein Aussehen. Neue Hemden. Er trainiert mehr, stemmt schwerere Gewichte. Trägt Aftershave. So was eben.«

»Was nur bedeutet, dass er mitten in der Midlife-Crisis steckt. Wie alt ist Tom jetzt? Wird er nächstes Jahr nicht sechzig? Dieser Meilenstein würde mich jedenfalls ganz schön aus dem Konzept bringen.«

Lily zuckt mit den Schultern und setzt dann ein breites falsches Lächeln auf. »Wahrscheinlich. Ich bilde mir das bestimmt nur ein.«

»Warum fragst du ihn nicht einfach, Lily?«

»Vielleicht weil ich Angst habe, dass er es zugibt.«

Dianne nimmt sich noch eine Auster. »Und wenn er es zugibt? Was würdest du dann tun?«

Lily schluckt und schaut aufs Meer hinaus. »Wahrscheinlich würde ich sie umbringen.«

Dianne lächelt nicht, denn etwas an der Art, wie Lily das sagt, lässt sie glauben, dass sie es ernst meint.

»Wenn ich du wäre«, gibt Dianne langsam zurück und lehnt sich auf ihrem Stuhl zurück, »dann würde ich gleichziehen. Auch eine Affäre haben.«

»Ich bin aber nicht du.« Lily setzt ihr Glas an die Lippen und leert ihren zweiten Martini. Die Drinks sind stark, und sie fühlt sich benommen, surreal. »Ich habe viel zu viel in meine Ehe und in meine Kinder investiert, um so etwas zu tun.« Es ist, als würden die Gefühle sie zerdrücken, und ihre Stimme fängt sich in der Enge in ihrem Hals. »Um ehrlich zu sein, wenn ich untreu wäre, dann würde es mich fertigmachen. Ich mag mein Leben so, wie es ist, Dianne. Oder so, wie ich *dachte,* dass es ist. Ich schätze, ich bin in den letzten Jahren ganz schön selbstgefällig geworden. Ich habe angefangen zu glauben, dass unsere Ehe, unsere Familie verdammt perfekt ist.« Sie hält inne. »Du hast ja keine Ahnung, wie hart ich gearbeitet habe, um unser Leben dazu zu machen.« Ihre Stimme wird ganz leise. »Keine Ahnung.«

Der Kellner kommt mit zwei weiteren Martinis.

»Oh, wir haben keine mehr bestellt«, erklärt Lily, als der Kellner die Gläser auf dem Tisch abstellt.

»Die sind von dem Gentleman unter dem Rosenspalier«, gibt der Kellner zurück. Neben den Drinks legt er einen weißen Umschlag ab. »Er hat auch eine Nachricht mitgeschickt.«

Lily fährt auf ihrem Stuhl herum. Der Mann, den sie vorhin gesehen hat, ist verschwunden. Ihr Herz schlägt schneller.

»Welcher Mann?«, ruft sie dem Kellner hinterher. »Wo ist er?«

Aber der Kellner verschwindet gerade durch die gläsernen Türen ins Restaurant.

Dianne nimmt den Umschlag, öffnet ihn und zieht eine weiße Karte mit einer einzigen Textzeile heraus.

Lilys Mund wird staubtrocken. Sie denkt an die Nachricht unter dem Scheibenwischer vor der Kirche.

»Was steht da?«

Dianne runzelt die Stirn. Dann zeigt sie Lily die Karte.

Genießt die Drinks. Von jemandem, der Bescheid weiß.

Lily schnappt sich die Karte aus Diannes Hand. Sie wurde getippt. Unten rechts in der Ecke entdeckt sie eine Prägung. Lily fährt mit dem Daumen über das Relief. Es zeigt einen Ziegenkopf. Ein Bock mit großen Hörnern. Mitten auf der Stirn prangt ein Pentakel – ein fünfzackiger Stern. In ihrem Kopf setzt ein Geräusch ein. Sie bekommt keine Luft.

Du kannst dich nicht vor Satan verstecken, wenn Satan in deinem Kopf ist.

»Lily?«

Diannes Stimme dringt wie aus weiter Ferne, wie durch einen langen Tunnel an ihr Ohr.

»Lily!«

Sie schüttelt sich, versucht sich zu konzentrieren. Sie schmeckt Galle in der Kehle, als die Erinnerungen wie Scherben eines zerbrochenen Spiegels in ihr Gehirn schneiden. Sie versucht, sie zu verscheuchen, aber alles in ihrem Kopf fühlt sich an wie ein grelles Kaleidoskop aus nicht zusammenpassenden Bildern in einem Karnevalshaus des Schreckens.

»Alles in Ordnung, Lily? Geht es dir nicht gut?« Diannes Hand liegt auf ihrem Arm. »Lily, schau mich an. Konzentrier dich. Was ist los? Was regt dich so auf?«

»Das … das ist das Symbol von Baphomet – die dämonische Ziege. Ein heidnisches Symbol, das mit dem Satanismus in Verbindung steht.«

Lily springt auf. Mit der Karte in der Hand stolpert sie auf ihren High Heels hastig durch den Außenbereich zur Glastür ins Restaurant. Sie dreht sich nach rechts, dann nach links, auf der Suche nach dem Kellner, der ihnen die Nachricht gebracht hat. Sie kann ihn nicht entdecken. Bei einer anderen Mitarbeiterin bleibt sie schließlich stehen. »Der Kellner, der unseren Tisch bedient hat, der Tisch, der dem Pool am nächsten ist …« Mit zitternder Hand deutet sie in die entsprechende Richtung. »Wo ist er?«

Die Mitarbeiterin wirkt verwirrt über die Dringlichkeit in Lilys Stimme.

»Er hat für heute Feierabend gemacht. Kann ich Ihnen vielleicht helfen?«

Aber Lily stürmt bereits zur Bar hinüber.

»Wer war das?«, ruft sie dem Barkeeper zu und schlägt die Karte auf den Tresen.

Er kommt zu ihr, mustert die Karte. Er runzelt die Stirn. »Wer war was?«

Lily stößt einen Finger auf die Karte. »Wer hat gerade zwei Dirty Martini bestellt und sie mit dieser Karte zu dem Tisch da draußen bringen lassen?«

»Ach so, stimmt.« Der Barkeeper sieht sich um, als würde er nach jemandem suchen. »Ich sehe ihn nicht. Wahrscheinlich ist er schon gegangen.«

»Wie hat er ausgesehen?«

»Ich war beschäftigt, ich … habe ihn mir nicht genau angeschaut. Mittelgroß. Dunkle Haare. Schmales Gesicht. Schwarze Jacke, schwarze Jeans. Entschuldigen Sie mich …« Er geht ans andere Ende der Bar, um dort einen Gast zu bedienen.

Lily starrt ihm nach.

Dianne kommt zu ihr geeilt, mit Lilys Handtasche. Sie reicht ihr die Tasche und legt ihr einen Arm um die Schultern. Sanft führt sie Lily durch das Restaurant und aus dem Hotel. Als niemand mehr in ihrer Nähe ist, fragt sie leise: »Hey, was zum Teufel ist denn los?«

Lily senkt den Blick auf die Karte, die sie immer noch in der Hand hält.

Was für ein krankes Spielchen ist das? Das … Wenn jemand Bescheid weiß, dann könnte er alles zerstören – meine Familie, meine Ehe, mein Leben. Alles.

Tränen steigen ihr in die Augen. Sie holt tief Luft und dreht den Kopf zur Seite, weg von Dianne.

»Lily, sprich mit mir. Was hat dich so erschreckt?«

»Jemand hat diesen Satz auf eine Karte gedruckt und ist dann hergekommen, um uns die Drinks zu bestellen. Das war geplant.«

»Hey, hey, beruhig dich. Das war nur irgendein Typ, der zwei Frauen etwas zu trinken bestellt hat, die wahrscheinlich den Eindruck gemacht haben, als wären sie seit Monaten nicht mehr flachgelegt worden.«

»Und woher soll er wissen, dass ich seit Monaten keinen Sex mehr hatte?«

»Ach, Süße, ich … Ist das zum Teil der Grund, warum du glaubst, dass sich Tom mit einer anderen trifft? Glaubst du, er hat kein Interesse mehr an dir?«

Jetzt laufen die Tränen über. Lily wischt sie weg. »Es liegt an mir. Ich … ich habe im Moment einfach keine Libido, und ich weiß nicht, was los ist. Und ich glaube, dass ich ihn praktisch dazu dränge, sich den Sex bei einer anderen zu suchen.«

»Komm her.« Dianne zieht sie in eine feste Umarmung. Sie duftet nach teurem Parfüm und nach Wodka und ein bisschen nach Fisch wegen der Austern. Sie streicht Lily das Haar aus dem Gesicht und sieht ihrer Freundin in die Augen. »Du bist in keiner guten Verfassung, meine Liebe. Und du bist angetrunken. Du und ich, wir beide. Wie wäre es, wenn wir uns in den nächsten Wochen öfter mal Zeit für ein bisschen Wellness nehmen? Dann können wir über alles reden. Richtig reden. Du kannst mir erzählen, was mit Tom und dir los ist. Oder … hast du schon mal an professionelle Hilfe gedacht?«

»Du meinst eine Therapie?«

»Sogar Therapeuten brauchen Therapien, oder? Du bist doch diejenige, die mir das immer predigt. Bist du für deine Zulassung nicht sogar dazu verpflichtet, wegen der emotionalen Auswirkungen deiner Arbeit? Vielleicht hat dich ein Mitgefühlserschöpfungssyndrom erwischt, weil den ganzen Tag alle ihre Probleme bei dir abladen. Ich glaube, du brauchst einfach eine Pause – diese ganzen traumatischen Erfahrungen der anderen setzen dir zu. Das muss jedem irgendwann zu viel werden.«

Vielleicht wird sie ja verrückt. Aber die Nachricht vor der Kirche war echt. Und diese Karte mit dem satanischen Symbol darauf ist auch echt. Das in Verbindung mit dem Satz *Von jemandem, der Bescheid weiß* … »Mir geht's gut. Wirklich. Es ist nur … ich … Du hast recht. Es ist nur der Stress. Die Probleme meiner Patienten belasten mich. Ich spreche mit jemandem.«

Dianne wirkt skeptisch.

»Schon gut. Es ist alles gut. Ehrlich.« Lily sucht in ihrer Handtasche nach ihrem Handy. »Ich muss mir ein Taxi rufen. Soll ich dir auch eins bestellen?«

»Mein Fahrer parkt gleich um die Ecke.« Dianne zückt ihr eigenes Handy und schickt ihrem Fahrer eine Nachricht.

Diannes Wagen ist zuerst da. Sie zögert. »Bist du sicher, dass alles in Ordnung ist?«

Lily zwingt sich zu einem Lächeln. »Natürlich.« Sie lässt den Finger neben ihrem Kopf kreisen. »Nur ein paar zu starke Martinis und ein paar zu verrückte Patienten, das ist alles. Ich brauche einfach eine Pause.«

Dianne sieht nicht überzeugt aus.

»Geh, na los«, sagt Lily. »Ich laufe schon nicht Amok und bringe irgendjemanden um. Geh. Mir geht's gut.«

Sobald Diannes Wagen außer Sicht ist, flucht Lily.

Irgendjemanden umbringen? Was zum Teufel hat mich denn da geritten? Warum habe ich das gesagt?

Lilys Taxi hält vor ihr und sie steigt ein. »Bringen Sie mich nach 2112 Oak End, bitte.«

Als das Taxi die runde Einfahrt vor dem Hotel entlangfährt, gibt ihr Handy ein »Ping« von sich. Eine Nachricht von Tom. Lily öffnet sie.

Könnte heute spät werden. Bleib nicht extra wach.

Schnell tippt sie eine Antwort. Ich war mit Dianne was trinken, bin auf dem Heimweg. Sie zögert, dann tippt sie: Gehst du zur Happy Hour im Jachtclub?

Sie tippt auf »Senden«.

Wartet.

Kurz darauf kommt die Antwort.

Wahrscheinlich. Warte nicht auf mich.

Lily lässt den Kopf nach hinten sinken und spürt, wie sich die Gefühle in ihr aufblähen wie ein schmerzhafter Ballon. Jetzt ist sie nur noch überzeugter davon, dass sich Tom mit einer anderen trifft. Es ist eine wirklich schlimme, ständig wachsende Empfindung. Wie die Ahnung, dass sie beobachtet wird. Solche instinktiven Wahrnehmungen sollten nicht unterschätzt werden, denkt Lily. Die Psychologin in ihr weiß, dass Bauchgefühle ein sehr reales Phänomen sind. Manchmal fängt man winzige Hinweise auf, die das Bewusstsein vielleicht nicht einmal registriert.

Hastig schreibt sie eine weitere Nachricht an Tom.

Mit wem?

Die Antwort kommt sofort.

Mit den Üblichen.

Sie tippt: Nur mit den Jungs?

Dieses Mal kommt keine Antwort. Als das Taxi vor dem Haus der Bradleys hält, hat Tom ihre Nachricht immer noch nicht gelesen.

Rue

Jetzt

Durch den Rückspiegel wirft Rue einen Blick auf Joe Harper, der hinten in ihrem nicht gekennzeichneten Wagen sitzt. Toshi hat auf dem Beifahrersitz Platz genommen. Sie fahren Joe zurück zu seinem Zuhause in Oak End.

Reglos sitzt Joe da und starrt durch das Fenster hinaus.

»Du hast vorhin erwähnt, dass du ›irgendwie‹ mit Phoebe Bradley zusammen bist?«, sagt Rue, als sie dem GPS folgend in eine Seitenstraße abbiegt.

Joe räuspert sich. »Na ja, wir sind gute Freunde. Sehr enge Freunde. Aber auch noch ziemlich neue Freunde. Ich habe sie erst kennengelernt, als wir nach Oak End gezogen sind. Das war wie gesagt am letzten Tag im Mai.«

»Also vor etwa drei Wochen?«, wirft Toshi ein.

»So ungefähr.«

»Kennst du auch den Rest der Familie?«, fragt Rue.

»Ich war einmal bei ihnen zu Hause, und da habe ich auch kurz Mrs Bradley kennengelernt.« Er zögert, dann fährt er fort. »Sie hat mich sozusagen rausgeworfen.«

»Warum?«, fragt Toshi.

Einen Moment lang sitzt Joe einfach schweigend da. »Sie findet, dass ich zu alt für Phoebe bin. Mrs Bradley – sie war richtig wütend deswegen. Das hat mir Phoebe später erzählt.«

»Was ist mit deiner Mutter?«, will Rue wissen. »Hat sie die Bradleys gut gekannt?«

Schweigen auf dem Rücksitz. Wieder wirft Rue einen Blick in den Spiegel. »Joe?«

Er wischt sich Tränen aus den Augen. »Phoebe ist vielleicht erst zwölf, aber in so vielen Dingen ist sie viel weiter als die Mädchen in meiner Klasse. Ich …« Seine Stimme bricht. »Sie versteht mich. Aber weder meine Mom noch Phoebes Mutter haben das begriffen. Mrs Bradley hat versucht, Phoebe zu verbieten, sich mit mir zu treffen, was Phoebe aber nur noch rebellischer gemacht hat. Meine Mom und Mrs Bradley hatten deswegen einen heftigen Streit.«

»Wann war das?«, fragt Rue.

»Bei der Grillparty der Codys gestern. Ich … ich schätze, das kommt jetzt sowieso raus. Sie haben sich gestern Abend im Poolhaus der Codys gestritten. Ein paar Leute haben sie gehört, und Mr Bradley und Mr Cody sind dann dazwischengegangen. Das Gebrüll haben wir alle gehört. Alle haben darüber gesprochen.«

Rue und Toshi tauschen einen Blick.

»Und du weißt mit Sicherheit, dass es bei dem Streit um Phoebe und dich gegangen ist?«, fragt Rue.

Er zögert kurz. »Phoebe hat mir geschrieben, sobald sie zu Hause war. Sie hat gesagt, dass sie glaubt, das wäre der Auslöser gewesen. Ihre Eltern haben zu Hause noch weitergestritten.«

»Hat Phoebe gesagt, worüber sie sich noch gestritten haben?«

Er schüttelt den Kopf.

»Du hast erwähnt, dass du das Grillfest schon früh verlassen hast, Joe«, meldet sich Toshi wieder zu Wort. »War das nach dem Streit?«

»Direkt danach. Mr Bradley hat Mrs Bradley heimgebracht. Phoebe hat mir erzählt, dass ihr Dad ein bisschen später wieder zurückgekommen ist und Matthew und sie abgeholt hat. Die Jüngeren waren alle unten im Hobbyraum, haben Billard gespielt und laute Musik gehört und so, als der Streit losgegangen ist. Ich habe meiner Mom gesagt, dass wir auch lieber gehen sollten, aber sie hat gesagt, dass sie sich von dieser … ›Psychotussi auf keinen Fall den Abend versauen lassen‹ würde, und Mom war … sie hatte schon einiges getrunken, und sie wollte noch mehr. Zu der Zeit waren die meisten Erwachsenen auf der Party schon ziemlich angetrunken.«

»Dann hast du die Party also ohne deine Mutter verlassen.«

»Ja. Ich war sauer auf sie. Ich … ich habe mich für sie geschämt. Sie hat sich lächerlich gemacht.«

»Und du hast sie nicht wiedergesehen?«, fragt Toshi.

Er schüttelt den Kopf. »Ich hätte ihr nicht nachgeben sollen. Ich hätte sie dazu *zwingen* sollen, mit mir nach Hause zu kommen.«

»Es ist nicht deine Aufgabe, auf deine Mom aufzupassen, Joe«, sagt Rue und biegt nach Oak End ab.

»Irgendwie schon«, antwortet Joe. »So ist das … Manchmal braucht meine Mom jemanden, der auf sie aufpasst. Wenn … wenn sie betrunken oder high ist und dumme Sachen anstellt.«

Rue fährt in den Wendekreis am Ende der Sackgasse und hält vor dem Haus, das ihr das Navigationsgerät anzeigt. »Hier wohnst du?«, fragt sie Joe.

»Ja.«

Sie stellt die Automatik auf Parken, und alle steigen aus. Es hat aufgehört zu regnen. Der Himmel klart auf, und der Wind wird wieder wärmer. Rue kann das Meer riechen. Direkt neben ihnen beginnt der Weg, über den Tom Bradley sie an diesem Morgen in den Wald geführt hat. Rues Blick ruht auf dem Weg, während sie den Todesfall im Kontext all dessen betrachtet, was sie inzwischen über die mutmaßliche Identität der Toten wissen. Arwen Harper. Die Tatsache, dass sie direkt hier gewohnt und sich mit der Ehefrau des Mannes gestritten hat, der ihre Leiche gefunden hat. Und ihr Sohn ist mit der noch sehr jungen Tochter dieses Mannes zusammen.

»Ist das dort das Haus der Codys?«, fragt Toshi und deutet auf das große, zweistöckige Gebäude gegenüber.

»Ja«, bestätigt Joe.

Rues schaut zu dem Haus. Hinter dem Dachbodenfenster bewegt sich eine Gestalt. Dann ist sie wieder weg. Ein merkwürdiges Gefühl macht sich in Rues Bauch breit, während sie das Fenster mustert. Sie hat gelernt, ihrem Bauchgefühl zu vertrauen.

Sie folgen Joe durch ein Gartentor am Rand des Grundstücks, und Rue bemerkt einen alten blauen VW-Bus, der mit großen weißen Schneeflocken bemalt ist. Er steht unter einem Carport, und das Autokennzeichen stammt aus Ontario.

»Ist das der Camper, mit dem deine Mutter und du durchs Land gefahren seid, Joe?«

»Ja. Der Eingang zum Cottage ist da drüben, hinter dem Haupthaus.« Er führt sie einen rosengesäumten Pfad entlang, seitlich am Haus vorbei.

Rue wirft einen Blick über die Schulter. Die Gestalt steht wieder hinter dem Dachfenster des Hauses gegenüber und beobachtet sie, aber ganz am Rand, als wollte er oder sie nicht gesehen werden.

Lily

Jetzt

»Was hast du Dianne erzählt?«, fragt Lily ihren Mann.

Tom und sie stehen einander in der Küche gegenüber. Die Kinder sind noch in der Schule, und Dianne ist gerade gegangen. Vor dem Haus parken immer noch die Medientransporter, und ein Polizeiauto lauert ein Stück die Straße hinunter.

Die Spannung hängt kalt und dick wie etwas Greifbares zwischen ihnen.

Langsam, leise und vorsichtig antwortet Tom: »Ich habe ihr erzählt, dass ich – dass wir Arwen kannten. Dass sie in derselben Straße gewohnt und im Red Lion gearbeitet hat. Dass sie uns meistens bei unseren Happy-Hour-Besuchen bedient hat und dass Phoebe sehr gut mit ihrem Sohn befreundet ist.« Er zögert. »Ich habe ihr gesagt, dass es gestern Abend im Poolhaus der Codys einen Streit gegeben hat.«

Sie starrt ihn an. Wie betäubt.

»Die Polizei findet das sowieso heraus, Lily. Dianne kann keine Überraschungen brauchen. Ich habe ihr außerdem gesagt, dass wir gestern den ganzen Tag zusammen waren, nachdem du mit den Kindern von der Kirche gekommen bist und ich von meiner Laufrunde zurückkam. Ich habe ihr erzählt, dass wir dann alle gemeinsam zum Grillfest aufgebrochen und dass du und ich auch wieder zusammen nach Hause gegangen sind. Dass wir hier noch weitergetrunken haben, dass du dann eine Schlaftablette genommen und dich schlafen gelegt hast und dass ich noch einmal zu den Codys gegangen bin, um die Kinder abzuholen. Dann bin ich auch ins Bett.« Er unterbricht den Blickkontakt.

»Und was noch? Was hat sie dich sonst noch gefragt?«

»Sie wollte wissen, ob ich sicher bin, dass du eine Schlaftablette genommen hast.«

»Was soll das heißen?«

»Ob ich sicher bin, dass du von den Medikamenten fest geschlafen hast.«

»Und du hast ihr gesagt, dass es so war, richtig?«

Er nickt, schluckt. »Richtig. Ich glaube, dass du fest geschlafen hast.«

Lily spürt die Veränderung. »Tom … hast … hast du das auch der Polizei gesagt?«

»Ich habe ihnen gar nichts gesagt. Dianne versucht nur herauszufinden, ob wir dich als mein Alibi verwenden können.«

Das »Wir« im Gegensatz zu dem »Dich« fühlt sich an wie ein Schlag in den Magen. Langsam sagt Lily: »Wenn ich so fest geschlafen habe, dann könnte man argumentieren, dass ich es vielleicht gar nicht gemerkt hätte, wenn du das Haus verlassen hättest.«

»Ich habe auch die ganze Zeit geschlafen«, kontert er. »Ich hatte zu viel getrunken. Ich … ich hätte es ganz sicher nicht gemerkt, wenn *du* aufgestanden wärst und das Haus verlassen hättest.«

Sie starrt ihn an. »Ich kann nicht fassen, dass das wirklich passiert.«

Tom hebt die Hand zu den roten, entzündeten Kratzspuren an seinem Hals.

»Hat die Polizei dich auch danach gefragt?«

»Ich habe Dianne erzählt, dass das bei unserem wilden Sex passiert ist.«

Lily ist übel. Sie sinkt auf einen der Barhocker und denkt daran, wie sie Dianne erzählt hat, dass Tom und sie schon eine ganze Weile keinen Sex mehr hatten. Sie wendet sich ab, schließt die Augen. »Warum hast du das gesagt?«

»Habe ich eben. Ich hatte Angst, also habe ich es gesagt. Wenn ich es jetzt zurücknehme, dann würde es so aussehen, als hätte ich auch bei anderen Dingen gelogen.«

»Warum hast du dein Shirt im Schuppen versteckt, Tom? Warum ist es so voller Blut? Ich habe es gefunden und gewaschen, weißt du?«

Er schluckt. »Ich … habe sie da am Strand liegen sehen, völlig zerschmettert, und ich habe mich hingekniet und sie halb hochgehoben, weil ich sie wiederbeleben wollte, und … aber sie war tot. Also bin ich nach Hause gerannt, und als ich hier angekommen bin … Ich … ich konnte doch so nicht ins Haus kommen, voll mit ihrem Blut. Ich habe nicht klar gedacht. Ich stand unter Schock.«

»Also hast du gewusst, dass sie es war, als du sie gefunden hast?«

»Ich … habe mich zuerst irgendwie einfach geweigert, das zu glauben.«

»Wo ist deine rote Jacke?«

»Ich habe sie ausgezogen und über ihr Gesicht gelegt.«

Lily flucht leise und reibt sich fest über ihr eigenes Gesicht. »Und deine Taschenlampe? Matthew hat dich gesehen, weißt du? Wie du mit einer Taschenlampe und der Jacke losgelaufen und ohne beides zurückgekommen bist.«

»Ich habe sie fallen gelassen, als ich nach Hause gerannt bin. Ich bin gestürzt, und sie ist irgendwo ins Gebüsch gerollt. Da war es aber schon hell genug, also bin ich einfach ohne sie weitergerannt.«

»Du hast deine Jacke zurückgelassen, deine Taschenlampe verloren und bist in einem blutverschmierten Shirt nach Hause gerannt. Und dabei bist du an Virginia Wingate vorbeigekommen, die draußen vor dem Gartentor im Auto gesessen hat. Dann hast du den Schuppen aufgeschlossen, bist hineingegangen und hast dein blutiges Shirt versteckt, dann bist du halb nackt und mit dreckigen Schuhen nach oben gelaufen und hast dir ein frisches Hemd und eine frische Jacke angezogen, bevor du mit der Polizei gesprochen hast«, fasst sie zusammen und hält seinen Blick.

Stille.

»Warum hast du gelogen und behauptet, dass du dein Handy zum Laden in der Küche eingesteckt hast?«

Er lässt den Kopf in die Hände sinken und reibt sich über die Bartstoppeln. »Ich war verkatert. Immer noch benommen. Nachdem ich sie so gesehen habe, war ich … total verwirrt … unter Schock. Ich hatte Angst, okay? Nach … nach dem, was im Poolhaus passiert ist. Ich habe das einfach behauptet, als die Polizei gefragt hat, warum ich erst von zu Hause aus den Notruf gewählt habe.«

»Herrgott, Tom. Hast du eine Ahnung, wie das aussieht?«

»Und warum hast du mein Shirt gewaschen, Lily?«

Sie funkelt ihn an.

»Warum?«, beharrt er.

»Weil du versucht hast, es zu verstecken, deshalb. Und weil ich auch Angst hatte. Ich wusste nicht, was ich tun soll. Vor dem Haus war ein Polizist, und ich habe mir Sorgen gemacht, dass er vielleicht den Schuppen durchsuchen und es finden könnte. Ich habe gesehen, dass du in den Schuppen gegangen bist, und … ich hatte einfach Angst, Tom. Ich … ich wusste nicht, was ich denken soll.«

»Du glaubst, ich hätte das getan? Du glaubst, ich hätte sie töten können?«

Stille.

Er flucht heftig, fährt sich mit beiden Händen durchs Haar, dann hält er inne, als er etwas zu begreifen scheint. Leise sagt er: »Sag mir eines, beim Leben unserer Kinder, Lily: Hast du das Haus gestern Nacht noch einmal verlassen, nachdem ich eingeschlafen war?«

Ihr Herz beginnt zu hämmern. Hitze prickelt auf ihrer Haut. Sie starrt ihren Ehemann an.

»Hast du?«

Sie sieht weg.

»Lily?«

Sie holt tief Luft und begegnet dann wieder Toms Blick. »Denk dran, wir geben uns gegenseitig ein Alibi. Wir waren die ganze Nacht zusammen.«

Etwas in seinem Gesicht verändert sich. Er nickt langsam, und die Züge um seinen Mund verhärten sich. Lily erkennt genau, woran er denkt, und sie fühlt sich krank.

»Du glaubst doch nicht wirklich, dass ich so etwas tun könnte, Tom? Bitte sag mir, dass du das nicht glaubst.«

»Ich weiß nicht mehr, was ich denken soll, Lily.«

Misstrauen und Verdächtigungen erblühen zwischen ihnen, dicht und unstet und wachsend, und Lily weiß, dass ihr Leben nie wieder so sein wird wie früher. Der Tag, an dem Arwen Harper in ihrem blauen VW-Bus mit den weißen Schneeflocken in die Stadt gekommen ist, mit ihrem sechzehnjährigen Sohn auf dem Beifahrersitz, war der Tag, an dem alles begonnen hat, sich zu verändern. Es war der Anfang vom Ende.

Ganz ruhig sagt sie: »Was auch immer wir denken, Tom, oder was auch immer einer von uns getan haben mag …«

»Ich habe gar nichts getan«, fällt er ihr ins Wort.

»Wie auch immer. Was auch immer jetzt passiert, wir müssen die Kinder beschützen. Verstehst du mich? Können wir uns auf diese eine Sache einigen? Kannst du mir versprechen, dass wir *alles* tun werden, um Phoebe und Matthew zu beschützen? Um unsere Familie intakt zu halten?«

»Das ist vielleicht nicht mehr möglich, Lily«, antwortet er so leise, dass sie ihn kaum hören kann.

»Es muss möglich sein, Tom.«

Tom

Damals
20. Mai. Freitag.

Vier Wochen vor ihrem Tod

Oft gibt es vor der Übertretung einer Grenze einen einzigen entscheidenden Moment, fast unbedeutend, kaum wahrnehmbar. Ein Blick, den man eine Sekunde zu lang hält, eine Antwort auf eine verspielte Textnachricht oder der Entschluss, nach einem Besuch im Pub, wo man etwas zu viel getrunken hat, noch irgendwo anders hinzugehen. Sobald man diese feine – fast unsichtbare – Linie erst einmal überschritten hat, ist es wie bei einem Flugzeug im Moment des Take-offs: Es gibt keine andere Möglichkeit mehr, es muss abheben. Oder zerschellen. Auf irgendeiner Ebene weiß Tom, dass er sich diesem Moment nähert, als Arwen auf Miltons Vorschlag hin einwilligt, noch für einen Schlummertrunk auf Simons Boot zu gehen.

»Was ist mit dir, Tom?«, fragt Simon, während sie sich alle nach der Happy Hour im Red Lion ihre Jacken und Mäntel anziehen. Es ist schon ziemlich spät, und keiner von ihnen ist mehr nüchtern.

Er zögert.

»Ach, komm schon, Tom«, sagt Arwen und bindet den Gürtel ihres Mantels. Sie macht heute früher Feierabend. Sie hat Simons Einladung angenommen, und ihr Lächeln ist strahlend, in ihren Augen funkeln Verspieltheit und Verheißung.

Tom sieht Simon an und denkt an Lily, die sich im Ocean Bay Hotel mit Dianne auf ein paar Cocktails trifft. Wahrscheinlich kommt Lily erst spät nach Hause. Als Simon die Hand an Arwens Taille legt, um sie zum Ausgang zu führen, durchfährt ihn ein Stich. Eifersucht, Rivalität.

Er zieht sein Handy hervor und tippt schnell eine Nachricht: Könnte heute spät werden. Bleib nicht extra wach.

Lilys Antwort kommt sofort: Ich war mit Dianne was trinken, bin auf dem Heimweg. Gehst du zur Happy Hour im Jachtclub?

Tom sieht von seinem Handy auf und starrt auf die Tür, durch die Arwen gerade mit Simon verschwunden ist. Er tippt: Wahrscheinlich. Warte nicht auf mich.

Sein Handy gibt ein »Ping« von sich.

Mit wem?

Er tippt: Mit den Üblichen.

Dann steckt er sein Handy ein und eilt den anderen hinterher, die mit Arwen die Straße in Richtung Jachthafen hinunterschlendern. Ihr Rock und ihr Haar wehen im Wind.

Die Luft ist frisch. Wolken huschen vor den Sternen vorüber, und über dem Meer geht der Vollmond auf. Kirschblüten schimmern im Licht der Straßenlaternen wie ein Teppich auf Gehwegen und Autodächern.

Während er den anderen hinterherläuft, wird sein Kopf langsam wieder etwas klarer. Er denkt an den vorletzten Sonntag, als er bei seiner Joggingrunde in der Nähe der Klippen zufällig Arwen getroffen hat – die dort ebenfalls gelaufen ist. Sie haben darüber gelacht, dass sie sich gerade erst am Abend zuvor im Red Lion gesehen hatten, wo sie seit einer Woche arbeitete.

Dann sind sie eine Weile nebeneinanderher gejoggt. Schwer atmend, in perfektem Gleichtakt. Es hat sich gut angefühlt.

Zu gut.

Denn am letzten Sonntag ist er zu genau derselben Zeit wieder an genau derselben Stelle entlanggejoggt, in der Hoffnung, ihr wieder zu begegnen. Und er ist ihr wieder begegnet. Da stand sie, am Aussichtspunkt auf den Garry Bluffs, und machte ein paar Dehnübungen. Ihre Wangen waren rosig. Sie sind eine Weile zusammen gejoggt, an der Straße zum Manfred Hill entlang, und sie haben den gewundenen Anstieg bis zum Gipfel des Manfred in Angriff genommen. Auf dem Gipfel haben sie gelacht, eine Verschnaufpause eingelegt und die Aussicht bewundert.

Lily taucht schimmernd vor seinem inneren Auge auf.

Tom zögert. Er denkt an seine Kinder. An seine Familie. Daran, was Lily für sein Leben bedeutet. Wie tief ihre Verbindung geht. Er atmet tief durch und joggt der Gruppe hinterher. »Hey, Leute, ich passe. Nächstes Mal vielleicht.«

Sie versuchen ihn zu überreden, aber Tom winkt nur und läuft zurück die Straße entlang. Er wohnt nicht weit von hier, und der Spaziergang tut ihm gut. Er fühlt sich sicher bei seiner Entscheidung, bei dem, was er gerade abgelehnt hat.

Kurz darauf hört er Schritte hinter sich.

»Tom! Warte.«

Er dreht sich um. »Arwen?«

»Ich sollte besser auch nicht mehr weiterziehen. Gehen wir zusammen?«

Er wankt. »Ich … ich wusste nicht, dass du in dieser Richtung wohnst. Hast du mir nicht erzählt, dass du sonntags immer zum Joggen zu den Klippen fährst? Ich … dachte, du hast erwähnt, dass du näher bei der Stadt wohnst.«

»Tue ich auch. Meine Bushaltestelle ist da drüben. Nur zwei Blocks von hier.«

»Du fährst nicht mit dem Auto zur Arbeit?«

»Das ist in der Werkstatt. Irgendwas mit dem Getriebe.« Sie lächelt. Das Licht der Straßenlaterne fällt auf ihre Kehle. Sahnig weiß. Ihr Tattoo bewegt sich, als wäre es lebendig. Der Wind spielt in ihrem Haar. Heißes Verlangen steigt tief aus seinem Bauch auf.

»Ich kann dir ein Taxi rufen«, bietet er an.

»Gott, Tom, das klingt, als würdest du alles tun, um nur nicht mit mir zur Bushaltestelle laufen zu müssen.«

Stille wabert in der Luft zwischen ihnen. Ein paar Kirschblüten schweben zu Boden.

»Unsinn.« Es klingt rau.

»Außerdem fahre ich eigentlich wirklich gern mit dem Bus. Besonders nachts – man sieht so unterschiedliche Leute. Je später es wird, desto unverstellter werden die Menschen, das gefällt mir. Ich finde es inspirierend. Für meine Kunst.«

Tom mustert sie einen Moment. Das Licht bricht sich schillernd in ihren Augen. Wieder erfasst ihn dieses ungemütliche, gleichzeitig aber auch wunderbare Verlangen. Er räuspert sich und läuft los. Sie geht neben ihm her. Bei ihrem letzten gemeinsamen Lauf hat er ihr schon erzählt, dass er in Oak End wohnt, von den Garry Bluffs aus gleich auf der anderen Seite des Spirit Forest Park.

»Dann hast du freitagabends im Red Lion also noch nicht genug Studienobjekte?«

Sie lacht. Ein Klang, der aus ihrer Brust heraufsprudelt – ja, er dachte dieses Wort wirklich, *heraufsprudeln.* Ansteckend. Das muss am Alkohol liegen. Es ist angenehm, neben ihr herzugehen. Ihre Schritte sind lang und entspannt. Wie beim Joggen. Ihr langer Hippierock, das gelegentliche Klingeln ihrer Armreifen. Diese tarotlegende, freigeistige Künstlerin-Kellnerin. Sie ist alles, was sein Leben nicht mehr ist. Voller

Energie, unberechenbar. Sein Leben ist Routine. Im Grunde steckt er in einer Tretmühle.

Wieder denkt er an Sex. Verscheucht die Lust.

Trotzdem ist da etwas an Arwen Harper, das sich nicht verscheuchen lässt. Irgendwo tief in seinem Inneren hat sie ihn am Haken. Er hat die Narben auf den Innenseiten ihrer Handgelenke gesehen. Vermutlich ist das der Grund dafür, warum sie so viele Armreifen trägt. Oder vielleicht will sie damit die Aufmerksamkeit sogar noch auf die Narben lenken. Der Psychologe in Tom ist fasziniert, der Erforscher abweichenden menschlichen Verhaltens, der Beschützer mentaler Gesundheit. Ein ihm angeborenes Mitgefühl flammt auf.

Außerdem schmeichelt Arwen – eine schöne, sinnliche Frau – auch einem viel grundlegenderen Aspekt von Toms Persönlichkeit. Dem nicht mehr jungen Mann, dessen Frau keinen Sex mehr mit ihm will, aus Gründen, die er immer noch zu verstehen versucht.

»Als Kind bin ich immer überallhin gelaufen«, erzählt sie. »Ich habe in einer kleinen Stadt in der Prärie gelebt.« Sie zögert. »In einer sicheren Kleinstadt. Oder zumindest war sie einmal sicher.«

»Wo bist du denn aufgewachsen?«

»In einem Vorort von Medicine Hat in Alberta.«

Toms Brust wird eng. »Oh … wo genau?« Er bemüht sich um einen beiläufigen Ton, aber er hört selbst, dass seine Stimme falsch klingt.

Sie sieht auf. »Kennst du die Gegend?«

Etwas in Tom warnt ihn. *Vorsicht.* »Eigentlich nicht.«

»In einem Kaff namens Glenn Dennig.«

Tom wird eiskalt. Eine Erinnerung steigt in ihm auf.

»Dann kennst du es also?«

»Hab davon gehört.«

Sie schweigt, als würde sie darauf warten, dass er ihr erklärt, warum er von einem winzigen Städtchen in der kanadischen Prärie namens Glenn Dennig gehört hat.

Stattdessen sagt er: »Und ist es weit? Ich meine, ist es eine weite Busfahrt bis zu deinem Haus?«

»Ich wohne direkt an einer der Hauptverkehrsstraßen in die Stadt, es dauert also nicht besonders lang. Aber wir wohnen in keinem Haus, sondern in einer winzigen Wohnung mit einem Haufen lauter Studenten als Nachbarn.«

»Wir?«

»Ich habe einen Sohn.«

Das überrascht Tom. »Ich … Das wusste ich nicht.«

»Woher auch? Ich habe es dir ja nie erzählt. Joe. Er ist sechzehn.«

»Bist … du – ist sein Vater auch hier? Ich meine …«

»Ich bin Single.« Ein Moment der Stille. »Ich bin verwitwet, Tom.«

Er bleibt stehen. »Arwen, das tut mir leid. Wann …«

»Vor etwas mehr als zwei Jahren. Krebs. Allerdings hatten wir uns getrennt, bevor er krank geworden ist. Also …« Ihre Worte verklingen. Sie räuspert sich. »Das … Ich schätze, das war es, was letztendlich unseren Umzug in den Westen ausgelöst hat. Ein Neuanfang für Joe und mich.« Sie geht weiter, und er beeilt sich, um aufzuholen, um mitzuhalten, denn ihre Schritte sind länger geworden, schneller, als würde sie von einer plötzlichen Empfindung vorwärtsgetrieben.

»Vielleicht war es auch eine blöde Idee«, erklärt sie knapp. »Jedenfalls für Joe. Er ist in diesem Alter – in dieser transformativen und schwierigen Zeit, in der er die Freunde, die er zurückgelassen hat, wirklich zu brauchen scheint. Und ein Gefühl für einen bestimmten Ort, für eine Heimat, das sich für ihn gerade entwickelt hat. Manchmal glaube ich, dass er mir das jeden

Tag übel nimmt. Besonders jetzt, wo uns eine Zwangsräumung droht.«

»Zwangsräumung – im Ernst?«

»Das ist nicht gerade ein Thema, über das man Witze macht.«

Dies ist das erste Mal, dass er diese Seite von Arwen zu sehen bekommt. Die echte Seite, wie er begreift. Der Rest ist nur Fassade. Eine immer lächelnde freie Seele zu sein, scheint in Wahrheit harte Arbeit zu erfordern. Es ist das genaue Gegenteil davon, ein Kind in einem möglichst stabilen häuslichen Umfeld großzuziehen.

»Ich sehe mich nach einer neuen Wohnung um. Gestern habe ich etwas angeschaut, was ich vielleicht nehmen werde. Leider ist es scheußlich, aber etwas anderes finde ich im Moment nicht. Eine Kellerwohnung mit schmalen Fenstern ganz oben, wie in einer Gefängniszelle. Es riecht schimmlig, und es ist sogar noch kleiner als unsere jetzige Wohnung.« Sie lacht hörbar gezwungen. »Das wird mir Joe wahrscheinlich erst so richtig übel nehmen. Aber Mietwohnungen sind nun mal knapp. Als wir hier angekommen sind, stand ich auf der Warteliste für ein Apartment an der Main Street in Story Cove, vom Red Lion nur ein Stück die Straße rauf. Deshalb habe ich mich dort um einen Job beworben. Und deshalb habe ich Joe auch in Story Cove auf die Schule geschickt, aber dann ist der Mietvertrag geplatzt.«

Sie haben die Straßenecke erreicht, an der sich ihre Wege trennen. Mondlicht sickert durch die Bäume.

»So viel zu mir«, sagt Arwen. »Die Bushaltestelle ist einen halben Block weiter. Sehen wir uns nächste Woche?«

»Auf jeden Fall.«

Sie zögert, dann sagt sie: »Gute Nacht, Tom.«

Auch er wünscht ihr eine gute Nacht, aber sie hat sich schon abgewandt und geht davon.

»Arwen?«, ruft er ihr nach.

Sie bleibt stehen.

»Bei uns am Ende der Straße ist gerade etwas frei geworden. Es ist …«

»Ach, Tom, nein – das kann ich mir auf gar keinen Fall leisten. Oak End? Netter Versuch …«

»Es ist ein Garten-Cottage mit einem Atelier.«

Sie legt den Kopf schief. Das Mondlicht fällt auf ihre Wange.

»Es ist gerade frei«, sagt er. »Ich meine, der alte Mann, der dort gewohnt hat, hatte letzte Woche einen Schlaganfall und wurde in eine Pflegeeinrichtung gebracht. Ich kenne die Besitzer des Hauses ziemlich gut – sie leben im Ausland, und das Cottage kostet praktisch keine Miete. Nur ein minimaler Preis für jemanden, der ein Auge auf das Grundstück hat, darauf achtet, dass der Gärtner kommt und dass das Sicherheitssystem im Haupthaus funktioniert. Wenn … Ich meine, ich übernehme gern die Grundkosten, wenn dir das helfen würde. Mit deinem Sohn.«

Sie klappt den Mund auf, schließt ihn dann wieder.

Ohne ihn anzusehen, fragt sie: »Ist es das Grundstück gegenüber von Simons Haus?«

Die Verblüffung trifft ihn mitten in den Magen. Verwirrung macht sich in seinem Kopf breit. »Ähm, ja, genau. Weißt … du schon davon?«

»Simon meinte, es könnte bald frei werden. Aber ich glaube nicht, dass er die Besitzer kennt.«

Tom starrt sie an. Seine Gedanken überschlagen sich. Noch ganz frische Erinnerungen blitzen auf: Simon, der sich nach einem Abend im Red Lion von Arwen verabschiedet und sich dabei zu nah zu ihr vorbeugt, um ihr etwas ins Ohr zu flüstern. Arwens Hand auf Simons Schulter, als sie über irgendetwas lacht, was er gesagt hat.

Ist er gerade hereingelegt worden?

Hat er angeboten, Simons Geliebte auf der anderen Straßenseite einzurichten – an einem sehr praktischen Ort für seinen Kumpel, um ihre Happy-Hour-Kellnerin direkt unter der Nase seiner Ehefrau zu vögeln?

Herrgott, Schluss damit.

Arwen geht einen Schritt auf ihn zu und berührt seinen Arm. Er spürt es bis in die Brust.

»Auf gar keinen Fall nehme ich dein Geld an, aber vielen Dank für deine Großzügigkeit, Tom. Und wenn du bei den Besitzern tatsächlich ein gutes Wort für mich einlegen könntest … Ich kann dir gar nicht sagen, was das für mich bedeuten würde. Und für Joe. Besonders für Joe. Dass er so nah bei der Schule wohnt und dass ich zu Fuß zur Arbeit gehen kann.«

Und für Simon.

Der Spaß der freitäglichen Happy Hour verändert sich, wird zu etwas Verachtenswertem. Er spürt, wie ihm das Versprechen eines netten Kumpelabends durch die Finger rinnt. Er spürt, wie sich ein Riss durch die Struktur zieht, auf der seine Freundschaft mit Simon und den Jungs ruht. Die Dynamik hat sich verändert. Jetzt steht eine Frau zwischen ihnen.

Und er bringt sie in seine Straße.

»Ich rufe sie morgen an«, verspricht er.

Sie stellt sich auf die Zehenspitzen und gibt ihm einen schnellen Kuss auf die Wange. Er spürt ihre weichen Lippen über seine Haut streichen. »Danke«, flüstert sie nah an seinem Ohr, zu nah, denn ein Schauer läuft ihm über den Rücken, und eine Erektion drückt gegen seine Hose. Auf einmal kann er sich selbst nicht leiden.

Sie tritt zurück. »Vielleicht sehen wir uns am Sonntag auf den Klippen? Simon sagt, dass er dort auch joggt.«

»Stimmt. Klar.«

»Gute Nacht, Tom.« Sie hebt die Hand, und schon ist sie in der mondhellen Dunkelheit verschwunden.

Eine Weile steht Tom einfach nur da. Ein Windhauch streicht um die Häuser. Ein Waschbär überquert die Straße, sieht ihn an und huscht dann in die Büsche davon. Er fragt sich, was er getan hat. Oder was er noch tun wird. Welche Grenze hat er schon überschritten, und wie weit wird er gehen?

Wie weit ist Simon gegangen?

Und da ist noch etwas anderes, Unheilvolleres, das ihm zu schaffen macht. Wie ein Fingernagel, der an die gläserne Peripherie seines Bewusstseins klopft.

In einem Kaff namens Glenn Dennig.

Geraubt

Nach einer wahren Begebenheit

Am Samstag, dem 22. April des Jahres 1989, hing eine warme Dunstglocke über Glenn Dennig, einem verschlafenen Präriestädtchen im Randgebiet von Medicine Hat. Für die Anwohner des Vororts fühlte sich die Abendluft zu warm an für den noch frühen Frühling. Was ihnen jedoch nichts ausmachte. In der Wärme schimmerte das Versprechen auf einen heißen, trockenen Sommer. Bald schon würden die Kaktuspflanzen der semiariden Prärie in voller Blüte stehen, und der Duft nach warmem Wüstensalbei würde in der Luft hängen. Nachdem ein langer, trostloser Winter die westlichen Ebenen fest im Griff gehabt hatte, breitete sich nun Vorfreude aus, während Kleiderschichten abgelegt wurden und sich die Tagträume neuen Gartengeräten zuwandten, Säcken voller Blumenerde, dem Angebot von Grillöfen und Gartenmöbeln und Rasenmähern und der Verlockung der Campingabenteuer in den tiefen Coulées, in denen Dinosaurierskelette ruhten und Schlangengruben lauerten. Sergeant Mark Wozniak dachte vor allem an den Bau eines neuen Gewächshauses, während er in seinem Streifenwagen durch die Stadt patrouillierte. Um 9.58 Uhr erreichte ihn der Anruf.

»Ich wusste einfach, dass das etwas Großes werden würde – etwas, mit dem wir es bisher noch nie zu tun bekommen hatten. Nichts Gutes«, erzählte Wozniak später einer Journalistin.

Die Notrufleitstelle informierte Wozniak darüber, dass ein Mann in Glenn Dennig durch das erleuchtete Kellerfenster eines Nachbarn geschaut und einen »Körper mit Blut« gesehen hatte.

Sofort meldete Wozniak, dass er dem Notruf folgen würde. Er schaltete seine Sirene ein und fuhr in hohem Tempo zu der angegebenen Adresse.

Er war der Erste am Tatort.

Zuerst fielen ihm die Nachbarn auf, die vor ihren Häusern auf dem Rasen standen, einige von ihnen in Bademänteln, und ihm den Weg wiesen.

Mit quietschenden Reifen hielt Wozniak vor einem für Glenn Dennig typischen Farmhaus. Die Lichter im Haus brannten. Er wusste nicht, mit was genau er es zu tun bekommen würde – möglicherweise mit einem häuslichen Streit, einem Mord, einem erweiterten Selbstmord.

Er stieg aus dem Auto, ging seitlich um das Haus herum und spähte durch das Kellerfenster.

Nichts in seiner Laufbahn hatte Wozniak darauf vorbereitet, was er durch dieses Fenster erblickte.

Im Innern des hell erleuchteten Hauses bot sich ein Schauspiel, das für immer seine dunklen und schändlichen Spuren in der Geschichte der kanadischen Kriminalität hinterlassen würde. Und eine Narbe auf Wozniaks Seele.

Rue

Jetzt

Rue und Toshi ducken sich unter einem mit Kletterjasmin bewachsenen Torbogen hindurch und folgen Joe zu seinem efeuüberwucherten Cottage. Hinter dem Cottage erheben sich die gewaltigen Nadelbäume des Spirit Forest Park, ernst und stumm. Von überall tropft Wasser herab. Rue wirft Toshi einen Blick zu. Sie erkennt, dass auch er es fühlt – als wäre der Wald ein Wesen, das sie beobachtet, wartet, leise in einer unsichtbaren Brise raschelt.

Joe schließt die Haustür auf und führt sie hinein.

»Es gibt nur ein Schlafzimmer, und das benutze ich«, erklärt Joe. »Meine Mutter verbringt ihre Zeit im Atelier da drüben.«

Das Atelier liegt auf der anderen Seite der Rasenfläche, näher am Wald. Es ist ein flaches, rechteckiges Gebäude mit Betonwänden, fast wie eine Garage.

»Wie gesagt, Mom schläft im Atelier. Es hat auch eine kleine Küchenzeile.«

Joe spricht weiterhin in der Gegenwart von seiner Mutter. Nur verständlich, denkt Rue. Er hat ihren zerschlagenen Körper nicht gesehen, hat noch nicht akzeptiert, dass es wirklich seine Mutter war, die man tot am Strand gefunden hat.

Das Cottage ist ordentlich und aufgeräumt. Hinter der Tür gibt es ein Schuhregal und Haken für die Jacken und Mäntel. Ein ovaler Tisch steht vor einer offenen Küche, die auch über einen Tresen mit zwei Barhockern verfügt. Der Wohnbereich hat in etwa die Größe einer Briefmarke. Ein kleiner Holzofen, der so aussieht, als wäre er vor Kurzem benutzt worden. Der Geruch nach Holzrauch hängt noch in der Luft. Seltsam im Sommer, denkt Rue. Andererseits bekommt das Cottage hier im Schatten der Bäume vermutlich nur wenig Sonne ab, und es ist kühl hier drin.

»Mein Zimmer ist hinter der Tür neben der Küche«, erklärt Joe. »Und da drüben ist ein kleines Badezimmer.« Er deutet auf eine weitere Tür.

»Du hast erwähnt, dass die Joggingschuhe deiner Mutter fehlen – standen die sonst immer hier neben der Haustür?«, fragt Rue.

»Ja. Und ihre Jacke hängt normalerweise an dem Haken da, mit ihrer Stirnlampe und der Cap.«

»Du hast außerdem gesagt, dass sie ihr Handy sonst zum Laufen mitnimmt?«, fragt Toshi, während sich Rue langsam um die eigene Achse dreht und die Einrichtung mustert.

An den Wänden hängen Fotografien von Arwen Harper. Sie war eine schöne Frau, Bohème-Stil. Ein fester Ball zieht sich in Rues Bauch zusammen, etwas, das sich ganz nach Eifersucht anfühlt. Und da ist noch etwas – ein unangenehmes Nagen, wachsende Schuldgefühle wegen etwas, um das sie sich jetzt keine Gedanken machen kann. Diese Frau kommt ihr eindeutig bekannt vor. Falls sie sich jedoch tatsächlich als die Frau herausstellt, die Rue gestalkt hat, dann hat sie bereits eine rote Linie überschritten, und mit jeder verstreichenden Sekunde gerät sie noch tiefer hinein. Noch einmal sagt sie sich, dass sie es unmöglich sein kann.

»Ja, wie gesagt, ich habe versucht, sie auf dem Handy zu erreichen, bin aber nicht durchgekommen.«

Bei der Leiche war kein Handy gefunden worden. Auf der Bank neben dem Eingang entdeckt Rue eine Segeltuchtasche, die ein Stück offen steht. Sie kann ein Badetuch und eine Taucherbrille darin sehen. Auf einer Ecke des Badetuchs ist ein Logo eingestickt: Windsor Park Recreation Centre.

Rue starrt das Logo an, und ihre Brust wird eng. »Gehört das deiner Mutter?«

»Sie schwimmt gern«, antwortet Joe. »Sie sagt, das Wasser ist ein Symbol für das Unbewusste, und sie muss sich darin versenken, um etwas erschaffen zu können. Meine Mom hat eine ganze Menge komische Ideen, sie liest auch Tarotkarten.« Er tritt von einem Fuß auf den anderen, dann reibt er sich unvermittelt die Augen, woraufhin sie noch röter und verschwollener wirken. Der Junge ist erschöpft. Er sieht aus, als würde er gleich umkippen.

»Ist deine Mutter Mitglied im Windsor Park Centre, Joe?«, fragt Rue sanft.

Er nickt. »Sie geht dort auch ins Fitnesscenter. Und sie joggt gern. Ich …« Auf einmal scheint er keine Luft mehr zum Sprechen zu haben, Tränen fluten seine Augen. Er wischt sie weg. »Tut mir leid.«

»Du musst dich ein bisschen ausruhen, Joe. Sobald wir diese Arztrechnungen deiner Mutter haben und nachdem wir uns kurz in ihrem Atelier umsehen konnten, gehen wir und kommen später wieder, sobald wir einen wissenschaftlichen Beweis für die Identität der Toten haben. Dann können wir weiterreden. Wenn es für dich in Ordnung ist, bringen wir ein Team mit, das sich, wenn nötig, genau umsieht.«

Er nickt und geht zu einer Kommode hinüber. Er zieht die oberste Schublade auf und kramt darin herum, dann zieht er ein paar Papiere heraus.

»Hier.« Er reicht ihnen die Unterlagen. »Das sind Arztrechnungen, die sie noch nicht bezahlt hat. Und wahrscheinlich auch nie zahlen wollte. Wir bekommen dauernd Mahnungen wegen ausstehender Zahlungen und so. Eine der Rechnungen ist von ihrem Arzt in Oakville in Ontario, wo wir gewohnt haben. Und es gibt auch noch eine von ihrem Zahnarzt und eine von ihrer Therapeutin. Die Kontaktdaten stehen dabei.«

Rue besieht sich die Rechnung der Therapeutin. »Deine Mutter war in psychologischer Behandlung?«

Er schluckt und senkt den Blick. »Ähm … ja, sie … sie hatte mit ein paar Dingen zu kämpfen. Bevor ich geboren wurde, hat sie versucht, sich umzubringen.«

Rue und Toshi verstummen.

Joe sieht wieder auf. »Seit ich auf der Welt bin, hat sie so etwas nie wieder getan. Das würde sie niemals. Ich weiß nur deshalb davon, weil sie Narben auf der Innenseite der Handgelenke hat und weil ich sie einmal danach gefragt habe.«

Toshi sieht Rue an. Sie hat die Innenseiten der Handgelenke am Strand nicht gesehen – sie hat die Jackenärmel nicht hochgeschoben. Die Narben werden ebenfalls dabei helfen, die Identität der Toten zu bestätigen.

»War deine Mutter auch hier bei einem Therapeuten, Joe?«

Er schüttelt den Kopf. »Sie hat gesagt, dass es ihr gut geht.«

Rue reicht Toshi die Rechnungen. »Wo finden wir eine Haarbürste und eine Zahnbürste von deiner Mutter? In ihrem Atelier?«

»Ja. Ich bringe Sie hin.«

Joe geht in die Küche, öffnet einen kleinen Tontopf auf dem Fensterbrett und holt einen Schlüssel heraus.

Sie folgen ihm hinaus und über den Rasen zum Atelier. Er führt sie hinein, schaltet das Licht ein und tritt einen Schritt zurück.

Im Gegensatz zum Cottage sieht es hier drin aus, als wäre ein Hurrikan hindurchgezogen. Als Rue eintritt, stößt sie gegen ein Fahrrad, das neben der Wand an der Tür lehnt. Klappernd landet es auf den Bodenfliesen. Erschrocken bückt sie sich, hebt das Rad auf und lehnt es vorsichtig wieder gegen die Wand. Zu beiden Seiten des Hinterrads befinden sich Taschen, und es hat einen reflektierenden Aufkleber auf der Querstange.

»Manchmal fährt sie damit zum Fitnesscenter«, erklärt Joe.

An den Wänden hängen große Gemälde in unterschiedlichen Schaffensstadien. Neben einem Fenster ganz hinten steht eine leere Leinwand auf einer Staffelei. Farbtuben, Flaschen, Schraubgläser und Pinsel liegen kreuz und quer auf einem Holztisch neben der Leinwand.

Wie gebannt starren Rue und Toshi auf die düsteren Gemälde – verwegene rote Schlieren aus Ölfarbe ziehen sich wie Blut über schwarze Wirbel mit gelben Spritzern. Auf anderen Bildern sind Kreaturen zu sehen, die der Tätowierung am Hals der Toten ähneln. Halb Mensch, halb Tier. Ein weiteres Gemälde zeigt eine gesichtslose Gestalt in einem Kapuzenumhang, die eine Sense hält und auf einem Bett aus Menschenschädeln steht.

»Wow«, kommentiert Toshi.

»Meine Mutter ist fasziniert vom Tod«, erklärt Joe leise. »Die da hat sie in Ontario gemalt. Wir haben sie im Kleinbus mitgenommen.«

Rue tritt vor die Bilder. An der Wand neben dem Gemälde des Todes hängt ein handgeschriebener Zettel, auf dem steht:

Am besten wehrt man sich nicht gegen den Wandel, den die Tarotkarte »Der Tod« ankündigt. Widerstand wird den Übergang nur erschweren. Und schmerzhaft machen. Stattdessen sollte man loslassen, die notwendigen Veränderungen willkommen heißen, es als Neuanfang betrachten. Die Karte des Todes ist die Aufforderung, eine Grenze zur Vergangenheit zu ziehen, um vorwärtsgehen zu können. Sie bedeutet: Lass los, was dir nicht länger dienlich ist.

»Die sind … verstörend«, sagt Toshi.

»Mom sagt immer, dass Kunst von verstörten Menschen kommen und diejenigen, die es sich zu bequem machen, ebenfalls verstören soll.«

Rue denkt an die Rechnung der Psychotherapeutin. Sie geht zum nächsten Gemälde weiter. Es zeigt eine Frau, deren Gesicht in zwei nicht zueinanderpassende Hälften gespalten ist.

»Das da nennt Mom ›Apate‹«, sagt Joe. »Nach einer griechischen Göttin. Sie hat auch ein Tattoo dieser Göttin auf der Hüfte.«

»Wer ist Apate für die Griechen?«, fragt Toshi.

»Sie ist die Personifizierung der List, sie steht für Schwindel und Betrug«, gibt Joe zurück. »Die Göttin der Lügen. Apate war eines der bösen Wesen, die aus der Büchse der Pandora entkommen sind. Sie streift seit Jahrtausenden über die Erde und sät Chaos und Verwüstung, wohin sie auch geht. Sie benutzt ihre Gaben, um andere zu betrügen. Mom sagt, dass die meisten sich selbst betrügen, deshalb ist ihr Gesicht auf dem Bild zweigeteilt.«

Rue hebt eine Braue, dann geht sie zu einem merkwürdig aussehenden Wandschrank hinüber, der vor einem Tisch hängt – im Grunde ist es nur eine riesige Pinnwand hinter geöffneten Klapptüren. Die Pinnwand ist voller Stecknadeln und Löcher, wo einmal Stecknadeln gewesen sein müssen. Unter einigen der Stecknadelköpfe sind noch kleine Papierfetzen sichtbar, so als wäre das, was daran gehangen hat, abgerissen worden.

»Wofür ist das?«, fragt Rue.

»Für ein Projekt, an dem Mom arbeitet.«

»Was für ein Projekt?«

»Sie behält eine ganze Menge Dinge für sich, und das da gehört auch dazu. Irgendein Riesengeheimnis. So geheim, dass sie die Türen da immer zuklappt, wenn sie einmal nicht damit beschäftigt ist. Ein so großes Ding, dass wir durch das ganze Land reisen und hierherkommen mussten, damit sie daran arbeiten kann. Sie behauptet, dass es unser großer Durchbruch wird.«

»Und sie hat es vor dir versteckt?«

Er holt tief Luft. »Ich weiß auch nicht, warum sie es versteckt.« Er starrt die Pinnwand an. »Manchmal glaube ich, dass sie Dinge vor sich selbst versteckt. Damit sie sich nur dann damit beschäftigen muss, wenn es unbedingt sein muss.«

»Dann war hier also etwas auf die Pinnwand gesteckt?«, fragt Toshi. »Sie war nicht immer leer?«

»Ich weiß es nicht. Ich habe sie immer nur verschlossen und verriegelt gesehen. Mom hatte auch einen Laptop, der immer vor der Pinnwand aufgebaut war, aber der ist verschwunden. Ich habe überall danach gesucht. Ich kann ihn nicht finden und ihr Handy auch nicht.«

Wieder wechseln Rue und Toshi einen Blick. Kein Handy. Kein Computer. Waren alle ihre elektronischen Geräte verschwunden?

Ein Klopfen an der Tür des Ateliers. Alle drei fahren erschrocken herum.

Knarrend schwingt die Tür auf.

»Joe?« Eine Frau erscheint. Als sie die Polizisten sieht, werden ihre Augen ganz groß. »Joe? Ist alles in Ordnung?«

Joe ist auf einmal kreidebleich. Stumm starrt er die Tür an. Als hätte er erwartet, seine Mutter hereinkommen zu sehen.

»Ich bin Hannah«, sagt die Frau verlegen. »Hannah Cody von gegenüber.«

Arwen

Damals
7. Juni. Dienstag.

Zwölf Tage vor ihrem Tod

Arwen hat ihren freien Tag, und sie konzentriert sich voll und ganz auf ihre Arbeit im Atelier.

Sie sitzt an einem Tisch vor dem »Pinnwandschrank«, den sie selbst gebaut hat. Die Türen lassen sich abschließen, um ihre Arbeit vor neugierigen Blicken zu schützen, wenn sie sich gerade nicht damit beschäftigt. Jetzt stehen die Türen offen und enthüllen etwas, das wie eines der Crime Boards aussieht, die von Mordermittlern im Fernsehen immer benutzt werden. Ganz oben hängen die Fotos von vier Mordopfern.

Arwens Laptop steht auf dem Tisch vor ihr, und der Cursor blinkt auf dem Bildschirm. Die Tür zu ihrem Atelier ist abgeschlossen, und sie hat die Jalousien heruntergelassen. Sie hat das Licht gedimmt, und ihre Salzkristalllampe taucht den Raum in einen warmen orangen Schein. Auf einer Untertasse neben ihr glimmt ein Joint. Daneben steht ein Glas Pinot Grigio, in dem die Eiswürfel schmelzen. Eine weitere Flasche Wein liegt im Kühlschrank. Aus den Bluetooth-Lautsprechern dringt leise Jazzmusik. Arwen ist im Flow, in einem mentalen Mutterschoß, und die Welt dort draußen schwebt einfach vorüber. Die Realität wird zeitlos.

Sie greift nach ihrem Joint, nimmt einen Zug, inhaliert tief. Während sie den Rauch für ein paar Sekunden in ihrer Lunge hält, mustert sie die alten Zeitungsausschnitte und Fotos an ihrem Crime Board. Sie folgt den Fäden, mit denen die Opfer mit diversen Orten, mit Familienmitgliedern, Polizeibeamten und Zeitsträngen verbunden sind. Langsam atmet sie aus und schließt die Augen, beschwört eine Situation herauf, die sich vor dreiunddreißig Jahren zugetragen hat. Es war ein warmer Tag in der Prärie, am 22. April 1989.

Sie stellt sich die weite Ebene vor, die tiefen, gewundenen Coulées, die stacheligen Kaktusfeigen mit den gelben Blüten, die gewaltigen Sandsteinfelsen, die immerfort vom Wind zu verstörenden Formen gestaltet werden.

Sie malt sich Glenn Dennig aus, am Stadtrand von Medicine Hat.

Arwen schlägt die Augen auf, legt ihren Joint am Rand der Untertasse ab und beginnt zu tippen.

Das Erste, was Wozniak sah, war eine Frau, die vor einem Sofa auf dem Rücken lag, ein blaues Nachthemd bauschte sich um ihre Taille. Von der Hüfte abwärts war sie nackt, und ihre Beine waren merkwürdig verdreht. Sie war mit etwas beschmiert, das wie Blut aussah. Ihr schulterlanges braunes Haar bedeckte ihr Gesicht.

Den offiziellen polizeilichen Richtlinien folgend eilte Wozniak zurück zu seinem Streifenwagen und forderte Verstärkung an. Er wusste nicht, ob sich noch jemand in dem Haus befand und, falls ja, ob derjenige möglicherweise bewaffnet war oder selbst in Gefahr schwebte. Wozniak ging hinter dem Kofferraum seines Wagens in Deckung, zog seine Waffe und wartete auf die Verstärkung.

Wenige Augenblicke später hörte er das Geheul der Sirenen. Drei weitere Polizisten aus seinem Revier erreichten den Tatort und bremsten scharf neben seinem Auto ab.

Elf Minuten nachdem Wozniak den Anruf der Notrufzentrale erhalten hatte, brachen vier Polizisten die Eingangstür des bescheidenen Hauses auf und stürmten in Stack Formation das Gebäude.

Die Polizisten hatten keine Ahnung, dass sie als diejenigen in die Polizeigeschichte eingehen würden, die als Erste am Tatort eines der schockierendsten Mordfälle dieses Landes eintrafen.

Arwen greift nach ihrem Joint. Sie nimmt einen langen Zug und mustert das Foto von Sergeant Mark Wozniak auf ihrem Board. Vor über dreißig Jahren hat ein Zeitungsreporter dieses Bild geschossen. Wozniak war nur ein Streifenpolizist. Ernst aussehend. Sein braunes Haar war dicht, sein Gesicht faltenlos. Eine gewisse Frische umgab ihn. Wozniak ist immer noch Polizist bei der Royal Canadian Mounted Police. Allmählich wird sein Haar dünn und silbern. Inzwischen bekleidet er den Rang eines Inspectors, und er leitet die RCMP in Medicine Hat. Seine Gesichtszüge sind immer noch kräftig. Ein gutes Gesicht. Seine Augen sind gütig, aber jetzt sind die äußeren Winkel leicht nach unten gezogen, was ihn müde wirken lässt. Diese gütigen Augen haben an jenem Tag etwas Schreckliches gesehen. Sie lässt den Rauch entweichen und drückt ihren Joint aus. Dann nippt sie an ihrem Wein und tippt.

Wozniak wird die grauenvolle Szene, die sich ihm und den anderen Polizisten in diesem Haus bot, niemals vergessen.

»Ich habe seither viele schlimme Tatorte und Leichen gesehen«, berichtete Wozniak einem Reporter des »Medicine

Hat Standard« am zehnten Jahrestag der Morde. »Aber nur sehr wenige davon hatten mit Kindern zu tun, und sogar noch weniger mit Kindern in diesem Zustand. Ich … ich verstehe es nicht – etwas so Schreckliches. Diese Gewalt. Ich kann es einfach nicht begreifen, auch jetzt nicht, nach so vielen Jahren.«

Zwanzig Jahre nachdem er zu jenem unauffälligen Farmhaus im friedlichen Glenn Dennig gerufen wurde, sagte Wozniak in einer Sendung des CBC Folgendes: »Es war schrecklich, grausam – so etwas will ich nie wieder sehen. Nach wie vor ist dies das schlimmste Verbrechen, zu dem ich je gerufen wurde.« Er hielt inne, und ein sonderbarer Ausdruck erschien auf seinem Gesicht. Er blickte direkt in die Kamera. »Wenn es so etwas wie das Böse wirklich gibt – dann war es an jenem Tag dort. In diesem Haus.«

Arwen trinkt einen weiteren Schluck Wein und ruft sich in Erinnerung, was Wozniak an jenem Aprilabend vor sich hatte. Sie tippt:

Das Erste, was ihm auffiel, war das Blut – Schlieren auf der Treppe, an den Wohnzimmerwänden. Noch mehr Blut in der Küche, auf dem Boden, verschmiert auf der Hintertür. Was ihn im Keller erwartete, wusste Wozniak schon. Er hatte es durch das Fenster gesehen. Da hörten die Polizisten ein Wimmern.

Auf einmal wird Arwen von einem Energiestoß erfasst. Sie scrollt zu einer anderen Stelle ihres Dokuments. Sie will noch einmal zum Anfang zurückkehren und mehr allgemeinen Kontext einfügen. Dem Ort Farbe geben. Sie hält inne, denkt nach, dann schreibt sie:

Medicine Hat ist auch unter dem Namen »Gas City« bekannt. Den Touristen-Websites zufolge scheint hier öfter die Sonne als in jeder anderen Stadt Kanadas – durchschnittlich an 330 Tagen im Jahr. Die Winter lassen die Präriestadt in Eis erstarren, doch die Sommer sind heiß und trocken. Im Jahr 1904 wurde unter Medicine Hat ein Erdgasfeld entdeckt, das, wie sich herausstellte, gewaltig war und sich über einhundertfünfzig Quadratmeilen erstreckte. Es versorgte die wachsende Stadt mit so viel günstiger Energie, dass die Straßenlaternen Tag und Nacht brannten, weil das billiger war, als jemanden einzustellen, der die Gaslaternen löschte und entzündete.

Darüber hinaus befeuerte das Gas riesige Brennöfen in den historischen Lehmabbaustätten. Die Öfen wurden so heiß, dass man wasserdichte Ziegelsteine darin brennen konnte, und der Vorrat dieser Ziegelsteine heizte wiederum den Hausbau im gesamten Westen an. In den Öfen wurden auch die berühmten Medalta-Keramiken gebrannt und schließlich in die ganze Welt verschifft. Das nahezu unablässige Lodern der Gasbrunnen und der Brennöfen der Ziegelfabriken, in denen die Arbeiter in der erbarmungslosen Sommerhitze schufteten, tauchte den Nachthimmel in ein orangerotes Glühen. Als Rudyard Kipling die Stadt im Jahr 1907 besuchte, war es diese danteske Szenerie, die ihn begrüßte, und die Touristenseiten im Internet erwähnen dies gern.

»Dieser Teil des Landes«, schrieb er, »scheint von der Hölle unterkellert zu sein, und die einzige Falltür nach unten ist offenbar Medicine Hat.«

Tatsächlich war es ein der Hölle entsprungener Anblick, den …

Die Tür hinter Arwen knarrt. Sie fährt herum, wobei sie ihr Weinglas vom Tisch fegt. Klirrend zerschellt es auf den Bodenfliesen. Gleichzeitig flammt das Neonlicht über ihr auf. Mit wild hämmerndem Herzen blinzelt sie in die plötzliche grelle Helligkeit, verwirrt und auf sehr körperliche Weise aus ihrer weit entfernten Mordwelt gerissen.

»Mom?«

»Herrgott! Joe!« Sie springt so hastig auf, dass sie dabei ihren Stuhl umwirft, dann eilt sie zu ihrem Crime Board und schließt die Klappen davor. Adrenalin pumpt durch ihren Körper, als sie zu ihrem Sohn herumwirbelt.

»Was zum Teufel soll das, Joe! Raus hier!« Sie deutet auf die Tür. »Musst du mich so überfallen? Scheiße … kannst du nicht einfach anklopfen?«

Schockstarr steht ihr Sohn vor ihr. Arwen sieht sich im Spiegel an der Wand. Ihr wildes, zerzaustes Haar, und ihr fällt wieder ein, dass sie immer noch ihr Nachthemd trägt, blau, wie bei der toten Frau in ihrem Buch, und das macht sie umso wütender. Weil ihr Sohn sie so gesehen hat, was sie unerträglich findet.

»Ich habe dir doch gesagt, dass du nicht hier reinkommen sollst. Nie. Hast du das verstanden? Welchen Teil davon hast du nicht mitgekriegt? Das hier ist mein Arbeitszimmer. Meine Kopffreiheit. Ein privater Raum. Wir teilen uns das Cottage, aber nicht diesen Raum hier, Joe. Geh.«

Joe steht jedoch felsenfest da und starrt die Türen des Pinnwandschranks an, die sie gerade zugeklappt hat. Sein Mund steht leicht offen.

Arwen schaltet einen Gang runter, auf einmal besorgt darüber, was ihr Sohn vielleicht schon gesehen hat.

»Es tut mir leid«, sagt sie leise. »Meine Güte, Joe. Du hast mich furchtbar erschreckt. Ich … ich war im Flow.«

Der Blick ihres Sohnes wandert zu ihrem Laptop, dann zu dem Stapel Notizblöcke voller hingekritzelter Mitschriften der Interviews, die sie gemacht hat, bevor sie hergekommen sind. Joe sieht zu ihrem Ordner voller alter Zeitungsausschnitte, dann zu dem alten Rekorder und den Kassetten.

»Ich wollte dich nur fragen, ob du etwas zum Abendessen möchtest«, sagt Joe ruhig. »Ich wärme gerade die übrig gebliebene Pizza auf und wollte schauen, ob du auch ein Stück möchtest. Ich …«

»Unsere Abmachung ist das Frühstück, Joe. Zum Frühstück bin ich immer da, aber wenn ich beschließe, länger zu arbeiten, dann lasse ich das Abendessen ausfallen. Ich habe ein paar Sachen hier im Kühlschrank. Und ich habe eine Mikrowelle.«

Ihr Sohn weiß ganz genau, dass sie manchmal die ganze Nacht hindurch malt, mit geräuschdämpfenden Ohrhörern, tief in ihrem eigenen Kopf, in ihrer Psyche, in ihrem Herzen.

Er schaut von den leeren Schnapsflaschen auf dem Tresen zu ihrem Weinglas zu dem Joint, der immer noch auf der Untertasse verglimmt, und auf einmal wird Arwen sehr bewusst, dass es nach Marihuana und Weihrauch riecht und nach ihrem eigenen ungeduschten Körper.

»Ja, Mom. Ich sehe, dass du … ein paar Sachen hier hast.«

Sie presst die Lippen aufeinander. Ihr Sohn verurteilt sie. In den Augen ihres Sohnes erfüllt sie die Erwartungen nicht. Mal wieder. Ihr tut das Herz weh, gleichzeitig verhärtet es sich verteidigungsbereit. Manchmal hat sie das Gefühl, dass sie gerade erst selbst sechzehn Jahre alt war. Sie weiß noch, wie sie sich gefühlt hat, vollkommen erwachsen und gleichzeitig noch wie ein Kind. Manchmal glaubt sie, auch jetzt noch diese Sechzehnjährige zu sein, nur ein bisschen tiefer in einer älteren und verzweifelteren Frau mit einem kaputten Verstand und einem erschlaffenden Körper vergraben. Mitgenommen von den Runden in der Waschmaschine der Zeit. Sie hat kein Recht, eine Mutter zu sein.

Sie kann ihrer eigenen Vorstellung von Verantwortung nicht entsprechen.

Wie in aller Welt konnte sie glauben, dass sie das wirklich schaffen kann? Einen Jungen großzuziehen und den

Erwartungen ihres Sohnes gerecht zu werden? Womit hat sie einen so zuverlässigen Menschen in ihrem Leben verdient? Nach allen Gesetzen der Wahrscheinlichkeit müsste Joe ein rebellierender Dreckskerl hinter Gittern sein, mit einer Mutter wie ihr. Manchmal bekommen schlechte Eltern gute Kinder.

Manchmal bekommen gute Eltern die schlimmsten aller Kinder.

»Ist das dein Projekt?«, fragt er und nickt in Richtung der geschlossenen Klappen vor dem Crime Board. »Sind wir deswegen in den Westen gekommen?«

Arwen holt tief Luft. »Ja, das ist es. Wie … viel hast du gesehen? Wie lange hast du schon hinter mir gestanden, bevor du das Licht eingeschaltet hast?«

»Was ist das für ein Projekt, Mom?«

»Das kann ich dir nicht sagen, Joe. Noch nicht. Es … Ich muss es erst abschließen. Ich muss an alle Informationen herankommen. Ich muss ganz sichergehen.«

»Du meinst, du brauchst erst einen Beweis oder so? Wie bei den anderen Sachen, für die du beim Fernsehen gearbeitet hast?«

»So was Ähnliches. Ja. Aber das hier ist größer. Viel größer. Das wird uns weit bringen.«

Er schaut zu ihrem Laptop. »Größer als deine investigativen Artikel?«

»Es ist ein Buch. Mir wurde ein Vorschuss zugesagt. Ein sehr guter.«

»Du meinst Geld?«

Sie nickt.

»Arbeitest du, keine Ahnung, undercover in der Bar oder so?«

Ihr Herz schlägt schneller. »Das ist …« Sie hatte *Das ist doch idiotisch* sagen wollen, aber sie würde ihren Sohn niemals

als idiotisch bezeichnen. Er ist einer der klügsten Menschen, denen sie jemals begegnet ist. Klüger als sie jedenfalls. »Ich gehe kellnern, damit ich das hier tun kann.«

»Und wie groß wird dieser Vorschuss?«

»Joey, bitte, nicht jetzt.«

»Warum nicht jetzt? Warum musst du das geheim halten? Warum vor mir? Ich kann ein Geheimnis für mich behalten, Mom. Du schuldest mir die Wahrheit. Du hast mich entwurzelt und dazu gezwungen, in unserem schrottreifen Bus quer durchs Land zu fahren, mal wieder in eine neue Schule zu gehen. Du hast mich dazu gezwungen, meine Freunde zurückzulassen, und jetzt willst du mir nicht mal verraten, *warum*?«

Sie holt tief Luft und sieht ihrem Sohn in die Augen. Die denen seines Vaters so ähnlich sind. Auch das hat sie ihm verwehrt – die Verbindung zu der Familie seines Vaters. Eine Verbindung zu seinem japanischen kulturellen Erbe. Sie weiß, dass ihr Sohn Probleme damit hat, sich irgendwo zugehörig zu fühlen, dass er mit der Sehnsucht danach kämpft, irgendwo verwurzelt zu sein. Doch diese Tür hat sich längst geschlossen. Sie hat Joes Vater nie gesagt, dass sie schwanger von ihm war. Arwen ist einfach aus dem Leben dieses Mannes verschwunden. Sie ist weggelaufen, wie vor so vielen Dingen, die ihr Angst gemacht haben. Echte Intimität, die Tatsache, dass sie begonnen hatte, Joes Vater zu lieben, das war einfach zu viel geworden, zu überwältigend. Also ist sie geflohen. Jetzt weiß sie auch, warum. Fast ihr ganzes Leben hat es gedauert, bis sie es herausgefunden hat, bis sie so weit gekommen ist.

»Es geht um ein Verbrechen«, sagt sie leise. »Ein wahres Verbrechen. Ein furchtbares Verbrechen. Vor langer Zeit.«

Stockstarr steht er da. Und wartet. Hoffnung brennt in seinen Augen. Es schmerzt sie. Sie ist näher an die Wahrheit herangekommen als jemals zuvor.

»Ich habe ein paar Insider-Informationen bekommen«, fährt sie fort. »Vor etwa achtzehn Monaten. Etwas, das sonst niemand hat.«

»So etwas wie eine Spur?«

Sie nickt. »Ich bin ihr gefolgt, und sie hat mich weitergeführt, und schließlich bin ich auf eine Goldader gestoßen. Ich schreibe ein Buch über dieses Verbrechen.«

»Geht es um einen Mord?«

»Um mehr als nur einen Mord.«

Langsam kehrt sein Blick zu dem Laptop zurück. Er schluckt. »Dann sind die Morde ... also hier passiert? In Story Cove? Und es sind Leute darin verwickelt, die immer noch hier leben?«

»Mehr kann ich im Moment nicht sagen. Mein … Vertrag legt fest, dass ich eine Exklusivstory vorlege, und bis dahin ist alles furchtbar geheim. Wenn ich irgendetwas durchsickern lasse, dann könnte ich meinen Vorteil, meinen Vorsprung und den ganzen Deal verlieren.«

»Du lügst. Du hast keinen Vertrag.«

»Das kommt noch, Joey. Bald. Sobald ich genug zu Papier gebracht habe und es abgesegnet ist.«

»Und wie lange wird das dauern? Wie lange dieses Mal, hm?«

Sie weiß nicht, was sie darauf erwidern soll, denn sie will ihrem Sohn keine weitere Lüge erzählen.

Er flucht und geht auf den Ausgang zu.

»Joe …«

Er drehte sich zu ihr um. Er hofft immer noch auf die Wahrheit.

Stattdessen sagt Arwen: »Meine Ateliertür war abgeschlossen. Und du hast nicht einmal geklopft. Du hast einfach den Schlüssel benutzt. Warum?«

Er funkelt sie an, und wieder fragt sie sich, wie viel er gesehen hat.

Sie streckt die Hand aus. »Gib mir den Schlüssel. Ich will alle Schlüssel zu meinem Atelier haben.«

Joe wirft den Schlüssel auf den Tisch. Er schlittert über die Platte und landet auf dem Fliesenboden zwischen den Glasscherben und dem verschütteten Wein. Dann geht ihr Sohn hinaus.

Arwen flucht. Sie eilt zur Tür, etwas unsicher auf den Füßen von dem vielen Wein und dem Cannabis, aber sie kann diese Geschichte einfach nicht schreiben, ohne allem vorher etwas die Schärfe zu nehmen. Sie findet die Balance, indem sie sich mit einer Hand am Türpfosten abstützt. Sie ruft ihrem Sohn nach, der gerade den Rasen zum Cottage überquert.

»Joe!«

Er fährt herum. »Ich wollte dich eigentlich fragen, ob du zum Abendessen kommen willst, weil ich jemanden aus der Schule mitgebracht habe, Mom. Ich dachte, du würdest sie vielleicht gern kennenlernen.«

»Sie?«

Er geht weiter.

Barfuß läuft sie über das feuchte Gras. »Joey!«

Er läuft weiter.

»Joe! Wer ist sie?«

In der Tür zum Cottage bleibt er stehen. »Ihr Name ist Phoebe. Phoebe Bradley. Sie wohnt ein paar Häuser weiter, und sie will auch Künstlerin werden, und ich dachte, es wäre cool, wenn sie meine Mutter kennenlernt. Aber weißt du was? Das war eine beschissene Idee. Weil du einfach nur peinlich bist.«

»Joe!«

Er betritt das Cottage und knallt die Tür hinter sich zu.

»Nein«, flüstert sie. »Oh, Joey, nein. Nicht die Bradleys.«

Rue

Jetzt

»Wie gut kennen Sie Joe und seine Mutter, Mrs Cody?« Rue spricht am Straßenrand neben ihrem Wagen mit der Frau, während Toshi die Haar- und die Zahnbürste eintütet und Joe im Auge behält, während der Junge ein paar Sachen packt.

»Ich habe sie vor etwa drei Wochen kennengelernt, als sie hergezogen sind. Simon – mein Mann – kannte Arwen schon aus der Bar, in der sie arbeitet. Simon hat Joe heute Morgen auch zum Revier gefahren, damit er seine Mutter als vermisst melden kann. Ist es … ich meine, ist sie es? Am Strand?«

»Wir haben die Tote noch nicht offiziell identifiziert, aber wir glauben, dass es Joes Mutter ist.«

Sie nickt. »Ich verstehe. Wir kümmern uns um Joe, während … was auch immer er braucht. Soweit ich weiß, hat er sonst niemanden. Er ist mit Phoebe Bradley befreundet, aber …« Ihre Stimme verklingt, und sie sieht zum Wald.

»Aber was?«

Eine Windböe rauscht über sie hinweg, und Hannah Cody hält sich ihr blondes Haar aus dem Gesicht. »Lily war sehr unglücklich darüber, dass Phoebe sich mit einem älteren Jungen trifft. Aber Joe ist ein guter Kerl. Unsere Kinder kennen ihn auch. Wir haben einen Sohn, der im selben Alter ist wie Matthew Bradley, und unsere Fiona ist Phoebes beste Freundin. Ich verstehe Lilys Sorge, aber … ich weiß auch nicht. Ich finde, dass sie überreagiert. Irgendetwas löst dieser Altersunterschied in ihr aus, aber sie hat es mir nie richtig erklärt, obwohl ich sie danach gefragt habe. Ich habe das Gefühl, dass es irgendetwas mit ihrer eigenen Vergangenheit zu tun hat … Ich kann nicht fassen, dass es Tom war, der Arwen gefunden hat.«

»Wann haben Sie Arwen Harper zuletzt gesehen, Mrs Cody?«

»Bei unserem Nachbarschaftsgrillfest gestern. Ich weiß nicht genau, wann sie gegangen ist. Als das Gewitter losgebrochen ist, sind die meisten nach Hause gelaufen. Sie gehörte zu denen, die trotzdem noch geblieben sind.«

»Wir brauchen eine Liste Ihrer Gäste.«

»Ist das unbedingt nötig? Ich will nicht, dass sie …«

»Es ist nötig. Wir haben gehört, dass es außerdem eine Auseinandersetzung im Poolhaus zwischen Arwen Harper und Lily Bradley gegeben hat?«

Hannah blinzelt. Sie sieht die Straße hinauf. »Ich … ich war nicht dabei. Ich habe von dem Streit nichts gesehen oder gehört. Simon schon. Er ist hinunter zum Poolhaus gegangen, nachdem er Tom dort hineingehen sehen hat. Er sagt … er denkt, dass es um die Kinder ging. Ich weiß nicht, worum vielleicht noch. Ich weiß nur, dass Lily und Tom direkt danach gegangen sind. Lily war furchtbar wütend. Arwen ist noch eine Weile geblieben und hat weitergetrunken. Mir kam sie … leichtsinnig vor.«

Rue mustert die Frau. Sie spürt, dass in dieser Sackgasse noch eine ganze Menge mehr unter der Oberfläche passiert.

»Und Ihr Ehemann, Simon, hat Joe heute Morgen einfach vor dem Revier abgesetzt? Er ist nicht mit hineingegangen, um Joe bei der Vermisstenanzeige zu helfen?«

Hannah schluckt. »Ich habe unsere Kinder zur Schule gefahren, und Simon musste sein Seminar halten. Als Joe gekommen ist und gesagt hat, dass er seine Mutter nirgends finden kann, hat Simon angeboten, ihn auf dem Weg zur Uni bei der Polizei abzusetzen. Er hat Joe auch gefragt, ob er Hilfe braucht, aber Joe meinte, das würde er auch allein schaffen. Wir wussten ja, dass sich die Polizei um ihn kümmern würde.«

»Waren noch andere Gäste bei dem Streit im Poolhaus anwesend?«, fragt Rue.

»Ich glaube nicht. Ein paar haben lautes Gebrüll gehört. Beleidigungen. Zerbrechendes Glas.«

»Und wo waren Joe und Phoebe und die anderen Kinder während dieser Zeit?«

»Na ja, als es angefangen hat zu regnen und zu donnern und zu blitzen, sind wir alle nach drinnen oder unter das Vordach gegangen, und die meisten Kinder haben sich in den großen Hobbyraum im Haus zurückgezogen. Oder sie sind mit ihren Eltern nach Hause gegangen. Es sieht Lily gar nicht ähnlich, so aus der Haut zu fahren, wissen Sie? Sie ist immer so … beherrscht. Sie hat alles im Griff. Immerhin ist sie Therapeutin und daran gewöhnt, dass ihre Patienten täglich, stündlich in ihrer Praxis außer Kontrolle geraten. Sie weiß, wie man damit umgeht, aber ich schätze, das war etwas … Persönliches.«

»Was ist mit Tom Bradley? Wie gut kannte er Arwen Harper Ihrer Meinung nach?«

Ihre Augen werden kaum merklich schmaler. Wieder wendet sie den Blick ab, als müsste sie sich erst darüber klar werden, wie viel sie preisgeben soll. »Tom … ich weiß es nicht. Genau wie Simon kannte er Arwen aus der Bar. Simon, Tom und ein paar andere Dozenten an der Uni treffen sich freitagabends immer im Red Lion, zur sogenannten Happy Hour, die sich oft bis tief in die Nacht zieht. Arwen hat sie dort immer bedient.« Sie sieht zum Cottage hinüber. »Tom hat ihr diese Unterkunft besorgt.«

»Wie meinen Sie das?«

»Sie hat nach einer Mietwohnung mit Atelier gesucht. Das Cottage war gerade frei geworden, und Tom kennt die Besitzer. Er hat sie angerufen und ihnen Arwen empfohlen.«

Langsam nickt Rue. Wieder frischt der Wind auf, und sie vergräbt die Hände tief in den Manteltaschen. Dichte Wolken ballen sich zusammen. Es fühlt sich fast wie Herbst an, obwohl Sommer ist. Typisch für dieses Regenwaldklima.

»Und wo ist Ihr Ehemann jetzt?«

»Bei der Arbeit. Wie gesagt, er muss unterrichten. Er hat dieses Jahr eines der Sommerseminare übernommen.«

Toshi und Joe kommen aus dem Cottage. Joe trägt eine Tasche mit Kleidern und einen Rucksack. Rue sagt: »Ich brauche diese Liste mit allen, die gestern zum Grillen bei Ihnen waren, zusammen mit den Kontaktdaten. Außerdem könnte es sein, dass wir Sie zu einem späteren Zeitpunkt auf das Revier bitten, um eine offizielle Aussage zu machen.«

Hannah Cody wird blass. »Ist … Sie glauben, dass es kein Unfall war?«

»Wir stufen den Todesfall derzeit als verdächtig ein.«

Joe und Toshi kommen auf sie zu.

»Danke für Ihre Zeit, Mrs Cody. Und wir wissen Ihr Angebot, sich um Joe zu kümmern, sehr zu schätzen. Wir werden das Atelier und das Cottage jetzt abriegeln und etwas später heute wiederkommen, um die Liste Ihrer Gäste abzuholen. Wenn Sie sie bis dahin also fertig haben könnten?«

Hannah senkt die Stimme zu einem Flüstern, damit Joe sie nicht hört. »Hat der Tod seiner Mutter etwas mit den Joggerinnen-Morden zu tun?«

»Wie kommen Sie darauf?«

Ihre Augen wirken sehr hell. »Nur … weil … Joe gesagt hat, seine Mom wäre joggen gegangen. Allein. Im Dunkeln in einer bewaldeten Gegend. Und jetzt ist sie tot. Und Sie leiten die Ermittlung im Fall des Joggerinnen-Killers.«

»Wie gesagt, die Untersuchungen laufen noch«, gibt Rue zurück. Ihr Blick wandert zum Haus der Codys, hinauf zum Dachbodenfenster. Simon Cody ist der Nächste auf ihrer Liste.

Rue

Jetzt

»Ich habe nicht erwartet, zu dieser Jahreszeit so viele Studenten auf dem Campus zu sehen«, kommentiert Rue.

»Wir bieten auch über den Sommer Kurse an.« Professor Simon Cody mustert sie misstrauisch von seinem Stuhl hinter dem Schreibtisch aus. Sie befinden sich in seinem Büro in der Kordel University. Eine immergrüne Hecke wächst vor dem Fenster, und Rue sieht Studenten unter Kastanien entlangschlendern.

Cody hat ein jungenhaftes Gesicht, einen dichten braunen, von Silberfäden durchzogenen Haarschopf. Er ist recht groß und hat die Statur eines Langstreckenläufers. Rue schätzt ihn auf Ende fünfzig, vielleicht schon sechzig, genau wie sein Freund Professor Tom Bradley. Cody strahlt eine kontrollierte Energie aus, eine Arroganz, die Rue schon oft bei älteren Männern gesehen hat, die in ihren akademischen Elfenbeintürmen sitzen und über die Welt und die Gesellschaft dozieren, während sie selbst weit entfernt von der Realität all dessen leben.

Auf den Bücherregalen hinter ihm reihen sich Werke von Sartre, Plato, Descartes, Russell, Hume, Kant, Nietzsche,

Marx, Locke, Foucault und Machiavelli, daneben steht eine Bronzebüste, die dem Schild darauf zufolge Hippokrates darstellt. An der Wand hängt ein klassisches Gemälde von Sisyphus, der seinen Felsbrocken den Berg hinaufrollt.

An einer anderen Wand hängen großartige Fotografien von Vögeln, von Enten, Schwänen und Adlern bis hin zu einer Schar Geier, die den Kadaver eines Zebras zerreißen.

»Haben Sie diese Fotos gemacht?«, fragt sie mit einem Nicken zur Wand.

»Ja. Ich bin ein begeisterter Vogelbeobachter.«

»Und wie ich sehe, laufen sowohl Sie als auch Tom Marathon.« Lächelnd neigt sie den Kopf in Richtung eines weiteren Fotos, auf dem Simon Cody und Tom Bradley in Joggingoutfits zu sehen sind. Beide halten eine Medaille hoch. »Vom Boston Marathon, wie es aussieht.«

»In ein paar Minuten beginnt mein Seminar, Detective. Was kann ich für Sie tun?«

Sie holt ihr Notizbuch hervor. Sein Gesicht wird hart.

»Danke, dass Sie Joe Harper heute Morgen zum Revier gefahren haben.«

»Das ist das Mindeste, was ich tun konnte. Hannah hat gesagt, dass es wahrscheinlich seine Mutter ist, die man am Grotto Beach gefunden hat.«

Sie hält seinen Blick. Er blinzelt nicht.

»Haben Sie Joes Mutter gut gekannt?«

»Dann ist sie es also wirklich?«

»Wir arbeiten derzeit auf Grundlage der Hypothese, dass sie es ist.«

Er leckt sich über die Lippen und nickt. »Sie hat uns gegenüber gewohnt, und sie hat uns freitagabends im Red Lion immer bedient. Das sind verstörende Nachrichten. Es tut mir so leid für Joe.«

Rue wartet, aber er fügt dem nichts hinzu. Sein Schweigen spricht Bände. Sie weiß nur noch nicht, was es aussagt.

»Sie haben allerdings beschlossen, Joe nicht zu begleiten, als er seine Mutter als vermisst gemeldet hat?«

Er verengt die Augen zu Schlitzen. »Ich wusste, dass er bei Ihnen in guten Händen ist. Hören Sie, meine Studenten warten auf mich. Ich muss …«

»Ich brauche ein paar Antworten, Sir. Wir können das hier auch auf dem Polizeirevier erledigen, wenn Sie lieber dort eine offizielle Aussage machen wollen?«

Er holt langsam und tief Luft. »Wenn Sie sich bitte kurzfassen könnten.«

»Wann haben Sie Arwen Harper zuletzt gesehen?«

»Bei uns zu Hause. Gestern Abend.«

»Um wie viel Uhr ist sie gegangen?«

»Ich weiß es nicht. Vielleicht so gegen … acht?«

»Haben Sie gesehen, wie sie das Haus verlassen hat?«

»Ja. Sie war eine der Letzten, und sie hatte eine ganze Menge getrunken. Wie wir alle.«

»Sie haben einen Streit im Poolhaus mit angehört, richtig?«

»Wer hat Ihnen das erzählt?«

Sie schweigt.

Er reibt sich das Kinn. »Ich war in der Küche. Als das Gewitter losging, sind wir alle hineingerannt. Tom hat aus dem Küchenfenster nach Blitzen Ausschau gehalten, und da hat er gesehen, wie Lily, seine Frau, mit Arwen im Poolhaus verschwunden ist. Er hat gesagt, dass sie offenbar gestritten haben. Er hat sich Sorgen gemacht und ist hinausgegangen, um nach den beiden zu sehen. Als er nicht gleich wieder zurückgekommen ist, bin ich ihm nachgelaufen, um herauszufinden, was da los war. Dann habe ich gehört, wie sie einander angeschrien haben.«

»Worum ging es?«

»Ich habe nichts verstanden. Nur das Gebrüll gehört. Und splitterndes Glas. Ich bin hineingegangen. Sie ... waren alle drei ziemlich aufgebracht. Tom hat Lily am Arm gepackt und ihr gesagt, dass sie gehen würden. Sowohl Lily als auch er – sie haben beide gezittert. Er wollte mir nicht sagen, was los war. Er meinte nur, dass er Lily sofort nach Hause bringen und dann noch einmal wiederkommen würde, um die Kinder abzuholen. Sie waren alle unten im Hobbyraum. Ich habe Arwen im Poolhaus noch etwas zu trinken eingeschenkt, weil sie behauptet hat, einen Drink zu brauchen, um sich zu beruhigen. Sie war so ... aufgedreht. Ihre Augen haben gestrahlt. Fast begeistert. Ich glaube, sie hatte etwas genommen.«

»Etwas genommen?«

»Drogen. Sie hat Tabletten eingeworfen. Ich habe sie gefragt, worum es bei dem Streit ging, aber sie hat nur gelacht. Und das war's.«

»Worum könnte es Ihrer Meinung nach gegangen sein?«

Er mustert Rue. Sie kann fast sehen, wie sich die Zahnräder hinter seiner Stirn drehen, während er darüber nachdenkt, wie viel er ihr verraten soll.

Leise sagt er schließlich: »Eigentlich geht mich das wirklich nichts an, aber Hannah hat mir erzählt, dass Lily glaubte, Tom hätte eine Affäre.«

»Mit Arwen Harper?«

»Das hat Lily jedenfalls wohl geglaubt.«

Rue legt den Kopf schräg. »Sind Tom Bradley und Sie eng befreundet?«

»Ja.«

Sie schürzt die Lippen. »Was glauben Sie? Hatte Ihr Freund eine Affäre mit Arwen Harper, Ihrer Bedienung aus dem Red Lion?«

»Da müssen Sie schon ihn fragen.«

Sie nickt langsam. »Es war Tom Bradley, der für Arwen Harper das Cottage Ihnen gegenüber organisiert hat, nicht wahr?«

»Nun, wenn Sie keine speziell an mich gerichteten Fragen mehr haben …« Er rückt seinen Stuhl zurück und steht auf. »Ich muss jetzt wirklich zu meinem Seminar.« Er sammelt seine Papiere zusammen und schiebt sie in eine Mappe.

»Mochten Sie sie?«

»Was?«

»Mochten Sie Arwen Harper?«

Er verharrt reglos. »Sie … ja, wir mochten sie alle. Sie war lustig. Angenehme Gesellschaft. Sie hat frischen Wind in unsere Alte-Männer-Runde gebracht. Wirklich schlimm, was passiert ist.« Er nimmt seine Mappe hoch. Dann, als würde ihm auf einmal klar, dass er ein wenig mehr Emotionen zeigen sollte, fügt er noch hinzu: »Es war ein Schock, als ich heute Morgen davon erfahren habe. Ich … Wissen Sie schon, was passiert ist? Hannah sagt, dass es vielleicht kein Unfall war.«

»Genau das versuchen wir herauszufinden.«

»Tja, wenn Sie keine weiteren Fragen mehr haben …« Er tritt hinter seinem Schreibtisch hervor und geht zur Tür. »Ich muss los.« Er wartet, mit der Hand auf der Klinke.

Rue steckt ihr Notizbuch und ihren Stift wieder in ihre Umhängetasche, steht auf und streicht ihren Blazer glatt. Durch das Fenster beobachtet sie die jungen Studentinnen, die den Pfad entlanggehen, während der Wind mit ihren Haaren und Röcken spielt. Cody scheint der Tod seiner Nachbarin und freundlichen Bedienung, die sie alle so glücklich gemacht hat, nicht sonderlich nahezugehen. Rue verlässt das Büro, und Cody zieht hinter ihnen die Tür ins Schloss. Er schließt ab.

»Guten Tag, Detective«, sagte er.

Sie nickt und geht den Korridor in Richtung Ausgang entlang.

»Dieser Wald«, ruft er ihr noch hinterher. »Der ist voller Obdachloser, wissen Sie.«

Sie bleibt stehen und dreht sich um.

Er kommt zu ihr. »Aber das wissen Sie vermutlich längst.« Er senkt die Stimme, als zwei Studentinnen an ihnen vorbeigehen. »In den Lokalnachrichten wird oft darüber berichtet. Eine unserer Stadträtinnen, die für das Amt des Bürgermeisters kandidieren will, hat es zum Bestandteil ihrer Wahlkampagne gemacht, diese Wälder von den Obdachlosen zu säubern. Virginia Wingate. Sie sollten mal mit ihr sprechen. Oder mit den Obdachlosen. Vielleicht hat einer von ihnen irgendetwas bemerkt oder getan. Meine Tochter hat mir erzählt, dass Phoebe Bradley und sie neulich einen Mann dort gesehen haben. Er hat sie anscheinend aus einem Versteck heraus beobachtet.«

Rue sieht ihn fest an. »Haben Sie das gemeldet?«

»Nicht bei der Polizei. Allerdings habe ich mit Virginia darüber gesprochen.«

»Wann war das?«

»Letzten Mittwoch.«

»Und warum haben Sie nicht offiziell gemeldet, dass Ihre Tochter und deren Freundin im Wald offenbar ins Visier eines Mannes geraten sind?«

Er zögert, dann werden seine Züge hart. »Ich habe kein Interesse an fruchtlosen Unterfangen, Detective. Das ist Teil eines größeren, systemischen Problems. Dieser Wald muss gesäubert werden.«

Rue

Jetzt

Rue und Toshi sind wieder in Oak End. Sie sitzen in ihrem geparkten Auto vor dem Haus der Codys und warten darauf, dass Hannah Cody von der Schule zurückkommt, wo sie ihre Kinder abgeholt hat. Joe Harper befindet sich im Haus. Als sie an die Tür geklopft haben, hat er ihnen erzählt, wo Hannah ist.

Ein silberner Mercedes biegt in die Einfahrt der Codys. Darin sitzen vier Kinder.

»Bingo«, ruft Toshi und streckt die Hand nach dem Türgriff aus. »Sie hat die Kinder der Bradleys mitgebracht.«

»Wahrscheinlich, damit sie sich nicht durch den Mediendschungel vor ihrem Haus schlagen müssen.« Rue öffnet die Tür. »Es sind immer die armen Kinder, die ins Kreuzfeuer geraten, wenn ihre Eltern Mist bauen.«

Rue und Toshi nähern sich dem Mercedes, und Hannah steigt auf der Fahrerseite aus.

»Sie wirkt nervös«, murmelt Toshi leise.

»Was gibt es, Detectives?«, fragt Hannah, als sie bei ihr ankommen.

Ein kleiner Junge mit einem schweren Rucksack steigt hinten aus der Limousine. Dann folgt ein Mädchen mit pinken Haaren.

Rue erkennt das Mädchen, es ist die Tochter der Bradleys, die sie an diesem Morgen im Haus gesehen haben. Phoebe.

Mit großen Augen sagt der kleine Junge zu Rue: »Sie sind eine Mordermittlerin!«

»Niemand hat gesagt, dass es Mord war, Matthew«, weist Phoebe ihn zurecht. Sie hat geweint – ihre Augen sind verschwollen, und dunkle Wimperntuschespuren ziehen sich durch das pudrige Make-up auf ihrem Gesicht. Sie ist ganz in Schwarz gekleidet und hat sich die Fingernägel schwarz lackiert. Auf ihrem T-Shirt prangt ein menschlicher Schädel. An einer Kette um ihren Hals hängt ein silbernes Ankh.

Goth ist das Wort, das Rue in den Sinn kommt.

»Aber sie *ist* eine Mordermittlerin«, beharrt Matthew. »Sie war im Fernsehen, wegen dem Joggerinnen-Killer. Das haben die anderen in der Schule gesagt.«

Ein anderes Mädchen und noch ein Junge steigen aus dem Mercedes. Die Kinder der Codys.

»Du Idiot«, faucht Phoebe. »Hast du mal an Joe gedacht? Du redest da über seine Mutter, du Arsch.« Sie schwingt sich den Rucksack über die Schulter und marschiert auf die Eingangstür der Codys zu. Joe steht am Fenster und sieht ihnen entgegen, wartet auf Phoebe.

Rue lächelt Matthew an. »Sie klingt ganz nach einer großen Schwester.«

Er zieht eine Grimasse, aber seine Augen funkeln, während er zwischen Rue und Toshi hin und her schaut.

»Mein Dad hat die Leiche gefunden. Ich habe Sie heute Morgen aus meinem Fenster gesehen. Mein Zimmer ist genauso wie Mr Codys Zimmer da drüben.« Er deutet hinauf zu der Gaube ganz oben im Haus der Codys, wo Rue zuvor eine schattenhafte Gestalt gesehen hat. »Mr Cody hat den ganzen Dachboden als Arbeitszimmer, das ist wie ein Rundum-Kontrollturm. Er kann auch alles sehen, was passiert, genau wie ich. Er bringt mir bei, wie ich gute Fotos von den Sachen mache, die ich beobachte.«

Hannah meldet sich zu Wort. »Matthew, Fiona, Jacob, geht ins Haus. Ich spreche hier draußen mit den Detectives.«

»Und hast du heute Morgen etwas aus deinem Kontrollturm gesehen, Matthew?«, fragt Rue auf gut Glück.

»Habe ich! Ich habe auch Fotos gemacht! Ich werde einmal Polizeifotograf oder Fotojournalist. Ich habe gesehen, dass mein Dad ganz früh laufen gegangen ist. Mitten im Gewitter. Da war es noch ziemlich dunkel, und er hatte eine Taschenlampe dabei. Zurückgekommen ist er aber ohne Jacke und ohne Taschenlampe, und er ist direkt in den Schuppen gegangen, wo …«

»Matthew!« Hannah nimmt den Jungen am Arm und zieht ihn weg von Rue. »Deine Mutter hat gesagt, dass du mit niemandem sprechen sollst. Nicht, ohne dass ein Anwalt dabei ist. Rein mit dir.«

»Warum nicht?«

»Darum. Geh einfach ins Haus. Bitte.« Dringlichkeit schwingt in ihrer Stimme mit. »Fiona, bring Matthew und Jacob rein.«

»Wir haben eine Frage an Ihre Tochter«, sagt Rue. »Wenn Sie damit einverstanden sind, Mrs Cody?«

Vor Sorge werden Hannahs Augen ganz groß. »Was für eine Frage?«

»Ihr Ehemann hat erwähnt, dass Phoebe und Fiona im Wald einem fremden Mann begegnet sind.«

Hannah wirkt zu Tode erschrocken.

»Fiona?«, fragt Toshi. »Kannst du uns erzählen, was passiert ist?«

Fiona wirft ihrer Mutter einen Blick zu.

Hannah sagt: »Jacob, Matthew, ins Haus. Los.«

Widerstrebend schlurfen die beiden Jungen davon, und Fiona wartet, bis sie weg sind.

»Das war nichts weiter«, sagt das Mädchen leise. »Phoebe und ich sind letzten Mittwoch in den Wald gegangen, und da war so ein Typ, der auf der Lichtung rumgelungert hat. Mehr war da nicht.« Sie sieht zu Boden, und ihre Wangen glühen. »Er … hat uns durch die Büsche beobachtet.«

Hannah schnappt nach Luft. »Was? Das hast du mir gar nicht erzählt, Fiona!«

Jetzt läuft das Mädchen dunkelrot an. »Weil ich wusste, dass du total überreagierst, genau wie jetzt. Und Phoebe hat gesagt, dass wir es niemandem erzählen sollen.«

»Das hier ist wichtig, Fiona. Dieser Mann könnte gefährlich sein.« Hektisch sieht Hannah zwischen Rue und Toshi hin und her. »Ich schwöre, wenn ich davon gewusst hätte, dann hätten wir das gemeldet.«

»Ihr Ehemann hat davon gewusst«, kommentiert Rue und behält die Frau dabei genau im Auge.

»Ich … ich habe es Dad erzählt«, sagt Fiona.

Hannah wirkt fassungslos. Einen Moment lang scheinen ihr die Worte zu fehlen. »Glauben … glauben Sie, dieser Mann … glauben Sie, er hatte etwas mit dem … dem Unfall heute Morgen zu tun?«

Toshi zückt sein Notizbuch. »Kannst du uns diesen Mann beschreiben, Fiona?«

Sie dreht an dem Gurt des Rucksacks über ihrer Schulter herum. »Wir haben ihn nicht richtig gesehen. Er hatte einen dunklen Hoodie an und eine schwarze Hose. Wir haben ihn angeschrien, und da ist er weggerannt, ins Unterholz.«

»Was habt Phoebe und du auf der Lichtung gemacht, Fiona?«, fragt Toshi.

Sie schluckt. »Nichts. Wir sind da nur so abgehangen.«

»Fiona«, mischt sich Rue sanft ein. »Es ist schon okay, wenn ihr etwas getan habt, was euren Eltern vielleicht nicht gefällt. Das hier ist viel wichtiger, und ich bin sicher, dass eure Eltern nicht wütend werden, stimmt's, Mrs Cody?«

»Natürlich. Natürlich, ist schon gut«, stimmt Hannah rasch zu. »Erzähl es ihnen, Fiona. Egal, was es ist.«

»Phoebe hatte eine Schachtel Zigaretten dabei. Und ein bisschen Erdbeerlimes. Wir wollten … Sie wissen schon. Auf der Lichtung, wo sich die Jugendlichen zum Rauchen und Rummachen und so treffen.«

»Herrgott, Fiona«, flüstert Hannah. »Warum hast du mir das nicht erzählt?«

»Wegen dem Alkohol und den Zigaretten.«

»Aber deinem Dad hast du es gesagt.«

Sie schluckt noch einmal. »Er hat gesagt, dass er sich darum kümmert und es Stadträtin Wingate erzählt. Sie will den Wald sicher machen. Und er hat mir gesagt, dass ich nie wieder da reingehen soll. Er meint, der Wald ist kein guter Ort mehr.«

Rue und Toshi tauschen einen Blick.

»Wie alt war dieser Mann deiner Schätzung nach?«, will Rue wissen.

»Keine Ahnung. Noch nicht richtig alt. Er war schnell. Ziemlich dünn.«

»Haar- und Hautfarbe?«, fragt Toshi.

»Ich glaube, er war weiß. Seine Haare habe ich nicht gesehen.«

»Haben irgendwelche anderen Jugendlichen erwähnt, dass sie ihn schon mal gesehen haben?«

Sie schüttelt den Kopf.

Rue und Toshi bedanken sich bei Fiona, und Hannah reicht ihnen die Gästeliste, die sie zusammengestellt hat. Als Rue und Toshi wieder in ihr Auto steigen, sind Hannah und Fiona schon ins Haus gegangen. Sie sehen, dass Phoebe und Joe sie durch das Wohnzimmerfenster beobachten.

»Irgendwie stimmt hier mit allen etwas nicht«, sagt Toshi leise.

»Was du nicht sagst. Wir müssen irgendeinen Weg finden, an Matthews Fotos heranzukommen.«

»Ohne Durchsuchungsbefehl wird das nichts.«

Als Rue gerade den Motor anlassen will, klingelt ihr Handy. Auf dem Display liest sie Fareeds Namen. Sie nimmt den Anruf über die Freisprechanlage entgegen.

»Hey, Doc«, sagt sie. »Haben Sie eine Uhrzeit für uns?«

»Morgen früh um acht«, antwortet Fareed. »Ich kann Ihre Joggerin ein bisschen früher in meinen Terminplan quetschen, wenn ich ein paar andere Dinge verschiebe.«

»Danke. Ich schulde Ihnen was.«

»Immer diese Versprechungen.«

Rue legt auf und lässt den Motor an. Toshis Blick wandert zum Ende der Sackgasse, zu dem Weg, der zwischen die großen, dicht stehenden Bäume führt.

»Ich weiß, wo diese Lichtung ist, auf der sich die Jugendlichen treffen«, sagt Rue. »Morgen früh, bevor es hell wird, schaffen wir ein Team da rein und durchsuchen das Gebiet nördlich des Weges. Wir befragen alle, die dort vielleicht ihr Lager aufgeschlagen haben.«

Geraubt

Nach einer wahren Begebenheit

Die drei zusätzlichen Officer, die auf Sergeant Wozniaks Bitte um Verstärkung eingetroffen waren, waren die Constables Harry Woollcott, Leon Conti und Dal Manik. Conti hatte eine spezielle Ausbildung durchlaufen. Ein ERT – oder Emergency Response Training –, das Äquivalent eines SWAT-Trainings der Royal Canadian Mounted Police. Er stellte die Gruppe zu einer Kampfformation zusammen, und sie bewegten sich gemeinsam die Eingangsstufen hinauf und brachen die Haustür mit einem Rammbock auf.

Mit gezogenen Waffen und hämmerndem Herzen betraten die Officer das Haus.

Blutschlieren zogen sich über die Wände, und von unten drang ein Wimmern herauf.

Conti gab Woollcott und Manik gestisch zu verstehen, dass sie im Erdgeschoss bleiben sollten, während Wozniak und er selbst vorsichtig die Kellertreppe hinabstiegen.

Sie betraten einen Hobbyraum.

Ein Sofa, das mit dem Rücken zur Treppe stand. Dahinter, näher bei der Treppe, lag ein Mann, etwa ein Meter achtzig groß. Neben ihm auf dem Teppich ein blutiger Schraubenzieher. Sein Haar war dunkel, seine Haut blass. Ein bereits zurückweichender Haaransatz und ein dichter Schnurrbart. Ein muskulöser Mann, der nur Boxershorts trug. Sein Oberkörper war mit blattförmigen Wunden übersät. Seine rechte Augenhöhle war nur noch ein klaffendes, blutiges Loch. Er hatte die Arme erhoben, die Fäuste wie zum Kampf geballt. Doch sein Körper befand sich bereits im Griff der Leichenstarre.

Das Wimmern erklang wieder. Beide Officer fuhren herum. Ein kleiner Terrier saß winselnd und zitternd neben der toten Frau, die Wozniak bereits zuvor bei seinem Eintreffen am Tatort durch das Fenster gesehen hatte. Der Hund bellte einmal, dann winselte er wieder.

Wozniak versuchte zu schlucken. Tränen brannten in seinen Augen.

Die Leiche der Frau – nackt von der Taille abwärts – war ebenfalls von Wunden übersät.

Da bemerkte Wozniak, dass der Boden unter seinen Stiefeln blutgetränkt war. Der Teppich gab ein schmatzendes Geräusch von sich, wenn Wozniak sich bewegte. Eines der Kellerfenster stand offen.

An der Wand hing ein großes gerahmtes Foto einer Familie. Es zeigte den toten Mann. Die tote Frau. Und zwei Kinder – ein etwa zwölfjähriges Mädchen und einen kleineren Jungen, der vielleicht acht oder neun Jahre alt sein musste. Wozniaks Kinder waren im selben Alter. Er dachte an das Blut an der Wand der Treppe, die nach oben führte.

»Die Kinder«, flüsterte er. »Wo zum Teufel sind die beiden Kinder?«

Rue

Jetzt

Rue drückt eine Taste auf ihrem Laptop, und das Bild von Arwen Harper, das Joe Harper ihr geschickt hat, erscheint auf dem Monitor hinter ihr im Besprechungszimmer.

Die um den Tisch versammelten Männer und Frauen verstummen.

Als leitende Ermittlerin in diesem Fall hat Rue den Befehl über ein sechsköpfiges Team – drei Corporals und drei Constables, allesamt erfahrene Ermittler. Einer von ihnen, Constable Henry Hague, fungiert als Vereidigter, dem es zufällt, den Fall zu dokumentieren und die Informationen zu sammeln, die zum Erteilen eines Haftbefehls führen sollen. Toshi nennt Henry den Dokumentdespoten, weil er die Papierarbeit ständig zu den ermittelnden Polizisten zurückleitet, damit sie überarbeitet und daraufhin kohärenter werden.

Rues Vorgesetzter Sergeant Luke Holder ist ebenfalls bei der Besprechung anwesend. Ein forensisches Team und die Kriminallabore der RCMP stehen ihnen zur Verfügung. Außerdem kann Rue auf die Officer aus Story Cove zurückgreifen, die ihre Aufträge ausführen, da die Officer des SCPD die ersten am Tatort waren und da die Leiche in ihrem Zuständigkeitsbereich gefunden wurde.

»Wir haben eine vorläufige ID des Opfers.« Sie deutet auf das Foto. »Arwen Harper, weiblich, einundvierzig Jahre alt. Alleinerziehende Mutter. Wohnhaft in Oak End in Story Cove. Harper war Künstlerin und hat in ihrem häuslichen Atelier gearbeitet. Außerdem war sie als Kellnerin in der Red Lion Tavern angestellt. Ihr sechzehnjähriger Sohn Joe Harper hat sie als vermisst gemeldet. Nicht vorbestraft. Bisher hat sie investigative Auftragsarbeiten hauptsächlich für das CBC erledigt.«

Rue gibt ihrem Team eine Zusammenfassung der Ereignisse, seitdem der Notruf von Dr. Tom Bradley eingegangen ist, und sie berichtet von ihren Bedenken, was Bradleys Darstellung der Geschehnisse betrifft.

Holder verschränkt die Arme und lehnt sich auf dem Stuhl zurück. »Wir behalten diesen Fall also? Gibt es Grund zu der Annahme, dass dies hier mit den Angriffen am Goose Trail und am Elk Lake in Verbindung steht? Oder reichen wir den Fall an eine andere Mordkommission weiter?«

Rue wird starr. Sie will diesen Fall, ob er nun mit dem Joggerinnen-Killer in Verbindung steht oder nicht. Aus Gründen, die sie nicht einmal für sich selbst in Worte fassen kann. Sie muss diese Ermittlung selbst in der Hand behalten.

»Mein Bauchgefühl sagt mir, dass wir dranbleiben sollten«, sagt sie. »Das Zeitfenster zwischen Arwen Harpers Tod und dem letzten Angriff des Joggerinnen-Killers passt zu einer möglichen Stillhaltefrist unseres bisher unbekannten Täters, gefolgt von dem Verlangen danach, wieder zu töten. Die Wetterbedingungen passen auch – schwerer Regen, tief hängende Wolken. Der Ort passt – ein dicht bewaldetes Gebiet, isoliert. Das Opferprofil passt ebenfalls – weiße Läuferin, allein, körperliche Erscheinung und Alter sind ähnlich. Die stumpfe Gewalteinwirkung am Kopf passt …«

»Was aber auch beim Absturz geschehen sein könnte«, wirft Toshi ein.

»In diesem Punkt wird uns die Autopsie mehr verraten, aber ja.«

»Und kein offensichtliches Anzeichen sexueller Gewalt?«, fragt Luke.

»Ihr Angreifer könnte unterbrochen worden sein«, kontert Rue. »Die Frau könnte ihn durcheinandergebracht haben, indem sie sich in dem dichten Unterholz versteckt hat. Es sieht so aus, als hätte sie am Rand der Klippe mit ihm gekämpft. Vielleicht ist sie abgestürzt, bevor der Täter seinen üblichen Modus Operandi durchführen konnte. Außerdem ist da noch das …« Sie drückt auf eine weitere Taste auf dem Laptop.

Ein Foto des Opfers mit der roten Jacke über dem Kopf taucht auf dem Bildschirm auf. Sie deutet darauf. »Das bedeckte Gesicht, das die Brutalität der Kopfverletzungen verschleiert. Dieses Detail passt ebenfalls zu den Angriffen des Joggerinnen-Killers, und das ist essenziell, denn das Bedecken des Gesichts ist Täterwissen. Dieses Detail wurde niemandem außerhalb dieses Raums bisher enthüllt.« Sie hält inne. »Genauso wenig wie die Tatsache, dass der Joggerinnen-Killer Trophäen mitgenommen hat. Haarsträhnen von jedem der Opfer, dazu jeweils ein Schmuckstück.«

»Und Bradley sagt, er hätte das getan?«, wirft Luke ein. »Er hat ihr Gesicht bedeckt?«

»Das hat er«, antwortet Rue. »Wie es aussieht, ist Bradley außerdem Marathonläufer. Es gibt ein Foto im Büro seines Freundes Simon Cody, auf dem beide Männer eine Medaille des Boston Marathon hochhalten. Der Goose Trail und die Wege am Elk Lake könnten ihm vertraut ein. Beides sind beliebte Strecken für Langstreckenläufer.«

Toshi meldet sich zu Wort: »Das ist etwas, was wir noch abklären müssen. Ist Bradley auf diesen Wegen gelaufen?«

»Ich habe Bradleys DNS-Probe an ein privates Labor geschickt, das uns schneller Ergebnisse liefern kann. Ich habe ihnen außerdem eine Spermaprobe des Joggerinnen-Killers geschickt, und wenn sie zu Bradleys DNS passt, dann haben wir unseren Täter. Natürlich kann das private Labor die Ergebnisse nicht durch die behördlichen Datenbanken laufen lassen – sie haben keinen Zugang zu polizeilichen Daten. Trotzdem bekommen wir so schnelle Resultate und können Bradley entweder ausschließen oder nicht. Auf diesen Ergebnissen können wir unseren Fall aufbauen.«

Eine fast greifbare Aufregung erfüllt den Raum. Manchmal ist das alles, was nötig ist: ein einziger Glückstreffer. Selbst wenn man Jahre darauf warten muss. Der Mörder macht einen Fehler, tut etwas Dummes, wie zu nahe bei sich zu Hause zuzuschlagen. Oder ein Opfer wehrt sich, und die Dinge laufen nicht wie geplant. Tom Bradley könnte sich verkalkuliert haben.

»Und was ist mit diesem Simon Cody?«, fragt Luke.

»Der bleibt auf unserem Radar«, sagt Rue. »Arwen Harper war mit beiden Männern befreundet. Sowie mit anderen Männern, die in der Red Lion Tavern zu Gast waren. Zuletzt wurde sie bei einem Grillfest im Haus von Simon Cody gesehen, wo sie nach Aussage mehrerer Gäste eine heftige Auseinandersetzung mit Tom und Lily Bradley im Poolhaus hatte. Der einzige Zeuge dieses Streits – oder eines Teils davon – war anscheinend Simon Cody. Joe Harper sagt, dass er seine Mutter im Haus der Codys zurückgelassen und danach nicht wiedergesehen hat. Bradley hat sich allerdings eine Anwältin besorgt und kooperiert nicht mehr. Genauso wenig wie seine Frau. Wir haben eine Liste der Grillgäste, und wir haben mit einer Tür-zu-Tür-Befragung begonnen, um eventuell noch weitere Zeugen zu finden. Vielleicht hat irgendjemand – ein Gassigeher, ein anderer Jogger – Arwen Harper gesehen, wie sie später an diesem Abend zum Joggen gegangen ist. Oder jemand hat Bradley da draußen bemerkt. Wir haben bereits eine Aussage der Stadträtin Virginia Wingate. Sie hat in ihrem Auto vor dem Gartentor der Bradleys auf ihre Tochter gewartet, die eine Therapiesitzung bei Lily Bradley hatte. Stadträtin Wingate hat gesehen, wie Bradley das Grundstück durch das hintere Gartentor betreten hat, in einem weißen Shirt, das irgendwelche dunklen Flecken aufgewiesen hat, vielleicht Blut. Sie behauptet, das Shirt hätte ein großes, rundes Logo auf dem Rücken gehabt – schwarz. Sie glaubt, es könnte ein Ocean-Motion-Logo sein. Sie kann sich nicht daran erinnern, eine Taschenlampe in Bradleys Hand gesehen zu haben. Sein Kopf war unbedeckt. Sein Haar nass. Als ich Bradley jedoch vor seinem Haus angetroffen habe, nachdem er den Notruf getätigt hatte, hat er ein blaues T-Shirt und eine orange Jacke getragen, die wir ihm als Beweismittel abgenommen haben.«

»Dann hat er sich also umgezogen«, schließt Constable Georgia Backmann, die sich eifrig Notizen macht. Sie gehört zu den jüngeren Detectives im Team.

Rue nickt. »Genau. Wenn wir genug zusammenbekommen, um einen Durchsuchungsbefehl zu beantragen, dann will ich dieses Ocean-Motion-Shirt.« Sie greift nach ihrer Wasserflasche und nimmt einen tiefen Zug. Während sie den Verschluss wieder zuschraubt, sagt sie: »Und ich will die Fotos, die Matthew Bradley angeblich von seinem Vater gemacht hat, als er vom Joggen zurückgekommen ist.«

Toshi übernimmt. »Wir leiten gerade eine Durchsuchung des Walds nördlich des Pfads in die Wege, da wir Berichte über Obdachlose in der Gegend erhalten haben. Vielleicht hat irgendjemand etwas gesehen. Außerdem suchen wir nach Bradleys verschwundener Taschenlampe.«

»Ein Obdachloser oder ein Schaulustiger könnte auch die Erklärung für die dritte Spur sein, die an den Klippen gefunden wurde«, sagt Luke.

Rue nickt. »In der Zwischenzeit bleibt Tom Bradley unser Hauptverdächtiger, aber wie gesagt, er hat sich eine Anwältin besorgt und beantwortet keine Fragen mehr.« Sie hält kurz inne. »Er hat Dianne Klister engagiert.«

»O Mann«, ruft einer der Detectives und pfeift leise. »Mit Klister wird's trister für uns.«

»Wenn er sich so einen Hai ranholt, dann wette ich, dass er schuldig ist«, sagt Backmann. »Unschuldige heuern keine Anwälte wie Klister an.«

Jemand lacht.

»Okay, die Autopsie beginnt morgen um Punkt acht«, sagt Rue. »Toshi und ich werden anwesend sein. Sobald die Identität des Opfers offiziell bestätigt ist, bringt Toshi ein Team zu Harpers Wohnhaus, um es zu durchsuchen. Hauptsächlich suchen wir dabei nach elektronischen Geräten – bei ihrer Leiche wurde kein Handy gefunden, obwohl ihr Sohn sagt, dass sie es zum Joggen immer mitnimmt. Außerdem statte ich ihrem Arbeitsplatz, der Red Lion Tavern an der Hauptstraße, einen Besuch ab.«

Rue verteilt auch Aufgaben an das restliche Team, darunter einen kompletten Hintergrundcheck von Tom Bradley und Simon Cody und die Befragung der Grillgäste.

»Ob der Angriff auf Arwen Harper zufällig oder opportunistisch bedingt war, oder ob es dabei speziell um sie ging, wird uns hoffentlich die Viktimologie aufzeigen«, sagt Rue. »Also, finden wir heraus, wer Arwen Harper war. Warum sie in die Stadt gekommen ist und wer ihre Freunde waren. Und vor allem, was sie in den Minuten, Stunden, Tagen und Wochen vor ihrem Tod getan hat.«

Sie schweigt und sieht jedem der Teammitglieder in die Augen. »Okay, holen wir uns eine Mütze Schlaf und legen morgen so richtig los.«

Welleneffekt

Jetzt

Arwens Tod ist wie ein Stein, den man in die stillen Wasser von Story Cove geworfen hat, und die Wellen breiten sich in gewaltigen konzentrischen, sich vervielfältigenden Kreisen aus, erfassen jedes Haus, jedes Leben in der Nachbarschaft, lassen nichts unberührt.

Dieser Gedanke kreist in Lilys Kopf, während sie neben Tom im Wohnzimmer auf dem Sofa sitzt und die Nachrichten schaut. Die Reporterin auf dem Fernsehbildschirm hält ein Mikrofon und steht vor dem Polizeirevier in der Innenstadt.

Aufnahmen von Dianne, Lily und Tom, die in Diannes Auto vor dem Haus der Bradleys vorfahren, erscheinen. Lily starrt auf ihr eigenes hübsches auberginefarbenes Haus mit dem grünen Streifen entlang der Traufen, eine Farbe, die sie selbst ausgesucht hat. Kurz richten sich die Kameras auch auf ihr Therapieschild.

»Oak Tree Therapy, L. Bradley, PhD.«

Ihr wird übel. Rasch wirft sie Tom einen Blick zu, und was sie im Gesicht ihres Ehemanns erkennt, erfüllt sie mit Entsetzen.

Tom sieht weg und schaltet um.

»Die Mordkommission hält sich heute noch bedeckt, was den Fund der Leiche einer Joggerin am …«

Er schaltet ein weiteres Mal um.

Aufnahmen, wie Diannes Auto in ihre Einfahrt biegt. Die Stimme eines Reporters erhebt sich über den Tumult.

»Ms Klister? Ms Klister, vertreten Sie Professor Bradley? Wurde Anklage gegen ihn erhoben?«

Toms Handy klingelt, Lily zuckt zusammen.

Er stellt den Fernseher lautlos, zieht das Handy aus der Tasche, checkt das Display, flucht leise und nimmt ab.

Er lauscht, und beim Anblick der sich verändernden Miene ihres Mannes baut sich Spannung in ihr auf.

»Aber ich habe nichts getan«, sagt Tom in das Telefon. »Ich habe sie nur gefunden …« Er hört zu, nickt. Legt auf. Starrt geradeaus.

»Tom?«, fragt Lily.

Er räuspert sich. »Das war die Dekanin. Das Gremium hat eine Notfallsitzung einberufen, und sie sprechen sich dafür aus, dass ich anbiete, mich beurlauben zu lassen. Mit sofortiger Wirkung, bis diese Sache ausgestanden ist. Sie sagt, vielleicht können die Dinge im Herbst wieder wie gewohnt weitergehen.«

»*Vielleicht?*«

Tom schweigt.

»Das können sie nicht machen. Oder? Was ist mit ›unschuldig bis zum Beweis der Schuld‹?«

»Sie sagt, es würde die Dinge vereinfachen, wenn ich deutlich machen würde, dass es meine eigene Entscheidung ist, der Uni vorübergehend fernzubleiben. Ich werde weiterhin bezahlt. Sie glauben, dass das für den Ruf der Schule das Beste ist.« Er verstummt, und seine Augen glänzen feucht. »Morgen wird jemand meine persönlichen Dinge zusammenpacken und sie mir bringen.«

Dies sind nur die ersten Wellen. Wie lange noch, bis ihre eigenen Patienten beginnen, die Termine abzusagen?

Wie aufs Stichwort klingelt das Telefon in ihrem Büro.

»Tom«, sagt sie sehr leise. »Ich glaube, wir müssen die Kinder zu deinen Eltern bringen. Nur bis das hier vorbei ist.«

Sie wissen beide, dass »das hier« nie vorbei sein wird.

* * *

Im ersten Stock sitzt Matthew still im Dunkeln auf der Treppe und lauscht auf den Fernseher und die Stimmen seiner Eltern unten. Die meisten Lichter im Haus sind ausgeschaltet, weil die Reporter vor ihrem Haus campieren. Seine Eltern wollen, dass die Presse glaubt, sie wären schlafen gegangen oder so. Vorher fand Matthew das alles irgendwie aufregend. Jetzt ist er nur noch erschöpft. Und eingeschüchtert. Er hat nicht einmal ein richtiges Abendessen bekommen. Nur aufgewärmte Pizza Pops. Seine Eltern reden nicht mehr vor ihm und Phoebe miteinander, und Phoebe redet auch nicht mehr mit ihm.

Vorhin hat er vorsichtig in ihr Zimmer gelugt. Seit sie von den Codys nach Hause gekommen sind, hat sie fast nur noch geweint. Jetzt tippt sie die ganze Zeit auf ihrem iPhone herum. Als er an ihre Tür geklopft hat, da hat sie ihn angeschrien, dass er sich verziehen soll.

Matthew spürt Tränen in seinen Augen brennen.

Er weiß nicht, warum die Polizei seinen Dad heute Morgen aufs Revier gebracht hat. Oder warum die Leute im Fernsehen so tun, als könnte sein Dad Joes Mom etwas getan haben.

Er weiß nicht, warum sein Dad voller Blut war, als er vom Joggen nach Hause gekommen ist, oder warum er sein blutiges Shirt im Schuppen gelassen hat. Oder warum im Fernsehen alle von den Joggerinnen-Morden sprechen.

Als Matthew im Schuppen nach dem Shirt gesucht hat, gerade eben, hat er nichts gefunden.

Jetzt hat er schreckliche Angst davor, Mom und Dad könnten herausfinden, dass er der Mordermittlerin von den Fotos erzählt hat, die er geschossen hat.

Matthew beginnt zu weinen.

* * *

Ein Stück die Straße runter im Haus der Codys sieht Joe dieselben Nachrichten mit Simon. Hannah ist in der Küche beschäftigt. Die Kinder der Codys sind oben in ihren Zimmern und erledigen Hausaufgaben.

»Und was sagt die Polizei bezüglich einer möglichen Verbindung zu den Morden des Joggerinnen-Killers?«, fragt der Moderator gerade eine Reporterin.

»Bisher wenig bis gar nichts«, antwortet die Reporterin vor Ort. »Dennoch wird der Tod dieser Frau eindeutig als verdächtig eingestuft, und die Ermittlerin dieses Falls leitet auch die Ermittlungen um die Morde an den Joggerinnen.«

Schweigend sieht Simon zu. Eine nervöse Energie scheint in Wellen von ihm abzustrahlen. Hannah ist bemüht um ihn, was wirklich lieb ist, aber Joe fühlt sich nur leer. Taub. Als würden seine Beine und Arme und Finger und Zehen zu jemand anderem gehören. Er kann nicht einmal denken.

Das Einzige, was ihm hilft, ist die Tatsache, dass er wenigstens Phoebe schreiben kann. Doch selbst dieser digitale Austausch wirkt immer angespannter. Phoebe macht sich zunehmend Sorgen um ihren Vater und verteidigt ihn. Auch Joe spürt, dass er eine Mauer um sich errichtet. Es ist seine Mutter, über die hier alle sprechen.

Eine weitere Nachricht von Phoebe geht auf seinem Handy ein. Es vibriert, und das Display leuchtet auf. Er liest.

Ich weiß, ich hab gesagt, dass mich mein Dad wahnsinnig macht und dass ich ihn manchmal am liebsten umbringen will, aber er würde niemals jemanden verletzen. Das schwöre ich, bei meinem Leben. Wie können die im Fernsehen und bei Twitter nur solche Sachen behaupten?

Er kann es nicht – er kann ihr einfach nicht mehr antworten. Er springt auf und läuft zur Treppe.

»Joe …« Hannah eilt ihm nach und legt ihm die Hand auf den Arm. »Es tut mir so leid. Wir hätten die Nachrichten nicht einschalten sollen. Komm, ich hole dir einen Nachtisch. Es gibt …«

»Ich habe keinen Hunger. Danke.«

Er geht nach oben in das Gästezimmer, das Hannah für ihn vorbereitet hat. Dort lässt er sich auf das Bett fallen und starrt aus dem Fenster. Draußen ist es dunkel. Sterne sprenkeln den Himmel hoch über den Baumwipfeln, die hinter ihrem Cottage aufragen. Er bekommt keine Luft mehr.

Joe fragt sich, was nun aus ihm werden soll. Diese Polizistin hat vorhin angerufen und ihm gesagt, dass die Obduktion morgen früh um acht Uhr durchgeführt wird.

Er liegt da und denkt daran, was er auf dem Laptop seiner Mutter gelesen hat.

Sergeant Wozniak und Constable Conti sahen erst das Familienfoto, dann einander an. Beide befürchteten das Schlimmste. Um den winselnden Hund konnten sie sich später noch kümmern, aber die beiden Kinder waren vielleicht oben. Tot. Oder lebendig und in Gefahr.

Schnell liefen sie wieder hinauf ins Erdgeschoss. Die Constables Woollcott und Manik warteten dort mit weißen Gesichtern und gezogenen Waffen auf sie. Schweigend bedeutete Conti ihnen zu bleiben, wo sie waren, während er selbst und Wozniak die Treppe in den ersten Stock erklommen. Die Waffen im Anschlag.

Der Teppich auf dem Absatz war ebenfalls blutgetränkt. Blutige Fußabdrücke führten in ein weiß gekacheltes Badezimmer.

Die Officer spähten in das Badezimmer. Auf den Fliesen in einer Pfütze blutigen Wassers lag ein Küchenmesser.

Dem Badezimmer gegenüber befand sich ein Mädchenzimmer, in weichen Rosatönen gehalten und mit Teddybären und einem Rüschenkissen auf dem Bett dekoriert. Es gab keine offensichtlichen Anzeichen von Gewalt, trotzdem hatte Wozniak das Gefühl, dass mit diesem Zimmer irgendetwas nicht stimmte. Conti winkte Wozniak jedoch mit sich ins nächste Zimmer.

Vorsichtig bewegten sich die Officer weiter und betraten das Zimmer eines Jungen, dessen Wände mit Star-Wars-Postern bedeckt waren. Was Wozniak dort auf dem Kinderbett sah, sollte ihn nie wieder loslassen. Ein Blutbad. Ein kleiner Junge lag auf dem Rücken, er trug nur seine Unterhose. Seine blicklosen Augen starrten zu der mit Sternen beklebten Decke hinauf. Ihm war die Kehle durchgeschnitten worden, und sein Körper wies Stichwunden auf. Neben dem Bett lag ein Spielzeuglichtschwert.

Wozniaks erster Gedanke war: *O Gott, er hat versucht, sich mit seinem kleinen Lichtschwert gegen dieses Böse zu verteidigen.* Sein zweiter Gedanke war: *Bitte, lass ihn noch am Leben sein.* Aber er hatte die Wahrheit längst erkannt. Der Junge war tot, und der Angriff war brutal gewesen. Blutspritzer und Blutschlieren an den Wänden, an der Decke, auf dem Bett, dem Teppich, dem Fenster, überall. Dieser kleine Junge war in seinem Bett getötet worden. In seinem eigenen Zimmer. In seinem eigenen Zuhause. Wo seine Mom und sein Dad bei ihm waren und ihn hätten beschützen sollen. In einer guten, friedlichen Mittelschichtgegend. Ein Ort, der eigentlich sicher hätte sein sollen. Wozniak hörte etwas und fuhr herum. Mit wild hämmerndem Herzen spähte er in die Ecke des Zimmers. Ein Hamster sah ihn aus seinem Käfig an.

Die beiden Männer verließen das Schlafzimmer. Conti ging vor Wozniak her.

Sie betraten das Elternschlafzimmer. Wozniak stockte der Atem. Noch ein kleiner Junge lag auf dem Queen-Size-Bett. Reglos. Er trug eine Schlafanzughose. Auf seinem Gesicht lag ein Kissen.

Wozniak steckte die Waffe ein und zog das Kissen herunter.

Das Kind war ebenfalls sieben oder acht Jahre alt, doch das Haar dieses Jungen war von einem hellen Braun. Sommersprossen. Sein Mund stand offen und zeigte, dass die oberen Schneidezähne fehlten. Auch seine Kehle war zerfetzt worden, und sein kleiner Oberkörper wies mindestens vier Stichwunden auf.

An der Wand über dem Bett hing ein weiteres gerahmtes Familienfoto. Es zeigte die jetzt tote Mutter und den toten Vater, dazu den Jungen im Kinderzimmer und ein hübsches junges Mädchen mit hellbraunem Haar. Wozniaks eigener Tochter so ähnlich.

»Wer ist dann dieser Junge?«, flüsterte Wozniak und starrte das Foto an. Er dachte an die Schleifspuren in der Küche, die zur Hintertür führten. »Und wo ist das Mädchen?«

Conti sagte: »Sie wurde entführt.«

* * *

In einer kosmopolitischeren und wirklichkeitsnäheren Wohngegend nordwestlich von Story Cove mischt sich Rue einen Wodka Tonic. Sie trägt das Glas auf einem Tablett mitsamt einiger in der Mikrowelle aufgewärmter Reste zum Sofa.

Es ist fast schon Mitternacht. Sie ist gleichzeitig müde und aufgedreht. Bei einer Mordermittlung sind die ersten Stunden entscheidend. Sie wird etwas essen, ein paar Stunden schlafen und sich wieder früh an die Arbeit machen.

Ihr Ehemann Seth hat schon geschlafen, als sie nach Hause gekommen ist, und ihr Sohn Ebrahim sitzt in seinem Zimmer am Computer. Eb ist in seinem ersten Jahr am College und hat immer unglaublich viel zu tun.

Sie nippt an ihrem Drink, nimmt die Fernbedienung in die Hand und schaltet den Fernseher ein. Sie findet die Nachrichtensendung, die sie routinemäßig aufzeichnet, und drückt auf »Play«. An der Wand neben ihr hängt ein Foto von ihrer Mom und ihrem Dad – ihren weißen Adoptiveltern – mit Eb. Es wurde letztes Jahr aufgenommen, kurz bevor Rue mit Eb zu ihrer zweiten Reise ins südliche Afrika aufgebrochen ist, um mehr über ihre biologische Verwandtschaft herauszufinden. Eb und sie haben zusammen Maputo in Mosambik besucht, wo sie einen Cousin ihres leiblichen Vaters ausfindig gemacht haben. Doch etwas Neues über sein Schicksal haben sie nicht herausgefunden. Nachdem sie sich in Cape Town mit ein paar Angehörigen ihrer verstorbenen leiblichen Mutter getroffen hatten, hat Rue erfahren, dass ihre Mutter bei einer Messerstecherei in einem ausufernden Township namens Khayelitsha ums Leben gekommen ist. Eb und sie ließen eine Plakette herstellen, die sie in einem Gedenkgarten am Meer anbrachten. Danach hatte Rue ihren Sohn nach Botswana zum Okavango-Delta gebracht, wo sie als besonderes Highlight für sie beide eine Safari gebucht hatte. Es war eine dringend nötige Atempause, aus der eine wunderbare Bindungszeit für Eb und sie geworden war.

Die Reise hatte Eb ein Gefühl für seine eigenen Wurzeln gegeben. Während sie aufgewachsen war und sich dabei nie wirklich irgendwo zugehörig gefühlt hatte, hat ihr oft der vage

Wunsch vorgeschwebt, ihre biologischen Eltern ausfindig zu machen. Aber erst nachdem Ebrahim geboren worden war, hatte sich dieser Wunsch in ihr zu einer starken Sehnsucht entwickelt. Während sie ihr Neugeborenes im Arm gehalten hatte, war ihr mit voller Wucht eines bewusst geworden: Zum ersten Mal in ihrem Leben betrachtete sie jemanden aus ihrer Familie, der aussah wie sie. Sie hatte daran denken müssen, dass es dort draußen noch mehr Menschen ihres Blutes geben konnte. Ihre Neugier war ins Unermessliche gewachsen.

Eb hatte auch nach dem familiären Erbe seines Vaters gefragt, weshalb sie nun einen Besuch in Dänemark planten, wo Seths Mutter geboren war.

Rue denkt an Joe Harper, während sie einen Beitrag über eine Flutkatastrophe vorspult. Joe, der seiner Mutter kein bisschen ähnlich sieht. Der seinen Vater nicht kennt. Ihr tut das Herz weh beim Gedanken an den Jungen. Sie weiß, wie er sich fühlt.

Als das Bild des Polizeireviers auf dem Bildschirm auftaucht, drückt sie auf »Play«.

»Die Joggerin wurde heute Morgen von Dr. Tom Bradley, einem Mitglied der psychologischen Fakultät an der Kordel University, am Grotto Beach gefunden. Dr. Bradley ist Experte für klinische Psychologie …«

Eb kommt ins Wohnzimmer.

»Hey, dachte ich doch, dass ich dich heimkommen gehört habe«, sagt er, geht in die Küche und öffnet den Kühlschrank. Ihr Sohn ist ein Fass ohne Boden. Er schnappt sich die Milchflasche, einen Apfel und ein Stück übrig gebliebenen Kuchen.

»Der Fall ist eine große Sache, was?« Er bringt seine Beute ins Wohnzimmer, lässt sich neben ihr in einen Sessel fallen und beißt von dem Kuchen ab. »Glaubst du, das war wieder der Joggerinnen-Killer?«, fragt er um einen Mundvoll Kuchen herum.

Rues Blick wandert zum Handgelenk ihres Sohnes, und ihre Brust zieht sich zusammen. »Wir schließen es jedenfalls nicht aus«, antwortet sie. »Wie war's am College?«

Er zuckt mit den Schultern und beißt wieder in seinen Kuchen. »Morgen muss ich eine Hausarbeit abgeben.«

Sie zögert. »Wann ist dein Vater heute nach Hause gekommen?«

Eb hört auf zu kauen. »Warum?«

»Nur … so.«

Seine Augen werden schmaler. »Ich weiß nicht, Mom. Ich war in meinem Zimmer.« Er mustert sie auf eine sonderbare Art. »Mom, wenn es darum geht, dass …«

»Tut es nicht.«

Tut es doch. Absolut. Es frisst Rue auf, verbrennt sie von innen heraus wie glühender Teer, und der giftige Rauch breitet sich langsam in ihrem Körper aus. Bald wird sie ihre brodelnde Wut nicht mehr kontrollieren können.

Eb senkt den Kopf leicht. Dann sagt er: »Manchmal sind gute Leute nur einfach nicht gut füreinander, weißt du?«

»Lass es, Eb.«

»Nein, ich lasse es nicht. Ich … Es ist schon in Ordnung, wenn du ihn verlässt.«

Rue hält den Blick ihres Sohnes. Die Stimmen aus den Nachrichten verschwimmen, während ein Summen in ihrem Kopf anschwillt. Und inmitten all dessen dehnt sich ihr Herz immer weiter aus. Sie liebt ihn so sehr. Er bedeutet ihr alles.

»Er ist ein guter Dad für mich, aber er ist kein guter Partner für dich.«

Rues Gefühle drohen sie zu überwältigen. Wenn es jemanden gibt, der sie zum Weinen bringen kann, dann ist es ihr Junge. Rue und Seth sind seinetwegen zusammengeblieben. Sosehr Eb seinen Dad auch liebt, Rue glaubt nicht mehr, dass sie diese Ehe noch retten kann. Seth hat sie schon wieder betrogen.

Nachdem er ihr versprochen hatte, dass das alles vorbei ist und dass es nie wieder vorkommen wird. Nur war es dieses Mal Eb, der es herausgefunden und Rue erzählt hat.

»Lass uns jetzt nicht darüber reden, okay?«, bittet sie. »Es war ein langer Tag.«

Eb sammelt den Kuchen, den Apfel und die Milch ein und steht auf, dann zögert er. »Mom …«

»Was?«

»Ich würde alles für dich tun, Mom, das weißt du doch, oder?« Pause. »Ich will nur, dass du glücklich bist.«

Er sieht sie fest an, während er das sagt, und Rue kann ihn nicht nach den kleinen grünen und orangeroten Plastikperlen fragen, die er nicht mehr am Handgelenk trägt. Sie kann es einfach nicht.

Noch nicht. Nicht jetzt. Sie ist sicher, dass sich schon alles regeln wird und dass sie diese Frage dann nie wird stellen müssen.

Rue

Jetzt
21. Juni. Dienstag.

Es ist kalt im Autopsiesaal. Nackte Rohre laufen an der Decke entlang, und die Kühltruhen, in denen die Toten liegen, halten die Temperatur summend niedrig genug, um die Vermehrung der Bakterien und die Zersetzung der Körper aufzuhalten. Rue war schon bei so einigen Autopsien dabei. Sie kennt den typischen Geruch, der in jeder Leichenhalle in der Luft hängt – eine Mischung aus Gewebekonservierungsmitteln, ätzenden Reinigungsmitteln und dem Tod selbst. Doch diese Vertrautheit hat nichts Tröstliches an sich. Sie kaut einen Zimtkaugummi, während sie Fareed Gamal und seinen Assistenten beobachtet. Toshi steht neben ihr. Beide tragen Schutzüberzieher über ihrer Kleidung. Fareed spricht seine Untersuchungsergebnisse in ein Mikrofon, während er arbeitet.

Die Tote liegt nackt auf dem Edelstahltisch. Ihr Kopf ruht auf einem Block, ihre Kehle ist entblößt. Der Tisch ist leicht geneigt, damit die Körpersäfte ablaufen können. Eine Waage, die an die aus Supermärkten erinnert, steht am Fuß des Tisches bereit und wartet auf die Organe. Auf Fareeds Seite steht ein kleiner Tisch mit dem verstörend aussehenden Sezierwerkzeug seiner Zunft – eine Kneifzange, eine Knochensäge, mehrere große Messer. Diese Werkzeuge sind nicht die fein abgestimmten Arbeitsmittel eines Chirurgen, die Leben retten sollen. Diese Geräte sollen Körper aufschneiden, Rippenkästen aufbrechen, Knochen zerteilen.

Fareed und sein Assistent haben die Tote bereits gewogen und gemessen. Eine äußerliche Untersuchung wurde durchgeführt, und sie haben akribisch mit der Pinzette jede Faser, jeden Schmutzpartikel, jedes Härchen und jeden Grashalm abgezupft. Dann haben sie ihr den Schmuck abgenommen und sie vorsichtig entkleidet, wobei sie alles aufgelistet haben. Alles, was vom Körper der Toten stammt, wurde markiert und in die Beweiskette eingegliedert.

Rue starrt das Tattoo auf dem geschwungenen Hals der Frau an. Eine weitere Tätowierung auf der Hüfte erinnert an das Gemälde der Göttin Apate in Arwen Harpers Atelier. Auf der blassen, durchscheinenden Haut bildet die Tinte einen harten Kontrast.

Rue zwingt sich dazu, die Verstorbene objektiv zu betrachten. Sie muss dies hier intellektualisieren, abschotten, sonst wird es sie überwältigen. Aus Erfahrung weiß sie, wenn sie zulässt, dass sich Emotionen einschleichen, kann sie sich nicht mehr auf die kleinen Hinweise konzentrieren. Sie drückt einen weiteren Kaugummi aus dem Blister und steckt ihn sich in den Mund. Toshi sieht sie an. Es ist erst seine zweite Autopsie, aber er ist ein Naturtalent. Sie nicht.

»Sie riecht, als hätte sie vor ihrem Tod eine ganze Menge getrunken«, sagt Toshi.

»Was zu den Berichten passt, dass sie bei dem Grillfest der Codys schwer betrunken war«, kommentiert Rue um den Kaugummi herum.

»Wir sterben, wie wir leben«, sagt Fareed und greift nach einem Lineal. »Unsere mentalen und physischen Traumata, unsere Vergangenheit, unsere alltäglichen Gewohnheiten, Gelüste, Sehnsüchte, Fetische, Süchte – das alles ist in unserem Körper festgeschrieben.« Er mustert sie hinter seinem Plastikschutzschild, das schon bald mit Blut und Knochenmark bespritzt sein wird, sobald er seine Säge hervorholt. »Unser Körper zählt mit, auch wenn wir selbst es nicht tun. Es gibt nichts mehr zu verbergen, wenn man erst einmal hier auf meinem Tisch liegt. Was den Alkohol angeht, ist der Tod ein großer Gleichmacher. Ob nun billiger Wodka oder Dom Pérignon, es ist alles nur Ethanol. Toxisch, und ob reich oder arm, der menschliche Körper wandelt ihn zu denselben süßlich kranken Ausdünstungen um.«

Er beugt sich vor, um die Tätowierung am Hals genauer zu untersuchen. Er beschreibt seine Eindrücke für die Aufnahme.

»Sieht aus wie eine Chimäre«, sagt er in sein Mikro.

»Was genau ist das?«, fragt Toshi.

Kurz blickt Fareed auf. »Aus der griechischen Mythologie. Ein feuerspeiendes weibliches Ungeheuer. Sehen Sie? Das Vorderteil des Körpers ist ein Löwe, der Mittelteil eine Ziege, das Hinterteil ein Drache. Üblicherweise wird der Schwanz, wie hier, mit einem Schlangenkopf am Ende dargestellt. Heutzutage werden Chimären manchmal eingesetzt, um fantastische Ideen oder Fabeleien zu symbolisieren.«

»Ihr Sohn hat gesagt, dass die Tätowierung auf der Hüfte eine griechische Göttin ist«, sagt Toshi.

»Apate«, sagt Rue. »Die Göttin der Lüge.«

Fareed dreht das linke Handgelenk der Toten um und entblößt die Unterseite. »Tiefe Verletzungen an beiden Unterseiten der Handgelenke«, sagt er. »Längs ausgerichtete Schnitte.«

»Selbstverletzungen?«, fragt Rue.

»Was zu einem früheren Selbstmordversuch passt«, sagt Fareed und widmet sich den abgerissenen Nägeln. Er nimmt Proben von dem Schmutz darunter.

»Sie war in Ontario bei einer Psychotherapeutin«, sagt Toshi.

Der Schmutz wandert in zwei Beweismittelbeutel, die mit »rechts« und »links« beschriftet sind. Fareed nimmt die Pinzette zur Hand und beginnt, die Kette aus kleinen orangeroten und grünen Perlen zwischen ihren Fingern herauszuziehen.

Rue schluckt, den Blick fest auf die Perlen gerichtet.

Eine nach der anderen lässt Fareed die Perlen in eine kleine Metallwanne neben sich fallen. Sie landen mit einem Klirren, das in Rues Kopf unnatürlich laut klingt.

»Orangerote und grüne Perlen. Anscheinend aus Plastik. Runde Form. Zwei Millimeter im Durchmesser.« Vorsichtig zieht er mit der Pinzette eine weitere, etwas größere Perle zwischen den Fingern der Toten hervor. »Braunes Metall. Hexagonale Form. Zehn mal fünf Millimeter. Flache Seiten.« Mit leicht gerunzelter Stirn beugt er sich weiter vor. »Darauf ist irgendeine Insignie gedruckt.« Er zögert. »Sieht aus wie ein stilisierter Rhinozeroskopf.«

Das Summen in Rues Kopf wird lauter. Hitze prickelt über ihre Haut.

Toshi beugt sich vor, um besser sehen zu können. »Das ist ein Nashornkopf, ja. Jedenfalls sieht es für mich so aus. Auf der Klippe wurden noch weitere Perlen gefunden. Ich schätze, dass sie ihrem Angreifer die Kette bei einem Kampf heruntergerissen hat. Bevor sie abgestürzt ist.«

Rue denkt an Eb. Sie bekommt keine Luft. Ihr wird schwindlig.

Fareed lässt die Metallperle auf einen Edelstahlteller neben sich fallen. Mit einem harten Klick prallt sie auf.

Fareed nimmt seine Wood-Lampe – die wie eine große Taschenlampe aussieht – und sein Assistent schaltet die Deckenlampe aus.

Fareed lässt das Licht der Wood-Lampe über den Körper der Toten schweifen, auf der Suche nach Spermaspuren, die unter ultraviolettem Licht fluoreszieren. Blut und Speichel fluoreszieren nicht. Ein paar Fussel leuchten auf. Obwohl es keine offensichtlichen Anzeichen sexueller Gewalt gibt, wie sie bei den anderen Opfern des Joggerinnen-Killers zu finden waren, ist Fareed sehr gründlich.

Ein seltsamer Fleck leuchtet violett auf der Innenseite des linken Oberschenkels der Toten auf.

Toshi wirft Rue einen Blick zu. »Da haben wir jedenfalls eine DNS«, sagt er.

Bevor Fareed jedoch einen Vaginalabstrich machen kann, fühlt Rue, wie sich ihr der Magen umdreht.

»Ich … Entschuldigung … ich … brauche frische Luft.« Sie eilt auf den Ausgang zu.

»Alles klar?«, ruft Toshi ihr nach.

Sie hebt die Hand. »Mir ist nur ein bisschen komisch.«

Sie hastet durch die Metallschwingtür und spürt die Scham in ihrer Brust aufsteigen, begleitet von heftiger Übelkeit. Sie eilt über den glänzenden Flurboden unter dem harschen Licht der Neonröhren entlang auf die Brandschutztür am Ende zu. Sie stößt die Tür auf und läuft die Betonstufen hinauf. Oben angekommen hastet sie durch eine weitere Tür ins Freie und atmet die feuchte, kühle Luft ein.

Verdammt.

Mit beiden Händen fährt sie sich übers Haar und erkennt, dass sie zittert. Sie flucht, und bemerkt erst dann einen Mann im Arztkittel, der neben ihr steht und eine Zigarette raucht.

Seit Monaten hat Rue nicht mehr geraucht. Der Mann sieht sie an, als könnte er direkt in ihr Innerstes blicken.

»Harter Tag?«, fragt er.

»Schätze schon. Kann ich … kann ich eine Zigarette schnorren?«

Er hält ihr seine Packung hin. Mit zitternden Fingern zieht Rue eine Zigarette heraus und steckt sie sich zwischen die Lippen. Er zündet das Feuerzeug an, und sie beugt sich vor und nimmt einen tiefen Zug.

Leise hustend bedankt sie sich.

Der Mann geht, und Rue raucht im Schutz des Betondachvorsprungs. Sie kann nicht fassen, dass sie den Mann tatsächlich um eine Zigarette gebeten hat. Eine Erinnerung erfüllt ihre Gedanken.

Es ist heiß. Trocken. So heiß, dass die Hitze weiß über der afrikanischen Landschaft flirrt.

Sie steht vor einem winzigen Souvenirshop ihrer Lodge in Botswana und raucht im spärlichen Schatten einer Acacia, während Eb drinnen ein paar Souvenirs kauft, die er mit nach Hause nehmen möchte.

Kurz darauf kommt ihr Sohn mit zwei Plastiktütchen aus der Tür. In jeder befindet sich ein afrikanisches Perlenarmband mit je einer bronzefarbenen Perle, auf der das Nashornlogo der »Save the Rhino Foundation« prangt.

Eb lächelt leicht verlegen. »Eine für mich und eine für Dad.« Er zeigt Rue die Armbänder, und sie weiß, dass er sie wegen ihres Botswana-Führers gekauft hat, der gleich mehrere von diesen Perlenbändern am Handgelenk getragen hat, zusammen mit einem Lederband mit einigen noch größeren Perlen. Eb bewundert diesen jungen, schönen und muskulösen Fährtenleser, der Löwen für sie aufgespürt und ihnen gezeigt hat, wie man den Spuren afrikanischer Wildhunde folgt.

Wieder zieht sie angespannt an ihrer Zigarette, während die Erinnerung sie immer tiefer in die Vergangenheit zieht.

»Glaubst du, dein Dad trägt so etwas?«

»Egal.« Sein breites Lächeln blitzt auf, seine strahlend weißen Zähne. »Ich kann sonst beide tragen. Und es ist für einen guten Zweck. Die Organisation bekommt einen Teil des Erlöses von jedem verkauften Armband. Sie setzt sich gegen die Wilderei ein.«

Sie inhaliert den Rauch und muss wieder husten. Ihre Augen tränen.

Rue sagt sich, dass ihre Hauptaufgabe als Polizistin darin besteht, die Öffentlichkeit zu schützen, und im Augenblick bringt sie mit ihrem Schweigen über Ebs Perlen niemanden in Gefahr. Oder mit ihrem Schweigen darüber, dass die Tote *möglicherweise* die Frau war, mit der ihr Ehemann eine Affäre hatte. Außerdem sagt sie sich, dass praktisch jeder, der auf Safari nach Afrika geht, mit einem solchen Perlenarmband zurückkehrt. Die Rettung der Nashörner ist gerade schwer angesagt, und man kann diese Armbänder überall auf der Welt online kaufen.

Als Rue ihre Zigarette ausdrückt, ist ihr jedoch durchaus bewusst, dass sie nicht nur kompartmentalisiert, sondern auf den trügerischen Hang der Verleugnung geraten ist. Sie sagt sich, dass sie die Sache melden wird, falls sie sich als möglicherweise wichtig erweist, und dass ihr Vorgesetzter dann entscheiden kann, ob man sie von den Ermittlungen abziehen sollte. Außerdem ist es viel wahrscheinlicher, dass die tote Joggerin ein so schlimmes Ende gefunden hat, weil sie einfach zur falschen Zeit am falschen Ort war und einem opportunistischen Raubtier zum Opfer gefallen ist, vielleicht sogar dem Joggerinnen-Killer. Oder möglicherweise steht ihr Tod mit Tom Bradley oder Simon Cody in Verbindung.

Oder mit beiden.

Meistens ist die offensichtlichste Antwort auch die richtige.

Sie hat so hart gearbeitet, um sich ihre Stellung bei der Integrated Homicide zu erkämpfen. Sie ist sich der Gerüchte und bissigen Kommentare darüber bewusst, dass sie ihre Position nur einer Quote verdankt, und sie ist fest entschlossen, sich zu beweisen. Sie weigert sich, ihre jämmerlichen Eheprobleme und ihr Privatleben in die Sache hineinzuziehen. Ihre Privatsphäre, ihre verletzliche Seite und ihren Sohn verteidigt sie wie eine Löwin, und sie wird auf keinen Fall zulassen, dass Seth und sein treuloser Schwanz ihre Karriere ruinieren. Oder das Leben ihres Sohnes.

Als Rue das Krankenhaus jedoch wieder betritt und die Treppe in die Leichenhalle hinuntersteigt, muss sie wieder an jenen Tag denken, an dem sie ihren Ehemann beschattet hat.

Rue

Damals
8. Juni. Mittwoch.

Elf Tage vor ihrem Tod

Rue parkt vor dem Windsor Park Recreation Centre. Seit über einer Stunde sitzt sie nun schon in ihrem Privatwagen hier und behält den Eingang im Auge. Sie hat auf der anderen Seite des Parkplatzes Position bezogen, wo ihr weißer Subaru im Schatten steht und von einer Baumgruppe halb verborgen wird. Während sie wartet, lauscht sie einem Audiosprachkurs für Portugiesisch, Level eins. Sie kann diese Zeit schließlich genauso gut für den Versuch nutzen, die Sprache zu lernen, die ihr leiblicher Vater gesprochen hat – oder vielleicht auch immer noch spricht. Das könnte nützlich werden, wenn Eb und sie das nächste Mal nach Mosambik reisen.

Sie wiederholt die Worte der Sprecherin: *»Eu não sou daqui.«*

Ich bin nicht von hier.

Rue ist erfahren, was Beschattungen betrifft. Sie weiß, wie man jemanden verfolgt und beobachtet, ohne gesehen zu werden. Dass sie ihre Ausbildung aber einmal an ihrem freien Tag an ihrem eigenen Ehemann anwenden würde, hätte sie sich nicht träumen lassen.

Sie wirft einen Blick auf die Uhr.

»*Onde é o aeroporto?*«, sagt die Sprecherin.

Wo ist der Flughafen?

»*Onde é o aeroporto?*«, wiederholt Rue und müht sich bei der Aussprache ab.

Jedes Mal, wenn jemand durch die Glastüren des Fitnessstudios tritt, spannt sie sich an. Wieder gleiten die Türen auf, und zwei Frauen mit Designerleggins kommen heraus. Sie tragen Yogamatten unter dem Arm und einen Kaffee von der Kaffeebar in der Hand. Dann folgt eine Frau mit zwei ausgelassenen Kindern im Schlepptau. Die Haare der Kinder sind noch nass, und eines zieht dem anderen spielerisch eine Poolnudel über den Kopf.

Wieder sieht Rue auf die Uhr. Er lässt sich heute Zeit. Auf einmal ist er da, tritt durch die Tür. Ihr Ehemann. Wie ein Tritt in den Magen. Er wirkt in jeder Hinsicht kraftvoll. Groß. Seine nordischen Gene definieren ihn. Sandblondes Haar.

Er ist allein. Da gleitet die Tür hinter ihm wieder auf, und eine Frau kommt heraus.

Rue ballt die Fäuste um das Lenkrad und lehnt sich leicht auf ihrem Sitz zurück. Natürlich kennt Seth ihr Auto, aber es ist eine von vielen Kombilimousinen auf dem vollen Parkplatz. Außerdem hat sie sich ihren Posten sorgfältig ausgesucht, und Seths gesamte Aufmerksamkeit gilt ohnehin der Frau, mit der er zusammen ist.

Verliebte – oder ganz in ihrer Lust verlorene Menschen – neigen dazu, die Welt um sich herum nicht wahrzunehmen.

In diesem Moment hasst Rue ihren Ehemann aus tiefstem Herzen.

Seth und die Frau gehen Seite an Seite an der Fensterfront des Schwimmbads vorbei. Der Wind fängt sich in dem Rock der Frau und weht ihr die weichen Locken vor das Gesicht. Als Rue noch ein kleines Mädchen war, hätte sie für solche Haare alles getan. Ihr Ehemann und die Frau umrunden die Ecke des Gebäudes, doch kurz bevor sie außer Sicht sind, berührt ihr Ehemann das Gesicht der Frau. Er beugt sich vor, zieht sie an sich und küsst sie.

Rue sieht zu, wie die Frau ihrem Mann über den Rücken streicht. Wie sie Seths Hintern umfasst und ihn noch etwas enger an sich zieht, während er den Kuss zu vertiefen scheint.

Wut explodiert in Rue und mischt sich in ihrem Magen mit Eifersucht, Angst, Kränkung und Bitterkeit. Wie soll man sich bei so etwas auch fühlen? Inzwischen sollte Rue es eigentlich wissen. Es ist immerhin nicht das erste Mal, dass Seth sie betrogen hat. Er hat versprochen, damit aufzuhören. Dieses Mal trifft es sie allerdings besonders hart, weil Eb dieses Mal Bescheid weiß. Weil sie jetzt das Gefühl hat, vor den Augen ihres Sohnes wie ein … Fußabtreter behandelt zu werden. Sie schämt sich, weil es Seth ganz offensichtlich nicht einmal kümmert, wie sehr er sie demütigt.

Er versucht nicht einmal, subtil zu sein. Alle können sie sehen.

Ihre Augen brennen.

Sie fragt sich, wie die Frau wohl heißt, wo sie wohnt, ob sie verheiratet ist wie die Letzte. Sie wünscht sich, sie könnte ihr Gesicht sehen.

Die Frau und Seth steigen beide in seinen Truck.

Eines der Teenager-Mädchen aus Seths Schwimmteam läuft an dem Truck vorbei, und Rue erkennt sie als Tarryn Wingate. Seth lässt die Fensterscheibe herunter und winkt seiner Schwimmerin zu. Tarryn winkt zurück, und am liebsten würde Rue ihn umbringen. Ihr Ehemann ist nicht nur wenig subtil, er stellt seine Affäre auch noch vor Leuten zur Schau, die Rue kennen. Wenn diese Leute Rue auf der Straße begegnen, dann in dem Wissen, dass sie das Geheimnis ihres Ehemanns kennen. Dann denken sie: *Diese Polizistin ist ja so dumm. So eine Versagerin. Lässt sich von ihrem Ehemann verarschen und verlässt ihn nicht mal.* Und Rue kann das hässliche Gefühl nicht zurückdrängen, das sich in ihr erhebt. Das Gefühl, dass er ihr den Respekt wegen ihres Aussehens verweigert, wegen ihrer Hautfarbe. Wieder mal ist sie eine Außenseiterin. Das Mädchen, das nicht dazugehört. Das Mädchen, das von liberalen weißen Eltern adoptiert wurde, die etwas Gutes in der Welt tun wollten. Eltern, die nie verstanden haben, warum sich ihre schwarze Tochter nicht einfach einfügen konnte.

Eu não sou daqui.

Ich bin nicht von hier.

Seths Truck fährt vom Parkplatz. Rue beißt die Zähne aufeinander, fährt an und folgt den beiden.

Sie hat nur ein Ziel: herauszufinden, wer *sie* ist.

Wenn Eb ihr nicht gesagt hätte, dass er seinen Vater mit einer anderen Frau gesehen hat, dann hätte Rue ihrem Mann geglaubt. Sie hätte sich vormachen lassen, dass er es dieses Mal ernst meint. Dass er sein Versprechen hält. Weil sie ihm unbedingt glauben wollte.

Als Eb ihr erzählt hat, dass er gesehen hatte, wie sein Dad eine andere Frau küsste, war er zutiefst beschämt gewesen, ihretwegen. Er hat gesagt, dass er Angst gehabt hatte, die Sache zur Sprache zu bringen, weil er seine Mutter nicht hatte verletzen wollen, aber er war zu wütend auf seinen Vater, um es zu verheimlichen, und er konnte nicht fassen, dass sein Dad sie so behandelt.

Der Truck biegt auf die Main Street ein, die in das Eliteviertel Story Cove führt. Ihr Zorn ballt sich zu einem heißen weißen Punkt mitten auf ihrer Stirn zusammen, und sie packt das Lenkrad fester.

Herrgott, Seth. Eine Frau von hier? Story Cove? Wahrscheinlich eine privilegierte Ehefrau, die mit einem alten, reichen Mann verheiratet ist.

Sein Truck hält in einer Parkbucht vor einem Gebäude im Tudorstil mit einem Hängeschild, auf dem »The Red Lion Tavern« steht. Etwa einen Block vom Jachthafen in Story Cove entfernt.

Rue hält ein gutes Stück weiter hinten hinter einem Lastwagen, der gerade Waren liefert. Die Frau steigt aus. Jetzt hat Rue einen unverstellten Blick auf sie, aber die Frau dreht ihr den Rücken zu. Rue schluckt, wie gebannt betrachtet sie die Frau. Sie trägt einen Boho-Rock, eine weiße Hippiebluse und eine Menge Armreifen um die Handgelenke. Sie bildet einen grellen Kontrast zu Rue, die oft gesagt bekommt, dass sie zu steif ist, zu zugeknöpft, zu kontrolliert. Dass sie sich »mal lockermachen« soll. Rue tröstet sich damit, dass sie eben Polizistin und deswegen so diszipliniert ist, aber sie weiß, dass die Sache tiefer geht. Eine tief sitzende Angst davor, loszulassen. Angst, dass sie wieder verlieren könnte, was sie sich in ihrem Leben aufgebaut hat, wenn sie ihren starren Griff lockert. Angst davor, ihre Familie auseinanderfallen zu sehen, weil Familie etwas ist, wofür sie so hart gekämpft und woran sie immer geglaubt hat.

Diesen Kampf hat sie offenbar ohnehin verloren.

Die Frau wirft Seth einen Luftkuss zu, und er fährt davon.

Rue bleibt, wo sie ist, und sieht zu, wie die Frau die Bar mit der Tudorfassade und den roten Sonnenschirmen vor der Tür betritt.

Hinter ihr schwingt die Tür zu. Die Zeit vergeht. Rue starrt das Klappschild vor der Tür des Red Lion an, auf dem die Tagesgerichte und Take-away-Angebote aufgelistet sind.

Sie sitzt noch eine Weile einfach da. Wie betäubt. Die Minuten verticken. Auf einmal hat sie furchtbaren Hunger.

Sie beugt sich zum Rücksitz nach hinten und findet eine Cap und eine Baggyjacke. Sie zieht beides an und setzt auch noch die Sonnenbrille auf. Die Cap zieht sie sich tief in die Stirn, dann steigt sie aus. Sie steuert den Eingang des Red Lion an und stößt die Eingangstüren auf.

Rue

Damals
8. Juni. Mittwoch.

Elf Tage vor ihrem Tod

Rue betritt die Bar und nimmt die Sonnenbrille ab. Ihre Augen brauchen einen Moment, um sich an das Dämmerlicht zu gewöhnen. Die Einrichtung besteht aus dunklen Holztäfelungen, warmen Lichtakzenten, Nischen mit Bänken, deren Polsterung wie grünes Leder aussieht. Altenglisch, aber mit zeitgenössischen Akzenten. Eine Bar zieht sich über eine Seite, deren Tresen aus gehämmertem Kupfer besteht. Ein einsamer Barkeeper poliert gerade ein Bierglas.

Am Empfangstresen ist niemand. Rue wartet einen Moment, dann geht sie am Tresen vorbei, auf dem ein Schild steht, das die Gäste bittet zu warten, bis sie zu ihrem Platz geführt werden. Sie betritt den Restaurantbereich und lässt den Blick über die Leute an den Tischen und in den Nischen schweifen.

»Guten Tag. Kann ich Ihnen helfen?«

Rue fährt herum.

Eine Frau mit einer Speisekarte in der Hand steht vor ihr. »Tisch für eine Person?«

»Oh, ich … ähm, wollte nur etwas zum Mitnehmen bestellen.«

»Ich kann Ihre Bestellung gleich aufnehmen, wenn Sie möchten. Oder Sie können auch bei Rahoul an der Bar bestellen.«

»Ich habe das Schild draußen gesehen, mit den frittierten Calamari.«

»Eine Spezialität unseres Kochs.« Die Frau lächelt.

Rue schätzt sie auf Mitte fünfzig. Auf dem Namensschild auf ihrer Brust steht »Dez«.

»Dann nehme ich die Calamari. To go.«

»Reis oder Pommes dazu?«

»Äh … Pommes.« Rue versucht, um die Ecke in einen anderen Bereich des Restaurants zu spähen, weil sie die Geliebte ihres Ehemanns nirgends entdecken kann.

»Etwas zu trinken?«

»Mineralwasser, danke.«

»Wie ist Ihr Name?«

»Sue.«

»Okay, Sue. Es dauert etwa fünfzehn Minuten. Wenn Sie möchten, können Sie an der Bar Platz nehmen, und Rahoul wird Ihnen Ihr Getränk bringen. Sie können auch im Empfangsbereich warten.«

Rue geht hinüber zur Bar und setzt sich auf einen der Hocker am Tresen. Rahoul stellt ein Glas mit einem Zitronenschnitz am Rand auf einen Untersetzer vor sie hin, begleitet von einer kleinen Flasche Mineralwasser.

»Eis?«, fragt er.

»Nein. Danke.« Sie stößt den Zitronenschnitz in das Glas und schenkt sich ein. Dann dreht sie sich auf ihrem Hocker und sieht sich dabei im Restaurant um. Sie weiß genau, dass die Frau hier hereingekommen ist.

Als sie ihr Wasser fast ausgetrunken hat, erkennt sie ihre Beute. Überrascht verfolgt Rue, wie die Frau ein Tablett mit Getränken zu einem der Tische trägt und sie dort aushändigt. Wieder kann sie das Gesicht der Frau nicht erkennen, aber die Kleider und das Haar gehören eindeutig zu ihr.

Seth vögelt eine *Kellnerin*?

Kein High-Society-Frauchen aus dem Fitnesscenter?

Rue kann den Blick nicht abwenden, als die Kellnerin in die Küche zurückkehrt. Sie sieht sie nur ganz kurz im Profil.

»Sue?«, sagt jemand hinter Rue.

Die Kellnerin verschwindet in der Küche. Die Tür schwingt hinter ihr zu.

»Sue?«, wiederholt die Frau, dieses Mal lauter. »Ihre Bestellung ist fertig, Sue.«

Als sich Rue umdreht, sieht sie Dez mit zwei Tüten voller Essen.

»Oh … tut mir leid. Ich war … ganz in Gedanken.« Sie nimmt Dez die Tüten ab, dann zögert sie. »War das gerade Rebecca, die da in die Küche gegangen ist? Sie heißt doch Rebecca, richtig? Sie hat uns neulich bedient, und sie war so nett. Hoffentlich hat ihr mein Mann genug Trinkgeld gegeben.«

Dez' Lächeln verblasst ein wenig, und ein leichtes Stirnrunzeln erscheint auf ihrem Gesicht. Rue versucht, den Namen der Kellnerin herauszubekommen, aber sie begreift, dass sie dabei ein bisschen zu weit gegangen ist und die Frau vor ihr misstrauisch wird. Zeit für einen Rückzug. Sie hält die Tüten hoch. »Danke. Riecht köstlich.«

Mit wild klopfendem Herzen verlässt sie die Bar und setzt ihre Sonnenbrille wieder auf. Sie ist verunsichert. Was macht sie hier überhaupt?

Ihr Ehemann treibt es mit einer Hippietussi, die in einer Nobelbar in Story Cove Essen serviert? Obwohl sie offenbar Kellnerin ist, hat Seth sie vermutlich beim Training im Fitnessstudio nach seiner Stunde mit dem Schwimmteam kennengelernt.

Sie steigt wieder ins Auto und stellt die Tüten mit den Pommes und den Calamari auf dem Beifahrersitz ab. Sie lässt den Motor an, fährt los und reiht sich in den Verkehr ein. Eb wird kurzen Prozess mit dem Essen machen.

Vielleicht sollte sie die Tüten mit dem Logo des Red Lion auf dem Küchentresen stehen lassen, nur um zu sehen, wie Seth reagiert.

Wie auch immer, sie kann das hier nicht mehr. Sie muss die Sache mit Seth klären.

Rue

Jetzt
21. Juni. Dienstag.

Gerade als das transportable Röntgengerät hinausgeschoben wird, kehrt Rue in den Autopsiesaal zurück. Der Techniker, der die Maschine schiebt, lächelt ihr im Vorbeigehen zu. Fareed und Toshi sehen auf und blicken Rue fragend entgegen.

»Tut mir leid«, sagt sie. »Da ist plötzlich eine Erinnerung hochgekommen.«

»Oder eher dein Essen?«, zieht Toshi sie auf.

Sie räuspert sich und nickt zu den Röntgenaufnahmen auf dem Bildschirm hinter Fareed hinüber. »Was sagen uns die Bilder?«

Fareed betrachtet sie noch einen Moment länger, dann sagt er: »Tja, die Röntgenaufnahmen passen zu den zahnärztlichen Unterlagen, die mir heute Morgen per E-Mail zugeschickt wurden.« Er deutet auf die entsprechenden Aufnahmen. »Die verheilte Fraktur am Malleolus lateralis passt auch. Das ist keine ungewöhnliche Fraktur – ein Bruch des Knubbels auf der Außenseite des Knöchels. Den medizinischen Unterlagen zufolge wurde die Fraktur vor zwei Jahren behandelt.« Er hält inne. »Sie ist es. Arwen Harper.«

Toshi führt aus: »Was wahrscheinlich auch die DNS-Proben ihrer Haar- und Zahnbürste bestätigen werden, sobald die Laborergebnisse da sind.«

»Gibt es noch irgendwelche Neuigkeiten in den medizinischen Unterlagen?«, fragt Rue. Das Bild von ihrem Ehemann, wie er eine dunkelhaarige Frau küsst, flutet ihren Kopf. Sie versucht, es abzuschütteln, versucht sich einzureden, dass es nicht Arwen Harper war. Dass es nicht Joes Mutter war, die Seth gevögelt hat. Ein anderer Teil ihres Verstands weiß längst, dass sie wie eine in einer Kannenpflanze gefangene Fliege ist, die ihre Situation zwar nicht wahrhaben will, letztendlich aber trotzdem verschlungen werden wird.

»Harpers Aufzeichnungen zeigen, dass sie vor sechs Jahren von ihrem Hausarzt an eine psychiatrische Einrichtung weiterüberwiesen wurde, nachdem es einen psychotischen Vorfall gegeben zu haben scheint. Sie wurde mit einer schizoaffektiven Störung diagnostiziert.«

»Was ist das?« Rue fühlt sich krank.

»Ich bin kein Psychiater«, erklärt Fareed, »aber meines Wissens ist es ein Zustand, der durch verschiedene schizophrene Symptome definiert ist: aurale oder visuelle Halluzinationen oder beides. Im Grunde verliert der Patient den Kontakt zu dem, was im Allgemeinen als Realität akzeptiert wird. Äußern kann sich das als panischer Typus, der manisches Verhalten an den Tag legt, oder als depressiver Typus, der depressive Symptome entwickelt. Außerdem gibt es noch den gemischten Typus, der sowohl manische als auch depressive Symptome zeigt.«

»Sie meinen, wie bei bipolaren Stimmungsumschwüngen?«, fragt Rue.

»Ja, so würde ich das verstehen. Dadurch entsteht die reinste emotionale Achterbahn.«

Rue starrt die Leiche an, die Tätowierungen. Wieder sieht sie das lebhafte Bild einer Frau mit Seth vor sich. Sie sieht, wie der Arm der Frau über Seths Rücken hinabstreicht und wie sie seinen Po umfasst. Sie kann es nicht ungesehen machen. Auf einmal wünscht sie sich verzweifelt, dass Tom Bradley gesteht, diese Frau getötet zu haben, damit sie Seth nicht nach einer Frau namens Arwen fragen muss.

Oder Eb.

»Bist du sicher, dass alles klar ist, Boss?«, flüstert Toshi.

»Ja. Ja, mir geht's gut«, sagt sie schnell und schüttelt das Gefühl ab. »Wahrscheinlich brüte ich irgendwas aus. Gibt es schon einen Verdacht bezüglich der Todesursache?«

Fareed runzelt die Stirn. Auch er mustert sie. »Ich muss sie erst noch aufmachen, aber …« Er widmet seine Aufmerksamkeit wieder der Leiche auf dem Tisch. »Es könnte schwierig werden zu bestimmen, was genau letztendlich zu ihrem Tod geführt hat. Vielleicht stumpfe Gewalteinwirkung. Was zu der Annahme passen würde, dass sie aus größer Höhe gestürzt oder gesprungen ist. Auch Explosionsverletzungen sehen so aus. Denkbar wäre auch, dass sie von einem festen Gegenstand geschlagen wurde oder dagegengeprallt ist. Felsen, Fäuste, eine Brechstange, ein Baseballschläger, ein anderes Fahrzeug …«

»Wenn das so ist, dann könnte es also keine Beweise dafür geben, dass wir es hier mit einem Mord zu tun haben?«, hakt sie nach.

»Wie gesagt, ich bin hier noch nicht fertig, aber ja, so könnte es ausgehen.«

»Aber es gibt durchaus Beweise für einen Kampf oben an den Klippen«, ruft Toshi ihr in Erinnerung. »Wir haben Blutspuren da oben gefunden. Und die Fußspuren, die ihren gefolgt sind.«

»*Falls* es denn ihr Blut auf der Klippe ist.«

Toshi hebt die Brauen. »Ja, tja, die Laborergebnisse sollten bald da sein, zusammen mit den DNS-Ergebnissen der Spermaspuren …«

»Die vielleicht oder vielleicht auch nicht um den Zeitpunkt ihres Todes herum entstanden sein können – ich meine, sie könnte auch Sex gehabt haben, bevor sie zum Joggen gegangen ist.«

»Warum lassen Sie mich das hier nicht erst mal zu Ende bringen?«, wirft Fareed ein.

Sie nickt knapp. »Toshi, kannst du hierbleiben? Ich statte Joe Harper einen Besuch ab und informiere ihn darüber, dass wir das Opfer offiziell identifiziert haben, dann bringe ich den Ball ins Rollen, damit wir Zugriff auf Arwen Harpers Telefondaten und einen Durchsuchungsbefehl für ihr Cottage und das Atelier bekommen, nur für alle Fälle. Wenn jemand ihr Handy mitgenommen hat, dann könnten uns die Telefondaten dabei helfen, ihn ausfindig zu machen. Außerdem gebe ich eine Pressemeldung heraus, nachdem wir jetzt wissen, wer sie ist. Anschließend mache ich mich auf den Weg zum Red Lion und unterhalte mich mit ihrem Arbeitgeber.«

»Soll ich das übernehmen?«, fragt Toshi. »Du kannst auch hierbleiben, und …«

»Mir geht's gut. Ich … kann die frische Luft gut brauchen.«

Und ich muss die Befragung im Red Lion selbst übernehmen. Allein.

»Danke, Leute. Wir sehen uns.«

Sie hört das Blut in ihren Ohren rauschen, als sie die Leichenhalle verlässt.

Sie spürt Fareeds und Toshis Blick im Rücken, während sie geht. Sie spürt die offenen Fragen, die in der Luft hängen. Sie muss sich zusammenreißen. Sie muss die Sache in den Griff bekommen, und zwar schnell.

Matthew

Damals
25. Mai. Mittwoch.

Dreieinhalb Wochen vor ihrem Tod

Es ist zwar ein Schultag, aber Matthew ist erkältet, und obwohl er nicht schlimm krank ist, hat seine Mom ihm erlaubt, zu Hause zu bleiben. Seine Schularbeiten hat er sowieso immer längst erledigt, und seine Mutter hat nichts dagegen, wenn er ab und zu einen Tag frei hat. Gerade spielt er zufrieden auf seinem iPad herum, als er das Gartentor aufschwingen hört. Das ist sein Stichwort – ein Patient ist auf dem Weg nach unten.

Er schnappt sich seine Kamera und läuft zum Vorderfenster seines Kontrollturms. Matthew sieht, wie eine Frau ankommt. Sie hat schulterlanges rotes Haar, und sie schiebt ein Fahrrad. Am Lenker hängt ein Fahrradhelm. Er beugt sich etwas weiter vor – auf der Querstange des Rads prangt ein Reflektoraufkleber. Genau wie bei dem Rad des Schattenmanns? Er spürt Aufregung in seinem Bauch knistern, während er sorgsam beobachtet, wie sie den Garten durch das Vordertor betritt und einigen Lärm bei dem Versuch macht, auch ihr Fahrrad hindurchzuschieben.

Die Praxis seiner Mom hat ein separates Tor und einen Weg, der von der Straße vorne unter einem Rosenbogen zur Vordertür des Behandlungszimmers führt. Die Tür führt in einen kleinen Wartebereich für die Patienten. Sie kommen herein und drücken auf einen Knopf, damit seine Mom weiß, dass sie da sind. Dann setzen sie sich und warten, bis Mom sie hereinruft.

Aber wenn sie gehen, dann verlassen sie das Behandlungszimmer durch einen Seitenausgang, der zum Pfad und zum Gartentor in die Seitengasse führt. Seine Mom sagt, dass sie das so organisiert hat, damit ihre Patienten einander nicht begegnen müssen. Manche Leute möchten nicht, dass irgendjemand von der Therapie weiß, hat sie ihm erklärt. Und wenn sie geweint haben und so, dann können sie hintenherum gehen, damit niemand ihr verquollenes Gesicht sieht. Da unten im Behandlungszimmer scheint ganz schön viel geweint zu werden. Matthew denkt, dass es schlimm sein muss, wenn man eine Therapie braucht, sonst wären die Patienten ja nicht immer so traurig.

Die Frau mit dem Fahrrad hat er noch nie gesehen, aber normalerweise ist er um diese Zeit unter der Woche ja auch in der Schule. Sein Fenster steht weit offen, also schiebt er Kopf und Kamera hinaus. Er schießt ein paar Bilder. Wie ein Spion.

Kurz darauf hört Matthew, wie unten die Seitentür ins Schloss fällt. Er eilt zu dem Fenster, das auf die Gasse hinausgeht. Ein großer Mann geht gerade durch das Gartentor. Er ist muskelbepackt und hat superkurz geschorene sandbraune Haare, wie bei einem Soldaten.

Matthew lässt seine Kamera klicken, während der Mann zu einem riesigen Dodge mit glänzendem Kühlergrill geht. Er ist Feuerwehrmann. Früher hatte er immer erst am Nachmittag einen Termin bei Mom, weshalb sich Matthew den Dodge schon einmal genau anschauen konnte, während der Mann im Behandlungszimmer war. Über dem normalen Nummernschild ist noch ein kleines Schild, auf dem »Story Cove Fire Rescue« steht.

Matthew kann sich nicht vorstellen, dass ein Feuerwehrmann da unten in ein Taschentuch schluchzt. Er kann sich nicht vorstellen, dass ein Feuerwehrmann, der so stark aussieht wie dieser Typ und der einen so großen Truck fährt, eine Therapie braucht.

Seine Mutter hat ihm allerdings erklärt, dass man das so nicht sagen kann. Es geht nicht darum, wie jemand von außen wirkt. Sondern darum, wie es in seinem Innern aussieht. Weil jeder Gefühle hat. Liebe, Schmerz, Verletzlichkeit, Wut, Zorn oder Trauer. Manchmal kann man von außen einfach nicht sehen, wie unglücklich und kaputt jemand innen ist. Jeder einzelne Mensch auf diesem Planeten hat seinen eigenen Schmerz, seine eigenen Sehnsüchte, sagt seine Mutter. Und jeder hat Geheimnisse. Manchmal machen einem diese Geheimnisse Probleme, weil es schwer ist, sie geheim zu halten, und weil sie an einem nagen. Dann landen die Leute im Behandlungszimmer.

Diese Vorstellung gefällt Matthew.

Es bedeutet, dass die Leute nach unten in die Praxis gehen, wo seine Mutter arbeitet, und dass seine Mom sie nach und nach dazu bringt, ihre Geheimnisse zu verraten. Und sobald diese Geheimnisse erst einmal heraus sind, erleichtert das die Leute, und ihre Gefühle verändern sich. Dann sieht die ganze Welt auf einmal anders für sie aus. Er schießt ein Foto von dem Feuerwehrmann, gerade als er in seinen Truck steigt.

Matthew erwartet, dass der Feuerwehrmann davonfährt, aber das tut er nicht. Er bleibt so lange in seinem Truck sitzen, bis die Frau mit den roten Haaren und dem Fahrrad wieder herauskommt.

Sie setzt den Helm auf und schiebt ihr Rad durch das Tor, dann fährt sie die Straße runter.

Erst dann lässt der Feuerwehrmann den Motor an und fährt dieselbe Straße entlang, nicht weit hinter der Frau mit den roten Haaren her.

Lily

Damals
25. Mai. Mittwoch.

Dreieinhalb Wochen vor ihrem Tod

Aktennotizen: Garth
Patient – Feuerwehrmann, Ende fünfzig, Ehemann und Vater von drei jungen Kindern mit einer viel jüngeren Ehefrau – ist hier, weil bei ihm Krebs im Endstadium diagnostiziert wurde und er Hilfe möchte, um diese Diagnose zu verarbeiten. Hat nach eigenen Angaben noch acht Monate zu leben.

»Haben Sie den Brief an Rose geschrieben, Garth?«, fragt Lily. An diesem Tag ist ihr Patient nervöser als sonst, und es hat ein paar Minuten länger gedauert, bis er sich auf dem haferfarbenen Sofa eingefunden hat.

Garth zieht ein gefaltetes Blatt Papier aus der Hemdtasche und hält es hoch. »Habe ich.«

Er ist inzwischen seit zwei Monaten ihr Patient, aber es hat vier Wochen gedauert, bis er es geschafft hat, den Brief zu schreiben, den er vielleicht oder vielleicht auch nicht für seine

Frau zurücklassen wird, damit sie ihn nach seinem Tod lesen kann.

»Möchten Sie, dass ich ihn laut vorlese?«, fragt er.

»Würden Sie das denn gern tun?«

Er reibt sich über das kurz geschorene Haar, als würde er versuchen, ein Jucken loszuwerden, das eher psychisch als physisch bedingt zu sein scheint. »Okay«, sagt er. »Okay, ich mache es.«

Er entfaltet das Papier und räuspert sich.

»Meine geliebte Rose …« Fast sofort scheint sich seine Kehle zuzuschnüren. Er flucht, als ihm die Tränen in die Augen treten.

Lily schiebt ihm die Schachtel mit den Taschentüchern hin. Sie fühlt seine Pein. Der Schmerz ihrer Patienten nimmt sie mehr mit als normalerweise. Wahrscheinlich liegt es an ihrer eigenen wachsenden Paranoia, an dem Gefühl, beobachtet zu werden, gestalkt. An den geheimnisvollen Nachrichten, dem eingeprägten Bild der Ziege auf der Karte, in dem sie ein satanisches Symbol zu erkennen geglaubt hat. An den Worten: *Von jemandem, der Bescheid weiß.*

Um dem Ganzen die Krone aufzusetzen, ist da noch die leere Flasche Erdbeerlimes, die sie heute Morgen auf der Suche nach der Katze unter Phoebes Bett gefunden hat. Während sie nach der Flasche geangelt hat, muss sie gegen Phoebes iPad gestoßen sein, dessen Display daraufhin aufleuchtete. Ihre Manga-Zeichnungen waren auf dem Bildschirm aufgetaucht. Was Lily da gesehen hat, hat sie bis ins Mark erschüttert. Es war eine Mordszene, eine brutale Szene, die Lily einfach nicht mehr aus dem Kopf geht. Ein Bild, das in ihrem Hirn kreist wie ein Schwarm hässlicher, klebriger schwarzer Fliegen, die über einem aufgedunsenen Stück Aas surren.

Garth nimmt sich ein Taschentuch, putzt sich die Nase, dann gießt er sich ein Glas Eiswasser aus dem Krug ein, den

Lily immer auf den Kaffeetisch vor dem Sofa stellt. Garth leert in einem Zug das halbe Glas und wischt sich mit dem Handrücken über den Mund.

»Wissen Sie, was ich beim Schreiben dieses Briefs begriffen habe, Doc? Dass meine größte Angst, meine tiefste Sorge die ist, dass Rose nach meinem Tod einen anderen Mann finden wird. Dass dieser neue Mann in *mein* Haus ziehen und in *meinem* Bett liegen wird. Er wird mit *meiner* wunderschönen Frau schlafen und ›Daddy‹ für meine Jungs und meine Kleine sein. Und ich werde einfach … weg sein. Aus ihrem Leben gewischt, als hätte es mich nie auf dieser Welt gegeben. Dieses Ich. Diesen Garth. Diesen Feuerwehrmann, der einfach ein netter Kerl ist, der den Leuten helfen und für seine Familie sorgen will.«

Schweigend sitzt Lily da.

Er schnaubt leise. »So was Oberflächliches, oder?« Wieder kämpft er gegen eine Woge der Gefühle an. »Aber dann habe ich begriffen, dass ich Rose und meine Kinder loslassen muss, wenn ich sie wirklich liebe. Ich muss meiner Frau die Erlaubnis geben, sich nicht schuldig zu fühlen, wenn sie jemand Neues kennenlernt. Ich … Das ist das Wichtigste, was ich ihr hinterlassen kann. Frieden. Freiheit. Also …« Er räuspert sich. »Das ist es, was in diesem Brief steht. Ich sage ihr, dass sie meinen Segen hat, damit sie leben kann, wirklich leben, nachdem ich gestorben bin.« Er faltet das Papier wieder zusammen und steckt es zurück in seine Tasche.

»Sie wollen ihn also nicht vorlesen?«

»Nein. Ich möchte ihn hier nicht laut lesen, aber ich werde ihn ihr zurücklassen für die Zeit nach meinem Tod. Das ist etwas zwischen ihr und mir. Aber indem ich diesen Brief geschrieben habe, habe ich begriffen – und akzeptiert –, dass ich diese Krankheit nicht dazu bringen kann, nachzugeben. Und ich habe kein Recht dazu, meine Familie über mein Grab hinaus kontrollieren zu wollen. Damit würde ich ihnen nichts als Schuldgefühle und Schmerz bringen. Was ich tun kann, ist, sie freizugeben. Und noch etwas habe ich verstanden: Mehr noch als davor, dass Rose mich vergessen könnte, fürchte ich mich davor, dass sie herausfinden könnte, wer ich war, bevor sie mich kennengelernt hat, und was ich getan habe.«

Lilys Brust schnürt sich zusammen. »Wie … meinen Sie das?«

»Glauben Sie, dass sich Menschen ändern können, Doc? Ich meine, vollkommen ändern?«

»Ja«, sagt sie, zu schnell, zu nachdrücklich. Mit einem Mal ist sie in Gedanken bei dem Zeitungsausschnitt, den sie in einer kleinen Kiste im Safe ihres Büros aufbewahrt. Langsam und vorsichtig holt sie Luft. »Ich glaube, dass sich Menschen ändern können, ja. Wenn die anderen sie lassen, dann können sie eine bessere – oder vollkommen andere – Version ihrer selbst werden.«

Garth hält ihren Blick fest. Sie kann seine Miene nicht lesen. Auf einmal scheint der Raum kühler zu werden. Kleiner.

»Aber es sind die anderen, nicht wahr, Doc? Die Gesellschaft als Ganzes gestattet es einem nicht, sich zu ändern, wenn man etwas Schreckliches getan hat, nicht wahr? Es wird immer Mahnungen geben, Individuen, die nicht vergeben können, die sich weigern, die Dinge gehen zu lassen, die einen zurückzerren und einem einen scharlachroten Buchstaben auf die Stirn brennen wollen. Damit andere einen kommen sehen und wissen, dass man auf ewig verurteilt und bestraft werden muss.«

Lily kämpft den Impuls nieder, aufzuspringen und hinauszulaufen, fort von dem, was er sagt. Sie zwingt sich dazu, still sitzen zu bleiben. Während sie wartet, fragt sie sich, was er getan haben mag und wie schrecklich es gewesen sein kann.

»Ich meine, alle predigen das Konzept von Gerechtigkeit und Sühne. Und davon, mit den Dingen abzuschließen, und diesen ganzen sentimentalen Mist. Aber wenn sie wissen, was jemand getan hat, dann werden sie in Wirklichkeit immer, tief, tief in sich, glauben, dass es wieder passieren kann, wenn nur die richtigen Trigger gezündet werden, nicht wahr? Sie glauben, dass es in einem steckt, dass es einem im Blut liegt, in den Genen.« Er hält inne. »Ist es nicht so?«

»Wollen Sie mir sagen, was Sie getan haben, Garth?«

Die Stille schwillt an. Er schluckt. »Nein«, entscheidet er schließlich. »Nein, das will ich nicht. Und ich möchte auch wirklich nicht, dass Rose und die Kinder es herausfinden. Niemals. Weil sogar Sie, Doc, mich anders sehen werden, sosehr Sie auch mit Ihrer professionellen Objektivität werben.«

Lily öffnet den Mund, aber Garth hebt seine große Hand, um sie aufzuhalten. »Ich weiß, was Sie sagen wollen – dass ich mich leichter fühlen werde, wenn ich es mir erst von der Seele geredet habe. Und dass ich vielleicht leichter sterben kann, wenn ich darüber spreche. Aber das ist Schwachsinn. In dem Moment, in dem ich es jemandem erzähle, verändert sich ihre ganze Sicht von mir, ihr Verständnis davon, wer ich bin: ein guter Mensch, ein Typ, der andere Leute aus dem Feuer rettet und sie auf dem Highway aus zerquetschten Autowracks schneidet. Der Typ, der ehrenamtlich Tiere in die Klinik und ins Tierheim bringt – das alles verschwindet. Sie sehen nur noch einen brutalen Mann. Einen gefährlichen Mann. Ein grausames Ungeheuer. Wenn sie aber nicht wissen, was ich getan habe, dann kann *ich* vergessen, dass es diesen Teil von mir je gegeben hat. Ich kann so tun, als würde dieser kranke Scheiß aus der Vergangenheit tatsächlich zu jemand ganz anderem gehören. Ich kann es tief in meinem Unbewussten vergraben, wie ein hochfunktioneller Serienmörder, der das Grauen in sich abspalten kann. *Das* ist die einzige Möglichkeit, wie sich jemand wirklich verändern kann. Solange einen niemand zwingt, ein Etikett zu tragen. Solange die Gesellschaft einen nicht ständig daran erinnert, dass man nicht ist, was man zu sein versucht.«

Lily rutscht auf ihrem Stuhl herum. »Dem Mörder entgleitet immer mehr die Kontrolle? Dinge auf diese Weise zurückzuhalten, kann sehr erschöpfend sein, Garth. Es kreiert Stress in Körper und Geist. Es verhindert …«

»Es verhindert, dass man richtig lebt? Es macht einen paranoid? Begünstigt Süchte oder bringt die Betroffenen dazu, auf bizarre Weise auffällig zu werden?« Er lacht trocken auf. »In acht Monaten bin ich tot, oder jedenfalls sagen sie das.« Er streckt die Arme aus. »Schauen Sie mich an – im Moment fällt es schwer, das zu glauben, was?«

Lily betrachtet ihn. Er wirkt immer noch stark und gesund, aber sie weiß auch, wie schnell sich das ändern kann bei dieser Krankheit, die ihn im Stillen verschlingt, sogar jetzt, während er hier auf ihrem Sofa sitzt.

»Ich will, dass Rose und die Kinder mich so im Gedächtnis behalten. Stark. Gut. Freundlich. Ein Held.«

»Und wenn sie eines Tages davon erfahren, von dieser Sache, die Sie verbergen?«

»Es besteht aber die Chance, dass sie es nicht herausfinden, Lily. Es gibt eine Chance. Wenn ich es Rose jetzt sage, dann gibt es keine Chance mehr.« Er verstummt und hält Lilys Blick mit einer Intensität, die so heiß lodert, dass man sie beinahe körperlich wahrnehmen kann. »Wenn ich es ihr jetzt sage, dann werden sie und die Kinder ihr Bild von mir vollkommen neu entwerfen. Ich werde zu einem Mann werden, der etwas Schreckliches getan hat. Ein Mann, der ungeahntes und grauenvolles Leid verursacht hat.« Wieder verstummt er. »Was würden *Sie* tun, Doc? Würden *Sie* es gestehen? Ihrem Ehemann? Würden Sie es *Ihren* Kindern sagen? Oder würden Sie lieber mit der Möglichkeit im Kopf sterben, dass Ihre Familie vielleicht einfach in Unschuld weiterleben kann?«

Das entsetzliche Gefühl, dass er sie gerade nach ihrer eigenen Vergangenheit gefragt hat, trifft sie. Dass er irgendwie in sie hineinsehen kann. Dass Garth nur ein Spiegel ist, der ihr vorgehalten wird. Vielleicht ist *er* jemand, der Bescheid weiß? Denn Lily ist sich nur zu bewusst, dass sie hundertmal auf genau dieselbe Karte setzen würde wie Garth. Sie räuspert sich.

»Garth, ich weiß nicht, was Sie getan haben. Also kann ich das nicht sagen. Außerdem geht es hier nicht um mich. Sondern um Sie. Vielleicht würden Sie sich befreit fühlen, wenn Sie es Rose erzählen und wenn sie Ihnen vergeben würde. Und Rose auch. Unsere Partner können uns manchmal überraschen, wissen Sie?«

Er lacht. »Glauben Sie wirklich daran, dass es so etwas wie Vergebung gibt? Ich meine, wirklich?«

Ein Schatten fällt auf Lily. Sie spürt, wie feuchte Kälte aus den Ecken ihres Behandlungszimmers kriecht und die kalten Finger nach ihrem Hals ausstreckt. Wahrscheinlich ist nur die Sonne hinter der Krone der Pappel verschwunden.

»Bei Vergebung – wahrer Vergebung – geht es mehr darum, dass *Sie* die Schuld und Scham loslassen, die Sie gefangen hält, Garth.«

Er schüttelt den Kopf und sieht auf die Uhr. Seine Zeit ist fast um. »Nein. Diese Schuld, diese Scham – das ist es, was mich antreibt. Damit ich ein selbstloser Feuerwehrmann sein kann, der beste Dad, den es gibt. Diese Schuld, diese Scham, Lily, das ist es, was aus mir einen guten Mann macht. So, ich glaube meine Stunde ist jetzt vorbei.«

»Nächste Woche um dieselbe Zeit?«, fragt sie.

Er nimmt seine Jacke vom Haken an der Garderobe. »Ich glaube, wir sind hier fertig, Doc.« Er zieht seine Jacke an. »Ich bin so bereit zu sterben, wie ich es nur sein kann. Es hat nicht viel Sinn, noch weiter darüber zu reden.«

Da ist sich Lily nicht so sicher. »Wie wäre es, wenn wir nächste Woche eine Pause machen und Sie danach noch einmal wiederkommen? Wir vereinbaren jetzt einen Termin, aber wenn

Sie wirklich das Gefühl haben, keine Sitzung mehr zu brauchen, dann rufen Sie einfach an und sagen ab. Einverstanden?«

Er zögert, dann lächelt er. »Einverstanden. Danke, Doc.« Er verschwindet durch die Tür.

Lily starrt ihm nach. Er hat sie aus der Fassung gebracht. Sie sieht das rote Lämpchen auf ihrem Schreibtisch leuchten. Ihr nächster Patient wartet schon.

Sie holt tief Luft, geht zu ihrem Aktenschrank, öffnet ihn und schließt den Safe auf. Sie greift ganz nach hinten, und ihre Finger streichen über eine glatte Holzkiste. Lily nimmt die Kiste heraus, klappt sie auf und holt einen alten Zeitungsausschnitt hervor.

Es ist das Foto eines Mädchens. Sie starrt das Bild an, und ihre Haut wird eiskalt. Ein kleiner Anhänger ruht in der Kuhle unter der Kehle des Mädchens. Baphomet. Die dämonische Ziege. Das Goth-Symbol des Mädchens. Unter dem verpixelten Schwarz-Weiß-Foto ist in schlichter Kursivschrift »Sophie McNeill, 12 Jahre alt, vermisst« zu lesen. Das Bild stammt aus einer in New York veröffentlichten Zeitung. Lily holt einen zweiten Ausschnitt aus der Kiste und liest die Überschrift:

Ausgedehnte internationale Suche nach entführtem Mädchen

Das Licht auf Lilys Schreibtisch beginnt wieder rot zu blinken. Sie zuckt zusammen und legt den Zeitungsausschnitt zurück in die Kiste. Dann stellt sie die Kiste in den Safe und verschließt ihn. Sie geht in ihr kleines Badezimmer, wäscht sich das Gesicht und trägt frischen Lippenstift auf. Dann trinkt sie einen Schluck Wasser, streicht sich die Hose glatt und tritt schließlich zur Tür des Wartezimmers.

Noch einmal atmet sie tief ein und lässt alle Luft entströmen, um die Energie ihres vorherigen Patienten und ihre eigenen negativen Gedanken loszulassen.

Dann öffnet sie die Tür und lächelt einer sehr attraktiven rothaarigen Frau in einem teuren Fahrradoutfit zu. Die Frau legt die Zeitschrift beiseite, die sie gerade durchgeblättert hat, und steht auf.

Lily streckt ihr die Hand entgegen. »Hi, Sie müssen Paisley sein?«

»Schön, Sie kennenzulernen, Dr. Bradley«, entgegnet die Frau und ergreift Lilys Hand.

»Nennen Sie mich doch Lily. Kommen Sie rein.«

Geraubt

Nach einer wahren Begebenheit

Wozniak verließ das Haus und traf auf den Nachbarn, der den Notruf gewählt hatte und nun mit seiner Ehefrau im angrenzenden Garten stand. Sie waren ein älteres Ehepaar, und die Frau hielt einen kleinen weißen Hund auf dem Arm.

»Da lebt die Familie McNeill«, berichtete der Nachbar. »Meine Frau dachte, sie hätte Schreie von nebenan gehört. Ich bin rausgegangen, um nachzusehen, und irgendetwas am Haus der McNeills hat komisch ausgesehen – sich komisch angefühlt. Ich habe bemerkt, dass das Licht im Keller brennt, also habe ich durch das Fenster geschaut, und … da habe ich sie gesehen. Ich habe Della gesehen …« Seine Stimme brach.

Seine Frau mischte sich ein: »Ich kann nicht fassen, was hier passiert. Sie sind eine wirklich nette Familie. Sie gehen zur Kirche, und sie sind immer so freundlich.«

»Haben sie Kinder? Wie heißen sie?«

»Ja«, antwortete die Frau. »Einen kleinen Jungen. Danny. Er ist acht. Und ein Mädchen. Sophie. Sie ist zwölf. Sie … Geht es ihnen gut?«

»Haben Sie irgendetwas oder irgendjemanden bei dem Haus bemerkt, irgendetwas Verdächtiges? Haben Sie abgesehen von den Schreien noch etwas gehört?«

»Ich weiß nicht, ob es etwas zu bedeuten hat, aber da ist so ein seltsamer junger Mann mit schwarzem Kapuzenpulli, der sich hier schon seit ein paar Tagen herumtreibt. Gestern habe ich ihn in einem zerbeulten braunen Truck gesehen, der ein Stück die Straße runter geparkt hat. Er hatte einen Freund dabei. Ich glaube, sie haben das Haus beobachtet.«

Wozniak eilte zurück zu seinem Streifenwagen und gab den Namen und die Beschreibung des Mädchens auf den Fotos durch. Es würde ewig dauern, bis die Bevölkerung durch einen sogenannten Amber Alert alarmiert sein würde, aber sämtliche behördlichen Stellen im ganzen Land würden umgehend darüber informiert werden, dass nach einem zwölfjährigen Mädchen namens Sophie McNeill gesucht wurde. Langes braunes Haar. Kaukasisch. Hübsch. Auch den braunen Truck erwähnte er.

Dann kehrte Wozniak ins Haus zurück, um mit den anderen Officers auf den Coroner, die Detectives der Mordermittlung, die Spurensicherung und das K9-Team zu warten. Sobald er das Haus jedoch betreten hatte, hörte er Conti von oben rufen: »Wir haben sie gefunden! Sie ist hier! Unter dem Bett im Mädchenschlafzimmer. Sie lebt. Ruft einen Krankenwagen, sofort!«

Gott sei Dank, dachte Wozniak und rief mit wild klopfendem Herzen die Ambulanz.

Rue

Jetzt
21. Juni. Dienstag.

Nachdem sie Joe Harper die Nachricht überbracht hat, dass seine Mutter offiziell identifiziert wurde, fährt Rue zur Red Lion Tavern, wobei sie unentwegt an den Jungen denken muss. Er ist am Boden zerstört. Sie hat das Gefühl, ihm auch noch die letzte Hoffnung geraubt zu haben, die er vielleicht noch hatte. Sie hat ihn in Hannah Codys Obhut zurückgelassen, außerdem ist eine Polizistin bei ihnen, die mit der Opferhilfe zusammenarbeitet.

Als sie auf die Hauptstraße nach Story Cove einbiegt, beißt sie die Zähne zusammen. Dann sieht sie auf die Uhr und ruft über die Freisprechanlage Seth an. Dafür benutzt sie ihr privates Handy.

Beim dritten Klingeln nimmt er ab.

»Hey«, sagt sie steif. »Bist du noch zu Hause?«

»Ja, was gibt's?«

An einer roten Ampel bleibt sie stehen. »Ich muss dich was fragen. Wo warst du vorgestern Abend?« Eine alte Frau schiebt ihren Rollator auf die Fahrbahn und überquert langsam die

Straße. Im Korb des Rollators sitzt ein kleiner, alt aussehender Hund.

»Wie meinst du das?«, fragt Seth.

Ärger flammt in Rue auf. Die Ampel springt auf Grün, aber die alte Dame braucht ewig, bis sie auf der anderen Seite angekommen ist. »Antworte einfach, Seth. Wo *genau* warst du am Sonntag, etwa von mittags an, bis du nach Hause gekommen und ins Bett gegangen bist?«

Kurzes Schweigen. »Hör mal, Rue, wenn es hier um …«

»*Sag* es mir einfach.« Ihre Hände am Steuer ballen sich zu Fäusten.

»Können wir das später besprechen? Nach der Arbeit, wenn …«

Die alte Frau hat es bis zum Bürgersteig geschafft, und Rue tritt aufs Gas. »Seth, hör zu, und hör gut zu …« Auf einmal muss sie eine Vollbremsung hinlegen, als ein Fahrradfahrer plötzlich vor einem Bus auf die Straße ausschert. Sie flucht, dann fährt sie fort: »Die tote Joggerin, die aus den Nachrichten, die am Grotto Beach gefunden wurde …« Sie holt tief Luft, wappnet sich, biegt auf die Story Cove Main Road ab. »Ihr Name ist Arwen. Arwen Harper.«

Totenstille auf der anderen Seite der Leitung. Rue ist übel. Vor ihr taucht das Schild des Red Lion auf.

»War das die Frau, die du gevögelt hast? Habe ich dich mit ihr zum Red Lion fahren sehen?«

»Du hast mich verfolgt? Herrgott noch mal, Rue. Wie kannst du es wagen …«

»Dann ist sie es also? Sie ist tot, Seth, tot. Ermordet. Hast du mich verstanden?«

Er atmet schwerer. Als er wieder spricht, klingt die Stimme ihres Ehemanns belegt. »Bist … bist du sicher – bist du sicher, dass sie es ist?«

»Wir sind sicher.«

Fluchen. Stille.

»Seth, sie liegt nackt auf dem Tisch in der Leichenhalle. Wahrscheinlich wird ihr gerade der Brustkorb aufgebrochen und die Kopfhaut abgeschält. Ihr werden die Organe entnommen und gewogen. Du *musst* mir sagen, wo du am Sonntag warst, bevor jemand anderes kommt und dich danach fragt. Und glaub mir, sie werden kommen. Und es wird nicht gut für dich aussehen.«

»Was … was ist mit ihr passiert, Rue?« Er bringt kaum mehr als ein raues Flüstern zustande. »Du … du glaubst doch nicht – du kannst doch unmöglich glauben, dass ich irgendetwas damit zu tun …«

»Du hast mir gesagt, dass du nie wieder herumvögeln wirst. Du hast gesagt, das wäre vorbei. Keine Affären mehr. Du hast es mir geschworen. Aber es war eine Lüge. Und du warst nicht einmal sonderlich diskret. Die Leute haben dich mit dieser Frau gesehen, Seth, also sagst du mir jetzt besser, dass du ein wasserdichtes Alibi für Sonntagabend hast, als ich noch spät gearbeitet habe. Fang damit an, wo du am Sonntagmittag warst.«

»Da war ich mit dem Schwimmteam unterwegs, auf der Fähre, auf dem Rückweg vom Schwimmcamp auf dem Festland.«

»Kann das jemand bestätigen?«

»Ja, natürlich. Ich war mit den Teammitgliedern und ihren Begleitern zusammen. Ich habe selbst eines der Mädchen begleitet. Sally-Ann. Sie kann es bestätigen. Sie können es alle bestätigen.«

»Um welche Uhrzeit hat die Fähre angelegt?«

»Das weiß ich nicht mehr genau. Ich müsste es nachschauen. Irgendwann gegen drei Uhr nachmittags.«

Rue parkt vor dem Red Lion. »Und dann?«

»Wir sind in die Stadt zurückgefahren. Ich habe ein paar der Kids zu Hause abgesetzt, auch Sally-Ann. Dann … bin ich was essen gegangen und habe mich mit ein paar Freunden getroffen. Danach haben wir noch was getrunken.«

»Kann das jemand bezeugen?«

Kurze Pause. »Ja.«

»Und dann?«

»Wir hatten noch ein paar Drinks, ich bin erst spät nach Hause gekommen. Da warst du schon da und hast geschlafen.«

Sie schließt die Augen, holt tief Luft, zählt von vier abwärts, lässt die Luft langsam entströmen. »Dann weißt du also nicht, wo Eb am Sonntag war, bevor ich nach Hause gekommen bin?«

Wieder Schweigen. »Was hat Eb damit zu tun?«

»Ist nur … eine Frage.«

Weil ich wissen will, ob mein Sohn ein gottverdammtes Alibi hat, und weil ich mich nicht einmal traue, ihm auch nur diese Frage zu stellen. Das Bild von Eb mit seinem Glas Milch und dem Teller mit dem angebissenen Stück Kuchen darauf taucht vor ihrem inneren Auge auf.

Ich würde alles für dich tun, Mom, das weißt du doch, oder? Ich will nur, dass du glücklich bist.

»Ich weiß nicht, wo Eb war«, sagt Seth. »Aber was ich dir über Sonntag erzählt habe, ist die Wahrheit.«

»Wann hast du Arwen Harper das letzte Mal gesehen? Wann warst du zuletzt in der Red Lion Tavern?« Es ist ein Test.

Er räuspert sich. »Ich … Das war vor etwa zwei Wochen. Als ich sie nach dem Fitnessstudio zur Arbeit gefahren habe. Da war die Sache praktisch schon vorbei, Rue. Hör zu, ich weiß eigentlich gar nichts über sie. Es – sie hat mich im Fitnessstudio angesprochen, und … es war nur eine kurze Sache, zwei, drei Tage oder so.«

Sie schließt die Augen. Er lügt. Sie weiß, dass er lügt.

»Rue?«

»Es ist vorbei.«

»Was?«

»Ich habe gesagt, es ist vorbei. Du und ich. Das war's. Ich will die Scheidung. Und du musst ausziehen. Sofort. Ich will dich nicht mehr sehen, wenn ich nach Hause komme.«

»Rue –«

Sie legt auf. Das Blut donnert in ihren Ohren. Sie zittert. Ihre Gedanken kehren zu jenem Abend zurück, als sie im Auto vor dem Red Lion gewartet hat.

Rue

Damals
16. Juni. Donnerstag.

Drei Tage vor ihrem Tod

Wieder einmal sitzt Rue in ihrem Auto und lauscht dem Audio-Portugiesischkurs, der leise im Hintergrund läuft. Es ist dunkel. Regnerisch. Sie hat am Straßenrand gegenüber dem Red Lion geparkt. Ein Stück weiter vorn steht Seths Truck.

Seth hat sie vorhin angerufen und gesagt, dass er spät nach Hause kommt, und Rue hatte so das Gefühl, dass er sich wieder mit seiner Kellnerin treffen würde. Auf dem Heimweg von der Spätschicht ist sie aus einem Impuls heraus nach Story Cove abgebogen, und als sie langsam am Red Lion vorbeigefahren ist, hat sie den Truck ihres Ehemanns vor der Bar im Regen stehen sehen. Leer.

Sie ist einmal um den Block und aus der anderen Richtung die Straße wieder hinuntergefahren, und nun parkt sie hier, wartet und behält den Eingang der Bar im Auge. Durch die Fenster kann sie Seth zwar nicht sehen, aber sie ist sicher, dass er dadrin ist. Auf dem Beifahrersitz liegt ihre Kamera. Vielleicht keine sonderlich gute Art, damit umzugehen, aber sie will Beweisfotos. Wenn sie die Scheidung einreicht, sollen die Dinge so laufen, wie sie es will.

Es wird immer kälter im Auto. Der Regen wird stärker, und obwohl es Juni ist, weht ein kalter Wind vom Meer heran. Trotzdem will Rue den Motor nicht anlassen, um sich aufzuwärmen. Es ist ihr lieber, wenn sie keine Aufmerksamkeit auf ihren Wagen lenkt.

Die Zeit vertickt. Der Regen prasselt noch heftiger herab.

Die Türen der Bar schwingen auf, und ein Paar tritt heraus. Sie sind schon älter – Senioren. Der Mann hilft der Frau dabei, ihren Regenschirm aufzuspannen, dann legt er ihr den Arm um die Schultern, und sie gehen in die nasse Nacht davon. Auf einmal fühlt sich Rue sehr einsam. Sie empfindet Reue. Weil sie so viel Zeit an einen Mann verschwendet hat, der sie nicht respektiert. Warum hat sie sich überhaupt erst in Seth verliebt? Gibt es einen Teil in ihr, der sie selbst nicht respektiert und nicht daran glaubt, dass jemand sie wirklich lieben kann? Liegt es daran, dass ein anderer, tief vergrabener Teil von ihr sich immer noch von ihren biologischen Eltern zurückgewiesen fühlt?

Die Türen schwingen noch ein paar Mal auf, und warmes Licht ergießt sich in die Dunkelheit, während Gäste die Bar betreten oder verlassen. Lachend, fröhlich.

Ihr Sprachkurs ist vorbei, und die Aufnahme verstummt. Rue fragt sich, ob sie auch versuchen soll, Afrikaans zu lernen. Die Sprache ihrer leiblichen Mutter. Afrikaans und ein bisschen Xhosa. Sie zieht ihren Mantel enger um sich.

Wieder schwingen die Türen auf.

Sie ist es.

Rue richtet sich kerzengerade auf. Ihr Puls beschleunigt sich.

Sie beobachtet, wie die dunkelhaarige Frau die Bar verlässt und ihre Kapuze hochschlägt. Die Kellnerin tritt unter ein

Vordach neben dem Eingang der Bar, den Blick von Rue abgewandt. Rue flucht. Sie will ihr Gesicht sehen. Einen Moment lang fragt sie sich, ob sie sich wegen Seth geirrt hat – vielleicht ist er doch nicht dort drin? Plötzlich schwingt die Tür ein weiteres Mal auf, und Rue erkennt die vertraute Gestalt ihres Ehemanns. Er stellt sich zu der Frau unter das Vordach und legt ihr den Arm um die Taille. Er sagt ihr etwas ins Ohr.

Rue schluckt und tastet nach der Kamera. Sie stellt scharf, zoomt heran, drückt den Auslöser, als sich ihr Ehemann zu einem Kuss vorbeugt. Wieder klickt die Kamera, als das Paar Arm in Arm durch den Regen auf Seths Truck zuläuft. Klick, als sie einsteigen.

Die Scheinwerfer des Trucks leuchten auf, und Seth biegt auf die Straße ein.

Rue fühlt sich, als würde sie krank werden. Sie lässt die Kamera in den Schoß sinken.

Natürlich ist Seth nicht zu Hause, als sie in ihre Auffahrt einbiegt. Er ist nicht zu Hause, als Rue ins Bett geht.

Sie kann nicht schlafen, sie liegt wach und lauscht auf den Regen und auf die gelegentlichen leisen Geräusche, wenn Eb in seinem Zimmer unten umhergeht. Der Regen versiegt. Es wird still im Haus. Trotzdem kann sie immer noch nicht einschlafen.

Um zwei Uhr morgens hört sie, wie die Eingangstür unten geöffnet wird.

Seth kommt nach oben.

Sie tut so, als würde sie schlafen. Leise steigt er ins Bett. Er riecht frisch geduscht.

Rue starrt zur Decke hinauf. Sie muss etwas tun. So kann es nicht weitergehen.

Lily

Damals
25. Mai. Mittwoch.

Dreieinhalb Wochen vor ihrem Tod

Aktennotizen: **Paisley**

Patientin, Anfang vierzig, stand sechs Wochen lang auf meiner Warteliste. Vorstellungsgrund?

Ein Neuzugang stellt immer ein Rätsel dar. Manchmal kennt Lily den Vorstellungsgrund bereits, weil sie schon vorab am Telefon darüber informiert wird. Dann folgt die Detektivarbeit, denn der Vorstellungsgrund ist normalerweise nur ein oberflächliches Symptom für etwas viel Tieferes und Komplexeres – etwas, das der Patient vielleicht sogar vor sich selbst verbirgt, um weiterhin funktionieren zu können. Trotzdem ist es der Vorstellungsgrund, der jemanden ins Handeln und zur Therapie bringt.

Ihre neue Patientin wirkt auf jeden Fall geheimnisvoll. Eine schöne rothaarige Frau mit blasser Haut, erfüllt von einer rastlosen Energie. Sie trägt Lycra-Leggins und ein langärmliges Shirt aus dünnem, gemustertem Jerseystoff, der jede Kurve, jeden Muskel darunter zeigt. Für einen Körper wie den von Paisley würden viele Frauen töten.

Ihre Patientin legt den Fahrradhelm auf dem Sofa ab und tritt dann zum Bücherregal. Mit schlankem Finger streicht sie über die Buchrücken, liest die Titel. Sie berührt Lilys Erinnerungsstücke – eine Tontasse, die Matthews Händchen geformt haben, eine Muschel aus Mexiko, eine kleine Skulptur aus Australien. Sie nimmt ein gerahmtes Familienfoto in die Hand, das die Bradleys in Cape Town zeigt.

»Hätten Sie gern einen Tee oder Kaffee?«, bietet Lily an.

»Nein, gar nichts.« Sie stellt das Foto ab und geht hinüber zu den Tintenklecksdrucken von Rorschach, die Tom ihr letztes Jahr zu Weihnachten geschenkt hat. Jedes der Tintenbilder ist gerahmt, und sie hängen in einer ordentlichen Reihe an der Wand. Paisley wirft Lily einen kurzen Blick zu, als würde sie etwas abwägen, dann tritt sie zu der Wand, an der Lilys Maskensammlung hängt.

»Das war Jung, richtig?«, sagt Paisley. »Er hat es Persona genannt – die Maske, die jeder von uns trägt. Das Gesicht, das wir der Welt präsentieren?«

»Sind Sie mit Jungs Arbeit vertraut? Mit seinen Archetypen?«

Paisley setzt sich. Endlich. Lächelnd schlägt sie die Beine in den Lycra-Leggins übereinander, und Lily empfindet dieses Lächeln, die Art, wie Paisley den Kopf neigt, unwillkürlich als leicht herablassend.

»Tja, da gibt es Jungs Persona, das Ich, den Schatten, Animus und Anima. Die Persona ist die Maske, für die wir uns entscheiden und hinter der wir uns verstecken. Wie Sie – Ihre Persona, Ihre Maske ist die der Therapeutin. Wenn man einen weißen Arztkittel trägt und ein Praxisschild an die Tür hängt, erwarten die Leute gewisse Dinge. Sie halten einen für weise, mitfühlend und gütig. Sie erwarten, dass man sich so verhält, wie es ein Arzt oder Therapeut tun würde. Steckt man sich stattdessen eine Polizeimarke an und trägt eine Waffe – ist man ein vertrauenswürdiger Beschützer. Man ist mutig und gerecht. Zieht man einen gelben Feuerwehrmannanzug über – ist man ein Held. Ein Retter. In einer schwarzen Robe mit einer grau gelockten Perücke ist man eine einflussreiche Person, ein weiser Gebieter über die Wahrheit und über Richtig und Falsch. Trägt man eine Kapuze über dem Kopf, ist man ein Henker, doch sobald der Henker die Kapuze zurückschlägt, kann er mit reinem Gewissen zu seiner Familie nach Hause gehen, weil er nur seine Arbeit getan hat.« Sie lehnt sich auf dem Sofa zurück. »Wir alle brauchen eine Maske, um zu funktionieren. Wenn wir die Maske jedoch zu lange tragen, vergessen wir, wer sich wirklich dahinter verbirgt. Richtig? Wir vergessen unser wahres Selbst.«

Lily rutscht auf ihrem Stuhl herum, sie fühlt sich zunehmend unwohl mit dieser Unterhaltung, so kurz nach der Sitzung mit Garth.

»Haben Sie das Gefühl, Sie hätten eine bestimmte Maske zu lange getragen, Paisley?«

»Ich weiß nicht. Vielleicht ist genau das ja das Problem – dass man eine Maske so lange trägt, bis man nicht einmal mehr bemerkt, dass man sie trägt.«

»Und wenn ich Sie fragen würde, welche Maske das ist, die Sie vielleicht tragen?«

Sie leckt sich über die Schneidezähne. »Mutter. Ehefrau. Ich schätze, das sind in erster Linie die Personas, die ich der Welt zeige.«

»Und was bedeuten Ihnen diese Titel?«

Sie zögert. »Dass ich liebevoll sein sollte, ein sicherer Hafen für meine Kinder. Dass ich tugendhaft bin. Herzlich. Dass ich alles im Griff habe. Dass ich für meinen Mann attraktiv bin, damit er sich nicht nach einer anderen umsieht. Dass ich gut im Bett bin – eine Hure hinter verschlossenen Türen. Dass ich immer das Richtige esse und mein Gewicht und die Anzahl meiner Kohlenhydrate unter Kontrolle habe. Dass ich eine erfolgreiche Geschäftsfrau bin und gleichzeitig leckere Kekse backe und in der Schule meiner Kinder aushelfe und meine Kinder zum Schwimmunterricht fahre und dafür sorge, dass sie ein Verständnis für ihren Glauben entwickeln.« Sie hält inne, um Luft zu holen. »Dass ich organisiert bin. Dass ich Routine biete.«

Lily schluckt und denkt an sich selbst, daran, wie sie Matthew immer zum Schwimmunterricht fährt. Daran, wie sie geradezu obsessiv Kohlenhydrate zählt und an der Schule ihrer Kinder freiwillige Arbeiten erledigt. Paisley könnte damit genauso gut Lily beschreiben. »Das klingt … erschöpfend«, sagt sie.

»O Mann, das ist es auch.«

»Wie viele Kinder haben Sie, Paisley?«

»Drei Mädchen. Sieben, neun und zwölf Jahre alt.«

»Es ist harte Arbeit, ein gutes Vorbild zu sein.«

»Allerdings. Und harte Arbeit, diesen dunklen, geisteskranken kleinen Teufel in sich im Zaum zu halten.«

Ein Klingeln setzt in Lilys Kopf ein. Auf einmal sieht der Tintenklecks hinter Paisley wie der gehörnte Baphomet aus. Schweiß sammelt sich in ihren Achseln. Sie ringt um Konzentration, darum, die nächste Frage zu finden.

»Gehen Sie abgesehen von der häuslichen Arbeit noch einem Beruf nach?«

»Ich bin Pharmareferentin. Und ich bin geschäftlich viel auf Reisen. Ich müsste allerdings nicht arbeiten. Mein Ehemann verdient gut, und ich habe in eine reiche Familie eingeheiratet. Über meinem Stand. Einen älteren Mann.« Sie lächelt verschlagen, oder wenigstens wirkt es auf Lily so. »Meine Arbeit bietet mir allerdings ein Ventil. Ohne meine Reisen könnte ich es nicht mit fremden Männern treiben.«

Lily blinzelt. »Wie meinen Sie das?«

Paisley beugt sich vor. »Sie wollen wissen, was mein Problem ist, Doc …«

»Bitte nennen Sie mich doch Lily.«

»Lily. Mein Problem – mein wahres Problem – ist, dass ich herumvögle. Ich habe Sex, riskanten, ungeschützten Sex. Mit Fremden. Je zügelloser und wilder, desto besser, und wenn die Männer verheiratet sind, ist es noch befriedigender. Ich bin sexsüchtig, Lily, und ich kann einfach nicht damit aufhören. Früher konnte ich mich zurückhalten, aber jetzt brauche ich es immer mehr und in immer kürzeren Abständen, um einfach nur etwas zu *fühlen*.« Sie hält inne. »Letzte Woche wurde ich auf einer Geschäftsreise nach Toronto verhaftet. Wegen Prostitution und öffentlichem Geschlechtsverkehr. Ja, ich habe Geld für den Sex genommen. Geld, das ich nicht brauche. Und das muss aufhören, bevor es alles Gute in meinem Leben kaputtmacht. Wie meine Familie.«

Lily starrt sie an. *Da haben wir es also. Den Vorstellungsgrund. Eine gefährliche Sexsucht.*

»Ich meine, ich habe einen guten Ehemann. Ich habe drei perfekte und unschuldige Töchter. Ich habe alles, was andere sich wünschen. Was bedeutet, dass ich auch alles zu verlieren habe. Und es ist wie … Ich habe das Gefühl, dass dieser Teufel in mir alles verlieren *will*. Denn sobald ich es verloren habe, sobald ich aufgeflogen bin, muss ich mich nicht mehr so sehr anstrengen, um meine Maske intakt zu halten.« Sie lässt sich nach hinten gegen die Sofalehne fallen, als hätte es sie erschöpft, sich dies von der Seele zu reden.

»Und Ihr Fahrradoutfit?«, fragt Lily leise. »Ist das auch eine Maske? Etwas, das Sie mir bei Ihrem ersten Besuch präsentieren wollten?«

Schnaubend richtet sich Paisley wieder gerade auf. »Das ist eine Tarnung.« Sie lächelt schwach. »Nicht für Sie, sondern für meine Familie. Es ist meine Deckung.« Sie breitet die Arme aus. »So verberge ich vor meiner Familie und vor meinem Umfeld, dass ich zur Therapie gehe. Sie glauben, dass ich für ein anstehendes Fahrradrennen trainiere, und Mittwoch ist mein langer Trainingstag. Obwohl es in Wirklichkeit mein Therapietag ist. Deshalb habe ich beschlossen, zu Ihnen zu kommen. Sie praktizieren nicht in meiner Nachbarschaft. Außerdem befindet sich Ihre Praxis in einer hübschen, diskreten Seitengasse einer ruhigen und grünen Sackgasse.« Ihr Lächeln vertieft sich. »Ich mache meine Hausaufgaben, Lily.«

Lily schluckt. Es fühlt sich wie eine Drohung an. Auf einer anderen Ebene weiß sie, dass sie paranoid reagiert. Dianne hat recht. Sie braucht eine Pause. Sie lässt die Dinge zu nah an sich heran, interpretiert zu viel in alles hinein. Andererseits – diese Nachrichten … die waren real.

»Ist Lily die Kurzform von Lilith?«, fragt Paisley.

»Von Lilian.«

»Sie war eine dämonische Gestalt, Lilith. Ein biblischer Mythos. Wussten Sie das?«

»Das … wusste ich nicht. Aber wie gesagt, mein Name leitet sich von Lilian ab. Wollen Sie mir mehr über Ihre Verhaftung erzählen, Paisley?«

Sie springt auf, tigert auf und ab. Schweigend sitzt Lily da, geduldig.

»Es war gegen zwei Uhr morgens. Ich stand auf der Straße, in irgendeinem heruntergekommenen Teil der Stadt. In einem Kunstledermini und schwarzen Lackstiefeln, die mir bis zu den Oberschenkeln reichen. Dazu ein glitzerndes Paillettentop. Blutrote Lippen. Und ich habe angeschafft. Ich wollte unbedingt in einer Seitengasse gevögelt werden oder hinter irgendeiner Mülltonne, gegen eine schimmlige Backsteinmauer gedrückt und mit schmutzigen Geldscheinen bezahlt werden, die mir jemand in den BH geschoben hat.« Sie wartet.

Lily weigert sich, irgendwelche Anzeichen von Schock zu zeigen. »Und haben Sie bekommen, was Sie wollten?«

Sie schnaubt. »Ich wurde verhaftet, bevor der Freier seinen Schwanz aus mir herausziehen konnte. Man hat mich gehen lassen, mir aber auferlegt, mich bei der Polizei zu melden. Was ich noch nicht getan habe. Aber …« Ihr Gesicht verändert sich. Langsam setzt sie sich wieder. Reibt sich die Stirn. »Es ist, als wäre ich zwei verschiedene Menschen.« Schweigend sitzt sie einen Moment da. Dann fährt sie fort, leise: »Ich habe Angst. Ich will meine Familie wirklich nicht verlieren. Mir gefällt nicht, was ich da tue. Ich schäme mich. Ich fühle mich schmutzig. Bis sich dieser Drang plötzlich wieder meldet und immer dringender wird. Bis sich mein ganzes Bewusstsein, meine ganze Energie darauf richtet, die nächste Begegnung zu planen und die Wahrheit zu verbergen und zu vertuschen, was ich tue. Manchmal habe ich das Gefühl zu sterben. Vielleicht ist es das, was in Wahrheit dahintersteckt – eine Todessehnsucht. Ein Teil von mir sucht nach einem Weg, mich selbst zu zerstören.« Sie zögert. »Jetzt verurteilen auch Sie mich. Ich sehe es. In Ihren Augen.«

»Das hier ist ein sicherer Ort, Paisley. Fühlen Sie sich frei, hier alles auszusprechen.«

»Wie bei der Beichte?«

Lily versucht sich an einem sanften Lächeln. »Wie bei der Beichte.« Aber sogar sie weiß, dass es Dinge gibt, die man einem Priester niemals enthüllen kann. »Verraten Sie mir eines, Paisley: Wenn ich Sie fragen würde, wie alt dieser kleine Teufel in Ihnen ist – dieses kleine Wesen, das versucht, Sie zu zerstören –, was würden Sie dann antworten?«

»Das ist eine seltsame Frage.«

»Eigentlich nicht. Unser Verstand ist wie ein Mosaik, und das Gefühl, das miteinander im Widerstreit liegende Anteile in einem leben, ist nicht ungewöhnlich. Manchmal kann es hilfreich sein, diese ungleichen Teile in uns – unsere inneren Manager – kennenzulernen und uns mit ihnen anzufreunden. Zum Beispiel kann man diese Anteile benennen, herausfinden, wie alt sie sind, und sich dann mit ihnen unterhalten.«

Paisley schürzt die Lippen. »Ich weiß nicht, wie alt der kleine Teufel ist … Elf. Vielleicht ist sie auch zwölf.«

In Phoebes Alter. Phoebe mit der Flasche Erdbeerlimes unter dem Bett. Phoebe, die eine weibliche Manga-Figur gezeichnet hat, die einer anderen die Kehle durchschneidet.

»Dann ist es also eine Sie?«

»Ich glaube schon. Sie ist genauso alt wie meine älteste Tochter. Ein schwieriges Alter, nicht wahr?«

Lily schluckt. »Allerdings. Der Übergang zwischen Kindheit und Frausein ist kompliziert. Besonders angesichts der sehr gemischten Erwartungen und Botschaften der Gesellschaft.« Sie räuspert sich. *Konzentrier dich.* »Jetzt möchte ich, dass Sie die Augen schließen, Paisley, und ich möchte, dass Sie sich dieses Mädchen vorstellen, sie klar und deutlich vor sich sehen.«

»Das kommt mir … komisch vor.«

»Versuchen Sie es einfach.«

Ihre Patientin schließt die Augen, holt tief Luft. Es dauert einen Moment, dann sagt sie: »Ich sehe sie. Ich … Sie lacht mich aus. Verhöhnt mich.«

»Betrachten Sie sie eine Weile, fühlen Sie sie.«

Paisley schweigt, beginnt jedoch, schwer zu atmen. Röte steigt ihr in die Wangen.

»Wie sieht sie aus, Paisley?«

»Dunkle Haare. Lange, dunkle Haare. Sehr blasse Haut. Dunkle Lippen.«

»Können … können Sie ihr einen Namen geben, damit wir sie wieder zu uns rufen können, wenn wir sie brauchen?«

Ihr Atem wird noch schwerer, und ihre Hände ballen sich zu Fäusten. »Ich glaube, sie heißt … Jane. Nein … ich … Sie sagt, dass ihr Name Sophie ist.«

Mit einem Schlag ist Lilys Kopf leer.

Paisleys Mund beginnt zu zucken.

»Ich hasse sie! Sie ist eine Schlampe. Sie will mir wehtun. Sie …« Paisley reißt die Augen auf. Ihre Brust hebt und senkt sich. Ihr Gesicht ist feuerrot und verschwitzt. Sie zittert, und Tränen glitzern in ihren Augen. »Ich kann das nicht. Ich kann das nicht tun. Ich will das nicht tun.«

Lilys Kehle ist staubtrocken. »Warum nicht, Paisley?«

Sie reibt sich über den Mund. »Weil … sie schrecklich ist, dieses dunkelhaarige Mädchen, das mich umbringen will. Sie hat ein Messer, und sie will mir die Kehle durchschneiden und mich zum Schweigen bringen – alles Gute in mir töten. Die Unschuld in mir. Sie will mir alles wegnehmen, was ich liebe – meine Familie – und … ich … ich weiß nicht, warum oder was ich getan habe, um ihren Hass auf mich zu ziehen. Oder warum sie mir das antun will.« Paisley greift nach dem Wasserkrug vor ihr und schenkt sich mit zitternder Hand ein Glas ein. Sie trinkt mit tiefen Schlucken. »Es tut mir leid. Ich … ich habe keine Ahnung, woher das gekommen ist.«

»Schon gut. Das haben Sie sehr gut gemacht. In dieser Sitzung werden wir nicht noch tiefer eintauchen, aber vielleicht können wir beim nächsten Mal den anderen inneren Anteil zu uns rufen, den Sie erwähnt haben – das Gute in Ihnen. Dann können wir das Gute fragen, ob es irgendetwas über … dieses böse Mädchen zu sagen hat.«

»Über Sophie.«

Das Blut in Lilys Adern wird zu Eis. Es ist eine Übertragung. Eine Projektion. Mehr nicht. Sie braucht einfach nur eine Pause.

Geraubt

Nach einer wahren Begebenheit

Früher an diesem Tag, am Nachmittag des 22. April 1989, fand der siebenjährige Harrison Whittaker seine Mutter an der Nähmaschine im Keller sitzend, wo es kühl war. Sie nähte ein Kostüm für seine ältere Schwester und ihre Hauptrolle bei einer Theateraufführung in der Schule. Chrissie spielte Sandra Dee aus »Grease«, und ständig übte sie Singen, bis Harrison davon Kopfweh bekam.

»Kann ich zum Spielen zu Danny gehen?«, fragte er seine Mutter.

»Nein. Wir fahren in einer Stunde einkaufen. Du brauchst eine neue Hose.«

»Brauche ich nicht, ich will lieber zu Danny. Bitte. Dannys Mom sagt, dass sie später noch grillen wollen, mit Würstchen und Eis, und dann schauen sie sich einen Film an. Und Danny hat gesagt, dass ich kommen darf. Seine Mom hat gesagt, dass ich bei ihnen übernachten kann, und dann bauen wir ein Deckenzelt. Biiiiitte.«

»Harrison …«

»Bitte, Mom. Ich mache auch alles, was du sagst. Versprochen.«

Er jammerte und schmeichelte. Den ganzen Vortag über war er so geduldig gewesen, und diese ungewöhnliche Hitze machte alle unruhig. Seine Mutter warf einen Blick auf die Uhr.

Sheilagh Whittaker war müde. Ihr Mann arbeitete immer lange in dem Öl- und Gasunternehmen, in dem er gerade befördert worden war. Sie schulterte den Haushalt und versuchte gleichzeitig, ihr neues Familienunternehmen ins Rollen zu bringen. Sie musste noch die Flugblätter für ihre keimende Geschäftsidee abholen, und sie musste ihre begrenzten Kräfte sorgsam und umsichtig einsetzen, und Harrison konnte sie mit seiner Überschwänglichkeit im Handumdrehen völlig erschöpfen.

»Na gut. Okay.«

»Danke, Mom!« Er gab ihr einen Kuss. Ihr Herz schmolz, und sie lächelte.

Sheilagh Whittaker sah ihren Sohn zum letzten Mal im Rückspiegel, als sie aus der Einfahrt lenkte, um mit Chrissie zum Einkaufen zu fahren. Er stand mit seinem besten Freund und Nachbarn Danny McNeill im Garten der McNeills – vier Häuser von dem der Whittakers entfernt – und winkte ihr ausgelassen zum Abschied. Auf dem Arm hielt Harrison ihren kleinen Terrier Pogo, den sie aus dem Tierheim geholt hatten. Pogo nahm er überallhin mit.

Wenn Sheilagh Whittaker ihren Sohn Harrison an diesem Tag dazu gezwungen hätte, mit zum Einkaufen zu kommen und sich eine neue Hose auszusuchen, dann könnte ihr Sohn immer noch leben.

Er wäre heute vierzig Jahre alt.

Sheilagh könnte sogar schon Großmutter sein. Vielleicht wäre auch ihr Ehemann Jim noch am Leben. Vielleicht wäre er nach dem brutalen Mord an seinem kleinen Jungen nicht der Alkoholsucht erlegen. Jim Whittaker war nie mehr derselbe nach jenem Frühlingstag in Glenn Dennig.

Wenn Sheilagh Whittaker ihre Tochter Chrissie nicht gebeten hätte, einen Meringue-Pie zu den McNeills zu bringen, den sie vom Einkaufen mitgebracht hatten, dann wäre aus Chrissie vielleicht eine ganz andere Frau geworden. Vielleicht hätte Sheilagh noch Kontakt zu ihrer Tochter.

»Nichts in meinem Leben bereue ich so sehr wie das«, sagte Sheilagh Whittaker zu einem Reporter, der zum Jahrestag des Massakers in Glenn Dennig einen Fernsehbeitrag zusammenstellte.

»Wenn ich nicht so erschöpft gewesen wäre, wenn ich seinem Betteln nicht nachgegeben hätte. Wenn … wenn ich nur diese eine kleine Entscheidung anders getroffen hätte, dann wäre Harrison vielleicht nicht einem psychopathischen Verbrechen zum Opfer gefallen. Wir alle hätten ein ganz anderes Leben, denn dieser Albtraum hat nicht mit Harrisons Tod geendet. Er hat nicht mit dem Tod von Danny McNeill und seinen Eltern geendet. Dieser Albtraum hat im Laufe der Jahre immer weiter Wellen geschlagen.« Sheilagh Whittaker verstummte und blickte mit feuchten Augen an der Kamera vorbei in weite Ferne.

»Es hat uns zerstört. So etwas wie einen Abschluss gibt es nicht, wissen Sie? Es … Ein so brutales Verbrechen wie dieses, das ist nicht einfach vorbei, wenn der Mörder gefasst ist. Es geht immer weiter. Jahrelang. Sogar der junge Sprecher der Geschworenen – der Prozess hat ihn so schlimm mitgenommen. Dreizehn Monate nach dem Urteilsspruch ist er bei einem Unfall ums Leben gekommen. Er ist betrunken Auto gefahren, und ich glaube, dass er noch am Leben wäre, wenn dies alles nie passiert wäre.«

Rue

Jetzt
21. Juni. Dienstag.

»Ich bin Dez Parry«, sagt die Frau und streckt Rue die Hand hin. »Die Managerin des Red Lion. Außerdem bediene ich auch, stelle neue Mitarbeiter ein und bilde sie aus. Mädchen für alles. Was kann ich für Sie tun, Sergeant Duval?«

»Gibt es einen Ort, an dem ich Ihnen unter vier Augen ein paar Fragen stellen kann?«, fragt Rue, während sie ihren Dienstausweis wieder einsteckt.

Auf einmal wirkt die Managerin nervös. »Worum geht es?« Ihr Stirnrunzeln vertieft sich, als ihr etwas zu dämmern scheint. »Kennen … kennen wir uns?«

»Ich war schon als Gast hier«, gibt Rue rasch zurück. In einer Gegend wie dieser fällt sie auf. »Dies hier ist allerdings leider ein dienstlicher Besuch. Es geht um eine Ihrer Mitarbeiterinnen, also könnten wir uns vielleicht privat unterhalten?«

Parry führt Rue in ein kleines Büro und schließt die Tür. »Bitte, setzen Sie sich«, sagt sie und hebt einen Stapel Ordner von einem Stuhl.

Rue bemerkt den Bildschirm einer Überwachungskamera in einer Ecke auf einem Regalbrett. Das körnige Bild ist zweigeteilt und zeigt die Straße vor dem Eingang des Red Lion sowie den Eingangsbereich innen, wo der Empfangstresen steht.

»Haben Sie eine Mitarbeiterin namens Arwen Harper?«

»Ich …« Parry erstarrt. Auf einmal reißt sie die Augen auf und hebt die Hand vor den Mund. »Daher kenne ich Sie. Aus dem Fernsehen. Die Frau, die am Grotto Beach gefunden wurde …« Sie sieht aus, als würde sie gleich in Ohnmacht fallen. »Arwen ist heute nicht zu ihrer Schicht erschienen. Ich … habe versucht, sie auf dem Handy zu erreichen, aber ich bin immer wieder nur auf der Mailbox gelandet …« Sie sinkt auf den Stuhl hinter dem Schreibtisch. Fassungslos. Sie versucht es zu begreifen. »Sie ist es, oder? Ich … habe in den Nachrichten gesehen, dass Tom Bradley – einer unserer Stammgäste –, dass er die Leiche gefunden hat … und … Gott. Er … Hat Tom Bradley etwa *Arwen* gefunden? O Gott, das muss so … O Gott.«

»Dann kennen Sie Tom Bradley also?«

»Ja, natürlich. Er ist Stammgast. Er kommt jeden Freitag zur Happy Hour mit einer Gruppe von Professoren von der Uni her, und oft bleiben sie bis spät in die Nacht. Arwen hat sie immer bedient. Sie hat sie alle in der kurzen Zeit ziemlich gut kennengelernt.«

»Können Sie mir die Namen der Männer nennen, mit denen Tom Bradley immer herkommt?«

»Ich … schätze, damit verletze ich nicht ihre Privatsphäre oder so. Alle wissen, dass die Profs freitags herkommen. Die Kerngruppe besteht aus Tom Bradley, Simon Cody, Sandeep Gunjal und Milton Timmons. Mit Tom und Simon hat sich Arwen am engsten angefreundet. Sie hat mir erzählt, dass Tom für sie das Cottage gegenüber von Simons Haus organisiert hat.«

»Wie gut kannte sie die Männer genau? War es etwas Intimes?«

»Ich … ich glaube, dass Arwen auf der Suche war. Ich meine das nicht abfällig. Sie hat – hatte – zu kämpfen, als alleinerziehende Mutter und als Künstlerin. Und sie brauchte Geld. Aber ich habe sie nie nach ihrer Vergangenheit ausgefragt oder darüber, was sie so getrieben hat. Schon bei ihrem Vorstellungsgespräch hier habe ich das Gefühl bekommen, dass sie vor irgendetwas weggelaufen ist. Dass sie wegwollte. Und … und ich habe die Narben an ihren Handgelenken gesehen. Unter den ganzen Armreifen und dem Lächeln und ihrer lockeren Art war sie glaube ich eine zutiefst verletzte Frau.« Sie zögert. Kämpft mit den Tränen. »Sind Sie sicher, dass sie es ist?«

»Ja. Es tut mir leid.«

Parry zieht ein Taschentuch aus einem Karton und putzt sich die Nase. Einen Moment lang sitzt sie schweigend da. »Ich kann es nicht fassen.« Sie sieht Rue an. »War es denn kein Unfall?«

»Ihr Tod ist verdächtig, Ms Parry. Weshalb man mich und mein Team in die Ermittlungen eingeschaltet hat. Es könnte sein, dass Arwen nur zur falschen Zeit am falschen Ort war, aber wir müssen alles in Betracht ziehen.«

Parry schnäuzt sich ein weiteres Mal und nickt. »Was kann ich tun? Wie kann ich helfen?«

»Gibt es einen Grund zu der Annahme, dass irgendjemand Arwen etwas antun wollte? Hat sie sich je besorgt oder ängstlich in Bezug auf eine bestimmte Person geäußert?«

»Nein. Alle mochten sie. Besonders die Männer. Mir fällt niemand ein, der sie hätte verletzen wollen.«

Rue räuspert sich. »Ist es möglich, dass sie mit Simon Cody oder Tom Bradley eine intime Beziehung hatte?«

»Möglich ist es. Ich habe es sogar vermutet, aber sie hat nie etwas darüber erzählt. Beide Männer sind verheiratet.«

»Haben ihre Ehefrauen sie je ins Red Lion begleitet?«

»Nein, nicht zur Happy Hour. Allerdings sind sowohl Tom als auch Simon schon mit ihren Familien zum Essen hier gewesen.«

»Hat Arwen je die Ehefrauen erwähnt? Hat sie darüber gesprochen, dass sie vielleicht eifersüchtig waren?«

»Gott, nein. Sie war … Wissen Sie, Arwen hat auf den ersten Blick so warm und so offen gewirkt, aber in Wahrheit hat sie nie über etwas wirklich Persönliches gesprochen. Ich hatte zwar den Eindruck, sie ziemlich gut zu kennen, aber eigentlich habe ich sie wohl überhaupt nicht gekannt. Das war alles nur … Fassade. Dieses ganze unbeschwerte Hippie-Image, das sie einem vermittelt hat – das war wie eine Maske, die sie getragen hat.«

»Wie lang hat sie hier gearbeitet?«

»Ich habe sie Ende April eingestellt. Eine meiner Bedienungen hatte gerade gekündigt. Wir hatten zu wenig Personal, und ich war ziemlich verzweifelt. Sie hat sich gemeldet, nachdem ich draußen ein Schild mit der Stellenausschreibung aufgehängt hatte, und ich habe sie sofort eingestellt. Es hat sich schnell gezeigt, dass sie eine der besten Kräfte war, die wir hier je hatten. Es ist ein großer Verlust für uns.«

Rue wartet, während Parry sich mit dem Taschentuch über die Augen tupft und sich wieder etwas sammelt.

»Wissen Sie von irgendwelchen anderen Männern in Arwen Harpers Leben? Hat sie sich je mit irgendeinem anderen in der Bar getroffen?«

Parry scheint zu überlegen. »Da war so ein Typ. Ich habe ihn nur zweimal gesehen. Er ist vorbeigekommen, um sie nach der Arbeit abzuholen, und einmal hat er auch an der Bar etwas getrunken. Mir kam es so vor, als würde er warten, bis sie mit ihrer Schicht fertig ist.«

Rue versucht, die Ruhe zu bewahren. »Hat sie seinen Namen erwähnt?«

»Nein. Tut mir leid. Wie gesagt, ich habe ihre Privatsphäre akzeptiert und sie deshalb nicht danach gefragt.«

»Wie hat er ausgesehen?«

»Muskulös. Sandblond. Sportler, würde ich tippen. Ende dreißig, Anfang vierzig.«

Seth, du verdammtes Arschloch.

Rue räuspert sich. »Können Sie mir sagen, wann Arwen zuletzt hier gearbeitet hat?«

»Am Samstag, dem achtzehnten Juni. Sie hat sich den Sonntag freigenommen, weil sie zu einem Grillfest wollte. Heute hätte sie wieder Dienst gehabt.«

Rue zückt ihre Visitenkarte und einen Stift. Sie kreist auf der Karte ihre Handynummer ein. »Rufen Sie mich unter dieser Nummer an, falls Ihnen der Name des Mannes doch noch einfällt. Oder falls einer Ihrer Mitarbeiter ihn kennen sollte.« Sie reicht Parry die Karte, dann zögert sie und deutet mit dem Kinn in Richtung des Monitors auf dem Regal. »Haben Ihre Überwachungskameras diesen Mann vielleicht aufgenommen?«

»Nicht an der Bar. Aus Datenschutzgründen filmen die Kameras nur den Eingangsbereich vor und hinter der Tür. Allerdings müsste auf den Aufnahmen zu sehen sein, wie er kommt und geht.«

»Wie weit reichen diese Aufnahmen zurück?«

»Nach sieben Tagen werden sie überschrieben. Wir wollten einfach kein Geld für mehr Speicherkapazität ausgeben, und das Sieben-Tage-Intervall war für unsere Ansprüche immer ausreichend.«

»Können Sie mir eine Kopie der Aufnahmen machen, die noch nicht überschrieben sind?«

»Natürlich, ich ziehe sie Ihnen auf einen Stick.«

»Ich brauche außerdem eine Kopie von Arwen Harpers Dienstplan.«

Parry nickt und drückt ein paar Tasten auf ihrem PC.

Als Rue das Red Lion wieder verlässt, hat sie einen USB-Stick mit den Aufnahmen der Überwachungskamera in der Manteltasche. Vor vier Tagen hat sie gesehen, wie Seth die Bar mit Arwen verlassen hat. Seth wird auf diesen Aufnahmen sein, und Rue weiß noch nicht, wie sie damit umgehen soll.

Gerade als sie in ihren Wagen steigen will, klingelt ihr Handy.

Es ist Constable Georgia Backmann. Rue nimmt den Anruf an.

»Hey, Boss«, sagt Georgia. »Einer unserer Tür-zu-Tür-Befrager hat etwas herausgefunden. Er hat sich mit einer Rentnerin unterhalten, die auf der anderen Straßenseite der Gasse hinter dem Haus der Bradleys wohnt. Die Dame gibt an, dass ein großer Dodge in der Parkbucht neben dem Haus der Bradleys gehalten hat, kurz nachdem Tom Bradley an dem Morgen, an dem er den Notruf gewählt hat, zur Befragung mitgenommen wurde. Der Dodge war dunkel, metallicgrau mit einem Aufkleber auf der Heckscheibe – die Silhouette eines Snowboarders. Die Rentnerin sagt, dass sie den Truck dort schon ein paar Mal gesehen hat, aber noch nie so früh morgens. Er hat ein Feuerwehrkennzeichen. Story Cove Fire Rescue. Die Dame glaubt, dass der Fahrer Feuerwehrmann und einer von Lily Bradleys Patienten ist. Der Officer, der vor dem Haus geparkt hat, konnte den Dodge nicht sehen, weil er von hinten in die Gasse gefahren ist. Er war nur kurz da. Könnte ein Zeuge sein. Vielleicht aber auch nicht.«

»Das überprüfe ich selbst«, sagt Rue und steigt in ihr Auto. »Ich bin ganz in der Nähe der Feuerwache. Ich fahre gleich mal vorbei.«

Rue

Jetzt
21. Juni. Dienstag.

Rue biegt auf den Parkplatz der Feuerwache in Story Cove ein. Das Gebäude hat eine Fassade im Tudorstil, genau wie das Red Lion. Was hier zum Stadtbild zu gehören scheint. Mit den glänzenden roten Löschfahrzeugen, die in einer ordentlichen Reihe davor parken, sieht die Feuerwache wie aus einem Bilderbuch aus. Irgendwie künstlich. Falsch. Eine Maske.

Langsam fährt sie über den Parkplatz, lässt den Blick über die Autos und Trucks dort schweifen. Dann sieht sie einen Dodge in Metallicgrau, ganz am Ende des Parkplatzes unter einer Blautanne. Sie hält auf einem freien Platz neben dem Dodge und ruft Toshi an.

»Hey, Boss«, sagt er, als er abnimmt. »Ich bin gerade in der Leichenhalle fertig. Wie sich Fareed schon gedacht hat, lautet sein vorläufiges Ergebnis, dass Arwen Harper aufgrund massiver stumpfer Gewalteinwirkung gestorben ist, wie sie zu einem Sturz aus großer Höhe passt. Falls sie zuvor bereits irgendwelche Verletzungen davongetragen haben sollte, werden diese von den Auswirkungen des Sturzes überdeckt. Allerdings haben wir

Proben des Schmutzes aus den Wunden ebenfalls an das Labor geschickt. Jetzt warten wir auf den toxikologischen Befund und die DNS-Ergebnisse.«

»Hast du alles an das private Labor geschickt?«, fragt sie, während sie aus ihrem Auto steigt und den Dodge umrundet. Auf der Heckscheibe entdeckt sie den Snowboard-Aufkleber.

»Habe ich«, bestätigt er. »Wir bekommen die Ergebnisse so schnell wie möglich. Ich fahre jetzt zu Harper nach Hause. Wir haben einen Durchsuchungsbefehl erwirkt, falls Klisters Truppe irgendwann später auf die Idee kommen sollte, dass wir den trauernden minderjährigen Sohn der Verstorbenen dazu genötigt haben, uns mündlich die Erlaubnis zur Durchsuchung zu erteilen. Die Unterlagen für ihre Telefonverbindungsdaten haben wir auch.«

»Gut. Dann treffen wir uns beim Cottage. Vielleicht haben wir einen weiteren Zeugen – das überprüfe ich erst noch.« Sie erklärt Toshi, was Constable Backmann ihr erzählt hat. Rue legt auf, steckt das Handy ein und geht zu einer der Garagen hinüber, wo mehrere Feuerwehrmänner in Shorts eines ihrer Leiterfahrzeuge waschen und polieren.

Ein Mann mit einem Putzlappen in der Hand sieht hoch. »Hallo«, ruft er, richtet sich auf und kommt zu ihr. »Kann ich Ihnen helfen?«

»Detective Rulandi Duval. Integrated Homicide.« Sie zeigt ihm ihre Dienstmarke.

Er mustert sie. »Was gibt's?«

Mit dem Daumen deutet sie über die Schulter. »Wem gehört der graue Dodge da hinten?«

Nun wirkt er misstrauisch. »Warum?«

»Wir suchen nach möglichen Zeugen eines Vorfalls, und dieser Truck wurde in der Nähe gesehen. Ich würde gern mit dem Besitzer sprechen.«

Ein breitschultriger Typ taucht hinter dem Leiterfahrzeug auf und wischt sich die Hände an einem Tuch ab. »Das ist meiner. Warum?«

»Und Sie sind?«

»Garth Quinlan.«

»Sie haben gestern Morgen in einer Seitengasse in Oak End geparkt, Mr Quinlan?«

»Ja.« Er zögert, dann fährt er fort. »Wollen wir uns lieber drüben bei meinem Truck unterhalten?«

Sie folgt ihm zurück zum Dodge. Er wendet sich ihr zu. »Ich … Das hier ist persönlich. Ich möchte das gern privat halten.«

»Was möchten Sie privat halten, Sir?«

Er reibt sich die Stirn, sieht weg. »Okay. Ich bin in Therapie. Psychoanalyse. Und bevor Sie mich jetzt für verrückt halten, das bin ich nicht. Ich will nur nicht, dass die Jungs hier – oder sonst wer – erfahren, dass ich bei einem Psychodoc bin. Und ich habe auch nichts Falsches getan. Ich war bei meiner Psychologin, weil ich einen frühen Termin hatte.«

In Rue erhebt sich ein leise raschelndes Interesse. »Was bringt Sie auf den Gedanken, dass ich hier bin, um zu überprüfen, ob Sie etwas Falsches getan haben?«

»Ich habe die Nachrichten gesehen. Ich weiß, dass der Ehemann meiner Therapeutin am Strand eine Leiche gefunden hat, kurz bevor ich bei ihnen zu Hause angekommen bin. Ich dachte … deshalb sind Sie hier. Die Tote.« Er wird nervös.

Rue ist zunehmend gebannt. »Ich bin nur daran interessiert, ob Sie irgendetwas gesehen haben, das für unsere Ermittlungen interessant sein könnte. Sie haben den Garten der Bradleys durch das Seitentor betreten und kurz darauf wieder verlassen. Ich nehme an, dass dieses Zeitfenster nicht für eine Therapiesitzung ausgereicht hat.«

Er reibt sich über das kurz geschorene Haar. Große, starke, vernarbte Hände. Die Knöchel eines Kämpfers.

»Okay … Hören Sie zu, ich sage es offen heraus, weil ich keine Schwierigkeiten will. Ich bin vorbestraft. Ich wurde wegen Körperverletzung verurteilt. Das ist lange her, in einem anderen Leben. Ich habe einen Mann für den Rest seines Lebens in den Rollstuhl gebracht. Er kann nicht einmal allein pinkeln oder essen. Meine Frau weiß nichts davon. Und das ist der Grund, warum ich mich nicht gemeldet habe, als ich gesehen habe … Ich wollte nicht wieder in irgendwelche polizeilichen Ermittlungen verwickelt werden. Ich sterbe, okay? Aggressiver Krebs im Endstadium. Das ist meine Strafe, schätze ich. In ein paar Wochen werde ich meine Arbeit hier als Feuerwehrmann wahrscheinlich nicht mehr machen können. Ich habe keine Zeit zu verlieren. Und ja, genau deshalb bin ich auch in Therapie. Damit ich Hilfe dabei bekomme zu verarbeiten, dass mein Leben zu Ende geht, und um irgendwie mit meiner Wut und der Aggression zurechtzukommen, die ich empfinde, weil ich diese Krankheit einfach nicht besiegen kann.«

»Es tut mir leid, das zu hören, Mr Quinlan. Was haben Sie gesehen?«

Er leckt sich über die Lippen und sieht weg, als würde er immer noch nach einem anderen Ausweg suchen.

»Ich … ich habe einen vorgezogenen Termin vereinbart. Eigentlich wollte ich gar nicht mehr in die Therapie, weil ich dachte, ich würde mit der Situation zurechtkommen, aber … aber das ist nicht der Fall. Als ich angekommen bin, war Dr. Bradley nicht in ihrer Praxis. Die Tür zum Wartezimmer war abgeschlossen. Aber ich habe ihr Auto in der Einfahrt gesehen, also dachte ich, dass sie den Termin vielleicht vergessen oder sich die falsche Zeit aufgeschrieben hat. Ich wollte sie aus meinem Truck anrufen, und während ich das Handy am Ohr hatte, habe ich über die Mauer gesehen, dass im Gartenschuppen

Licht brennt. Also habe ich über die Mauer geschaut. Lily ist gerade mit einer kleinen Mülltüte aus dem Schuppen gekommen und durch die Küchentür ins Haus gelaufen. Also bin ich durch das Tor gegangen, weil ich dachte, ich könnte sie an der Hintertür abpassen. Wie gesagt, in meinem Leben tickt die Uhr, und meine Schicht hat bald angefangen, und ich musste vor der Arbeit wirklich noch mit jemandem sprechen. Ich habe sie durch das Esszimmerfenster gesehen und an die Scheibe geklopft. Ihr ist die Tüte aus der Hand gefallen und ich habe gesehen, dass darin irgendwas Blutiges war. Sie … hat zu Tode erschrocken ausgesehen.«

»Was ist dann passiert?«

»Sie war total nervös. Sie hat behauptet, dass es einen Notfall in der Familie gab. Dann hat ihr Telefon geklingelt, und sie hat mir die Tür vor der Nase zugeschlagen. Ich war verwirrt, also … also bin ich nicht gleich wieder gefahren, sondern habe weiter heimlich durch das Fenster geschaut. Ich konnte nicht anders. Als sie wieder in Sicht gekommen ist, war sie in der Küche. Sie hat etwas aus dem Gefrierfach geholt – Fleisch, glaube ich. Dann hat sie mehrere Packungen aufgerissen und das Fleisch in die Mülltüte gesteckt, die sie aus dem Schuppen mitgebracht hatte. Sie hat es eingewickelt und wieder ins Gefrierfach gelegt. Dann hat sie die alten Fleischverpackungen in den Müll unter dem Spülbecken geworfen.«

Rue mustert ihn. »Das haben Sie alles gesehen?«

»Ich bin wirklich nicht stolz darauf, dass ich meine Therapeutin ausspioniert habe. Aber man entwickelt eine Beziehung zu seinem Seelenklempner – jemand, dem man all seine Geheimnisse verrät. Im Gegenzug erfährt man aber nichts über sein persönliches Leben. Da wird man natürlich neugierig. Und was ich da gesehen habe … ich konnte einfach nicht wegschauen. Danach habe ich mich wie ein Vollidiot gefühlt. Und ich war nervös, weil ich beim Wegfahren einen

Streifenwagen vor dem Haus bemerkt habe. Und später, als ich dann die Nachrichten gesehen habe … da dachte ich, dass ihr sicher sowieso an der Sache dran seid und dass das, was ich beobachtet haben, nicht … Ich war nicht der Meinung, dass es für die Ermittlungen besonders wichtig wäre. Für mein Leben, für meine Frau und meine Kinder ist es aber sehr, sehr wichtig, dass ich nicht in irgendwelche Polizeiangelegenheiten verwickelt werde.«

»Aber jetzt ist es so.«

»Ja. Jetzt ist es so. Sie haben mich gefunden. Und ich weiß, dass die Sache komisch aussieht. Genau deshalb habe ich Ihnen auch gleich von meiner Vergangenheit erzählt, weil Sie mich wahrscheinlich sowieso überprüfen und es dann herausfinden.« Er verstummt. Wind raschelt in den Ästen der Tanne. »Bitte«, sagt er leise. »Für meine Frau und für meine Kinder – wenn meine Vorstrafe nicht unbedingt zur Sprache kommen muss, dann tun Sie ihnen bitte nicht weh. Was ich in meinem früheren Leben getan habe, war schlimm. Ich will nicht, dass sie das auf den Schultern tragen müssen.« Er schluckt. »Haben Sie Kinder, Detective?«

»Habe ich. Einen Sohn.«

»Sie würden Ihr Kind auch beschützen wollen, oder?«

Phoebe

Damals
15. Juni. Mittwoch.

Vier Tage vor ihrem Tod

Phoebe öffnet für Joe die Haustür und macht eine rollende Bewegung mit der Hand, wie ein Höfling aus früheren Zeiten. Theatralisch sagt sie: »Willkommen in meinem bescheidenen Heim, mein Freund und Mitreisender.«

Er lacht, und sie lacht mit. Joe hat Phoebe heute vom Bus nach Hause begleitet, und sie hat beschlossen, ihn hereinzubitten. Um ehrlich zu sein, ist er der erste Junge, den sie mit nach Hause bringt – jedenfalls der erste Junge, in den sie total verschossen ist. Natürlich waren auch schon andere Jungen hier, aber das waren entweder die Kinder von Freunden ihrer Eltern oder Bekannte aus der Nachbarschaft bei Kindergeburtstagen oder Grillabenden.

Phoebe wollte Joe zeigen, wie sie mit ihrer Graphic Novel vorankommt, mit ihrem Manga über »Dark Magical Girl«, aber auf einmal ist sie sich da nicht mehr so sicher. Sie kennt ihn ja kaum, und jetzt, als er hier in ihrem Haus steht, ist sie plötzlich nervös. Alles wirkt in seiner Gegenwart irgendwie geschrumpft. Außerdem ist sie ängstlich bei dem Gedanken daran, was ihre Mutter wohl sagen wird – oft reagiert ihre Mom in Bezug auf sie ziemlich vorhersehbar. Die ersten Worte aus ihrem Mund sind meistens: *Nein. Lass das. Das kannst du nicht. Das ist keine gute Idee, Phoebe.*

Ihr fuchsiafarbenes Haar hat ihre Mom auch noch nicht gesehen. Sie hat es sich mit Fionas Hilfe drüben bei den Codys gefärbt, und sie haben dort schon Ärger bekommen, weil die weißen Badezimmerfliesen jetzt rosa Flecken haben.

Vielleicht kann Joe ja so eine Art Puffer sein. Vielleicht ist ihre Mom so abgelenkt davon, dass sie einen Jungen mit nach Hause gebracht hat, dass sie gar nicht groß auf ihre Haare achtet.

Joe kommt nicht weit. Kurz hinter der Eingangstür bleibt er stehen und betrachtet die gerahmten Familienfotos der Bradleys im Flur. Er steht einfach da und schaut die Bilder an. Auf einmal scheint er ganz weit weg zu sein. Sein Blick wandert von dem Foto von ihrer Mom und ihrem Dad beim Campingurlaub zu dem Bild von ihnen vieren in Botswana, dann lachend am Strand in Aruba.

Ein nervöser Stich durchfährt sie. Er urteilt über sie. Über ihre langweilige, konservative, privilegierte, weiße Familie – sie sieht es, sie fühlt es.

»Was denkst du gerade?«, fragt sie leise.

Er dreht sich zu ihr um, lächelt. Warm. Ihr Herz klopft wild.

»Das fragt mich meine Mom auch immer: ›Was denkst du gerade?‹«

»Ich meine … okay, das ist irgendwie so ein Mädchending, aber …«

»Schon gut.« Mit den Fingerspitzen berührt er sie am Arm. »Ich habe gedacht, wie schön es sein muss, eine, na ja, ganz normale Familie zu haben.«

»Normal? Wir?«

»Ja. Mutter, Vater, kleiner Bruder. Ein eigenes Haus, in dem ihr schon praktisch ewig wohnt. Gute Freunde in der ganzen Nachbarschaft. Jeder kennt jeden. Familienurlaube auf der ganzen Welt. Das ist wie in einem Hollywoodfilm oder so.«

»Eigentlich ist es ganz schön ätzend. In so einem kleinen Kaff weiß jeder alles über einen. *Dein* Leben klingt super für mich – unheimlich aufregend, viele Reisen und, keine Ahnung, Freiheit, Abenteuer.«

»Tja, ich würde gern meinen Vater kennen – ich meine, ich wüsste einfach gern, wer er ist. Und meine Mom und ich waren noch nie in Afrika, und wahrscheinlich werden wir auch nie dort landen.« Er sieht sich das Safarifoto genauer an. »Das muss so cool gewesen sein.«

Phoebe spielt mit dem Armband aus orangeroten und grünen Perlen an ihrem Handgelenk herum, das sie gekauft hat, um die Nashörner zu retten, und sie spürt einen Stich im Herzen. Mehr als alles andere auf der Welt wünscht sie sich, mit Joe Harper auf Safari zu gehen. Das Foto scheint ihn traurig gemacht zu haben. Auf einmal ist sich Phoebe gar nicht mehr so sicher, ob dies der richtige Zeitpunkt ist, um ihm zu zeigen, was sich auf ihrem iPad befindet. Auf einmal kommt es ihr so banal vor.

Die Tür zum Flur, der zum Behandlungszimmer ihrer Mutter führt, schwingt auf, und plötzlich steht ihre Mom vor ihr.

Sie hat einen seltsamen Ausdruck im Gesicht, als sie durch die Tür tritt.

Phoebes Herz schlägt schneller.

In der Hand hält ihre Mom eine leere Schnapsflasche. Erdbeerlimes. Das Zeug, das Phoebe immer mit in den Wald nimmt und mit Fiona auf der Lichtung trinkt. Ihr fällt der Mann wieder ein, der sie beobachtet hat.

Ihre Mutter öffnet den Mund, wie um etwas zu sagen, aber da sieht sie Joe, der um die Ecke tritt und in Sicht kommt, und ihre Mom bleibt wie angewurzelt stehen. Sie starrt Joe an, den Mund noch immer leicht geöffnet.

»Hey, Mom«, ruft Phoebe. »Das hier ist Joe. Aus meiner Schule.«

Matthew kommt lärmend und rufend die Treppe heruntergerannt. »Mom! Mom! Phoebe hat sich die Haare gefärbt! Pink! Dunkelpink! Fiona hat ihr geholfen, und Jacob sagt, dass jetzt das ganze Bad bei den Codys total pink ist.«

»Halt die Klappe, du kleiner Idiot!«, fährt Phoebe ihn an.

»Hi, Mrs Bradley«, wirft Joe rasch ein und streckt ihr die Hand hin, wie ein Gentleman oder ein Geschäftsmann. Was ihre Mutter ein wenig aus der Bahn wirft.

»Joe ist neu in der Schule, na ja, und neu hier in der Gegend«, erklärt Phoebe.

»Mom ist sauer auf dich«, ruft Matthew. »Hast du gesehen, was sie bei dir unterm Bett gefunden hat?«

»Verzieh dich!«, zischt Phoebe.

»Matthew«, meldet sich nun auch Mom zu Wort. »Rauf mit dir.«

Er rührt sich nicht. Ihr kleiner Bruder starrt Joe an, Bewunderung oder irgendetwas anderes Dummes in den Augen. Verlegen lächelt Joe ihn an und zuckt kaum wahrnehmbar mit den Schultern.

Matthew grinst.

Joe sagt: »Also, ich muss jetzt los. Ich … habe Phoebe nur vom Bus nach Hause begleitet, und ich … ja, wollte gerade gehen. Dann sehen wir uns also morgen, Phoebe, vielleicht?

War schön, Sie kennenzulernen, Mrs Bradley.« Schnell wendet er sich in Richtung Tür. »Keine Sorge, ich finde selbst raus.« Er zieht die Schuhe wieder an und greift nach der Klinke.

Phoebe wartet darauf, dass ihre Mutter *Nein, meinetwegen musst du nicht gehen* sagt.

Doch ihre Mutter erklärt nur mit eiskalter Stimme: »Freut mich auch, dich kennengelernt zu haben, Joe.«

Dann fällt die Tür hinter ihm ins Schloss.

»Was ist *los* mit dir?«, faucht Phoebe. Angriff ist ihre Art der Verteidigung. Angriff, bevor ihre Mutter sie ihrerseits wegen des Alkohols und ihrer pinken Haare angreift.

»Mit mir? Was mit *mir* los ist? Das hier ist mit mir los.« Sie hält die leere Flasche hoch. »Was zum Teufel ist das, Phoebe?«

»Nur irgendeine Schnapsflasche, Mom, Herrgott noch mal. Bist du zu deinen Patienten auch so? Zu Tarryn Wingate zum Beispiel, die sich übrigens ständig besäuft und mit irgendwelchen Typen schläft. Wahrscheinlich sogar mit ihrem Trainer. Aber zu der bist du sicher total nett.«

»Phoebe, wag es nicht, meine Patienten zu erwähnen. Niemals.« Wut knistert im Blick ihrer Mutter und strahlt wie ein elektrisches Spannungsfeld von ihrer Haut ab. Ihre Wangen leuchten rot. Phoebe fürchtet sich ein bisschen vor ihr. So zornig hat sie ihre Mutter noch nie gesehen. »Und wie alt ist Joe?«

»Was hat das damit zu tun?«

»Er sieht aus wie zwanzig, Phoebe. Und du bist zwölf. Noch nicht einmal ein Teenager.«

»Und was, wenn er zwanzig ist? Verbietest du mir dann, mich mit ihm zu treffen, weil er zu alt für mich ist? Erzählst du mir, dass ich mir meine Haare nicht so färben kann, wie *ich* will, weil ich noch ein *Kind* bin? Weil das nicht zu deinem Bild von mir passt? Weißt du was, Mom? Ich treffe mich *trotzdem* mit ihm. Ich tue, was ich will, egal, ob du Psychologin bist oder nicht, weil du nämlich nicht über mein Leben bestimmst. Und wenn ich meinen Freund nicht mit nach Hause bringen kann, dann tue ich das eben nicht. Dann gehe ich eben zu ihm, oder wir hauen zusammen ab.« Sie stürmt die Treppe hinauf.

»Du hast Hausarrest, Phoebe!«, brüllt ihre Mutter ihr hinterher.

Phoebe läuft in ihr Zimmer, knallt die Tür hinter sich zu und schließt ab. Sie lehnt sich gegen die Tür und kann die Tränen nicht mehr zurückhalten. Langsam lässt sie sich zu Boden sinken und schlingt die Arme um die Knie.

Lily

Damals
15. Juni. Mittwoch.

Vier Tage vor ihrem Tod

Lily zündet in der Steinkirche am Meer eine Kerze an und kniet vor der Statue der Jungfrau Maria. Sie schließt die Augen und verschränkt die Hände zum Gebet.

Eigentlich sollte sie zu Hause sein und das Abendessen vorbereiten, aber Tom hat angerufen und gesagt, dass es spät wird, und sie fühlt sich tief in ihrer Seele allein, auf eine furchtbare und alles umfassende Weise, die ihr Ehemann nicht verstehen kann. Nicht wenn es um ihre Tochter geht und darum, dass Phoebe ihr das Gefühl geben kann, ein Ungeheuer zu sein.

Nach dem heftigen Streit mit ihrer Tochter hat Lily Angst. Ihre Furcht speist sich aus der Sitzung mit Paisley und ihrem inneren kleinen Teufel und mit Garth, der sie gefragt hat, ob einem jemals wirklich vergeben werden kann, ob man jemals wirklich zu einem anderen Menschen werden kann. Die Auseinandersetzung mit Phoebe fühlt sich wie eine Konfrontation mit ihrem eigenen inneren zwölf Jahre alten

Selbst an, und vielleicht ist das der Grund dafür, dass sie so irrational und wütend wird, sobald es um ihre Tochter geht. Genau wie Paisley hat auch Lily ihr eigenes inneres böses Mädchen. Wie bei Paisley ist auch Lilys innerer Teufel ein Mädchen zwischen Kindheit und Frausein, hin und her geschleudert von einer patriarchalischen Kultur und verwirrenden Ansprüchen. Vielleicht ist Phoebe zu einer Art äußerer Verkörperung von Lilys Unbewusstem geworden. Wenigstens ist es das, was die Therapeutin in ihr zu glauben beginnt.

Sie muss das in Ordnung bringen, bevor sie ihre Tochter zu weit fortstößt. Bevor ihr perfektes Leben ihr entgleitet. Bevor sie das Grauen ihrer Vergangenheit nicht mehr abtrennen und hinter verschlossenen Türen halten kann.

Sie senkt den Kopf unter dem wachenden Blick der Heiligen Jungfrau. Unter dem verurteilenden Blick.

Bereue.

Schweigend kniet Lily ein paar Momente dort und prüft ihr Gewissen, wie sie es vor der Beichte tun muss.

Sie muss eine bessere Ehefrau sein. Sie muss wieder mit Tom schlafen, damit er nicht dazu gezwungen ist, sich mit seinen Bedürfnissen und Sehnsüchten an die Ehefrauen der Nachbarschaft oder an andere Frauen zu wenden. An verführerische, zerstörerische Sirenen wie Paisley. *Führe uns nicht in Versuchung.* Sie muss ihr eigenes inneres Kind von ihrem Umgang mit Phoebe ausschließen. Sie muss sich mehr bemühen, nicht moralisch über ihre Patienten zu urteilen. Wie die immer weiter wachsende Abneigung Paisley gegenüber, die reihenweise die Ehemänner anderer Frauen verführt. Auch Paisley leidet. Es geht ihr nicht gut. Lily muss ihren Schwur als Therapeutin ehren und empathisch bleiben. Mitfühlend. Das ist es, was jeder möchte – geliebt werden. Dazugehören. Seine Sünden vergeben wissen.

Amen.

Lily schlägt ein Kreuz. Sie ist bereit für die Beichte. Über dem Beichtstuhl leuchtet das grüne Licht. Auch der Vater ist bereit für sie.

Lily betritt die winzige Nische ganz hinten in der Kirche. Sie kniet sich auf die niedrige Bank. Sie kann die schattenhafte Silhouette des Priesters hinter dem gitterartigen Holzschirm sehen.

»Vergib mir, Vater, denn ich habe gesündigt«, sagt sie leise. »Seit meiner letzten Beichte ist ein Monat vergangen. Und ich … ich …« Die Worte ersterben auf ihren Lippen.

»Was möchtest du beichten, mein Kind?«

Ihr Priester ist achtundachtzig. Er nennt alle in der Gemeinde »mein Kind«, trotzdem bringt es Lily heute aus der Fassung, weil sie auf einmal mit ihrem eigenen inneren Kind zu kämpfen hat. Einen Moment lang kann sie nicht sprechen. Oder denken.

»Mein Kind?«

Da begreift sie. Sie weiß, was nicht stimmt.

»Ich fürchte, Sie können mir nicht helfen, Vater. Ich … ich fürchte, ich habe die eine Kardinalsünde begangen, die nicht vergeben werden kann.« Bebend holt sie Luft. »Ich habe die Todsünde der Verzweiflung begangen.«

Der Priester schweigt eine Weile. Das Gewicht, die Geschichte, die verurteilende Haltung der Kirche über Jahrhunderte hinweg drückt auf einmal auf Lily herab. Sie ist gefangen in diesem kleinen Beichtstuhl. Ihr Herz beginnt zu rasen. Hitze prickelt auf ihrer Haut, und Schweiß sammelt sich unter ihren Achseln.

Das Bild von Baphomet schimmert vor ihrem inneren Auge auf, und es will einfach nicht mehr verschwinden. Die gehörnte Teufelsziege. Ein Summen erhebt sich in ihrem Kopf. Sie sieht den Anhänger mit dem Baphometbildnis am Hals der kleinen Sophie McNeill auf dem alten Zeitungsfoto glänzen.

»Und doch bist du hier, mein Kind«, sagt der Priester. »Wenn du verzweifelt bist und glaubst, dass es nicht in Gottes Macht steht, dich von deinen Sünden zu erlösen, warum bist du dann hergekommen, um ihn um Vergebung zu bitten? Warum kniest du in seinem Namen vor mir, wenn du nicht an seine allmächtige Gnade glaubst?«

Lilys Augen brennen. Ein Zittern setzt tief in ihrem Bauch ein.

»Vater, ich bin im Laufe der Jahre oft vor Gott getreten, und ich habe alle meine Sünden gebeichtet. Aber ich ... ich habe nicht das Gefühl, dass er mir vergeben hat. Ich ... ich fühle, dass ich immer mehr zweifle. Ich habe Angst. Ich fühle ... die Gegenwart von etwas, das gekommen ist, um mir alles Gutes wegzunehmen.« Sie zögert. »Ich fühle, dass da etwas Böses in mir ist.«

»Als du deine Sünden gebeichtet hast, hast du die dir auferlegte Buße geleistet? Hast du reinen Herzens bereut?«

»Ja, Vater.«

»Dann musst du darauf vertrauen, dass Gottes Mitgefühl und seine Fähigkeit zur Vergebung unendlich sind und dass er tatsächlich die Macht hat, dich von allen Sünden freizusprechen. Zu verzweifeln heißt, nicht an ihn zu glauben, mein Kind. Verzweiflung ist das Gegenteil von Gottes Güte. Es ist der Verlust jeder grundlegenden Hoffnung. Es ist die einzige Todsünde, die nicht vergeben werden kann, weil sie unserem grundlegenden Verständnis von Gott widerspricht.« Er hält inne. »Bist du sicher, dass dies deine Sünde ist? Oder könnte es sein, dass du tief in deinem Herzen immer noch glauben kannst?«

»Ich ... ich glaube noch, Vater. Das denke ich zumindest.«

»Wovor hast du dann Angst, wenn du wirklich glaubst, dass Gott dich erlösen kann?«

Lilys Haut brennt. Sie denkt an die schrecklichen Manga-Zeichnungen auf Phoebes iPad. Das Messer an der weißen Kehle. Die leere Schnapsflasche. Der ältere Junge. Sie denkt an klaffende Wunden wie blutig rote Augen auf weißer Haut. Sie riecht das Blut.

Vor dem Teufel, denkt sie.

Ich habe Angst vor einem kleinen, geisteskranken Teufel, der das Zeichen von Baphomet trägt. Ein Teufel, den ich nicht benennen kann.

Rue

Jetzt
21. Juni. Dienstag.

Sie sitzen im Teambüro. Rue ist von ihrem Gespräch mit Garth Quinlan zurück und bringt Georgia Backmann, Toshi und den Dokumentdespoten Henry Hague auf den neuesten Stand. Alle sitzen an ihren Schreibtischen und hören ihr zu.

»Lily Bradley hat *Fleisch* in einen Müllbeutel gepackt und es dann in den Tiefkühler gelegt?«, fragt Toshi. »Was soll das denn?«

»Wir müssen an den Tiefkühler und den Schuppen rankommen, und wir brauchen dieses Ocean-Motion-Shirt.« Rue zählt die Fakten an den Fingern ab. »Virginia Wingate hat Tom Bradley mit einem fleckigen Shirt zurückkommen sehen. Matthew Bradley behauptet, dass sein Vater nach dem Joggen direkt in den Schuppen gegangen ist. Er hat seinen Dad dabei fotografiert. Garth Quinlan hat gesehen, wie Lily Bradley etwas in einem Müllbeutel aus dem Schuppen getragen hat. Darin war etwas Blutiges. Quinlan hat außerdem gesehen, wie sie dann Fleisch in den Müllbeutel getan und ihn in den Tiefkühler gelegt hat.«

»Dann ist Tom Bradley also im Schuppen gewesen, bevor er den Notruf gewählt hat«, merkt Georgia an.

Rue nickt. »Dann, während Bradley mich durch den Wald zur Leiche geführt hat, ist seine Frau schnurstracks in den Schuppen gegangen und hat wahrscheinlich versucht, Beweise loszuwerden. Wir haben genug Gründe für einen Durchsuchungsbefehl für das Haus und den Schuppen. Und wenn wir schon mal dabei sind, will ich auch Matthew Bradleys Fotos.«

»Ich kümmere mich drum«, sagt Hague und greift nach seinem Telefon.

»Toshi, was ist bei der Durchsuchung von Arwen Harpers Cottage herausgekommen?«, fragt Rue.

»Kein Laptop. Kein Handy. Was verdächtig ist, weil ihr Sohn erzählt hat, dass sie auf ihrem Laptop an einem geheimen Projekt gearbeitet hat, das offensichtlich auch der Grund dafür war, dass sie auf die Insel gezogen sind. Außerdem sollten wir auch nicht vergessen, dass sie als investigative Reporterin gearbeitet hat, manchmal auch undercover. Wir müssen herausfinden, was sie vorhatte. In ihrem Badezimmerschrank haben wir haufenweise Medikamente gefunden. Aufputschmittel, Beruhigungsmittel, Antipsychotika – ich habe alles ans Labor geschickt. Dazu umfangreiche Marihuana- und Alkoholvorräte. Es gibt auch Hinweise darauf, dass eine Menge bedrucktes Papier – Zeitungsausschnitte, Fotografien, Spiralblöcke – vor Kurzem im Kamin verbrannt wurde.«

»Als wollte jemand irgendetwas Bestimmtes vernichten?«, hakt Georgia nach.

»Möglicherweise«, bestätigt Toshi. »Etwas an der vielen Asche in diesem Kamin, die offenbar nicht von Brennholz stammt, kommt einem komisch vor. Dazu die Tatsache, dass ihr Laptop verschwunden ist. Außerdem hat sie eine Pinnwand, die so aussieht, als hätte jemand alles davon abgerissen und die selbst gebauten Türen davor aufgebrochen.«

»Haben wir hier möglicherweise ein Motiv?«, fragt Georgia. »Dann könnte es kein willkürlicher Angriff des Joggerinnen-Killers sein, sondern ein gezielter Mord?«

»Wir sollten alle Möglichkeiten in Betracht ziehen«, schließt Rue. »Toshi, hast du Joe Harper die Fotos von dem Schmuck gezeigt, der bei der Leiche seiner Mutter gefunden wurde? Ist ihm aufgefallen, ob etwas Bestimmtes fehlt? Könnte jemand etwas als Trophäe mitgenommen haben, wie bei den Joggerinnen-Morden?«

»Das konnte er nicht sagen«, antwortet Toshi. »Joe sagt, dass seine Mutter ständig anderen Schmuck getragen hat und immer viel, weshalb er nicht weiß, ob etwas fehlt.«

»Okay. Dann können wir also nicht davon ausgehen, dass jemand etwas mitgenommen hat«, sagt Rue. »In den drei Fällen der Joggerinnen-Morde hat der Angreifer von jedem Opfer ein Schmuckstück mitgenommen: einen antiken Silberring von der ersten Frau, einen kleinen Kompass, der in einen Jadeanhänger in Form eines Malteserkreuzes eingelassen ist, von der zweiten und einen sechseckigen Armreif von der dritten. Alles sehr einzigartige Stücke. Außerdem hat er jeder der Frauen eine Haarsträhne abgeschnitten.«

»Bei Harper gibt es aber keinen Hinweis darauf?«, fragt Georgia.

»Nein. Fareed hat nichts gefunden, was darauf hindeutet. Allerdings müssen wir in Betracht ziehen, dass es doch der Joggerinnen-Killer war, dass er aber gestört worden sein könnte, bevor er seinen Modus Operandi durchführen konnte.«

»Wusste die Managerin im Red Lion noch etwas Neues?«, will Toshi wissen.

»Nichts, was mir auf Anhieb wichtig vorkommt«, gibt Rue zurück. »Abgesehen davon, dass Arwen Harper gut mit

Simon Cody und Tom Bradley und deren Happy-Hour-Truppe befreundet war.«

»Auch in sexueller Hinsicht?«, fragt Georgia.

»Ihre Arbeitgeberin hält das für möglich, sogar wahrscheinlich. Was die Frage nach den Ehefrauen der Männer aufwirft – mögliche Rivalität, Eifersucht. Allerdings hat Arwen Harper ihrer Arbeitgeberin gegenüber nie irgendwelche Befürchtungen geäußert. Sie war angeblich allseits beliebt. Eine freundliche, aber sehr vorsichtige Person, was ihre Privatangelegenheiten betraf. Feinde hat sie nie erwähnt. Das letzte Mal war sie zu einer Nachmittagsschicht bei der Arbeit – am Samstag, dem achtzehnten Juni. Der Tag vor dem Grillfest. Der Tag, bevor sie gestorben ist. Ich sehe mir das Bildmaterial der Überwachungskamera im Red Lion aus den letzten sieben Tagen einmal an – weiter reichen die Aufnahmen nicht zurück. Mal schauen, ob mir etwas auffällt.«

»Soll ich das übernehmen?«, bietet Toshi an.

»Nein«, gibt Rue ein bisschen zu schnell zurück. Sie beherrscht sich. »Schon gut – ist gar nicht schlecht, wenn ich mich mit etwas beschäftige, das ich einfach stehen und liegen lassen kann, sobald der Durchsuchungsbefehl da ist.«

Schweigend mustert Toshi sie einen Moment. Rue spürt, wie ihr Gesicht warm wird, und sie ist dankbar dafür, dass ihre dunkle Haut die Röte ziemlich gut kaschiert. Toshi wendet sich wieder seinem Computerbildschirm zu, schwingt dann aber noch einmal zu ihr herum.

»Ach – ich habe etwas über diese Plastikperlen herausgefunden und über den Nashornkopf darauf. Schaut mal.« Er öffnet eine Website. Rue und Georgia treten hinter seinen Stuhl.

»Seht ihr den Nashornkopf auf der Bronzeperle auf dem Bild da? Das ist das Logo der ›Save the Rhino Foundation‹ aus dem südlichen Teil Afrikas. Die Stiftung verkauft diese Armbänder in Souvenirläden an Touristen und vertreibt sie auch online auf der ganzen Welt. Mit dem Erlös werden Projekte zur Eindämmung der Wilderei unterstützt.« Er blickt auf. »Wenn Arwen Harper ihrem Angreifer während des Kampfs ein solches Armband vom Handgelenk gerissen hat, dann stehen die Chancen ganz gut, dass er einmal in Afrika war.«

»Oder … er hat das Armband online gekauft«, wirft Rue ein. »Davon gibt es unzählige. In Australien gibt es ein ganz ähnliches Programm zum Schutz der Koalabären.«

Toshi runzelt die Stirn. »Ja, klar, Boss. Aber es ist immerhin etwas Charakteristisches, oder? Unser noch nicht identifizierter Verdächtiger könnte eine Verbindung nach Afrika haben – entweder war er schon einmal dort, oder er interessiert sich für den Schutz der afrikanischen Tierwelt. Das engt die Dinge ein.«

Rue fühlt Toshis Blick auf ihr, als sie sich wieder ihrem Bildschirm zuwendet. Sie dreht ihren Stuhl und ihren Monitor etwas von ihm weg und beginnt damit, sich die Aufnahmen der Überwachungskamera aus dem Red Lion anzusehen. Ihr Puls rast. Sie zwingt sich dazu, sich zu konzentrieren.

Sie findet die Zeitangabe am Donnerstag, dem 16. Juni, und lässt die unscharfen Aufnahmen auf dem zweigeteilten Bildschirm ablaufen. Sie muss wissen, ob ihr eigenes Auto auf den Aufnahmen zu sehen ist. Rasch schaut sie zu den anderen im Raum. Sie sind alle beschäftigt.

Sie konzentriert sich wieder auf ihre Aufgabe und spult vor, bis sie sieht, wie Arwen Harper sich dem Eingang des Red Lion mit einem Regenschirm nähert. Die Zeitangabe passt zum Beginn ihrer Schicht an diesem Tag. Rue sieht zu, wie Harper die Bar betritt und sich kurz mit dem Mädchen am Empfangstresen unterhält, während sie sich den Regenmantel auszieht. Dann verschwindet sie aus dem Bild. Gäste kommen und gehen. Draußen regnet es. Es wird dunkel. Nichts, was Rue ins Auge fällt. Sie spult wieder vor, bis sie die vertraute Gestalt ihres Ehemanns erkennt. Ihr Magen krampft sich zusammen.

Seth betritt das Red Lion. Er sieht sich um, geht in Richtung der Bar und verschwindet aus ihrer Sicht.

Rue richtet ihre Aufmerksamkeit auf die Außenaufnahmen. Inzwischen ist es dunkel. Regen fällt und lässt den Bürgersteig und die Straße vor dem Eingang verschwimmen. Sie sieht, wie ihr weißer Subaru auf den Parkplatz auf der gegenüberliegenden Straßenseite fährt.

Verdammt.

Wieder sieht sie sich verstohlen im Besprechungsraum um. Alle sind immer noch ganz in ihre Aufgaben vertieft. Sie zoomt den weißen Subaru heran. Regen glänzt auf den Fensterscheiben. Rue kann einen dunklen Schatten dahinter erkennen, aber sie könnte nicht sagen, dass sie dieser Schatten ist. Das Nummernschild kann sie auch nicht erkennen. Vielleicht könnte man das Bild vergrößern lassen, bis irgendjemand Rue identifizieren könnte. Sie weiß, dass man möglicherweise auch Bildmaterial von Verkehrskameras oder anderen Geschäften in der Straße heranziehen könnte, sollte ihr Auto für die Ermittlungen interessant werden. Vielleicht würde auf diesen Aufnahmen das Nummernschild zu sehen sein oder sie selbst hinter dem Steuer. Sie atmet zu schnell.

Arwen Harper taucht im Bild auf. Rue überprüft die Zeitangabe. Sie passt zum Ende der Schicht. Harper verlässt die Bar und verschwindet dann aus dem Sichtfeld der Kamera. Rue weiß, dass sie unter einem Vordach Schutz vor dem Regen gesucht hat, was die Kamera jedoch nicht erfasst.

Seth taucht im Empfangsbereich auf, verlässt die Bar und verschwindet in derselben Richtung wie Harper. Kurz darauf fährt der weiße Subaru los.

Rue lehnt sich zurück. Ihr Herz hämmert. Ihr Ehemann kann mithilfe der Aufnahmen nicht mit der Toten in Verbindung gebracht werden. Rue wahrscheinlich ebenso wenig. Sie lässt die Luft aus ihrer Lunge strömen, sie hat nicht einmal gemerkt, dass sie den Atem angehalten hat. Dann nimmt sie sich den Dienstplan vor, den Dez Parry ihr überlassen hat, und prüft die Zeiten von Arwen Harpers letzter Schicht. Sie spult vor bis zu der entsprechenden Zeitangabe und sieht, wie Arwen Harper bei der Arbeit eintrifft. Nichts Ungewöhnliches geschieht – Gäste kommen und gehen. Ab und zu erscheint Harper am Empfangstresen und holt Speisekarten ab oder legt sie zurück. Um Viertel nach drei nachmittags erscheint Harper ein weiteres Mal am Empfang. Sie wechselt ein paar Worte mit der jungen Frau dort, dann verlässt sie die Bar. Einen Moment lang bleibt sie draußen vor der Tür stehen und checkt ihr Handy, dann geht sie nach rechts davon und verschwindet aus dem Bild. Gerade will sich Rue zurücklehnen und entspannen, da sie auf den Aufnahmen nichts entdeckt hat, was weitere Nachforschungen unmittelbar nötig zu machen scheint. Wie es aussieht, kann sie ihre Familie und ihre Eheprobleme weiterhin aus den Ermittlungen heraushalten. Als sie das Bild aber gerade schließen will, fällt ihr ein junger Mann auf, der auf der anderen Straßenseite vor dem Red Lion steht. Ihr Puls schießt in die Höhe.

Es ist Eb.

Mit seinem Fahrrad.

Er steht einfach da und behält den Eingang des Red Lion im Auge.

Hastig spult Rue zurück. Sieht sich die Sequenz noch einmal an, das Herz klopft ihr bis zum Hals. Es ist eindeutig Eb. Er ist um 14.46 Uhr angekommen und vor dem Eingang stehen geblieben, bis Harper die Bar verlassen hat. Übelkeit windet sich durch Rues Bauch, während sie zusieht, wie ihr Sohn den Kopf dreht und Arwen Harper mit Blicken folgt, während die Kellnerin aus dem Bild läuft.

Rue kann kaum denken. Kaum hören.

»Boss! Hast du mich gehört?« Das ist Toshi. Er steht auf und zieht sich seine Sportjacke über. »Wir haben ihn. Wir haben den Durchsuchungsbefehl. Gehen wir.«

Rasch zieht Rue den USB-Stick aus dem Port, zögert und lässt ihn dann in einen Plastikbeutel gleiten. Sie schiebt den Beutel ganz nach hinten in ihre Schreibtischschublade. Darüber muss sie später nachdenken.

Matthew

Damals
15. Juni. Mittwoch.

Vier Tage vor ihrem Tod

Matthew sitzt allein am Küchentresen und kaut auf einem Stück Pizza vom Lieferdienst herum. Sein Dad kommt später und seine Mutter ist verschwunden. Nach dem Streit zwischen Phoebe und Mom ist Phoebe nach oben gelaufen und hat die Tür hinter sich zugeknallt. Mom hat Pizza bestellt, ihm erklärt, dass sie zur Kirche gehen will und dass er etwas essen soll, sobald die Pizza da ist.

Eine Weile war es echt cool, so allein mit einer ganzen Pizza. Aber dann nicht mehr. Jetzt fühlt sich das Haus irgendwie leer an. Kalt.

Er hört, wie bei Phoebe die Tür aufgeht. Sie kommt die Treppe herunter, ihre Miene wirkt wild entschlossen. Die ganze Goth-Schminke ist weg. Sie wirft ihm einen lodernden Blick zu.

»Wo willst du hin?«, fragt Matthew, als seine Schwester auf die Tür zusteuert und sich ihre neuen Schnürstiefel anzieht, obwohl es Sommer und warm draußen ist.

»Geht dich nichts an.«

»Du hast Hausarrest. Wegen dem Schnaps. Ich hab gehört, wie Mom das gesagt hat.«

»Das geht dich verdammt noch mal nichts an, du kleiner Freak.«

Tja, damit steht fest, dass Matthew dafür sorgen wird, dass es ihn etwas angeht. Sachen, die ihn eigentlich nichts angehen sollten, sind einfach immer viel interessanter. Und wenn er Fotos von seiner großen Schwester schießen kann, wie sie sich während ihres Hausarrests davonschleicht, dann könnte er sie damit super erpressen. So was hat er schon mal gemacht, und sie hat ihn mit Süßigkeiten bezahlen müssen und nicht über ihn lästern dürfen. Er möchte sich gern wieder mal ein bisschen bestechen lassen.

Er wartet, bis sich die Tür hinter ihr geschlossen hat, dann schnappt er sich seine Kamera und folgt Phoebe die Straße entlang.

Sie läuft bis zum Ende der Sackgasse.

Er versteckt sich hinter ein paar Büschen und sieht zu, wie seine Schwester an der Tür des Cottage klopft. Joe kommt heraus. Sie reden kurz miteinander, dann zieht Joe die Tür hinter ihnen zu, und die beiden gehen zum Wald hinter dem Cottage.

Matthew schleicht sich hinter ihnen zwischen die Bäume. Der Wind lässt die Blätter in den Kronen rauschen, was alle Geräusche überdeckt, die Matthew macht. Hier ist er in seinem Element, hier kann er alle seine Superkräfte einsetzen, die schlauen Taktiken, die er sich selbst beigebracht hat.

Phoebe und Joe setzen sich nebeneinander auf einen umgestürzten Baum.

Matthew geht zwischen den Farnen in die Hocke und schießt Fotos.

Joe dreht sich um. »War da was?«

Sie lauschen, und Matthew hält ganz still.

»Nur der Wind, glaube ich«, sagt Phoebe.

Sie küssen sich.

Matthews Herz schlägt wie verrückt. Die Kamera klickt und klickt. Damit kann er alles Mögliche von seiner Schwester erpressen. Ein echter Volltreffer.

Als sich die beiden voneinander lösen, sagt seine Schwester: »Weißt du noch, die Fotos im Flur, die du dir vorhin angeschaut hast, von unseren Reisen?«

»Was ist damit?«, fragt Joe.

»So toll war das gar nicht – diese ganze Familiensache. Es ist … Ich habe einen total nervigen kleinen Bruder. Und meine Eltern sind superstreng. Und meine Mom … sie hat es irgendwie immer auf mich abgesehen. Und das wird immer schlimmer, sie flippt wegen jeder Kleinigkeit total aus. Es tut mir wirklich leid, Joe. Ich … Sie war so unfreundlich zu dir. Und das ist so peinlich, und ich finde es furchtbar, dass du sie so erlebt hast.«

»Was hat sie denn gesagt, nachdem ich weg war?«

»Sie hat mir Hausarrest gegeben. Wegen dem Erdbeerlimes.«

Er nickt. »Ich würde trotzdem gern nach Afrika. Mit Familie oder ohne. Das ist wie ein Traum. Eine Safari in Afrika. Und nach Asien möchte ich auch.«

»Kommt dein Dad von da?«

»Ich weiß nicht, woher er kommt. Wie gesagt, ich weiß nicht mal, wer er überhaupt ist.«

»Du könntest nach ihm suchen, weißt du? Es gibt doch bestimmt haufenweise Websites und so, die dir vielleicht helfen können, ihn zu finden. Ich meine, wenn du das willst, natürlich.«

»Das würde ich wirklich gern. Besonders jetzt, seit wir hergezogen sind. Meine Mom ist auch … keine Ahnung. Sie ist irgendwie neben der Spur. Sie …« Er hält inne.

»Was?«

»Ach, nichts. Sie ist nur mit irgendetwas echt Seltsamem beschäftigt, und sie macht ein riesiges Geheimnis darum.« Er berührt Phoebe am Handgelenk. Wieder drückt Matthew auf den Auslöser, dann lässt er die Kamera sinken. Die Zärtlichkeit in dieser Berührung, von dem großen Macho Joe, lässt Matthew zögern. Die Sanftheit. Auf einmal fühlt sich Matthew … er fühlt irgendwas tief in sich. Als würde er eine andere Seite seiner großen Schwester zu Gesicht bekommen. Jemanden, der Sanftheit und eine zärtliche Berührung braucht.

Phoebe nimmt ihr Armband aus Afrika ab, das Band, über das Joe gestrichen hat. Matthew fotografiert, wie sie es ihm gibt.

»Hier.«

»Was?«

»Ich möchte, dass du es hast. Rettet die Nashörner und so. Das Safarifoto, das du dir angeschaut hast – das haben wir vor einem Laden gemacht, in dem ein Teil von dem Verkaufsgeld an Projekte geht, die gegen Wilderei kämpfen und das weiße Nashorn retten. Sie bilden Hunde aus und heuern Frauenteams aus der Gegend an. Richtige Frauenstoßtrupps aus den kleinen Dörfchen. Sie nennen sich ›Mammas‹, und sie jagen die Wilderer mit Waffen und Suchhunden und allem. Total cool.«

»Das kann ich nicht annehmen, Phoebe. Das ist dein Andenken. Deine Erinnerung an eine besondere Zeit.«

»Ich möchte das mit dir teilen. Du musst es ja nicht behalten. Trag es einfach eine Weile lang, okay?«

Er schweigt. Seine Schultern wirken angespannt, und er lässt den Kopf sinken.

Phoebe berührt ihn am Arm. »Joe?«

Er wischt sich über die Augen. Als er spricht, klingt seine Stimme rau. »Danke.«

Zum ersten Mal kommt es Matthew so vor, als sollte er nicht hier sein. Als sollte er nicht spionieren. Als würde es Dinge geben, die nicht für fremde Augen bestimmt sind. Aber wenn er sich jetzt davonschleicht, dann hören sie vielleicht den Farn rascheln. Also wartet er, bis die beiden aufstehen und gehen. Als sie weg sind, rennt er nach Hause, so schnell ihn seine kurzen Beine tragen, weil er nicht will, dass Phoebe merkt, dass er weg war. Er glaubt nicht, dass er sie mit diesen Fotos erpressen wird. Dieses Mal nicht.

Rue

Jetzt
21. Juni. Dienstag.

Als alle zu ihren Autos laufen, erklärt Rue an Toshi gewandt, dass sie noch einmal schnell wohin muss. Er brummt etwas vor sich hin, aber sie sagt: »Sorry, geht nicht anders.«

Sie stößt die Tür zur Damentoilette auf und späht unter die Kabinentüren. Niemand da.

Sie ruft Eb an.

Geh ran, geh ran. Sie sieht auf die Uhr. Gerade versammeln sich alle draußen und warten auf sie.

»Mom?«

Sie spürt einen Stich in der Brust, ein Brennen in den Augen.

»Eb, hör zu, ich kann nicht lang reden, aber ich muss wissen, wo das Perlenarmband ist, das du auf unserer Reise gekauft hast.«

»Was?«

»Sag es mir einfach, verdammt, und zwar schnell.« Sie hört Stimmen von draußen. Frauenstimmen. Gleich kommen sie rein. Aber dann ruft jemand nach ihnen, und sie bleiben vor der Tür stehen, um sich zu unterhalten.

»Mom? Was ist …«

»Eb, *bitte.* Wo ist es?«

»Ich … weiß nicht. Ich … hab's verloren. Wahrscheinlich bin ich irgendwo hängen geblieben oder so. Der Faden in den Dingern ist ganz billig. Den stellen Frauen aus den Dörfern her, die …«

»Und Dads Armband?«

»Den habe ich in letzter Zeit auch nicht mehr damit gesehen. Mom, ist alles in Ordnung?«

Rue fährt sich übers Haar und erhascht einen Blick auf ihr Spiegelbild. Sie wirkt erschöpft. Die Stimmen draußen kommen wieder näher.

»Alles in Ordnung, alles gut, Eb«, sagt sie leise. »Ich komme heute spät – wir reden nachher darüber.«

Die Tür schwingt auf, und zwei Frauen treten ein. Rue steckt ihr Handy in die Tasche, dreht den Wasserhahn auf, wäscht sich das Gesicht und tupft es sich mit ein paar Papiertaschentüchern wieder trocken. Dann eilt sie zurück nach oben, damit sie zur Durchsuchung des Bradley-Hauses aufbrechen können.

Aber es ist nicht alles gut. Nicht einmal annähernd. Ihr Sohn war am letzten Arbeitstag des Opfers vor dem Red Lion. Er scheint auf Arwen Harper gewartet zu haben. Vielleicht ist er ihr gefolgt. Und er hat sein Perlenarmband verloren.

Ich würde alles für dich tun, Mom, das weißt du doch, oder?

Auch Garth Quinlans Stimme hallt in ihren Ohren wider.

Haben Sie Kinder, Detective? … Sie würden Ihr Kind auch beschützen wollen, oder?

Tom

Damals
17. Juni. Freitag.

Zwei Tage vor ihrem Tod

Tom und Arwen sind geblieben, bis alle anderen der Happy-Hour-Truppe abgezogen sind. Nachdem sie das Red Lion verlassen haben, sind alle fünf – Tom, Simon, Arwen, Sandeep und Milton – noch für einen »Schlummertrunk« auf das Boot der Bradleys gegangen.

Erst sind Sandeep und Milton abgezogen. Lachend sind sie von Bord gewankt, über den mondhellen Parkplatz des Jachthafens auf der Suche nach einem Taxi. Nach einem letzten Glas sechzehn Jahre altem Lagavulin Single Malt hat sich auch Simon verabschiedet.

Auf einmal ist Tom mit Arwen allein in der Kabine des Boots, wie in einem Kokon. Draußen hängt der Mond voll und rund über dem sanft wogenden Meer. Das Boot schaukelt leicht auf den Wellen. Flaggleinen schlagen leise klirrend gegen Masten, und die Holzstege ächzen, wenn ein Bootsrumpf gegen sie stößt.

Er sitzt auf dem Sofa neben Arwen. Er fühlt sich unbeschwert, sein Oberschenkel berührt ihren. Mondschein fällt durch das Seitenfenster herein und taucht sie beide in eine Silberpfütze aus Licht. Es ist, als würde das Licht sie salben und in ein hauchzartes Netz hüllen. Ihr kleiner Finger steift über seinen. Er zieht seine Hand nicht zurück. Verlangen erhebt sich in ihm wie die Flut. Er holt tief Luft, unsicher, ob er die Grenze in dieser Nacht schon überschritten hat, von der es kein Zurück mehr gibt.

Sie steht auf, tritt zu der kleinen Bar in der Kombüse und schenkt ihm einen weiteren Whisky ein. Und noch einen für sich selbst. Sie betrachtet eines der Fotos an der Wand. Tom und Lily und die Kinder. Tom schluckt. Er kann Arwens Augen nicht sehen, kann nicht darin lesen, was sie denkt.

»Du hast mir noch gar nicht verraten, wie deine Frau heißt«, sagt sie und gibt Eiswürfel in die Gläser.

»Lily. Dr. Lily Bradley. Sie ist Therapeutin.«

Arwen bringt ihm seinen Drink und setzt sich neben ihn. Noch näher. Ihre Armreifen klingeln leise, wenn sie sich bewegt. Sie riecht wunderbar – ein schwacher Parfümduft, gemischt mit Whisky und einem Hauch Weihrauch von ihren Kleidern, der Tom an seine Jugend erinnert. Einen Moment lang in dieser mondhellen Nacht, auf den Wellen treibend, ist er nur dieser Mann mit dieser Frau. Kein Dad. Nicht Tom, der Professor und Dozent. Kein Doktor der Psychologie, kein Erforscher dunkler, abtrünniger Psychen. Nur Tom. In einer Blase aus Mondlicht, losgelöst von Zeit und Raum, in der Dinge möglich sind, die in seiner geordneten Welt aus Gewohnheit und sicherer Vorstadtroutine sonst keinen Platz haben. Wie konnte es überhaupt so weit kommen? Er hat gedacht, das wäre es, was er will – diese Familie. Das Haus. Kinder. Routine. Sicherheit. Und er *will* es auch. Er nimmt sich nur eine kleine Auszeit, denn manchmal braucht jeder eine Pause. Er ist betrunken.

Er denkt nicht durch seinen üblichen Filter. Er fühlt sich … berauscht. Ein bisschen … teuflisch. Hungrig. Gierig.

»Hast du mir was in den Whisky getan?«

Sie lächelt, und es wirkt irgendwie verzerrt. Tom versucht, seine Orientierungslosigkeit abzuschütteln. Es geht nicht. Er will lachen. Er fühlt sich fantastisch. Glücklich. Scharf auf sie.

»Du hast mir was reingetan, oder?«

Sie lacht, wirft den Kopf in den Nacken und zeigt ihm ihre weiße Kehle. Die Tätowierung an ihrem Hals bewegt sich, erwacht zum Leben, windet sich. Ohne nachzudenken, streicht er sanft mit den Fingerspitzen darüber.

»Eine Chimäre?«, flüstert er. »Nicht zusammenpassende Teile. Warum?«

Sofort wird ihre Miene ernst, und Tom verspürt einen Anflug von Nervosität.

»Bestehen wir nicht alle nur aus nicht zusammenpassenden Teilen, die wir irgendwie zu einem Ganzen zusammenzusetzen versuchen? Die guten Teile, die bösen Teile, die Menschen, die wir sein könnten oder nicht sein wollen, all die Teile, die versuchen, sich gegenseitig in Schach zu halten?«

»Jetzt klingst du wie Lily, wenn sie sich über Jung'sche Psychologie auslässt.«

Arwen verstummt und dreht den Kopf weg. Sofort tut es Tom leid, dass er seine Frau erwähnt hat. Er hat der Magie einen Knacks versetzt. Er denkt, dass er das nicht denken sollte, dann grinst er, dann versucht er, nicht laut loszulachen. »O Mann, was hast du mir da gegeben? Scheiße, das Zeug ist der Wahnsinn.«

»Wo hast du deine Frau kennengelernt?«

»Warum?«

»Nur so.«

»In Ottawa. Das war vor sechzehn Jahren bei einer Psychologietagung. Ich war als Gastredner dort, und sie war jung und schön und klug, und sie ist auf einer der Cocktailpartys zu mir gekommen und hat mich ausgefragt.« Bei der Erinnerung lächelt er. »Eine junge Psychologin, die von einer eigenen Praxis geträumt hat. Sie war neunundzwanzig. Ich war ein Mann im mittleren Alter, und, ja, es hat mir geschmeichelt, dass sich eine fünfzehn Jahre jüngere Frau für mich interessiert. Also habe ich sie zum Abendessen eingeladen. Und eins hat zum anderen geführt.«

»Ein Mann im mittleren Alter – und du warst mit niemandem zusammen, als du ihr begegnet bist?«

Er verstummt. Ein Missklang in seinen Gedanken. Ihm wird das Heben und Senken unter dem Boot bewusst, das Schaukeln. Der Wind frischt auf. Das Klirren der Flaggleinen an den Masten wird lauter, und das Gluckern des Wassers an den Docks klingt beinahe aufdringlich. Er räuspert sich.

»Ich war in gewisser Weise Witwer. Meine Lebensgefährtin war ein paar Jahre zuvor gestorben, und ich hatte mich gerade aus einer ebenfalls recht langen Beziehung gelöst.«

»Wie ist sie gestorben?«

Scharf sieht er sie an.

»Tut mir leid. Ich … Das war indiskret.« Arwen nimmt seine Hand und schiebt die Finger zwischen seine. Stille erfüllt die Kabine. Sie mustert ihn. Das Mondlicht fängt sich in ihren Augen und lässt den kleinen Edelstein an ihrem Nasenflügel aufblitzen. Verführerisch, trotzdem kriecht Kälte durch seine Brust. Sie scheint sich zu verwandeln. Wie eine Chimäre. Etwas Kaltes und Finsteres erhebt sich um sie. Es ist die Intensität in ihren Augen und die Schärfe, die sich in ihre Fragen geschlichen hat. Tom spürt eine Art wilden Hunger, der von ihr auszugehen scheint. Von irgendwo ruft sein Verstand ihm zu, den Abend zu beenden. Schluss zu machen. Zu gehen. Sofort. Solange er noch unversehrt entkommen kann. Ein anderer Teil ist benebelt von Alkohol und etwas noch Stärkerem. »Schon gut«, sagt er. »Es …

es war ein sehr aggressiver Eierstockkrebs. Ich habe sie verloren, bevor wir eine Familie gründen konnten.«

»Wolltest du sie denn nie heiraten?«

Er lacht trocken. »Doch. Aber sie mich nicht. Das war so ein Feministen-Ding. Sie war brillant und wurde auf ihrem Gebiet sehr respektiert.« Er nippt an seinem Drink, während seine Gedanken durch die Zeit zurückgleiten. »Sie hat in einer psychiatrischen Klinik in Alberta gearbeitet. Ich habe an der Hochschule in der Nähe unterrichtet. Ich … war am Boden zerstört, als die Krankheit sie mir genommen hat. Es hat ein paar Jahre gedauert, bis ich diesen Verlust verarbeiten konnte. Erst sechs Jahre und eine weitere Beziehung später habe ich schließlich Lily kennengelernt. Manchmal … glaube ich, dass ich sie nicht verdiene. Sie hat mir ein neues Leben geschenkt, einen neuen … Sinn.«

»Lily kommt aus Ottawa?«

»Ja. Sie ist dort aufgewachsen. Einzelkind.«

Abrupt setzt sich Arwen auf und dreht den Kopf weg.

Tom fühlt sich komisch. Ungut.

Sie trinkt einen Schluck Whisky, ohne ihn anzusehen. »Welche psychiatrische Klinik in Alberta?«

»Das Margot Javinski Institute.«

»Ich habe dir doch gesagt, dass ich meine Kindheit in Alberta verbracht habe, oder? In einem kleinen Vorort namens Glenn Dennig.«

Die Temperatur in der Kabine fällt ab. Ein Summen setzt am Rand seines Verstandes ein.

Auf einmal zieht sie ihre Bluse aus, und ihre Brüste schimmern weiß im Mondlicht, das durch das Kabinenfenster hereinfällt. Der Schock trifft Tom mit voller Wucht. Sie lächelt, langsam, gerissen, dann beugt sie sich vor und drückt ihre Lippen auf seinen Mund. Ihre Zunge gleitet zwischen seine Zähne, und sie fasst ihm zwischen die Beine. Ein Stöhnen dringt aus seiner Brust, und er fühlt, wie er unter ihrer Hand hart wird. Er erlaubt ihr, den Kuss zu vertiefen. Er fällt, fällt hinab, wirbelt in einen heißen, roten Abgrund.

Sie massiert seine Erektion und flüstert dicht an seinem Mund: »Du willst mich. Aber du willst auch deine nette Vorstadtidylle. Siehst du, Tom – eine Chimäre.« Sie öffnet seinen Reißverschluss und lässt die Hand in seine Hose gleiten. Er stöhnt leise. »Aber ich kenne dein Geheimnis, Tom Bradley«, haucht sie über seine Lippen. Ihr Atem ist warm. »Ich weiß, was du vor all den Jahren getan hast.«

Eine feine Klinge aus Eis schneidet durch seine klebrig süße Lust. Er ringt darum zu begreifen, was sie gerade gesagt hat.

»Was?«

Sie lehnt sich zurück. Geschwollene Lippen. Sinnlicher Blick. Ein Lächeln zuckt um ihren Mund, und es sieht böse aus. Oder erfasst sein benebeltes Gehirn alles durch eine seltsam drogenverzerrte Linse?

Er versucht sich aufzusetzen, einen klaren Gedanken zu fassen. »Welches … welches Geheimnis? Was meinst du damit?«

»Ich weiß von den Patienten deiner verstorbenen Lebensgefährtin, Tom. In der Klinik.« Weich lässt sie die Finger seitlich an seinem Gesicht hinabstreichen.

Er starrt sie an.

Sie greift nach ihrer Bluse, zieht sie wieder an und schlüpft mit nackten Füßen in ihre Sandalen. Sie steht auf, nimmt ihre Handtasche. »Ich gehe jetzt lieber.«

Er sitzt da, mit offener Hose, sein steifes Glied ist zu sehen, und Verwirrung pulsiert durch seinen Kopf.

»Das verstehe ich nicht …«

»Oh, ich glaube, das tust du. Was bedeutet, dass ich auch über deine Frau Bescheid weiß. Ich weiß, was ihr beide getan habt.«

Sie geht auf die Treppe zu, die zum Niedergang führt.

»Arwen … warte!«

Ein Weihrauchwirbel, das Klingeln der Armreifen, ein leises Rascheln des Hippierocks, und schon ist sie die Treppe hinauf. Tom fühlt, wie sich das Boot leicht neigt, als sie hinunterklettert, er hört ihre Schritte auf dem Dock.

Panik peitscht durch seinen Körper. Er springt auf. Seine Welt dreht sich, als er mit einem Satz bei der Treppe ist und auf Deck klettert.

»Arwen!«, ruft er in die Nacht.

Er sieht sie, inzwischen hat sie das Ende des Docks erreicht. Sie geht auf den Parkplatz zu. Ihr Haar sieht im Mondlicht aus wie nasse Tinte. Tom steigt von Bord und stolpert ihr hinterher, seine nackten Füße patschen über die Holzplanken des Stegs.

»Arwen! Warte!«

Sie verschwindet in den Schatten auf der anderen Seite des Parkplatzes. Schwer atmend bleibt Tom stehen. Alles schwankt – Masten, Boote, das Dock, die Bäume im Wind, Schatten, er selbst.

Ein kleines orangerotes Licht flackert in der Dunkelheit auf, und er riecht Zigarettenrauch, scharf in der klaren Nacht. Auf dem Boot neben seinem kann er eine Gestalt ausmachen, eine Silhouette vor dem Mond. Die Zigarette glüht auf. Tom braucht einen Moment, bis er Simon erkennt. Er sitzt auf einem Stuhl auf seinem Boot und beobachtet ihn. Vor Simon steht ein Stativ mit einer Teleskopkamera.

»Simon?«

»Hey, Kumpel. Hast du dir ein kleines Problem eingefangen?«

»Was zum … was zum Teufel machst du hier?«

»Ich fotografiere den Mond.« Simon zieht wieder an seiner Zigarette und hebt das Gesicht zum sternenübersähten Himmel empor. Er bläst den Rauch in die Luft. »Als ich von deinem Boot gegangen bin, habe ich ihn über dem Meer aufgehen sehen, und mir ist eingefallen, dass ich eine Kamera an Bord habe. Also bin ich noch kurz rübergegangen und habe ein paar Fotos geschossen. So eine Gelegenheit bekommt man nicht oft. Wunderschön, oder?« Simon schaut nach rechts, dorthin, wo Toms Boot liegt. Er nimmt einen weiteren Zug.

Tom folgt seinem Blick. Von hier aus kann man das helle Fenster von Toms Kabine deutlich sehen. Und auch alles, was dahinterliegt. Simon könnte gesehen haben, wie Arwen und er sich geküsst haben. Er könnte ihre nackten Brüste gesehen haben. Sein Magen krampft sich zusammen. Wut windet sich durch seine Brust.

Simon lächelt in der Dunkelheit. Seine Zähne schimmern. Es kommt Tom so surreal vor. Seine ganze Welt ist in Schräglage geraten.

»Warum hatte sie es denn plötzlich so eilig?«, fragt Simon und bläst einen Mundvoll Rauch aus.

»Es ist nichts passiert«, gibt Tom zurück.

»Natürlich nicht, Kumpel. Dein Geheimnis ist sicher bei mir, Tommo.« Noch ein Zug. »Aber sie ist es wert, was?« Er macht eine anzügliche Geste vor seinem Schritt.

»Verpiss dich, Simon.«

»Vorsicht.« Eine Pause. »Sie ist beschädigte Ware.«

»Wie meinst du das?«

»Glaubst du, dass du der Einzige aus unserer Happy-Hour-Truppe bist, mit dem sie ins Bett geht?«

»Ich habe dir doch gesagt, dass nichts passiert ist. Ich …«

»Du bleibst also bei der Story. Keine Sorge. Ich verrate es niemandem, Tommy Boy.« Simon steht auf, tritt an die Reling.

Tom fällt wieder ein, was Arwen in der Nacht gesagt hat, in der sie mit ihm zur Bushaltestelle gegangen ist. In der Nacht, in der er ihr angeboten hat, die Amerikaner wegen des Cottages zu fragen.

Simon hat mir erzählt, dass er glaubt, es könnte bald frei werden.

»Alles klar … ich hab's kapiert.« Toms Nackenmuskeln spannen sich an. In seinem Kopf beginnt es zu pochen. »Muss ja sehr praktisch gewesen sein, dass ich dein Betthäschen für dich direkt auf der anderen Straßenseite untergebracht habe. Mitsamt einem separaten Atelier, in das du durch den Wald kommst, ohne dass Hannah und die Kinder dich sehen.«

»Ach, komm schon, Tom. Das sieht dir gar nicht ähnlich.« Er lächelt. »Oder? Das ist doch bestimmt nur der Alkohol, der da aus dir spricht. Oder vielleicht sind es auch die Drogen, die sie dir gegeben hat? Sie spielt mit bewusstseinsveränderndem Zeug herum. Sie ist gefährlich, diese Arwen.«

Eine Windböe rauscht heran, und die Boote scheinen sich zu erheben, die Luft einzusaugen, anzuschwellen wie eine gigantische Brust, zum Leben zu erwachen. Die kleinen Fensteraugen funkeln im Mondlicht, die Flaggleinen an den Masten lachen klimpernd: »Ding, ding, ding«. Tom hört wieder Arwens Stimme.

In einem kleinen Vorort namens Glenn Dennig … ich kenne dein Geheimnis … ich weiß von den Patienten deiner verstorbenen Lebensgefährtin, Tom. In der Klinik.

Vielleicht hat er das nur geträumt. Es kann nicht real sein. Es muss an den Drogen liegen, am Alkohol.

Ich weiß, was ihr beide getan habt.

»Geh nach Hause, Tom«, sagt Simon. »Geh zurück zu deiner Frau. Aber mach dir vorher die Hose zu.«

Erschrocken blickt Tom nach unten. Rasch zieht er den Reißverschluss zu und kehrt auf sein Boot zurück. Er findet seine Schuhe und schaltet das Licht aus. Schließt ab. Während sich seine Gedanken ein bisschen klären, wächst seine Angst.

Ich kenne dein Geheimnis.

Als er den Jachthafen verlässt, sitzt Simon immer noch rauchend auf seinem Boot. Während er die Straßen entlangläuft, raschelt der Wind in den Eichen. Er spürt das Wispern der Bäume, eine Botschaft, die sie einander weitergeben. Er fühlt, wie die Schatten näher kriechen.

Nichts scheint echt zu sein. Er hat sich alles nur eingebildet.

Oder?

Lily sagt immer, dass es die Realität irgendwo dort draußen nicht gibt. Die Realität ist nur eine Geschichte in unserem Kopf. Mehr nicht. Fiktion. Ein Taschenspielertrick. Eine drogenvernebelte Lewis-Carroll-Wunderland-Fantasie.

Etwas huscht durch das Gebüsch. Tom hält inne. Ein Waschbär kommt zum Vorschein. Auf dem Bürgersteig bleibt das Tier stehen. Sieht Tom an. Ein maskierter Bandit. Tom rührt sich nicht. Der Waschbär überquert die Straße, und drei kleine Jungen wuseln hinterher.

Familie.

Es trifft ihn wie ein Schlag. Wenn Arwen sein Geheimnis verrät, dann wird es seine Familie zerstören. Ganz und gar. Seine Ehe. Lily. Alles.

Das kann er nicht zulassen.

Hannah

Damals
18. Juni. Samstag.

Ein Tag vor ihrem Tod

Ein wunderschöner Junisonnenaufgang strahlt über dem Meer. Bald kommt der längste Tag des Jahres, denkt Hannah. Normalerweise ist dies ein Grund zur Fröhlichkeit, aber an diesem Tag ist sie nervös, während sie die Glasur auf dem Kuchen verteilt, den sie für das Grillfest gebacken hat.

Simon ist gestern Abend wieder erst sehr spät nach Hause gekommen, und sie hat gehört, wie er beim Pool einen Gartenstuhl umgestoßen hat. Sie hat aus dem Fenster geschaut und im Mondschein gesehen, wie er auf die Klippen und die Treppe zugegangen ist, die zu seinem »Männerschuppen« hinunterführt, wie er es nennt. Sie ist ins Bett zurückgekehrt und hat noch eine weitere Stunde zu den Schatten an der Decke hinaufgestarrt, bevor er leise ins Haus geschlichen ist. Er hat stark nach Alkohol gerochen, doch was Hannah zu schaffen macht, ist etwas noch Finstereres als das – ein Gefühl, das sie schon kennt, das sie aber normalerweise verdrängen kann.

Als sie an diesem Morgen aufgewacht ist, war Simon verschwunden. Er hat eine Nachricht für sie hinterlassen, in der stand, dass er schon heute früh zu seinem langen Trainingslauf aufgebrochen ist, weil morgen das Grillfest stattfindet und er ihr bei den letzten Vorbereitungen helfen wolle.

Hannah wirft einen Blick auf die Nachricht, die immer noch auf dem Tresen liegt. Da ist es wieder, dieses unheilvolle Gefühl. Sie schiebt es weg. Sie muss den Kuchen fertig machen und dann die Kinder wecken. Danach muss sie Jacob zu seinem Schwimmunterricht zum Windsor Park Recreation Centre bringen, wo sie sich mit Lily treffen wird, die Matthew zum selben Kurs bringt. Sie werden über die letzten Vorbereitungen sprechen und die Einkaufsliste durchgehen, und dann muss sie einkaufen und die Blumen abholen. Sie taucht das Messer in eine Tasse mit heißem Wasser und versucht, die Glasur weiter zu glätten. Ihre Gedanken kehren zu Simon zurück.

Diese Happy Hour am Freitag dauert immer länger, aber das ist es eigentlich gar nicht. Es steckt mehr dahinter. Vor zwei Wochen hat sie den Kassenzettel eines Chocolatiers in der Tasche seines Sportsakkos gefunden. Und zwei rote Haare auf dem Mantelärmel, als sie den Mantel aufgehängt hat, und sie ist sicher, dass sie Parfüm an dem Tweedstoff gerochen hat. Und als sie vor zwei Tagen die Wäsche gemacht hat, hätte sie schwören können, dass der rosa Fleck an seinem weißen Hemdkragen Lippenstift war.

Diese Frau, die gegenüber eingezogen ist – Hannah glaubt, dass sie es ist, die sie so beunruhigt. Die Happy-Hour-Kellnerin. Viel zu freundlich zu Simon, und der ist fast über seine eigenen Füße gestolpert, als er ihr beim Entladen dieses komischen blauen Kleinbusses mit den aufgemalten Schneeflocken geholfen hat. Hannah lädt mehr Glasur auf das Messer und fragt sich, ob es wohl Simons Idee war, dass die Kellnerin das Cottage gegenüber gemietet hat. Sie hat ihn danach gefragt, aber er hat gesagt, dass Tom diesen Geistesblitz hatte.

Hannah beugt sich über den Kuchen und begutachtet die Glasur. Glättet eine Unebenheit. Eine Frau wie Arwen Harper – Hannah empfindet sie als bedrohlich. Sie ist alles, was Hannah nicht ist. Sie ist frei. Kreativ. Ein bisschen wild. Unberechenbar. Erotisch. Sie stellt eine Gefahr für Hannahs ganzes Sein dar. Sie fordert ihr Verständnis davon heraus, wie man als Hausfrau im mittleren Alter zu leben hat.

Hannah tritt zurück und wischt sich die Hände an einem Küchentuch ab. Sie betrachtet den Kuchen. Vielleicht ist es ja auch Tom, der mit Arwen schläft. Nicht Simon. Sie möchte gern glauben, dass die Sache Lilys Problem ist, nicht ihres. Die perfekte Lily. Vielleicht ist deren Familie ja doch nicht so perfekt.

Dann drehen ihre Gedanken jedoch eine Schlaufe.

Was, wenn sich Simon in die Kellnerin verliebt hat? Sie könnte es nicht ertragen, ihn zu verlieren. Was sollte sie dann tun? Er würde das Haus bekommen. Es hat ihm schon gehört, als sie ihn kennengelernt hat. Was würden die Kinder wollen? Würden sie zu ihm und seiner neuen, sexy Ehefrau ziehen? Wer würde Hannah dann noch wollen? Sie hat inzwischen Falten. Sie trägt ein paar Pfund zu viel mit sich herum. Ihr Gesicht erschlafft allmählich. Die Männer drehen sich nicht mehr nach ihr um. Sie versteht jetzt, was die anderen meinen, wenn sie sagen, dass Frauen in ihrem Alter einfach zu verschwinden scheinen. Hannah denkt daran, wie Simon im Mondschein auf dem Weg zum Schuppen den Gartenstuhl umgestoßen hat.

Sie war erst ein einziges Mal in diesem Schuppen, und Simon weiß nichts davon. Er ist am Rand ihres Grundstücks in die Felswand gebaut. Er hängt mehr oder weniger über dem Meer und ist nur über eine steile Holztreppe mit einem Halteseil zu erreichen. Weil Hannah Höhenangst hat – es ist eine echte

Phobie –, glaubt Simon, dass sein Schuppen sicher vor ihren Schnüffeleien ist. Vor zwei Jahren aber hat sich Hannah die Stufen hinuntergewagt. Mit weißen Knöcheln das Halteseil umklammernd, ist sie mit dem Schlüssel hinabgestiegen, den sie in Simons Sockenschublade gefunden hat.

Ihr Puls beginnt zu rasen, als sie an jenen Tag zurückdenkt. Eilig trägt sie das Glasiermesser und die Rührschüssel zum Spülbecken und dreht das Wasser voll auf. Sie will sich nicht an die Fotos erinnern, die sie dort gesehen hat. Simon ist ein Beobachter, das ist alles. Er beobachtet Frauen und Vögel, und er schießt mithilfe seines Objektivs Fotos von ihnen. Das ist alles. Er ist ein Beobachter, ein Erforscher der Menschen. Ein Philosoph, der sich mit Weltanschauungen beschäftigt. Er ist eine Art Übermensch, nach Nietzsches Definition, und er glaubt nicht an Gott. Deshalb ist Simon der Meinung, dass es keine angeborene Moral gibt, keinen unabhängigen Wert der Dinge auf dieser Welt. Er glaubt, dass es der Mensch ist, der den Dingen Wert gibt, der die Moral erschafft. Was wiederum bedeutet, dass er wahrscheinlich eine Affäre eingehen würde, wenn es seinem Leben mehr Wert gäbe. Er würde es nicht für falsch halten. Er würde sagen: *Der Sinn des Lebens besteht darin, dass du stirbst, also mach es wertvoll, Hannah. Mach es zu etwas, das sinnvoll für dich ist.*

Was, wenn er in diesem Schuppen an den Klippen mit Arwen schläft?

Tränen steigen ihr in die Augen. Sie dreht mit einer ruckartigen Handbewegung das Wasser ab und bindet sich die Schürze los.

Der Schuppen.

Sie muss hinunter zum Schuppen.

Sie steckt ihr Handy ein, falls sie stürzt oder stecken bleibt oder sich vor Angst nicht mehr bewegen kann. Oder falls irgendetwas Schreckliches passiert. Möwen kreischen und segeln über die Klippe am Rand ihres Küstengrundstücks. Bäume wispern geheimnistuerisch und drängen sich aneinander. Eine lebendige Wand am Waldrand.

Hannah klammert sich am oberen Halteseil fest. Zentimeter für Zentimeter steigt sie tiefer hinab. Ein Schweißfilm überzieht ihre Haut. Die Zeit vertickt. Bald kommt er zurück. Weit, weit unter ihr hebt und senkt sich das Meer, saugt und gluckert. Kurz schließt Hannah die Augen und ringt um Atem. Sie sieht vor sich, wie sie den Halt verliert, abstürzt, in die Leere fällt, trudelnd, hinab, wie sie auf dem Weg hinunter gegen die Felsen schlägt, *krach, krach, krach,* bis zum Wasser, bis sie tot ist.

Konzentrier dich.

Sie versucht sich zu fassen und kämpft sich langsam weiter hinab zum Holzschuppen.

Hannah schließt die Tür auf. Im Innern nimmt sie einen schwachen Geruch nach Weihrauch wahr. Die ausgestopften Vögel starren sie aus ihren Glasaugen an. Ein Wiesel ist auch dabei. Hannah tritt zu dem Schreibtisch mit dem Computer, wo sie beim letzten Mal die Fotos gefunden hat.

Der Schreck durchfährt sie. Ausgebreitet auf dem Schreibtisch sind noch mehr Fotos, neue Fotos, die Simon ausgedruckt hat.

Von Tom. Und von Arwen, wie es scheint. Sie küssen sich. Umrahmt vom Rand eines Bootsfensters. Das Boot der Bradleys. Rasch zückt sie ihr Handy und fotografiert die Aufnahmen. Ein Geräusch lässt sie zusammenzucken.

Sie hebt den Kopf.

Es ist nur eine Brise, die ein seltsames Windspiel vor dem Fenster zum Klingen bringt.

Sie schießt ein letztes Foto, dann steckt sie ihr Handy wieder ein.

Sie fühlt sich besser.

Tom ist das Problem. Nicht Simon. Wie es aussieht, ist das Leben der so aufreizend perfekten Lily wohl doch nicht so perfekt.

Eine verzerrte, heiße Freude sprudelt in ihr hoch, als sie die Schuppentür umsichtig wieder abschließt. Ein boshafter kleiner Teil von Hannah will Lily diese Fotos zeigen. Sie allen zeigen. Wenn auch nur, um von sich selbst abzulenken, von dem Wissen über die Dinge in ihrer eigenen Ehe, die ihr schreckliche Angst machen.

Vielleicht wird sie das ja auch.

Lily

Damals
18. Juni. Samstag.

Ein Tag vor ihrem Tod

Lily sitzt neben Hannah in einem der Plastikstühle am Pool und sieht den Jungen beim Schwimmen zu.

Der Geruch nach Chlor, das Kreischen der Kinder, das Platschen, die warme Feuchtigkeit umschließen sie mit Vertrautheit, die heute aber nicht entspannend auf sie wirkt.

Sie sieht zu, wie Matthew ins Wasser springt. Er wird besser. Er klettert wieder aus dem Becken, und das Wasser glänzt auf seinem kleinen, weißen Körper. Eine Erinnerung trifft sie so hart und plötzlich, dass es ihr den Atem verschlägt. In ihrem Kopf sieht sie einen anderen Jungen. Die gleiche blasse Haut. Im selben Alter. Vor einem ganzen Leben. Ihr kleiner Bruder. Auf einmal riecht das Chlorwasser wie Blut. Alles verschwimmt vor ihren Augen. Sie sieht die klaffenden Wunden. In ihrem Bauch – tief, tief in ihr – setzt ein Beben ein. Sie hat so lange nicht mehr an ihn gedacht. Diese Dinge auszublenden ist ihre Bewältigungs-, ihre Überlebensstrategie. Doch das Alter, in dem sich ihre Kinder befinden, es lockt die Dinge wieder aus ihrem Unterbewusstsein hervor, und sie kriechen hinauf in ihr Leben, in ihre routinierte, geordnete Welt. Die Patienten, die sie gerade betreut, sind auch nicht sonderlich hilfreich. Ihre Probleme füttern die Bestie, die in ihr heranwächst, und befeuern ihre Paranoia.

Ja, sie könnte sich irren, was das auf der Karte eingeprägte Symbol dieses Typen im Hotel betrifft. Es könnte genauso sein, wie Dianne gesagt hat – sie könnte sich Verbindungen einbilden, die es nicht gibt.

Die Nachrichten hat sie sich allerdings nicht eingebildet: *Du kannst dich nicht vor Satan verstecken, wenn Satan in deinem Kopf ist … Von jemandem, der Bescheid weiß …*

Sie hat sich nicht eingebildet, dass ihre Patientin ihr inneres Kind Sophie nennt. Die Patientin, die nur zu einer Sitzung gekommen und danach nie wieder aufgetaucht ist.

Sie hat sich nicht eingebildet, dass Tom gestern Abend schon wieder so spät nach Hause gekommen ist. Nach Alkohol stinkend. Und heute Morgen war er … seltsam. Irgendwie daneben. Wortkarg. Er ist ihr besorgt vorgekommen. Und das hat Lily Angst gemacht. Sie hat sich seiner Liebe immer so sicher gefühlt. Irgendetwas hat sich verändert.

»Was ist mit Marshmallows?«, fragt Hannah und tippt Notizen in ihr Handy.

»Was?«

»Hörst du mir überhaupt zu, Lily? Also, ich habe alle Zutaten für S'mores auf der Liste: Schokolade, Graham Cracker.« Sie hält kurz inne. »Was brauchen wir sonst noch? Simon hat die alkoholischen Getränke und die Softdrinks für die Kinder schon geholt. Und Mineralwasser … Ich habe alles für die Salate bestellt und Ofenkartoffeln, Knoblauchbrot, Coleslaw, Frikadellen, Würstchen, Hühnerbeine, Steaks. Was noch?«

»Ähm … hast du was Vegetarisches?«, fragt Lily geistesabwesend, ohne Matthew aus den Augen zu lassen. Er ist dieses Jahr viel besser im Schwimmen geworden, aber er ist immer noch der Kleinste. Er planscht im Pool herum. Liebe und Stolz und ein schmerzhafter Beschützerinstinkt ballen sich in ihrer Brust zusammen. Matthew und Phoebe sind Lilys Daseinsgrund. Sie weiß, warum sie unbedingt Kinder haben wollte. Kinder zu bekommen ist ein Akt der Hoffnung, der Wiedergutmachung. Es geht nicht nur um die Neuerfindung seiner selbst, es ist ein Weg, seinem Selbstbildnis eine neue Form zu geben. Als Therapeutin weiß sie, dass die meisten Eltern wie sie sind – sie wollen die Welt sicherer und besser machen für ihren Nachwuchs. Es geht darum, die Zukunft zu kontrollieren und zu gestalten, um die eigene Existenz zu rechtfertigen und der Vergangenheit einen Sinn zu verleihen. Es ist ein Akt der Wiedergutmachung.

Sie erkennt ihre junge Patientin Tarryn Wingate am tiefen Ende des Pools auf der anderen Seite. Sie unterhält sich mit ihrem Coach. Das Schwimmteam darf die langen Bahnen an diesem Morgen exklusiv nutzen. Lily denkt an Phoebes Ausbruch.

Tarryn Wingate zum Beispiel, die sich übrigens ständig besäuft und mit Jungs schläft. Wahrscheinlich sogar mit ihrem Trainer. Aber zu der bist du sicher total nett.

»Wer ist denn Vegetarier?«

»Was?«

»Wer ist Vegetarier?«

»Phoebe.«

»Seit wann isst sie denn kein Fleisch mehr?«

»Wie heißt der Schwimmtrainer noch mal mit Nachnamen?«

»*Lily?*« Sie sieht ihre Freundin an. Hannah wirkt verärgert. »Er heißt Seth Duval. Unser Nachbarschaftsgrillen – interessiert dich das dieses Jahr gar nicht? Warum nicht? Sonst bist du doch immer … ich weiß nicht. Normalerweise willst du dabei doch am liebsten alles selbst organisieren und kontrollieren.«

»Kontrollieren?«

»Du weißt schon, wie ich das meine.«

»Du findest mich kontrollsüchtig?«

»Hör dir doch mal selbst zu, Lily. Was ist denn los mit dir? Du bist nicht mehr du selbst, seit … keine Ahnung. Seit einer ganzen Weile schon.«

»Hat Dianne etwas zu dir gesagt? Hat sie es dir erzählt?«

Etwas huscht durch Hannahs Blick.

»Also ja. Was zum Teufel hat sie gesagt?«

»Sie hat mich nur gefragt, ob ich wüsste, ob alles in Ordnung mit dir ist oder was mit dir los ist.«

Ärger packt Lily. Auf einmal ist es zu heiß hier drin, sie fühlt sich gefangen in dieser schwülen Chlorblase. Scham kriecht ihr ins Gesicht. Sie ist hier die Therapeutin. Sie kann es sich nicht leisten, so auszusehen, als könnte sie ihr Leben nicht zusammenhalten. Sie *muss* ihr Leben im Griff haben.

»Hey.« Hannah legt ihr eine Hand auf den Arm. »Du kannst mit mir sprechen, Lily. Sogar Therapeuten müssen sich manchmal etwas von der Seele reden.« Doch da ist ein merkwürdiger Glanz in Hannahs Augen. Oder bildet sich Lily nur ein, dass ihre Freundin es genießt, dass sie so neben sich steht? Dass Hannah tatsächlich davon zehrt?

»Liegt es an Tom?«, drängt Hannah leise.

»Was soll das heißen? Hat Simon etwas gesagt? Hat er es dir erzählt?« Wenn es irgendjemand weiß, dann Simon, denkt Lily. »Was hat er gesagt, Hannah? Und lüg mich nicht an – nicht bei dem hier.«

Hannah zuckt leicht vor diesem verbalen Angriff zurück. Röte steigt ihr in die Wangen.

»Er hat eine Affäre, ich wusste es«, keucht Lily. »Ich … ich *wusste* es.«

»Er hat eine *Affäre*?«, fragt Hannah.

»Hat … hat Simon dir das nicht erzählt? Ist es nicht das, worauf du hinauswillst?«

»Nein. Simon hat nichts …«

»Wehe, du deckst Tom. Wag es nicht, mich anzulügen, Hannah. Du musst es mir sagen.«

Die Kinder klettern aus dem Becken, greifen nach ihren Handtüchern. Matthew wickelt sich das Tuch um seine zitternden schmalen Schultern. »Hannah, schnell. Sag es mir, bevor die Kinder hier sind.«

»Lily, das Einzige, was Simon über Tom gesagt hat … ist … dass sie gestern Abend alle noch zu eurem Boot gegangen sind, nach der Bar. Die Kellnerin ist mitgegangen. Alle sind vor Tom und Arwen gegangen.« Hannahs Gesicht wird immer röter.

»Arwen? Heißt so die Kellnerin?«

»Ich dachte, das … wüsstest du.«

Lily starrt ihre Freundin an. Matthew kommt zu ihnen gerannt, in sein Handtuch gewickelt wie ein Burrito. Ein Kind kreischt. Ein anderes macht eine Wasserbombe.

»Er hat auch gesagt, dass Tom für Arwen das Mietcottage gegenüber organisiert hat.«

»Tom hat *was*?«

»Das Cottage von den Amerikanern. Sie ist Künstlerin. Sie braucht ein Atelier. Und genug Platz für sich und ihren Sohn.«

»Sie hat einen Sohn?«

Auf einmal wird Hannah ganz blass. »Sie ist alleinerziehend. Du … Ich dachte wirklich, dass wüsstest du, Lily. Sie kommt morgen auch zu der Party, und warum weißt du das nicht?«

»*Was* weiß ich nicht, Hannah? Raus damit.«

»Ich meine, ich dachte, Phoebe hätte es dir längst erzählt. Deine Tochter ist mit Joe … na ja, sie ist sehr gut mit Joe befreundet – mit dem Sohn der Kellnerin. Er ist sechzehn.«

Lily fühlt, wie ihr der Mund aufklappt. Ihre Welt kippt.

»Da ist etwas, was du sehen solltest.« Hannah greift nach ihrem Handy.

Lily

Jetzt
21. Juni. Dienstag.

Zwei Tage sind seit dem Grillfest vergangen, seit Arwen Harper gestorben ist. Seit Lilys Leben, wie sie es kannte, vollständig in sich zusammengebrochen ist. Seit sie von den unermesslichen Tiefen des Betrugs durch ihren Ehemann erfahren hat. Jetzt lagern Reporter vor ihrem Haus, und die Polizei zieht ihre Kreise um sie. Lily rührt in einem Topf blubbernder Bolognese und wirft Tom, der im Wohnzimmer sitzt, einen Blick zu. Sie bereitet das Abendessen zu, während er versucht, eine Psychologiezeitschrift zu lesen. Die Kinder sind immer noch bei ihren Schwiegereltern, und sie werden auch dort bleiben, bis diese Sache vorübergezogen ist.

Lily ist sich ganz und gar nicht sicher, dass sie vorüberziehen wird.

Ihre größte Angst ist die, dass ihr Ehemann etwas noch viel Schlimmeres getan hat, als sie zu betrügen. Nur eines weiß sie mit Sicherheit – sie weiß es in einem tief liegenden, ungezähmten und hässlichen Teil ihrer selbst: Es ist verdammt noch mal gut, dass Arwen Harper tot ist. Es ist besser so. Sicherer. Für

Lily. Für ihre Familie. Nur um Joe tut es ihr leid. Aber das ist Arwens Schuld. *Sie* hat ihrem Sohn das angetan. Alles ist ihre Schuld.

Das Klirren des Türklopfers ertönt. Lily zuckt zusammen. Wieder klirrt es, und jemand klopft an die Tür. Tom fährt hoch. Sie sehen einander an. Noch ein Klopfen.

»Polizei! Aufmachen!«

Lily sieht einen uniformierten Polizisten, der um das Haus herumgeht. Es klopft immer weiter.

»Mr und Mrs Bradley! Polizei! Machen Sie die Tür auf!«

Hastig wischt sie sich die Hände an der Schürze ab und bindet sie los. Sie blickt zu Tom. Wie erstarrt sitzt er im Sessel, und man sieht das Weiße in seinen Augen. Lily hastet zur Tür, schließt sie auf und öffnet sie.

Vor ihr stehen Detective Duval und Detective Hara. Weitere uniformierte Polizisten haben sich hinter ihnen versammelt. Lily sieht einen Streifenwagen, der quer in der Einfahrt steht und ihr Auto blockiert. Auf der Straße parken weitere Streifenwagen. Ein Polizeibus. Journalisten machen Filmaufnahmen und schießen Fotos.

»Wir haben einen Durchsuchungsbefehl für Ihr Haus und den Gartenschuppen, Mrs Bradley.« Detective Duval reicht Lily ein paar Papiere. Mit zitternder Hand nimmt Lily sie entgegen, kann den Worten darauf aber keinen Sinn abringen.

»Bitte lassen Sie uns eintreten, sonst werden wir uns gewaltsam Zutritt verschaffen.«

»Tom!«, ruft sie.

Er steht direkt hinter ihr. Sie reicht ihm den Durchsuchungsbefehl.

»Ich … ich rufe Dianne an«, sagt sie.

»Bitte treten Sie beiseite, Ma'am«, sagt einer der Polizisten und schiebt sich an ihr vorbei.

Tom versucht offenbar, den Durchsuchungsbefehl zu lesen, aber er scheint unter Schock zu stehen. Seine Hände zittern.

Drei Polizisten poltern in ihren großen Stiefeln die Holztreppe hinauf, Detective Duval folgt ihnen. Zwei weitere Polizisten durchqueren das Haus und verlassen es wieder durch die Küchentür, Detective Hara im Schlepptau. Mit großen Schritten durchqueren sie den Garten Richtung Schuppen. Wieder sieht Lily zu Tom hinüber. Sein Gesicht ist kreideweiß. Das Licht im Schuppen geht an.

In der Küche öffnet eine Polizistin die Tür des Gefrierschranks. Lily wird schwindlig, als die Polizistin den Müllbeutel mit dem gefrorenen Hackfleisch herauszieht. Ein anderer Cop öffnet den Schrank unter der Spüle, wo der Müll steht. Die Männer im Schuppen kommen wieder heraus, sie tragen den Behälter mit sich, in dem Lily das Shirt gefunden hat. Dann kommen zwei Polizisten die Treppe wieder herunter, einen Beweismittelbeutel mit Lilys frischer Wäsche darin. Ganz oben liegt Toms ordentlich zusammengefaltetes Ocean-Motion-Shirt.

Detective Duval erscheint. Sie trägt eine Kiste, in der sich Matthews »Fallakten« befinden und die Ordner mit seinen ausgedruckten Fotos.

»Die können Sie nicht mitnehmen!« Auf einmal verzweifelt streckt Lily die Hand aus. »Mein Sohn wird todtraurig sein. Die gehören ihm.«

»Bleiben Sie bitte zurück, Ma'am«, sagt einer der Cops.

Lily weicht zurück und stößt gegen einen Beamten, der weitere Kisten trägt. Ein anderer nimmt Toms Handy an sich, das auf dem Küchentresen gelegen hat.

»Das dürfen Sie nicht mitnehmen«, ruft Lily.

»Der Durchsuchungsbefehl schließt das hier mit ein, Ma'am«, entgegnet der Polizist. Wilder Zorn brodelt in Lilys

Brust. Ihre Sicht färbt sich rot an den Rändern. Ihre Brust hebt und senkt sich schwer. Sie ballt die Hände zu Fäusten.

Auf einmal spürt sie Toms Hand auf ihrem Arm. Seine Berührung ist sanft, zärtlich. »Ganz ruhig, Lily«, flüstert er. »Verlier vor ihnen nicht die Beherrschung. Gib ihnen nichts, was sie gegen uns verwenden können.«

Sie schluckt. Sie will sich schluchzend an ihren Mann lehnen. Sie will, dass Tom sie in die Arme nimmt und tröstet. Sie will mit den Fäusten auf seine Brust einschlagen und schreien und treten und ihm die Haare ausreißen und … ihn umbringen. Sie weiß nicht mehr, was sie glauben soll. Sie kann ihm nicht trauen.

Er hat ihnen das angetan. Er und Arwen.

Auf einmal bleibt Detective Duval wie angewurzelt im Flur stehen. Sie dreht sich zur Wand und beugt sich abrupt vor. Sie schaut sich eines der gerahmten Familienfotos an. Lily wird ganz still. Irgendetwas an Detective Duvals Reaktion ist merkwürdig, zu heftig, was ihr Angst macht.

»Toshi!«, ruft Detective Duval. »Komm mal her und schau dir das an.«

Ihr Partner tritt zu ihr. Duval deutet auf das Bild, das sie in Botswana aufgenommen haben. Detective Hara beugt sich vor. Er wechselt einen scharfen Blick mit seiner Partnerin.

Lily schluckt.

Detective Duval wendet sich an Tom und Lily und deutet auf das Foto. »Wo befindet sich dieses Perlenarmband jetzt?«

»Welches Perlenarmband?«, fragt Lily.

»Das auf dem Foto. Um Mr Bradleys Handgelenk.«

Tom umfasst ihren Arm. Seine Miene wirkt eindringlich. *Sag nichts,* liest sie in seinen Augen.

»Nehmen Sie dieses Foto mit«, weist Detective Duval einen der Polizisten an. »Eintüten.«

Das Bild wandert in eine Beweismittelkiste. Lilys Herz rast. Sie versucht, in Toms Gesicht zu lesen, aber sie hat keine Ahnung, was hier vor sich geht.

Gerade als Lily denkt, dass die Polizei endlich gehen wird, klingelt Detective Duvals Handy. Sie nimmt den Anruf entgegen. Ihr Blick flackert zu Lily und Tom.

»Eine Übereinstimmung?«, fragt sie.

Dann hebt sie die Hand und winkt ihren Partner wieder zu sich. Leise sagt sie etwas zu ihm. Detective Duval und Detective Hara kommen auf Lily und Tom zu.

»Mr und Mrs Bradley, Sie müssen beide mit uns kommen.« Detective Duvals Stimme ist nüchtern, kalt.

»Was … warum?« Lily ist völlig verwirrt.

Detective Hara zieht Handschellen hervor. Lilys Herz setzt einen Schlag aus.

»Was in aller Welt tun Sie denn da? Tom! Ruf Dianne noch mal an. Schnell. Das können sie nicht tun. Sie *können* uns nicht mitnehmen.« Es klingt verzweifelt. »Tom, sag es ihnen. Sag ihnen, was Dianne gesagt hat. Sie können uns nicht festhalten, wenn sie uns nicht anklagen …«

»Genau das werden wir tun, Ma'am.« Detective Duval greift nach Lilys Arm. »Wir haben ausreichende Gründe, um Sie beide zu verhaften und zur weiteren Befragung in Verbindung mit dem Tod von Arwen Harper mitzunehmen.«

»*Mich?* Warum mich?«

Detective Duval hält sie fest, legt ihr Handschellen hinter dem Rücken an und schiebt sie zur Haustür.

»Sind Sie sicher, dass Ihre Kinder in guten Händen sind, Mrs Bradley?«, fragt Duval.

Tränen schießen Lily in die Augen. Sie beißt sich auf die Lippe und nickt. Sie hätte diesen verdammten Müllbeutel nie in den Gefrierschrank stecken sollen. Was hat sie nur geritten, dass sie sich so offensichtlich verdächtig benommen hat? Und woher zum Teufel wissen sie davon? Sie erinnert sich daran, dass sie das Gefühl hatte, jemand würde sie durch das Fenster beobachten, dann jedoch geglaubt hat, es wären nur die Bäume gewesen. Sie denkt an Garth Quinlan draußen an ihrer Hintertür.

Detective Hara führt Tom in Handschellen hinter ihr her.

Tom flüstert ihr leise zu: »Sie können uns nicht länger als zweiundsiebzig Stunden festhalten, wenn sie uns nicht vor einen Richter bringen und Anklage erheben. Sag nichts, Lily. Nicht ohne Anwalt. Besorg dir einen Anwalt, Lily.«

Die Haustür schwingt auf.

Lily blinzelt in die Dämmerung hinaus, in der Kameras aufblitzen und Reporter zu rufen beginnen. Sie dreht den Kopf von der Menge weg und lässt ihr Haar vor ihr Gesicht fallen, während sie zum Streifenwagen geführt wird.

Rue

Jetzt
22. Juni. Mittwoch.

Rue und ihr Team befinden sich im Einsatzraum, eine Staatsanwältin ist bei ihnen. Es ist früh am Morgen, und Tom und Lily Bradley haben die Nacht in ihren Arrestzellen verbracht. Die Uhr tickt, sie können das Paar nicht mehr lange festhalten.

»Was haben wir?«, fragt die Anwältin, setzt sich an einen Schreibtisch und klappt die Akte auf. Sie nippt an ihrem Coffee to go und überfliegt die Papiere.

»Keiner von beiden redet – sie kooperieren überhaupt nicht«, berichtet Rue der Anwältin. »Und die Ehefrau hat sich inzwischen einen Anwalt besorgt. Bisher haben wir Folgendes: Die Haut- und Blutproben, die unter Arwen Harpers Fingernägeln genommen wurden, passen zu den DNS-Proben, die Tom Bradley uns zur Verfügung gestellt hat. Wir haben Fotos von Wunden, die wie Kratzspuren aussehen, an Bradleys Hals. Das Innenband der Kordel-University-Cap, die wir auf den Klippen gefunden haben, ist voll mit Bradleys DNS. Seine DNS befindet sich auch auf dem Band der Petzl-Stirnlampe, die ebenfalls auf der Klippe gefunden wurde. Arwen Harpers Blut wurde an den Blättern des Unterholzes in der Nähe festgestellt. Bradleys Schuhgröße und die Marke der Schuhe passen zu den Fußabdrücken, die denen von Arwen Harper zu den Klippen gefolgt sind. Der Schlamm in Bradleys Schuhprofil stimmt mit dem Schlamm des Waldpfads überein. Außerdem hatte Bradley das Blut von Arwen Harper auf sich und auf einem Shirt, das er zu verstecken versucht hat und das seine Frau offenbar gewaschen hat, sobald Bradley sein Haus verlassen hat, um mich zu der Leiche zu führen. Als Toshi später noch einmal zurückgekehrt ist, um die Ehefrau zu befragen, hat er im Haus die Waschmaschine gehört. Harpers Blut wurde an Bradleys Taschenlampe gefunden. Wir haben sie von einem Obdachlosen, den wir bei einer ausgedehnten Durchsuchung des Walds aufgestöbert haben, nachdem Codys Tochter uns von einem Spanner dort erzählt hat. Wir haben ihn erwischt. Er campiert in den Wäldern und hat zugegeben, für die dritte Fußspur an den Klippen verantwortlich zu sein. Er behauptet, die Taschenlampe unter einem Busch gefunden zu haben, nachdem Tom Bradley durch den Wald zurück nach Hause gelaufen ist, um dort den Notruf zu wählen. Er hat auch das Blut auf Tom Bradleys Shirt gesehen und das Logo auf dem Rücken. Außerdem haben wir ein Familienfoto sichergestellt, auf dem Tom Bradley ein Armand aus orangeroten und grünen Perlen trägt, das identisch mit dem zerrissenen Band ist, das zwischen den Fingern der Toten steckte, und mit den Perlen, die oben an den Klippen verstreut lagen.«

»Motiv?«, fragt die Staatsanwältin und nimmt noch einen Schluck Kaffee.

»Hannah Cody, eine Freundin und Nachbarin, hat uns heute Morgen diese Fotos gebracht.« Rue klickt auf ihrem Laptop herum und ruft die Fotos auf dem großen Bildschirm im Raum auf. »Sie wurden von ihrem Ehemann Simon Cody aufgenommen, und sie zeigen eindeutig, wie Tom Bradley und das Opfer sich auf dem Boot der Bradleys küssen, nur drei Tage bevor er ihren Tod gemeldet hat.«

»Das würde eher der Ehefrau ein Motiv geben«, wirft Toshi ein.

Die Staatsanwältin nickt und betrachtet die Fotos. »Gelegenheit?«

»Hatten sie beide«, antwortet Toshi. »Der Ehemann könnte das Haus verlassen haben, während seine Frau, die eine Schlaftablette genommen hat, ausgeschaltet war. Oder vielleicht hat sie diese Tablette nicht wie behauptet genommen und hat selbst das Haus noch einmal verlassen.«

Die Staatsanwältin lehnt sich auf ihrem Stuhl zurück und neigt das Kinn in Richtung der Akte. »Das ist zwar überzeugend, aber es sind ausschließlich Indizienbeweise. Außerdem gibt es noch weitere DNS-Spuren auf der Cap, die *nicht* zu Tom Bradley gehören und deren Spender bisher noch nicht identifiziert werden konnte. Am Oberschenkel der Toten waren Spermaspuren, die ebenfalls nicht zu Tom Bradleys DNS passen.«

»Die zusätzlichen DNS-Spuren auf der Kordel-Cap und die DNS der Spermaspuren stammen von verschiedenen Spendern – sie passen nicht zusammen. Und sie passen ebenso wenig zu irgendwelchen anderen Proben, die wir zur Analyse an das private Labor geschickt haben. Wir haben eine Anfrage gestartet, damit die beiden nicht identifizierten Profile durch die Datenbank der RCMP geschickt werden, um herauszufinden, ob sie zu einem anderen Profil im System passen. Die Ergebnisse sollten bald da sein.«

»Also, was wir bisher haben«, fasst die Staatsanwältin zusammen, »beweist nicht über jeden begründeten Zweifel hinaus, dass Bradley diese Frau getötet oder etwas getan hat, das zu ihrem Sturz von der Klippe führte. Seine Verteidigung wird argumentieren, dass Arwen Harper ihn wahrscheinlich während des Streits im Poolhaus beim Grillfest der Codys gekratzt hat. Klister wird anführen, dass sich irgendjemand seine Kordel-Cap ausgeliehen haben könnte, weil aus den DNS-Spuren nicht zwingend hervorgeht, welche früher und welche später darauf hinterlassen wurden. Was diese Perlenarmbänder angeht – so etwas hat nicht nur Tom Bradley. Seine Schuhgröße und die Marke findet man sehr häufig unter Langstreckenläufern. Ja, der Schlamm unter den Sohlen passt zu dem Waldpfad, aber das liegt daran, dass er, ja, auf dem Spirit Forest Trail gelaufen ist. Seine Taschenlampe weist Spuren von Arwen Harpers Blut auf, weil Bradley die Tote angefasst und angeblich versucht hat, sie wiederzubeleben. Dann hat er seine Taschenlampe genommen und ist nach Hause gerannt. Sein Shirt war ebenfalls blutig, weil er versucht hat, sie wiederzubeleben. Dasselbe gilt für die Blutspuren an seinem Körper. Er hat das Gesicht des Opfers mit seiner Jacke bedeckt, weil, ja, es *war* etwas Persönliches – er hatte eine Affäre mit Arwen Harper.« Mit ihrem Kaffeebecher deutet sie auf das pixelige Foto auf dem Bildschirm, das Harper und Bradley zeigt, die sich küssen. »Er hatte fraglos eine intime Beziehung zu ihr und vielleicht sogar tiefe Gefühle für sie.«

»Und warum hat er uns dann nicht gesagt, dass er wusste, wer die Tote ist, als er uns zu ihrer Leiche geführt hat?«, fragt Backmann und gibt den Advocatus Diaboli.

Die Staatsanwältin schüttelt den Kopf. »Das weiß ich nicht. Aber Klisters Team könnte argumentieren, dass er unter Schock stand und es einfach nicht wahrhaben wollte. Dass er panisch war und sich deshalb das Shirt ausgezogen hat, bevor er den Notruf gewählt hat. Das Blut auf seiner Haut hat er immerhin nicht zu verbergen versucht.«

»Klingt ziemlich weit hergeholt«, kommentiert Backmann.

Die Staatsanwältin zuckt beiläufig mit den Schultern. »Wie auch immer es klingt, das hier ist kein unwiderlegbarer Beweis dafür, dass er es getan hat. Und bei der Jury könnten Klisters Argumente ziehen. Sie ist gut. Wir brauchen etwas Besseres.«

Toshi sagt: »Und was ist mit der Ehefrau? Sie hat das Shirt ihres Ehemanns gewaschen und sich sogar so weit aus dem Fenster gelehnt, dass sie Fleisch in einem Müllbeutel in ihren Gefrierschrank gelegt hat, um das Blut zu verstecken.«

»Da könnte die Verteidigung ebenfalls mit Schock argumentieren, eine Panikreaktion. Wenn jemand panisch wird, dann spielt logisches Denken keine Rolle mehr. Das hier wird ein hochkarätiger Fall werden. Medienexperten von überall werden die Entwicklungen permanent bewerten. Arwen Harper hat Drogen genommen. Sie hatte psychische Probleme. Diesen medizinischen Berichten zufolge hat sie einige Zeit in einer Klinik verbracht. Klister wird das einsetzen. Und letztendlich müssen Klister und ihr Team die Jury nur davon überzeugen, dass es begründete Zweifel gibt. Mehr nicht. Sie müssen niemandes Unschuld beweisen, aber *wir* müssen zweifelsfrei die Schuld des oder der Angeklagten nachweisen. Wir brauchen ein Geständnis. Wir brauchen ein Schuldeingeständnis. Einen unwiderlegbaren Beweis. Irgendetwas.«

Spannung schließt sich um Rues Brust. Sie würde Bradley lieber jetzt sofort anklagen. Ihn vor Gericht bringen. Ihn hier festhalten, während sie auf die weiteren DNS-Ergebnisse warten und während sie mit den Ermittlungen fortfahren. Ein Teil von ihr muss wissen, dass er schuldig ist.

»Okay, Leute«, sagt sie. »Wir haben noch Arbeit vor uns. Legen wir los. Lasst uns etwas finden, bevor wir die Bradleys wieder gehen lassen müssen.«

Welleneffekt

Jetzt

Joe liegt auf dem Rücken auf dem Bett. Er befindet sich immer noch im Haus der Codys, und er hat keinerlei Antrieb, aufzustehen. Oder überhaupt weiterzuleben. Auf Twitter hat er gesehen, wie die Bradleys abgeführt worden sind. Er muss mit jemandem reden. Über seine Mutter. Darüber, dass sie versucht hat, den Bradleys wehzutun. Darüber, was passiert ist … Aber das würde Phoebe einen vernichtenden Schlag versetzen. Er weiß nicht, was er tun soll, was schlimmer für sie wäre. Phoebe ist erst zwölf, aber er liebt sie. Es ist das, was wahrer Liebe in seinem Leben bisher am nächsten kommt.

Er denkt daran, was seine Mutter geschrieben hat.

Die Sanitäter holen das Mädchen unter dem Bett hervor. Sie finden keine Anzeichen auf äußerliche Verletzungen, doch sie scheint katatonisch zu sein. Sie kann nicht sprechen.

»Sie stand schwer unter Schock«, sagte Wozniak später zu einem Reporter. »Die Verletzungen waren in ihrem Bewusstsein. Ich glaube, sie hat alles gehört, vielleicht hat sie sogar gesehen, was auf der anderen Seite des Flurs im Zimmer von diesem kleinen

Jungen passiert ist. An diesem Tag habe ich mich gefragt, ob sie wohl jemals wieder normal sein würde, nach dem, was sie in diesem Haus des Grauens miterleben musste. Ich meine, wie kann man nach so etwas Grauenhaftem einfach wieder normal sein?«

Eines jedoch fiel Wozniak auf, als die Sanitäter das Mädchen fortbrachten.

Eine offenkundige Tatsache.

Das Mädchen, das sich unter dem Bett versteckt hatte, war nicht das Mädchen auf den Familienfotos.

Das Mädchen unter dem Bett war jünger, und sie sah ganz anders aus. Sie war nicht Sophie McNeill.

Die Fahndung lief weiter.

Sophie wurde immer noch vermisst. Wahrscheinlich war sie entführt worden und schwebte in ernster Gefahr.

Falls sie überhaupt noch lebte.

Sein Handy gibt ein »Ping« von sich. Eine Nachricht von Phoebe. Er liest:

Mein Dad wurde verhaftet. Ich weiß nicht, was ich tun soll.

Joe schließt die Augen und lässt die Hand, in der er das Handy hält, auf die Matratze fallen. Er kann ihr nicht antworten.

Ich weiß auch nicht, was ich tun soll, Phoebe.

* * *

Unten stellt Hannah Cody eine Schale voll Porridge vor Simon auf den Tisch. Ihr ist übel. Vielleicht hätte sie diese Fotos von Tom, der Arwen küsst, heute früh nicht zur Polizei bringen sollen. Simon weiß nichts davon, und sie hat zu viel Angst, um es ihm zu erzählen. Aber Tom hat getan, was er getan hat – das ist nicht ihre Schuld.

»Was glaubst du, was jetzt mit Tom passiert?«, fragt sie.

Simon legt seine »Globe and Mail« beiseite und taucht den Löffel in die Schale. »Weiß der Himmel«, antwortet er, ohne aufzusehen. »Was für ein Zirkus.« Er schiebt sich einen Löffel voll Porridge in den Mund.

»Lässt dich das völlig kalt?«

Er sieht auf, lehnt sich zurück. Langsam schluckt er, und seine Miene wird hart. Hannah zieht sich zurück, auf einmal hat sie Angst vor ihrem eigenen Ehemann. Sie geht zur Spüle und dreht ihm den Rücken zu. Sie beginnt, den Topf abzuwaschen.

»Was, wenn er es nicht getan hat?«, fragt sie leise.

»Was, wenn er es getan hat?«

Sie schließt die Augen und steht einfach da, versucht nicht zu weinen, als sie an Lily im Gefängnis denkt. Was hat sie ihrer Freundin nur angetan? Was wird mit Phoebe und Matthew passieren?

* * *

Tom sitzt in seiner Arrestzelle im Polizeirevier, das Gesicht in den Händen. Seine einzige Hoffnung ist Dianne. Sie hat gesagt, dass er wahrscheinlich keine Kaution stellen kann, falls man ihn anklagt. Es besteht Fluchtgefahr, und es geht um ein grauenhaftes Verbrechen. Sie werden ihn bis zum Prozess festhalten, und es könnte Monate oder sogar Jahre dauern, bis das Gerichtsverfahren beginnt. Trotzdem glaubt er, dass die Polizei höchstens Indizien haben kann. Keinen Beweis dafür, dass er Arwen Harper etwas angetan hat.

»Die Nachrichten sind voll davon«, hat ihm der uniformierte Polizist, der ihm das Frühstück gebracht hat, erklärt. »Sogar die landesweiten Nachrichten.«

Er betet, dass seine Eltern gut auf die Kinder aufpassen.

Er betet, dass Lilys Anwalt keine Strategie entwirft, um sie beide gegeneinander auszuspielen. Er hofft, dass sie daran denkt, was sie selbst zu ihm gesagt hat.

Was auch immer du tust, Tom, was auch immer du sagst, denk an die Kinder. Tu es für die Kinder. Sie haben das hier nicht verdient.

* * *

Matthew sitzt auf dem Bett im Gästezimmer in dem großen Haus seiner Großeltern in Lands End. Seine Eltern sind beide im Gefängnis. Sein Zuhause wird von Reportern belagert. Er hat seine Großeltern darüber reden gehört. Sie haben gesagt, dass die Polizei Fotos aus Matthews Zimmer mitgenommen hat. Und er weiß, dass er der Mordermittlerin selbst von diesen Fotos erzählt hat, die er von seinem Dad geschossen hat. Das ist alles seine Schuld. Denn er weiß, dass sein Vater *niemals* irgendjemandem wehtun würde. Er beginnt leise zu weinen. Nur seinetwegen sitzt sein Dad hinter Gittern, weil die Polizei glaubt, er hätte Joes Mutter getötet, und aus irgendeinem Grund haben sie auch seine Mom eingesperrt, vielleicht weil sie versucht hat, seinen Dad zu beschützen. Die Schuld hockt wie ein Monster auf seinem Kopf. Da kommt ihm ein Gedanke.

Er hat immer noch seine Kamera. Und darauf ist etwas, das die Polizei nicht hat, weil er es noch nicht ausgedruckt hat. Auf einmal weiß Matthew, was er zu tun hat.

* * *

Eine betrunkene Frau in der Nachbarzelle hat die ganze Nacht lang geschrien und getobt. Lily schließt die Augen und lässt den Kopf nach hinten an die Betonmauer sinken. Sie muss duschen, sie konnte nicht schlafen. Vielleicht ist das ihr Schicksal. Sie hat es verdient.

Vielleicht hat sie Arwen Harper tatsächlich umgebracht.

Wenn sie so darüber nachdenkt, dann ist es letztendlich ihre Schuld.

Wieder denkt sie an die erschütternden Ereignisse auf der Party, bevor Arwen gestorben ist.

Lily

Damals
19. Juni. Sonntag.

Ihr Todestag

Lily, Tom, Phoebe und Matthew gehen als Familieneinheit die Straße hinunter zum Haus der Codys am Ende der Sackgasse. Allerdings fühlen sic sich ganz und gar nicht wie eine Einheit.

Die Stimmung zwischen Lily und ihrem Ehemann ist zum Zerreißen gespannt, was die Kinder deutlich wahrnehmen. Tom trägt ein Sixpack Bier und eine Flasche guten Wein. Lily trägt den Bocconcini-Tomaten-Basilikum-Salat, den sie zubereitet hat. Als sie sich dem Ende der Sackgasse nähern, frischt der Wind auf, und die Bäume schwanken und ächzen und rascheln. Es ist wie eine Warnung. Schwere Wolken ballen sich über den Olympic Mountains auf der anderen Seite der Meerenge. Dort braut sich ein gewaltiges Gewitter zusammen. Nervös blickt Lily zu dem Cottage mit dem blauen, schneeflockenbedeckten VW-Bus hinüber, der unter dem Carport steht.

»Was ist los?«, fragt Tom leise, als sie fast bei der Einfahrt der Codys sind und die Kinder schon vorauslaufen.

»Nichts.«

»Natürlich ist etwas, Lily. Seit du heute Morgen von der Kirche zurück bist, schweigst du mich an.«

»Und *du* bist nicht komisch und abgelenkt, seit du am Freitag wieder so verdammt spät nach Hause gekommen bist?«

Ein Zögern flackert in seinen Augen, dann verhärtet sich seine Miene zu einer Maske, die Lily wiedererkennt – er zieht eine Grenze, und er hat nicht vor, es ihr leicht zu machen.

»Ich bin ganz normal, und wenn du ein Problem mit Freitag hast, dann hattest du den ganzen Samstag Zeit, das anzusprechen.«

»Nein, das hatte ich nicht. Erst musste ich früh zum Einkaufen, und dann habe ich Matthew zum Schwimmunterricht gefahren.« *Wo ich mir Fotos davon anschauen musste, wie du es mit deiner Kellnerin auf* unserem *Boot treibst.* »Dann bist du losgezogen und schon wieder erst spätabends zurückgekommen.«

»Es war deine Entscheidung, mich nicht zu der Veranstaltung an der Uni zu begleiten – du warst eingeladen«, gibt er kühl zurück.

»Ich hatte Kopfschmerzen, Tom.«

Was gelogen ist. Nachdem sie auf den Fotos gesehen hat, wie ihr Ehemann seine Kellnerin küsst, konnte Lily ihn unmöglich begleiten und den ganzen Abend lang seine Kollegen anlächeln. Sie muss die Sache mit Tom klären, bevor sie sich wieder normal verhalten kann – falls sie das überhaupt jemals wieder kann. Also hat sie am vergangenen Abend eine Schlaftablette genommen und deshalb tief geschlafen, als er nach Hause zurückgekommen ist, und an diesem Morgen ist er schon früh zu seinem Sonntagslauf aufgebrochen, und sie ist mit den Kindern zur Kirche gegangen. Und jetzt sind sie hier, bei dem Grillfest. Und Arwen wird auch hier sein. Die Sache hängt wie ein Damoklesschwert über ihnen. Wie das Gewitter, das sich am Himmel zusammenbraut.

Lily weiß nicht, wie sie reagieren wird, wenn sie Arwen zu Gesicht bekommt, aber sie will die Frau, für die Tom bereit ist, seine Ehe aufs Spiel zu setzen, auch unbedingt mit eigenen Augen sehen.

Die Party ist schon in vollem Gang, als Lily und Tom das Gartentor hinter sich lassen. Eine Gruppe von Männern hat sich um den rauchenden Grill versammelt, sie trinken und lachen, und der Duft nach gebratenem Fleisch wird herangetragen, begleitet von der Musik aus großen Boxen. Kinder spielen auf dem Rasen Ball. Eine Bar wurde auf der Terrasse aufgebaut, Papierlampions schwingen an Girlanden im zunehmenden Wind, und die rot-weiß karierten Tischtücher flattern. Eine Handvoll Papierservietten wird von einer Böe über das hellgrüne Gras geweht, das sich bis zur Kante der Klippe erstreckt. Dahinter, über dem Meer, marschiert die Wolkenfront auf und rollt heran, schwarz und schwer über dem tosenden stahlgrauen Wasser.

Tom überquert den Rasen, um sich zu der Gruppe Männer zu gesellen, während Lily mit ihrem Salat ins Haus geht.

Sie findet Hannah und ein paar der Frauen, die in der Küche Wein trinken. Sie stellt ihren Salat ab und sucht sich ein Glas. Hannah eilt zu ihrer Rettung und schenkt ihr einen großen Schluck Pinot Grigio ein.

»Danke, das brauche ich jetzt.« Lily hebt das Glas und trinkt. »Wo ist sie? Wo ist Arwen?«

»Sie ist noch nicht da. Komm, ich muss mit dir sprechen.« Hannah nimmt Lily am Arm und führt sie auf die Terrasse hinaus. Sobald sie außer Hörweite der anderen Frauen sind, sagt sie leise: »Lily, es tut mir wirklich leid. Ich hätte dir diese Fotos nicht zeigen sollen. Ich weiß selbst nicht, was ich mir dabei …«

»Du musstest sie mir zeigen. Wenn ich erfahren hätte, dass du davon wusstest, dann hätte es mich tief getroffen, Hannah.

Das hier ist nicht deine Schuld. Es ist Toms Schuld. Ich … ich verstehe nur nicht, warum Simon diese Fotos überhaupt erst aufgenommen hat. Was wollte er damit?«

»Du darfst Simon nicht erzählen, dass du sie gesehen hast.« Hannah wirft einen nervösen Blick über den Pool, wo Simon gerade mit einer Grillzange das Fleisch wendet und seine Kumpel mit irgendeiner Geschichte unterhält, die sie alle dazu bringt, laut lachend den Kopf in den Nacken zu legen.

Lilys Herz wird hart wie Stein, als sie Tom lachen sieht, mit dem Bier in der Hand. In diesem Moment hasst sie ihn. Sie hasst sie alle. Die Männer. Sie hat das Gefühl, dass sie über sie lachen. Sie fragt sich, ob die anderen Ehemänner wissen, dass Tom die Kellnerin vögelt, die er auf der anderen Straßenseite einquartiert hat. Ob sie es amüsant finden.

»Warum darf ich es ihm nicht sagen?«, fragt Lily kalt.

»Weil er nicht weiß, dass ich sie gesehen habe.«

»Wie meinst du das?«

»Ich bin in seinen Schuppen gegangen. Mit einem Schlüssel.«

»Du? Die steilen Klippenstufen hinunter?«

Hannah schluckt. Ihre Wangen werden rot. »Ich … ich habe es eben einfach getan, okay? Und da habe ich die Ausdrucke auf seinem Schreibtisch gesehen und Fotos davon gemacht.«

Lily mustert ihre Freundin. Donner grollt, und die ersten Regenspritzer sprenkeln die Markise über der Terrasse. »Warum hat Simon die Fotos gemacht? Warum hat er sie ausgedruckt?«

»Ach, du kennst Simon doch.« Hannah lacht unbeschwert. »Er macht Fotos von Vögeln, von Frauen, von allem. Er ist ein Beobachter. So ist er eben.«

Auf einmal verdunkeln die Wolken die Sonne vollständig. Der Wind fegt heran, reißt an den Lampions. Einer löst sich von der Girlande und rollt über den Rasen auf den Wald zu. Ein kariertes Tischtuch hebt ab und wogt in einer Wolke aus Papierbechern und Servietten davon. Ein verästelter Blitz zuckt über dem Meer durch den Himmel, und Donner kracht. Fast sofort stürzen murmelgroße Regentropfen zu Boden. Eilig schnappen sich die Männer ihre Getränke und nehmen das Fleisch vom Grill. Die Kinder rennen laut kreischend in Richtung Haus, während der Donner in der Ferne rumpelt und grollt.

»Da – das ist sie«, sagt Hannah. »Verdammt. Ich hatte gehofft, sie würde nicht kommen.«

Lily sieht eine Frau, die über den Rasen vom Wald her kommt. Sie hält auf den Pool zu. Ihr Rock hat tausend Farben und bauscht sich im Wind, ihr dunkles Haar weht ihr um das Gesicht. Ihr Gang ist selbstbewusst und eindeutig … erotisch. Sie trägt eine Hippiebluse, und an beiden Armen schimmern Reifen, und es scheint sie kein bisschen zu kümmern, dass es zu regnen begonnen hat.

Langsam lässt Lily ihr Glas sinken. Ihr Herz wird kalt. Sie kann den Blick nicht von der Frau in der Ferne nehmen. Ein greller Blitz flackert über dem Meer. Der Donner grollt. Die Frau betritt das Poolhaus, während die Männer mit Platten voller Grillfleisch durch den Garten zum Haus eilen.

Lily tritt unter der Markise hervor. Das Glas Wein immer noch in der Hand, geht sie durch den Regen direkt auf das Poolhaus zu.

»Lily!«, ruft Hannah ihr nach.

Aber Lily geht weiter. Ihr Herz hämmert. Simon rennt an ihr vorbei, einen Teller mit leicht angebranntem Hühnchen in der Hand. Der Regen prasselt immer heftiger herab.

»Komm ins Haus, Lily«, ruft er. »Wir gehen alle rein und essen drinnen.«

Tom ist nirgends zu sehen. Vielleicht ist er mit Arwen im Poolhaus. Sie geht schneller.

Donner kracht. Der Regen wird noch einmal doppelt so stark, durchtränkt Lilys Haar und ihre Kleider. Der Wald hinter dem Poolhaus wankt und tost und rauscht wie ein reißender Fluss. Dicke Tropfen platschen in den Pool.

Lily betritt das Poolhaus.

Dort steht Arwen, mit dem Rücken zu ihr. Sie ist allein. Kein Tom. Arwen schenkt sich an der Bambusbar in der Ecke einen Drink ein.

Das Krachen des nächsten Donnerschlags lässt die Fensterscheiben klirren. Das Lärmen des Regens auf dem Blechdach ist ohrenbetäubend.

Lily steht in der Tür, klitschnass. Das Haar klebt ihr am Kopf. Einen Moment lang betrachtet sie die Frau, und alle möglichen Gefühle toben in ihr. Die Fotos, die Hannah ihr gezeigt hat – die nackten Brüste dieser Frau im Mondlicht. Ihr Mund an Toms Lippen, ihre Finger in Toms Haar.

»Arwen?«, sagt Lily.

Die Frau dreht sich um. »Oh, hallo, Dr. Bradley.«

Lily klappt der Mund auf. Der Schock durchläuft ihren ganzen Körper. Sie greift nach der Lehne eines Stuhls, um Halt zu finden.

»*Paisley?*«

Lily

Damals
19. Juni. Sonntag.

Ihr Todestag

»Arwen«, sagt die dunkelhaarige Frau und streckt Lily mit einem strahlenden Lächeln die Hand hin. »Arwen Harper.«

»Was … was in aller Welt …«

»Du meinst, was das mit ›Paisley‹ und der roten Perücke sollte?« Sie lacht, greift nach ihrem Drink und nimmt einen Schluck. An ihrem Hals bewegt sich eine Tätowierung. Ihre Armreifen klimpern und ziehen Lilys Aufmerksamkeit auf sich. Sie erkennt eine dicke Narbe an der Innenseite des Handgelenks. Bevor sie sich beherrschen kann, huscht ihr Blick auch zum anderen Handgelenk. Noch eine Narbe. Diese Narben und das Tattoo hat sie an ihrer Patientin nicht bemerkt. Sie begreift, dass dies daran gelegen hat, dass »Paisley« ein langärmliges Fahrradshirt und ein Buff getragen hat. Ihre »Patientin« hat diese verräterischen Zeichen vor Lilys scharfem Therapeutenauge verborgen. Genauso, wie sie ihr dunkles Haar unter der roten Perücke verborgen hat. Außerdem hat »Paisley« bei ihrer Sitzung keine Armreifen getragen und auch keinen Nasenstecker. Sie hat wie eine vollkommen andere Frau gewirkt, weil Lily nur das gesehen hat, was Arwen sie sehen lassen wollte.

Lily ist schwindlig.

Worte, Logik, alles entgleitet ihr, und ihr Gehirn scheint vor lauter Fragen bersten zu wollen. Draußen zuckt ein weiterer gezackter Blitz bis zum Boden. Grelles Flackern und Donnergrollen. Das Brüllen und Wogen des Waldes im Wind. Tannenzapfen prasseln auf das Dach des Poolhauses. Rinnsale laufen an den Fenstern herab, und der Regenschleier schirmt sie vom festlich geschmückten Haus der Codys ab.

»Kann ich dir nachschenken?«, fragt Arwen und nimmt Lily das Glas mit dem vom Regen verwässerten Wein aus der Hand. »Noch einen Wein? Oder … hmm, sieht mir ganz so aus, als wäre hier etwas Stärkeres gefragt.« Sie stellt das Glas auf dem Tresen ab, nimmt einen frischen Tumbler und schenkt einen dreifachen Gin ein.

Starr vor Schreck streicht sich Lily eine nasse Haarsträhne aus dem Gesicht. Sie ist zum Poolhaus gekommen, um die Kellnerin zur Rede zu stellen, die zur Geliebten ihres Ehemanns geworden ist, aber jetzt weiß sie nicht, womit sie es zu tun hat. »Was … willst du von mir? Was zum Teufel ist das für ein Spielchen? Warum bist du so verkleidet in meine Praxis gekommen?«

Arwen reicht ihr einen großen Gin Tonic. »Es ist doch sicher nicht unüblich, dass Patienten in der Therapie einen falschen Namen angeben? Ich meine, wenigstens für die erste Sitzung, bis sie Vertrauen gefasst haben. Genau deshalb bezahlt man doch in bar, oder? In der Anonymität liegt eine gewisse emotionale Sicherheit. Man kann seine Geheimnisse leichter gestehen.«

»Einige Patienten verwenden am Anfang tatsächlich einen falschen Namen oder auch nur den Vornamen, aber keine … Verkleidung.«

Arwen zuckt mit den Schultern. »Vielleicht ist das ja meine ganz bestimmte Pathologie, Dr. Bradley. Oder vielleicht wollte ich dich in deiner Therapiewelt sehen, ohne dass du mein wahres Ich erkennst. Wenigstens beim ersten Mal. Verstecken wir uns nicht sowieso alle hinter einer Maske oder Perücke? Du in deinem Arztkittel hinter deinem Praxisschild in deinem freundlich eingerichteten Behandlungszimmer. Tom mit seinem Professorenhut und einem schwarzen Rollkragenpullover, so ganz akademisch in seinem Elfenbeinturm.« Sie hält inne, neigt den Kopf zur Seite und deutete mit dem Glas auf Lily. »Weißt du wirklich, wer dein Ehemann ist, Lily? Weiß er wirklich – wer *du* bist?«

Lilys Herz beginnt zu hämmern. Sie denkt daran, was »Paisley« während der Sitzung gesagt hat.

Ich sehe sie … Sie sagt, dass ihr Name Sophie ist … Es ist harte Arbeit, diesen dunklen, geisteskranken kleinen Teufel in sich im Zaum zu halten.

Lilys Gedanken rasen in viele neue Richtungen gleichzeitig, während sie einzuschätzen versucht, welche Gefahr diese Frau darstellt und wie sehr sie sich vor ihr fürchten muss. Auf einmal landet ihr Verstand bei den mysteriösen Botschaften.

Du kannst dich nicht vor Satan verstecken, wenn Satan in deinem Kopf ist … Von jemandem, der Bescheid weiß.

Das volle Ausmaß dessen, was sie vor sich hat, dämmert ihr. Leise, mit bereits leicht bebender Stimme sagt sie: »Also bist du als falsche Patientin zu mir gekommen, um in meinen Kopf zu gelangen.« Es ist keine Frage. Lily listet nur die Fakten auf, um sie besser verarbeiten zu können, um Zeit zu gewinnen und einen Plan zu entwerfen.

»*Bin* ich denn in deinen Kopf gelangt, Lily?«

»Und du schläfst mit meinem Ehemann – ich habe Fotos gesehen.«

Einen Moment lang wirkt Arwen überrascht, aber sie fasst sich schnell wieder und lächelt nur. Lily tippt darauf, dass sie nichts von Simons Fotos wusste.

»Und dein Sohn ist mit meiner Tochter zusammen«, fährt Lily langsam fort. »Hast du da auch deine Finger im Spiel? Um dich in meine Aufgabe als Mutter einzumischen? Du hast einen Job in der Bar angenommen, dich mit meinem Ehemann angefreundet, und dann bist du in meine Straße gezogen …«

»In *deine* Straße?« Arwen lacht harsch. »Dann gehört die ganze Nachbarschaft also auch dir?«

»Was zum Teufel ist das für ein Spielchen, Paisley?«, schreit Lily. »Sag mir, was du willst.«

»Arwen. Mein Name ist Arwen. Merk es dir, Lily. Ich will, dass du mir in die Augen blickst und mich *siehst.* Ich will, dass du mich *erkennst.* Und ja, ich will – ich *muss* – in deinen Kopf. Dorthin, wo ich schon immer hätte sein sollen. Und jetzt sag es, sag meinen Namen.«

Lily blinzelt, als sich ein tintiger Tentakel des Begreifens langsam in ihrem Bauch entrollt.

»Sag es!«

Lilys Blick huscht zur Tür. Sie sind weit weg vom Haupthaus. Isoliert durch das Gewitter. Angst legt sich um ihre Schultern.

»Sag es!«

»Arwen«, sagt Lily vorsichtig.

Arwen lächelt dünn. »Schon besser. Wie ist dein Drink?«

Lily sieht der Frau in die Augen, und ihre Gedanken rasen.

»Wie. Ist. Dein. Drink? Koste ihn. Sag es mir.«

Zögerlich nippt Lily an dem Glas. »Er ist stark.«

»Nimm noch einen Schluck.«

»Ich möchte lieber nicht …«

»Nimm. Noch. Einen. Schluck.«

Lily nippt noch einmal, über den Rand des Glases hinweg sieht sie Arwen in die Augen. »Du warst es die ganze Zeit, nicht wahr? Du hast mein Haus beobachtet, mich gestalkt. Du hast mir diese Nachrichten geschickt.«

»Na ja, im Ocean Bay Hotel habe ich jemanden bezahlt, damit er dir die Nachricht überbringt. Da hatte ich eine Schicht.« Ein träges, gerissenes Lächeln biegt ihren hübschen Mund. »Ich hatte ein paar Ehemänner zu verführen. Männer lassen sich so einfach mit ihren Schwänzen lenken, findest du nicht?«

Der Tentakel dunkler Wachsamkeit in ihrem Bauch entrollt sich weiter, wie eine dornige Ranke. Er verzweigt sich und wächst und kriecht hinauf in Lilys Brust, während sich das Unmögliche vor ihr zu enthüllen beginnt. Lily begreift, dass sie einen Weg finden muss, mit dieser Frau fertigzuwerden, bevor sie ihr Leben und ihre Familie zerstört. Sie darf nicht zulassen, dass sie das Poolhaus verlässt. Lily lässt sich auf einen Bambusstuhl sinken. Ihre Knie sind weich, und sie fühlt sich ein bisschen benommen. Vielleicht von dem Gin. Vielleicht hat Arwen ihr etwas in den Drink getan. Langsam fragt sie: »Was willst du?«

Arwen mustert Lily, während draußen der Regen rauscht. Endlich sagt sie: »Alles, Lily Bradley. Ich will alles. Ich will dich und deine falsche Familie in eurem Auberginenhaus hinter dieser privilegierten Fassade zerstören. Du machst mich krank, Lily Bradley. Genau wie dein Ehemann.« Arwens Gesicht verhärtet sich, ihre Augen werden zu Stein, und es scheint, als hätte etwas Böses von ihrem Körper Besitz ergriffen. »Du verdienst nichts von dem, was du hast.«

»Wovon redest du da?« Aber Lily weiß es schon. Sie weiß nur nicht, woher Arwen das weiß.

»Oder sollte ich Sophie McNeill sagen?«

Lilys Hand beginnt zu zittern.

»Ja, ich weiß, wer du bist.« Arwen kommt näher. Sie setzt sich auf einen Stuhl Lily gegenüber, ihre Knie berühren sich fast. Sie beugt sich vor. Ihre Augen sind schmal. »Ich *kenne* dich. Ich weiß, woher du kommst, wo du gelebt hast. Ich weiß, was passiert ist.« In einem monotonen Murmeln, als würde sie etwas rezitieren, sagt sie: »Am Samstag, dem 22. April des Jahres 1989, hing eine warme Dunstglocke über Glenn Dennig, einem verschlafenen Präriestädtchen im Randgebiet von Medicine Hat. Für die Anwohner des Vororts fühlte sich die Abendluft zu warm an für den noch frühen Frühling. Was ihnen jedoch nichts ausmachte.« Sie lächelt sanft. »Aber sie wussten ja auch nicht, was passieren würde. Nicht wahr, Sophie?«

Lilys Gedanken kehren zurück zu jenem warmen Tag in Glenn Dennig.

Geraubt

Nach einer wahren Begebenheit

Das Mädchen unter dem Bett war ein Mädchen aus der Nachbarschaft. Sie wohnte vier Häuser weiter: Chrissie Whittaker, neun Jahre alt. Es war ihr kleiner Bruder Harrison, sieben Jahre alt, der dort im Elternschlafzimmer auf dem Doppelbett lag. Der Körper von Stichen durchbohrt, die Kehle durchgeschnitten, den Kopf mit einem Kissen bedeckt.

Es wurde angenommen, dass Sophie McNeill entführt worden war und sich in großer Gefahr befand. Wozniak erzählte einem Reporter später: »Ich habe gebetet, dass Sophie bei einer Freundin ist. Dann habe ich daran gedacht, was das arme Mädchen durchmachen muss, sobald sie davon erfährt, dass ihre ganze Familie ermordet wurde. Wenigstens musste sie es nicht mitansehen.«

Sämtliche Einsatzkräfte wurden mobilisiert, und die Lage im Polizeirevier in Medicine Hat wurde immer angespannter. Straßenblockaden wurden um die Stadt und entlang der Hauptverkehrswege errichtet, die aus der Präriestadt herausführten.

Die Polizei rief Sophies Vertrauenslehrerin an und fragte nach Namen von Freundinnen, bei denen sie sich aufhalten könnte. Die zuständige polizeiliche Verbindungsbeamtin stattete Sophie McNeills katholischer Schule einen Besuch ab und informierte den Schulleiter über den brutalen Mord an der Familie einer seiner Schülerinnen. Die Verbindungsbeamtin bat um ein aktuelles Foto von Sophie. Kurz darauf wurde es im ganzen Land ausgestrahlt.

Sophies Schwimmtrainer wurde kontaktiert, und er sagte der Polizei, dass Sophie nicht bei ihnen war.

Der Schuldirektor erzählte der Verbindungsbeamtin, dass die Schüler oft Zettel mit den Telefonnummern ihrer Freunde an die Innenseite ihrer Spinde klebten oder sich die Nummern in Schreibblöcken notierten. Die Polizei konnte rechtlich keine Durchsuchung der Spinde anordnen, aber der Schuldirektor war dazu befugt, die Spinde zu öffnen.

Sophies Spind wurde für die Verbindungsbeamtin geöffnet.

Auf der Innenseite der Tür klebten keine Telefonnummern, woraufhin die Polizistin begann, einen Schreibblock durchzublättern. Eine lose Seite fiel auf den Linoleumboden.

Die Polizistin hob sie auf – es war ein handgezeichneter Comic, der aus vier Bildern bestand. Das erste zeigte eine Strichmännchenfamilie, darüber stand »Eltern mit Kindern«. Die Strichmännchen standen unter einer Sonne neben einem Grill, aus dem Flammen schlugen. Sie hielten sich an den Händen, wie bei den Aufklebern auf den Heckscheiben einiger Autos.

Im nächsten Bild war zu sehen, wie die Mädchenfigur die Mitglieder ihrer Familie mit einem großen Messer erstach. Blut spritzte. Unter dem Bild stand: »Sterbt! Sterbt! Möge alles, was ihr liebt, vernichtet werden!«

Dann wurde das Mädchen gezeigt, wie es lachend einen Hügel hinaufrannte, zu einem großen Auto, über dem »Vincents Truck« stand. Das Strichmännchen im Auto winkte dem Mädchen zu.

Das letzte Bild zeigte das Mädchen und den Jungen, wie sie im Truck davonfuhren. In einer Blase über dem Auto stand »Hahahaha«. Die beiden Figuren darin lachten. Ein Regenbogen überspannte den Truck, der in den Sonnenuntergang davonfuhr. Unter dem letzten Bild waren die Worte geschrieben: »Jetzt können wir glücklich sein. Das Ende.«

Eine Klassenkameradin identifizierte die Schrift und die Zeichnungen als Sophies. Die Klassenkameradin erzählte der Polizei auch von Sophies dreiundzwanzigjährigem Goth-Freund Vincent Ellwood, der bei seiner Mutter in einer Wohnwagensiedlung lebte, in der Mall mit den anderen Goth-Kids herumhing und manchmal Drogen verkaufte.

Die Verbindungsoffizierin zeigte ihrem Vorgesetzten in der Zentrale der Medicine Hat Police den Comic, und zögerlich bildete sich ein Verdacht. Bis zu diesem Zeitpunkt hatte die Polizei um Sophies Sicherheit gefürchtet. Nun fürchteten sie – unfassbarerweise –, dass eine Zwölfjährige von einer katholischen Schule eine Mordverdächtige sein könnte. Möglicherweise hatte Sophie McNeill ihre eigene Familie sowie Harrison Whittaker ermordet – oder bei ihrer Ermordung geholfen. Und nun war sie mit ihrem älteren Freund auf der Flucht, den man im Wohnwagenpark nicht antraf.

Der leitende Officer ordnete an, dass die Zeichnungen und der Schreibblock in den Spind zurückgelegt und die Schlösser ausgetauscht wurden. Er wollte, dass der Spind versiegelt blieb, bis die Polizei einen Durchsuchungsbefehl erhielt.

Zwei Tage später sah ein Tankstellenwart in einer Kleinstadt in Saskatchewan einen verbeulten braunen Pick-up-Truck auf den Hof fahren, der dem von Vincent Ellwood ähnelte. Der Tankstellenwart verglich das Nummernschild des Trucks und die Gesichter der Insassen mit dem Vermisstenposter. Er rief die Polizei, als das Mädchen und ihr älterer Freund gerade im zur Tankstelle gehörenden Diner einen Burger aßen.

Eine Stunde später wurden Sophie McNeill und Vincent Ellwood in jener Kleinstadt in Saskatchewan verhaftet.

Lily

Damals
19. Juni. Sonntag.

Ihr Todestag

»Ich war da, Sophie«, sagt Arwen. »Unter dem Bett. Ich habe alles mit angehört, was in jenem Haus des Schreckens in Glenn Dennig passiert ist.«

Langsam sickert die grauenvolle Realität in Lilys Verstand. »Dann … bist du sie«, sagt sie leise. »Du bist Chrissie Whittaker.«

»Christine Arwen Whittaker.« Sie schenkt ihr ein kaltes, falsches Lächeln und hebt ihr Glas. »Cheers.«

Lily kann sich nicht rühren. Sie starrt nur vor sich hin. Der Wind rauscht. Die Bäume biegen sich knarrend. Ein im Geäst verfangener Lampion reißt sich los und wirbelt am Poolhaus vorbei. Ein verschwommener gelber Fleck, ein zerfetztes Überbleibsel dessen, was ein sonniges Fest in einer vollkommen friedlichen Nachbarschaft hatte sein sollen.

»Ach je, du brauchst einen neuen Drink. Du hast deinen fallen lassen.«

Lily sieht auf den Fliesenboden hinunter, der mit Glasscherben übersäht ist. Sie hat nicht einmal gemerkt, dass ihr das Glas aus den Fingern gerutscht ist.

Arwen steht auf und schenkt ihr einen frischen Gin Tonic nach. Sie hält Lily das Glas hin.

Wie betäubt nimmt sie es entgegen.

»Cheers«, wiederholt Arwen.

Lily kann sich nicht rühren.

»Cheers, Lily.« Es ist ein Befehl.

Draußen flackert ein Blitz.

Mit zitternder Hand hebt Lily ihr Glas und stößt es gegen Arwens.

Arwen wartet, bis Lily einen tiefen Schluck genommen hat. Das Krachen des nächsten Donners. Lily fragt sich, wo Tom ist, ob irgendjemand im Haus sie auch nur vermisst. Tom darf nicht erfahren, was diese Frau weiß. Niemand darf es erfahren. Ein anderer Teil von Lily wird weit, weit fortgerissen, weg von Tom, weg vom Haus der Codys, den ganzen Weg zurück in den kalten Abgrund der Vergangenheit, in dem sie sich dem kleinen zwölfjährigen Teufel in ihr selbst stellen muss. Wo sie in den Spiegel sehen und in das zerbrochene Gesicht des Kindes blicken muss, das sich gegen den Willen seiner Mutter das Haar kohlschwarz gefärbt hat. Ein Kind, das sich nicht mit seinem älteren Freund treffen durfte. Ein Mädchen, das rebelliert hat, das Hausarrest bekommen hat und das nur noch wollte, dass seine Eltern und sein kleiner Bruder sterben, damit es tun konnte, was immer es wollte.

Geraubt

Nach einer wahren Begebenheit

Es war früher Morgen, und von einer lokalen Fastfoodkette wurden Papiertüten mit Frühstückssandwiches in die Arrestzellen von Sophie McNeill und Vincent Ellwood geliefert, die man nach Medicine Hat zurückgebracht hatte. Die Polizisten hofften, dass das Essen ein Gefühl von Vertrautheit schaffen und die Chancen darauf, dass das Paar kooperieren würde, erhöhen könnte. Die Polizei brauchte ein Geständnis. Sie mussten alle Register ziehen, bevor sich die Rechtsanwälte einmischten, und Kinder zu verhören war kompliziert. Die Polizisten mussten sich an die speziellen Jugendschutzgesetze in Kanada halten.

Die Sergeants Dave Blunt und Peter Chalk wurden mit der Vernehmung beauftragt. Blunt war früher bei der Drogenfahndung gewesen und hatte ein besonderes Talent dafür, das Vertrauen von jungen Erwachsenen und Teenagern zu gewinnen und ihnen ihre Geheimnisse zu entlocken. Chalk war äußerst erfahren in Befragungen mithilfe eines Lügendetektors und ein erstklassiger Vernehmer.

Wie die Transkripte der Gerichtsverhandlung zeigen, entschieden sich Blunt und Chalk dafür, eine

»Vaterfigur-cooler-Cop-Strategie« bei Sophie McNeill einzusetzen, die in dem winzigen, kahlen Verhörraum vornübergebeugt an einem Metalltisch saß und weinte.

Chalks väterliche Sorge bewirkte bei Sophie McNeill jedoch nichts. Sie weigerte sich einfach, etwas zu sagen. Was auch immer Chalk versuchte, Sophie wimmerte und schluchzte nur noch heftiger und wischte sich mit dem Ärmel über die laufende Nase.

An diesem Nachmittag betrat der gut aussehende Sergeant Blunt den Raum, blondes Haar, blaue Augen und modische Sonnenbrille. Er strahlte eine urbane Coolness aus und stellte sich als Dave vor. Er fragte Sophie über Punk- und Goth-Musik aus und wollte wissen, welche ihre Lieblingsbands waren. Er fragte sie, was sie von Hardcore-Lyrics hielt, und er brachte sie schließlich dazu, ihm zu enthüllen, wie sie mit der Subkultur der Goths in Berührung gekommen war. Sie erzählte ihm, wie einsam sie sich gefühlt hatte und wie wenig sie in ihre katholische Schule gepasst hatte. Dass sie jede Form von organisiertem Glauben dumm fand, weil Gott doch sicher niemanden leiden lassen würde, wenn es ihn wirklich gäbe. Dass die Religion der Wicca ihr sinnvoller erschien. Und dass die Gruppe der Goths in der Mall, die genauso Ausgestoßene waren wie sie selbst, ihr das Gefühl gegeben hatten, willkommen zu sein. Dass ihre Eltern nicht verstanden hatten, wie sehr sie ihre Freunde brauchte, und je mehr ihre Eltern versucht hatten, sie davon abzuhalten, die anderen und ihren Freund zu treffen, desto mehr hatte sie ihre Eltern gehasst.

Sie begann wieder zu weinen.

Blunt rückte seinen Stuhl näher an sie heran. Er strich ihr über das Haar und legte ihr die Hand in den Nacken. Er tröstete sie, sagte, dass sie cool war, dass sie gut roch und dass er sie hübsch fand.

Später vor Gericht sollte ihn das teuer zu stehen kommen, aber er brachte Sophie schließlich dazu, ihm zu erzählen, wie sie den dreiundzwanzigjährigen Vincent in der Mall kennengelernt hatte und dass sie begonnen hatte, sich nachts aus dem Kellerfenster davonzuschleichen, nachdem ihre Eltern ihr verboten hatten, sich mit ihm zu treffen. Wie sie monatelang geplant hatten, zusammen abzuhauen.

»Und wohin wolltet ihr?«, fragte Blunt.

»Nach Europa. Wir wollten in einem gotischen Schloss in Deutschland leben. Oder in Transsilvanien. Aber meine Eltern – sie hätten uns verfolgt. Sie hätten Probleme gemacht. Sie hätten nie aufgehört, nach mir zu suchen.«

»Warum?«

»Weil … ich … ihnen wichtig war.«

»Weil sie dich geliebt haben?«

Sie starrte auf die Tischplatte und schwieg.

»Und was wolltet ihr deswegen unternehmen?«

Sophie sagte, dass Vincent und sie darüber gesprochen hätten, sie zu töten.

»Es war deine Idee?«

»Er hat sie nur getötet, weil er mich liebt. Ich wollte nicht, dass das wirklich passiert. Ich hätte nicht gedacht, dass er es wirklich tut. Er ist ein lieber Mensch. Ganz sanft. Er hätte es nie getan, wenn er nicht unter dem Einfluss von bewusstseinsverändernden Substanzen gestanden hätte, und als er erst einmal angefangen hatte … war es zu spät.«

Dies war der Durchbruch für Sergeant Dave Blunt. Er versuchte, ruhig zu bleiben, in seiner Rolle als cooler Typ und hipper Cop.

»Wie hat er es getan?«

Sophie erzählte ihm, dass sie am Samstagabend, dem 22. April 1989, schlecht gelaunt in ihrem Zimmer gesessen und Musik gehört hatte. Ihr kleiner Bruder hatte einen Freund zu

Besuch, und sie schauten sich im Keller einen Film an, während sich ihre Eltern bettfertig machten. Vincent kam und warf Steinchen an ihr Fenster. Als sie hinausschaute, sah sie ihn. Er hatte ein Messer, und er deutete auf das Kellerfenster.

»Er war total high – nervös, als hätte er Koks oder Ecstasy genommen. Bevor ich ihm sagen konnte, dass die Jungs unten waren, ist er durch das Kellerfenster gestiegen. Ich habe Danny und Harrison schreien gehört, ich habe gehört, wie sie die Treppe hochgerannt sind und wie mein Dad nach unten gelaufen ist. Ich habe meinen Dad brüllen gehört … und meine Mom, sie ist nach unten gerannt, und … ich habe gehört, wie es passiert ist, und es war schrecklich.« Schweigend sitzt sie eine Weile da. »Ich wusste, dass da viel Blut sein würde, und ich wollte, dass es aufhört. Ich wollte nicht mehr, dass es passiert, aber es war schon zu spät.«

»Was hast du gemacht, als du deine Mom und deinen Dad im Keller mit Vincent gehört hast?«

»Ich weiß es nicht mehr.«

»Komm schon, Sophie. Ich weiß, dass du dich erinnerst. Ist schon gut, du kannst es mir sagen.«

»Ich glaube, ich bin in die Küche runtergelaufen. Nein … ich bin … ich glaube, ich bin in Dannys Zimmer gegangen, um ihn zu trösten, weil er geweint und gefragt hat, was da passiert.«

»Wo war Harrison da?«

»Ich weiß nicht. Ich glaube, er ist ins Schlafzimmer meiner Eltern gerannt, als Vincent die Treppe raufgekommen ist. Vincent ist gegen die Wände gekracht und er hat geblutet und er hatte ein Messer, und er war wie wahnsinnig, total wild und er hat gezuckt.«

»War sonst noch jemand im Haus?«

Sie wirkte überrascht. »Nein, warum?«

»Niemand sonst hat mit den beiden Jungen im Keller den Film angeschaut?«

»Nein.«

Sergeant Blunt begriff, dass Sophie und Vincent keine Ahnung hatten, dass sich noch ein weiteres Kind im Haus befunden hatte. Zu diesem Zeitpunkt ging er davon aus, dass Chrissie Whittaker in Sophies Zimmer geflüchtet war und sich unter dem Bett versteckt haben musste, während Sophie und Vincent bei den Jungen gewesen waren.

»Was hat Danny in seinem Zimmer gemacht?«, fragte der Sergeant.

»Geweint. Er hatte Angst. Ich ... ich wollte Danny trösten, weil er sehr sensibel ist. Wir hatten geplant, ihn nicht zu erstechen. Wir wollten ihn nur ersticken, damit er keine Schmerzen hat. Weil wir ihn nicht ohne seine Eltern weiterleben lassen konnten – er würde sie zu sehr vermissen.«

»Dann wolltest du also freundlich zu ihm sein.«

Sie beginnt zu weinen. Sergeant Blunt ist geduldig, er wartet.

»Aber als Vincent dann voller Blut nach oben gekommen ist und so ... durchgedreht war, konnte ich es nicht tun – ich konnte es nicht –, aber er hat gesagt, wir müssen es tun, und da wäre noch der andere Junge, der alles gehört hat, und wir könnten sie nicht mehr am Leben lassen. Er hat mich angebrüllt, dass ich es tun soll. Ich ... ich habe Danny irgendwie in die Seite gestochen, und dann war sein Blut auf mir, und ich konnte nicht noch einmal zustechen. Danny hat immer wieder gesagt, dass er zu jung zum Sterben wäre, und er hat uns angefleht, ihn nicht zu töten. Vincent ist dem anderen Jungen nachgerannt. Ich habe gehört, wie er es getan hat. Er ist zurückgekommen und hat gesagt, dass ich Danny umbringen muss. Ich konnte es nicht. Ich bin ins Bad gelaufen und habe das Messer abgespült und mir Dannys Blut abgewaschen. Ich habe gehört, wie Vincent ... wie er Danny die Kehle durchgeschnitten hat. Ich habe das Gurgeln gehört. Ich wollte nicht mehr, dass es passiert, aber sobald es einmal angefangen hatte, konnte es nicht mehr aufgehalten werden. Es musste zu Ende gebracht werden.«

»Was ist dann passiert?«

Stille.

Sanft nahm Sergeant Blunt Sophies Hand. »Schon gut. Du kannst es mir sagen, Sophie. Aber es muss die ganze Wahrheit sein. Es muss die ganze Geschichte sein.«

»Ich habe eine Tasche vollgepackt, dann sind Vincent und ich in seinem Truck weggefahren.«

»Du zeigst keine Emotionen, Sophie. Macht dir das hier nichts aus?«

»Gestern habe ich den ganzen Tag geweint, aber jetzt bin ich leer. Macht mich … das zu einem schlechten Menschen?«

Sergeant Blunt fragte Sophie, ob ihre Eltern sie je missbraucht hätten. Sie sagte, nein, dass sie immer nur das Beste für sie gewollt hatten und dass sie glaubte, ihre Eltern hätten sie wahrscheinlich »sehr geliebt«.

Sergeant Blunt brachte Sophie Papier und einen Stift. Er fragte sie, ob sie einen Brief an ihre Eltern schreiben und sich bei ihnen entschuldigen wollte und ob sie auch Vincent eine Nachricht schicken wollte. Er sagte, er würde Vincent den Brief von ihr bringen. Es war eine Taktik, um an etwas heranzukommen, das als schriftliches Geständnis gewertet werden konnte. In dem Brief an ihre Eltern schrieb sie:

Meine lieben Eltern,
ich schreibe in Folge der Ereignisse in unserem Haus am Samstag. Etwas Schlimmes ist passiert, und es war meine Schuld. Es tut mir sehr leid. Ich wünschte, es wäre nicht passiert, und ihr wärt noch bei mir, denn jetzt bin ich eine Waise und habe niemanden mehr. Ich hoffe, ihr findet Frieden im Sommerland.

An Vincent schrieb sie:

Mein Geliebter,
ich liebe dich von ganzem Herzen. Was auch immer geschieht, bitte vergiss nicht, dass die Menschen lügen. Ich fühle mich so allein ohne dich. Bitte bleibe stark, mein Geliebter. Wir müssen vielleicht warten, aber wir werden wieder zusammen sein, und wir werden unser ewiges Schloss haben und glücklich sein. Habe Hoffnung. Glaube an mich. Vertraue ihren Lügen nicht. Aber ich weiß, dass die Bande des Fleisches der Seele nicht viel verheißen können.
Kuss

Geraubt

Nach einer wahren Begebenheit

Vincent Ellwood erzählte Sergeant Dave Blunt eine andere Geschichte.

Er sagte, dass Sophie schon vor Monaten vorgeschlagen hätte, ihre Eltern zu töten.

»Sie hat immer wieder gesagt, dass ich es tun soll. Immer wieder. Sie hat gesagt, wenn ich sie liebe, dann würde ich ihre Eltern töten. Ich habe gesagt, dass wir doch einfach zusammen abhauen können, aber sie hat gemeint, dass sie nie aufhören würden, nach ihr zu suchen. Sie würden uns verfolgen. Sie müssten sterben.«

»Dann war es also ihre Idee?«, hakte Blunt nach.

»Ich wollte es nicht. Ich meine, die Idee war cool, wenn ich high war oder so. Aber ich hatte Angst. Ich habe einen Freund gefragt, ob er mir hilft, das zu tun, aber er hat gemeint, auf keinen Fall, Mann. Dann habe ich noch einen Freund gefragt, aber der hat mich für verrückt gehalten.«

»Und sie haben es niemandem gemeldet, dass ihr Della und Mark McNeill umbringen wolltet? Und Danny?«

»Sie hätten nicht gedacht, dass ich es echt durchziehen würde.«

»Dann hat sie – Sophie – dich also unter Druck gesetzt? Wie?«

»Sie ist einfach, irgendwie, so still geworden. So zurückgezogen und traurig. Und es hat mich traurig gemacht, sie so zu sehen. Ich wollte sie glücklich machen. Wenn sie glücklich war, hat sie mich geliebt. Dann hatten wir Sex. Wenn sie gute Laune hatte, dann dachte ich, dass das Leben schon okay ist.«

»Du weißt, dass sie zwölf Jahre alt ist?«

»Als ich sie kennengelernt habe, wusste ich es nicht. Ich dachte, sie wäre achtzehn oder so. Sie ist sehr erwachsen. Und sie ist so klug.«

»Klüger als du?«

Vincent senkte den Blick auf den Tisch und schwieg. Er war völlig durcheinander. Emotional. Im Gegensatz zu Sophie McNeill.

Er erzählte, dass er an diesem Nachmittag eine Menge Bier getrunken hatte. Dann war er zu Freunden gegangen, hatte Marihuana geraucht und Schnaps getrunken. Dann hatte er »so ungefähr fünf Lines Koks gezogen und Ecstasy eingeworfen. Ich war total unter Strom. High. Aggro. Ich bin mit einem Messer zu ihrem Haus gefahren«.

Vincent berichtete Sergeant Blunt, dass er durch das Kellerfenster eingestiegen war. Im Keller war er auf drei Kids getroffen, die sich einen Film angesehen hatten. Zwei Jungen und ein Mädchen. Sie sahen ihn mit seinen kohlschwarz umrandeten Augen, mit dem weiß geschminkten Gesicht, dem schwarzen Kapuzenpullover mit dem Totenkopf darauf und dem Messer in der Hand, und sie flohen schreiend die Treppe hinauf. Sophies Vater kam nach unten gerannt, griff nach einem Schraubenzieher, der auf der Treppe gelegen hatte, und stürzte sich auf Vincent.

Der Kampf war brutal. Laut. Die Mutter kam schreiend die Treppe herunter. Vincent ging auf sie los. Sie hob die Arme, um ihr Gesicht zu schützen, und er rammte ihr das Messer in den Bauch, dann ins Herz. Mark McNeill war stark, und er beschützte seine Familie erbittert, aber mit dem manischen, von Koks und Ecstasy angetriebenen Vincent Ellwood konnte er es nicht aufnehmen.

Mark McNeill gelang es, Vincent zweimal mit dem Schraubenzieher zu treffen. Er verletzte ihn über dem Auge und stach ihm in den Arm. Vincent hinterließ sowohl Dellas als auch Marks und sein eigenes Blut an der Wand, als er die Treppe hinaufwankte, um Sophie zu finden.

»Sie war bei Danny«, sagte er. »Sie hatte den Arm um seinen Hals geschlungen und wollte ihn erwürgen, aber er ist einfach nicht gestorben. Er hat gebettelt und gesagt, dass er zu jung ist, um zu sterben, und dass wir bitte aufhören und ihm helfen sollten.«

»Und der andere Junge?«

»Der ist in das Elternschlafzimmer gerannt.«

»Was ist mit dem Mädchen?«

»Ich habe nicht gesehen, wo sie hin ist. Ich dachte, dass sie aus dem Haus gelaufen ist.«

»Wusste Sophie von dem Mädchen?«

»Nein. Ich habe nichts davon gesagt.«

»Warum nicht?«

»Ich … ich wollte nicht, dass noch jemand stirbt.«

»Was ist dann passiert?«

»Sie hat gesagt, dass ich bei Danny in seinem Zimmer bleiben soll. Während ich mit ihren Eltern unten war, ist sie in die Küche gelaufen und hat sich ein Messer geholt. Sie ist mit dem Messer ins Elternschlafzimmer gegangen. Ich habe gehört, wie sie den kleinen Jungen erledigt hat. Dann ist sie zurückgekommen und hat Danny getötet.«

»Du hast ihn nicht getötet?«

»Sie hat ihn getötet. Sie hat ihm die Kehle durchgeschnitten. Er hat gegurgelt. Er hat sich gegen uns gewehrt. Er … er hat versucht, sein Lichtschwert zu benutzen.«

Sergeant Blunt brauchte einen Moment, um sich wieder zu fassen. Leise fragte er: »Was ist dann passiert, Vincent? Ich brauche die ganze Wahrheit, verstehst du? Es kann keine halben Wahrheiten geben. Das würde euch beiden später nur schaden.«

»Ich bin ausgeflippt. Sie hat mir gesagt, dass ich in die Küche gehen soll, während sie eine Tasche packt.«

»Sie wollte packen gehen? Während alle anderen im Haus tot waren?«

»Ja. Ich … ich habe versucht, in der Küche zu warten. Ich habe gebrüllt, dass sie sich scheiße noch mal beeilen soll, aber sie hat so lang gebraucht, dass ich irgendwann durchgeknallt bin. Ich bin weggerannt. Zu meinem Truck. Ich bin zu meinem Wohnwagen zurückgefahren und habe geduscht, mich sauber gemacht. Noch was getrunken.«

»Hat dich irgendjemand in der Wohnwagensiedlung gesehen?«

Vincent schüttelte den Kopf.

»Bist du sicher, dass du ohne sie gefahren bist? Weil das nämlich nicht das ist, was sie erzählt.«

»Ja. So war es. Ich bin total ausgerastet. Ich konnte nicht in diesem Haus bleiben mit … mit ihnen, so, mit dem, was passiert war.«

»Und was hat Sophie dann getan?«

»Sie ist später bei meinem Wohnwagen aufgetaucht, in einem Taxi. Sie hatte eine Tasche voller Zeug dabei und einen Meringue-Pie, der bei ihr zu Hause auf dem Küchentresen gestanden hatte. Sie hat gesagt, dass sie ein Taxi gerufen hat. Dann ist ihr aber eingefallen, dass sie gar kein Geld hatte. Sie hat die Kreditkarte von ihrer Mutter gefunden und ist zum

7-Eleven um die Ecke gelaufen. Da steht ein Geldautomat. Sie hat Bargeld abgehoben und ist wieder nach Hause gelaufen, wo schon das Taxi auf sie gewartet hat. Dann ist sie zu mir gekommen.«

»Und dann?«

»Dann haben wir in meinem Wohnwagen den ganzen verdammten Pie aufgegessen und sind in meinem Truck abgehauen.«

Lily

Damals
19. Juni. Sonntag.

Ihr Todestag

»Ich habe sie nicht getötet«, sagt Lily leise.

»Die Jury ist zu dem Schluss gekommen, dass du es getan hast«, kontert Arwen. »Die Jury hat dem Staatsanwalt geglaubt, als er gesagt hat, dass man nicht unbedingt eine Waffe in der Hand halten muss, um ein Mörder zu sein. Du hast es geplant. Du hast es initiiert. Und Vincent und du, ihr wurdet in zwei separaten Gerichtsverfahren beide wegen vierfachen vorsätzlichen Mordes verurteilt.«

»Ich habe meine Strafe abgeleistet.«

»Im Margot Javinski Institute? Wo du ohne Gitterstäbe frei herumlaufen konntest? Wo du noch vor deinem achtzehnten Geburtstag unter Überwachung wieder draußen warst? Deine Akte wurde vollständig gelöscht, als du zweiundzwanzig warst. Was für eine Strafe soll das sein, dafür, was du getan hast?«

»Ich war in Behandlung. Ich habe hart gearbeitet – ich habe meine Aufgaben erfüllt. Ich bin wieder gesund geworden,

Arwen. Ich war ein Kind. Zwölf. Ich war verwirrt, krank, und ich war in den Bann eines gestörten Charles-Manson-ähnlichen jungen Mannes geraten. Ein Paul Bernardo. Wenn ich Vincent Ellwood nie begegnet wäre, dann wäre auch nichts davon jemals passiert. Wie der Richter gesagt hat, in diesem Land werfen wir Kinder nicht einfach weg, wir werfen sie nicht in den Kerker. Und ich bin der Beweis dafür, dass Therapie funktionieren kann. Ich bin geistig wieder gesund geworden.«

»Ach, tatsächlich? Ist das so, Lily Bradley? Oder bist du nur eine sehr gerissene Betrügerin? Vielleicht hast du in der Einrichtung ja auch nur gelernt, wie du deine Schauspielerei perfektionieren kannst, wie du allen geben kannst, was sie glauben wollen. Vor der Verhandlung wurde dir eine überdurchschnittliche Intelligenz bescheinigt, außerdem wurde eine Störung des Sozialverhaltens und oppositionelles Trotzverhalten bei dir diagnostiziert. Ist das nicht die Kindheitsvariante von Soziopathie?«

»Als ich aus der Psychiatrie entlassen wurde, war ich ein Paradebeispiel für Rehabilitation. Ich war für niemanden mehr eine Gefahr. Mein Rückfallrisiko wurde mit null bewertet. Genau deshalb bin ich selbst in die Psychologie gegangen. Ich habe gesehen, wie sie den Menschen helfen kann. Wie wichtig geistige Gesundheit und Hilfestellung sein können.« Als Lily sieht, wie in Arwens Augen ein leiser Zweifel flackert, beugt sie sich vor.

»Ich habe versucht herauszufinden, was aus dir geworden ist, Chrissie. Arwen. Ich habe gehört, dass deine Familie weggezogen ist. Ich wusste, dass deine Eltern dich lieben. Ich dachte, du würdest die Behandlung bekommen, die du brauchst, und …«

»Leck mich doch!«

Lily blinzelt.

Arwen deutet mit ihrem Glas auf Lily. »Du lügst. Dir war es scheißegal, was aus dem Mädchen geworden ist, das sich, wie du irgendwann endlich erfahren hast, unter dem Bett versteckt hatte. Du hast keine Ahnung, was ich durchgemacht habe und was ich immer noch durchmache. Du hast mir alles weggenommen.«

Lily schluckt und versucht, nicht noch einmal zur Tür zu sehen. »Es tut mir leid. Es tut mir wirklich leid. Erzähl es mir. Erzähl mir, was passiert ist.«

Arwen zögert. »Oh, glaub ja nicht, dass dein Therapiemist jetzt bei mir zieht.«

»Ich will es wissen, Arwen. Ist das nicht der Grund, warum du in meine Praxis gekommen bist? Wenn auch verkleidet. Vielleicht weißt du selbst nicht einmal genau, was du wirklich von mir willst, nur dass du irgendwo tief in dir von mir *gesehen* werden möchtest. Du willst mir in die Augen schauen. Als würde man in einen zerbrochenen Spiegel blicken. Du willst dich dieser Person stellen, die seit jenem Tag, an dem du den Meringe-Pie zu uns nach Hause gebracht hast, wie eine dunkle Hälfte an dich und dein ganzes Leben gebunden ist.«

Arwens Lippen beginnen zu beben. Tränen schimmern in ihren Augen.

»Bitte, erzähl es mir. Was ist nach diesem Tag mit dir passiert?«

Arwen steht auf, läuft auf und ab, trinkt noch einen Schluck, läuft weiter. Regen peitscht gegen das Fenster. Lily spürt, wie die Zeit tickt. Diese Frau ist eine Bombe, die ihr ganzes Leben in die Luft sprengen wird. Sie muss alles in ihrer Macht Stehende tun, um sie zu entschärfen und die Gefahr einzudämmen. Mit allen Mitteln. Phoebe, Matthew, Tom … niemand darf erfahren, dass sie Sophie war.

Endlich setzt sich Arwen wieder vor sie.

»Meine Eltern sind mit unserer Familie – oder mit dem, was davon übrig war – nach Ontario gezogen. In eine neue Stadt, eine kleine Stadt, wo wir neu anfangen konnten. Ein Ort, wo ich, wie sie hofften, wieder lernen würde zu sprechen. Sie haben es als Segen betrachtet, dass ich keine Erinnerungen mehr daran hatte, was passiert war, und das sollte auch so bleiben. Sie haben mich von der Gerichtsverhandlung und sogar von den Nachrichten ferngehalten. Sie haben beschlossen, mich bei meinem Zweitnamen zu nennen, Arwen, damit einfach alles ein Neuanfang war. Mit etwas Hilfe habe ich tatsächlich wieder sprechen gelernt. Aber die Erinnerungen an diesen verfluchten Tag sind nicht zurückgekehrt. Das ist erst viel, viel später in meinem Leben passiert. Als ich Joe schon hatte. Denn wir beide wissen, nicht wahr, Lily, dass das Bewusstsein ein Trauma vielleicht ausblenden kann, dass der Körper es jedoch nie vergisst. Er führt Buch. Irgendwann sickert das Trauma auf dysfunktionale Weise wieder hervor. Es manifestiert sich in Verhalten wie einer selbstzerstörerischen Sexsucht – ja, dieser Teil von Paisley ist wahr. In Drogenmissbrauch, psychotischem Verhalten.« Sie zögert. »Und in Selbstmordversuchen.« Sie nimmt einen weiteren tiefen Schluck aus ihrem Glas. Draußen tobt der Wind und lässt noch mehr Zweige und Tannenzapfen auf das Blechdach prasseln.

Lilys Blick huscht zu den Narben am Handgelenk der Frau vor ihr. Sie leidet. Und das alles ist Lilys Schuld.

»Als Joe sechs Jahre alt war, habe ich mir einen Horrorfilm im Kino angeschaut«, erzählt Arwen. »Es gab eine brutale Szene, in der Menschen erstochen wurden. Da bin ich ausgeflippt. Total durchgedreht – die Szene hat eine psychotische Episode ausgelöst. Ich habe selbst nicht verstanden, warum. Ich bin erst wieder zu mir gekommen, als mich die Polizei später drei Blocks vom Kino entfernt aufgegriffen hat, tobend und voller Schnittwunden von Glasscherben. Ich bin in der Klinik gelandet.

Ich hatte mich selbst verletzt, Fensterscheiben eingeworfen, halluziniert, um mich gegen jemanden zu verteidigen, der mir die Kehle durchschneiden wollte. Mir und meinem Kind. Ich wurde in eine psychiatrische Einrichtung gebracht, wo eine schizoaffektive Störung diagnostiziert wurde. Joe ist vorübergehend zu einer Pflegefamilie gekommen. Er war mein Antrieb, da wieder rauszukommen. Und ich hatte das Glück – wenn man es so nennen kann –, einem Arzt zu begegnen, der glaubte, ich könnte unter einer akuten posttraumatischen Belastungsstörung leiden, nicht an einer schizoaffektiven Störung, und dass meine PTBS von der blutigen Szene im Film getriggert worden war. Er hat mit mir gearbeitet, und ich habe in dieser Zeit wieder Kontakt zu meiner Mutter aufgenommen, die mir meine Vergangenheit erklärt hat. Und das, was mit Harrison passiert war, mit meinem kleinen Bruder. Ich hatte nie etwas von den Glenn-Dennig-Morden im Jahr 1989 gehört. Ich hatte nicht einmal gewusst, dass wir einmal in Glenn Dennig gewohnt hatten. Mir hatte man nur erzählt, dass mein kleiner Bruder an einer Krankheit gestorben war. Nachdem ich aber erfahren hatte, was passiert war, habe ich mich allmählich erinnert, und ich habe begonnen, dich zu jagen, Sophie.« Sie beugt sich vor, auf einmal wirkt sie wieder hart und wild entschlossen und völlig gefasst.

»Ich habe es gesehen«, sagt sie. »Ich habe von unter dem Bett aus gesehen, was auf der anderen Seite des Flurs in Dannys Zimmer passiert ist. Du dachtest, dass nur Vincent und du Bescheid wüsstet, aber nein, es sind nur du und ich, Lily. Weil Vincent im Gefängnis gestorben ist, sind wir die einzigen beiden Menschen, die wissen, was wirklich in diesem Zimmer geschehen ist.«

Geraubt

Nach einer wahren Begebenheit

Vincent Ellwood und Sophie McNeill wurden in zwei separaten Gerichtsverhandlungen verurteilt.

Sophie hatte Schwierigkeiten damit, während des Prozesses Reue und Emotionen zu zeigen. Die Aussagen ihrer Goth-Freunde waren ihrer Sache nicht förderlich. Sie alle waren der Meinung, dass Vince ihr verfallen war und alles für sie getan hätte. Zwei Schulkameraden behaupteten, dass sie Sophie hätten sagen hören, sie würde ihren kleinen Bruder hassen und wünschte, ihre Eltern wären tot. Vincents Freunde sagten aus, dass sie ihn darum gebeten hätte, ihre Familie umzubringen.

Zusätzlich war die Jury schockiert über die brutalen und blutigen Fotoaufnahmen des Mordes an der ganzen Familie und an Harrison Whittaker. Man zeigte den Jurymitgliedern die Bilder ohne Vorwarnung. Die Jury tagte nur vier Stunden, bevor sie mit dem Urteilsspruch zurückkehrten: schuldig des vierfachen vorsätzlichen Mordes. Dies machte Sophie McNeill zu der jüngsten Person in Kanada, die jemals für mehrfachen Mord verurteilt worden war.

In Kanada beträgt die Höchststrafe für ein Kind sechs Jahre in Haft, gefolgt von weiteren vier Jahren unter Aufsicht. Da man bei Sophie eine Störung des Sozialverhaltens und oppositionelles Trotzverhalten diagnostiziert hatte, konnte sie ihre Haft in einer Einrichtung für »Intensive Rehabilitative Custody and Supervision« (IRCS) verbringen, einem Programm, das speziell auf schwer gewalttätige junge Straftäter ausgerichtet war, denen eine psychologische oder emotionale Störung nachgewiesen worden war.

Als Sophie McNeill achtzehn Jahre alt war, hatte sie ihre Strafe abgeleistet. Bei einer Beurteilung vor ihrer Entlassung galt sie als Paradebeispiel für Rehabilitierung. Im Alter von zweiundzwanzig Jahren wurde ihre Jugendstrafakte gelöscht, weil sie keine weiteren Straftaten begangen hatte. Weil in Kanada junge Straftäter unter achtzehn Jahren von einem Gesetz mit der Bezeichnung »Youth Criminal Justice Act« geschützt werden, indem es ihnen die Wahrung ihrer Anonymität verspricht, durfte in Kanada offiziell nichts, was die junge Straftäterin identifizieren konnte – wie etwa der Familienname –, publiziert werden.

Ein Rechtsexperte in Calgary sagte am Tag der Entlassung von Sophie McNeill – oder S. M., wie sie in den Medien genannt wurde –, dass sie »nun vollständig verschwinden« könne. »Sie muss nichts über ihre Vergangenheit preisgeben, es sei denn, sie entschließt sich selbst dazu. Nichts hindert sie daran, mit Minderjährigen zu arbeiten. Sie kann frei entscheiden, welchem Beruf sie nachgeht. Sie kann Lehrerin, Anwältin, Krankenschwester oder Kinderbetreuerin werden.« Oder sogar Therapeutin.

Wie Dr. Lily Bradley.

Vincent Ellwood dagegen wurde zu einer lebenslangen Haftstrafe verurteilt und durfte während der ersten fünfundzwanzig Jahre keinen Bewährungsantrag stellen.

Wie sich während des Prozesses herausstellte, war Vincent ein Ritzer. Er ritzte sich nicht in die Arme, sondern an den Oberschenkeln, wo er es vor den Blicken der Öffentlichkeit verbergen konnte. Einmal hatte er sich sogar selbst ins Bein gestochen. Er war dreiundzwanzig, konnte aber keinen Job halten. Er war geistig minderbemittelt und wohnte mit seiner alkoholsüchtigen Mutter in einem Wohnwagen in einem »Armeleuteviertel«. Als Kind war er mehrmals von betrunkenen Freunden seiner Mutter schwer missbraucht und in der Schule brutal tyrannisiert worden. Sein Lieblingsfilm handelte von einem tyrannisierten Jungen, der seine Peiniger aus Rache umbrachte und zerstückelte. Vincent wollte geliebt werden. Respektiert. Er wollte dazugehören. Bei der Goth-Clique in der Mall wurde er verehrt. Er zog sich an wie sie, ging mit ihnen zu Punk- und Goth-Konzerten in der Stadt. Mit seinen schwarz umrandeten hellblauen Augen wirkte er fesselnd. Die jungen Mädchen fanden ihn lustig und freundlich und hip und cool. Als Vincent in der Mall der jungen Sophie McNeill begegnete und sie sich in ihn verliebte, war Vincent ihr verfallen. Seine Freunde sagten, dass er alles getan hätte, um ihre Zuneigung zu halten.

Nach den Schuldsprüchen sagte eine Freundin von Della McNeill den Journalisten: »Sophie ist viel zu schnell erwachsen geworden. Es ist praktisch über Nacht passiert, als sie elf war. Ihre Brüste sind gewachsen, und ihr Gehirn hat sich verändert. Sie wurde erotisiert. Das hat sie von den anderen Mädchen in ihrer Klasse entfremdet. Vincent mag ein dreiundzwanzigjähriger Mann gewesen sein, aber in intellektueller Hinsicht war er wie ein pubertierender Jugendlicher. Er zeigte alle Anzeichen eines fetalen Alkoholsyndroms. Zusammen haben sich Sophie und Vincent irgendwo in der Mitte getroffen und sind eine seltsame psychologische Chemie eingegangen. Es war wie ein perfekter Sturm der Psychologie. Ich glaube, wenn Sophie und Vincent einander nie begegnet wären, dann würde ihre Familie heute noch leben. Hätte sich Sophie trotzdem zu einer Soziopathin entwickelt? Ich weiß es nicht. Neue wissenschaftliche Untersuchungen haben ergeben, dass in den Gehirnen von Teenagern bizarre Dinge geschehen können, besonders bei jungen Mädchen, die zu schnell erwachsen werden. Kann sie wieder voll rehabilitiert werden? Ich weiß es nicht. Sophie war schon immer klug. Sie weiß, wie man sich anpasst, damit die Dinge so laufen, wie sie es will.«

Die Polizei hatte geglaubt, dass Sophie geraubt worden war, aber sie ist es, die anderen alles geraubt hat.

Sie hat meinem kleinen Bruder das Leben genommen. Sie hat mir mein Leben genommen. Sie hat mir meine Familie genommen. Sie hat sogar den Meringue-Pie gestohlen und gegessen, den meine Mutter gekauft hat. Alles geraubt von einer Frau, die jetzt wie eine perfekte, privilegierte Prinzessin in einer hübschen grünen Nachbarschaft lebt. Eine Frau, die eine Maske trägt. Beschützt von einem Gesetz, das es verbietet, sie in diesem Land beim Namen zu nennen.

Diese Frau, die versucht, an die Geheimnisse ihrer Patienten heranzukommen – sie war selbst einmal die Patientin.

Und ihr Geheimnis ist meines.

Doch eine verstörende Frage blieb während der Prozesse von Sophie McNeill und Vincent Ellwood unbeantwortet.

Keiner von ihnen hat die Verantwortung für die Morde an dem kleinen Danny McNeill und Harrison Whittaker übernommen.

Einer von ihnen hat nicht die Wahrheit gesagt.

Und nun ist einer von ihnen tot.

Doch es gibt noch jemanden, der Bescheid weiß.

Lily

Damals
19. Juni. Sonntag.

Ihr Todestag

Lily springt auf. Ihr Herz klopft dröhnend. Sie tritt mit ihrem Glas ans Fenster, sieht dem Regen zu, den Bäumen, die sich am Rand der Klippen im Wind wiegen. Das Meer wird von den Wolken verschleiert. Verborgen. Jetzt hat sie Angst.

»Wie hast du mich gefunden?«

»Ich habe eine Patientin ausfindig gemacht, die mit dir im Margot Javinski Institute war. Die Patientin ist dir nach der Entlassung einmal zufällig über den Weg gelaufen. Sie hat dich auf der Straße erkannt und nach dir gerufen – Sophie. Du hast sie ignoriert. Aber sie ist dir nachgelaufen und wollte nicht aufgeben, bis du dich auf dem Bürgersteig umgedreht und sie angefahren hast, dass dein Name Lily Marsh sei und dass sie dich mit jemandem verwechseln müsse. Sie hat dir in die Augen gesehen. Sie wusste Bescheid. Es hat sie verletzt, dass du sie so zurückgewiesen hast, weil ihr in der Einrichtung sehr vertraut miteinander wart. Ich glaube, danach hast du angefangen, dir die Haare zu färben. Du hast deine Frisur geändert.« Arwen hält inne. »Diese Patientin hat mir auch erzählt, dass deine Ärztin im Institut eine Psychiaterin namens Dr. Deidre Carr war. Ich habe versucht, sie ausfindig zu machen, musste aber erfahren, dass Dr. Carr mittlerweile verstorben ist. Dafür habe ich herausgefunden, dass sie während der Zeit, in der du im Javinski Institute bei ihr in Behandlung warst, mit einem Partner und Mentee zusammengelebt hat.« Sie lächelt verschlagen. »Und er war es, der mich hierhergeführt hat. Nach Story Cove.«

Lily starrt sie an. Ihr Herz schlägt immer schneller. Sie fühlt, dass sie sich einem gefährlichen Punkt nähert – sie könnte durchdrehen. »Was … was meinst du damit?«

»Sein Name ist Dr. Tom Bradley. Er ist Professor für Psychologie genau hier, an der Kordel University.« Ihr Lächeln vertieft sich. »Scheint so, als hätten er und seine verstorbene Lebensgefährtin Dr. Carr eine gemeinsame Leidenschaft geteilt: abnorme Psychen.«

Lily klappt der Mund auf. Sie versteht nichts. Es fühlt sich an, als würde ihr Verstand zerbröckeln. »Du … du bist verrückt. Tom hat nichts damit zu tun, und du darfst es ihm nicht sagen. Du *darfst* meinem Ehemann nicht sagen, wer ich bin und was ich getan habe. Und Phoebe und Matthew – sie dürfen es nicht erfahren. Bitte. Ich flehe dich an. Es wird sie zerstören. Es wird alles zerstören.«

»Aber genau das will ich doch, Lily. Ich will alles zerstören.«

»Tom ist …«

»Du glaubst, du kennst ihn?« Ein Schnauben. »Du glaubst, man kann seinen Partner jemals wirklich kennen? Er wusste die ganze Zeit, was du bist, Sophie. Du bist das kleine ›Vorzeigekind für Rehabilitation‹ seiner Lebensgefährtin. Hat es der Richter nicht so ausgedrückt? Du, Sophie-Lily, bist Tom Bradleys geisteskranker kleiner Teufel im Reagenzglas.

Die ganze Zeit über hat er dich in seinem akademischen Blick behalten.«

Alles Blut weicht Lily aus dem Kopf. Sie beginnt, am ganzen Körper zu zittern – ein zuckendes, erbarmungsloses Beben.

»Hat Tom dir das etwa nie gesagt? Hat er nie erwähnt, dass die brillante Psychiaterin am Margot Javinski Institute seine Lebensgefährtin war? Ach je, was für ein … seltsames Versäumnis.«

»Hör auf!« Lily schleudert ihr Glas nach Arwens Gesicht.

Arwen duckt sich weg. Das Glas zerbirst an der Wand. Eine Explosion aus Scherben, Gin, Eis und einer Zitronenscheibe. Blind vor Wut und Angst und Verwirrung stürzt sich Lily auf sie, streckt die Hände nach ihrer Kehle mit der Tätowierung aus.

Da wird sie von hinten gepackt.

»Lily!«, ruft Tom.

Lily fährt herum, keuchend, in dem Moment, in dem Arwen zum Schlag ausholt. Tom tritt vor seine Frau, um sie zu schützen, und Arwens Fingernägel kratzen über die Haut an seinem Hals.

Lily zittert wie Espenlaub, während sie auf das Blut starrt, das am Hals ihres Ehemanns aufwallt. Sie kann nicht denken.

»Arwen, hör auf, sofort!«, fordert Tom.

Arwen wischt sich mit bebenden Fingern über den Mund und hinterlässt einen glänzenden Streifen Speichel. Ihre Augen sind glasig.

»Ist … ist das wahr, Tom?«, will Lily wissen. »Dr. Carr … du … du weißt es?«

Toms Hand umschließt ihren Arm wie ein Schraubstock. Seine Kiefermuskeln sind gespannt. »Ich bringe dich nach Hause«, sagt er rau. »Wir reden zu Hause darüber.«

Verzweiflung droht Lily zu zerquetschen. Sie kämpft gegen seinen Griff, aber Tom packt sie nur noch fester. Er deutet auf Arwens Gesicht.

»Und du – du hältst den Mund. Wir reden später darüber. Wir finden eine Lösung, hörst du? Wenn du Geld willst …«

»Du glaubst, du kannst mich zum Schweigen bringen? Ihr habt keine Ahnung, oder? Keiner von euch. Ich will euer Geld nicht. Ich will *gesehen* werden. Ich will meine Geschichte erzählen. Du hast Hilfe bekommen, Lily. Du hattest das Gesetz auf deiner Seite, und was habe *ich* bekommen? Nichts. Was hat mein Sohn bekommen? Eine Mutter, die krank im Kopf ist und die sich nicht einmal selbst erlauben konnte, seinen Vater zu lieben. Was hat *meine* Mutter bekommen? Sie durfte ihren kleinen Jungen betrauern. Sie hat den Rest ihres Lebens mit Schuldgefühlen gelebt, mit Vorwürfen, weil sie Harrison erlaubt hat, bei seinem Freund zu übernachten. Weil sie mich gebeten hat, einen Meringue-Pie gerade pünktlich zu einem Massaker zu den Nachbarn zu bringen. Weil sie Della McNeills Anruf und die Einladung angenommen hat, dass ihre Tochter ebenfalls bleiben und sich einen Film ansehen könnte. Sie hat einen Ehemann bekommen, der seinen Schmerz in Alkohol ertränkt hat und schließlich daran gestorben ist. Und du? Du … du hast den reichen Partner deiner Ärztin geheiratet. Du wohnst in einem beschissenen auberginefarbenen Haus mit einem grünen Schmuckstreifen.«

»Bitte«, fleht Lily verzweifelt weinend. »Bitte, für die Kinder – für deines, für meine –, tu es nicht, Arwen. Bitte. Wir können das durcharbeiten …«

»Fick dich«, brüllt sie und zeigt direkt auf Lilys Gesicht.

Da betritt Simon das Poolhaus. »Was zum Teufel …«

»Schon gut«, unterbricht Tom ihn brüsk. »Wir sind hier fertig. Alles in Ordnung. Ich muss Lily nach Hause bringen.

Ich komme später noch mal zurück und hole die Kinder ab – kannst du solange ein Auge auf sie haben?«

Simon starrt erst Lily, dann Tom an, und ein merkwürdiger Ausdruck schleicht sich in sein Gesicht. »Ja, klar, Kumpel. Kann ich … Ist alles in Ordnung?«

»Wir reden später darüber. Tut mir leid wegen dem zerbrochenen Glas.«

Tom wirft Arwen einen letzten warnenden Blick zu, dann schiebt er Lily in den strömenden Regen hinaus. Er legt ihr fest den Arm um die Schultern und führt sie die Straße entlang durch den tobenden Sturm.

* * *

Joe weicht zurück in den Schatten hinter dem Außengrill. Sein Herz hämmert. Er hat alles gehört. Und er hat alles gelesen, was seine Mutter darüber geschrieben hat.

Er wartet, bis Lily und Tom fort sind. Eigentlich wollte er nach seiner Mutter sehen. Phoebe hat er im Hobbyraum bei den anderen gelassen. Phoebe und er wollten sich später zusammen in den Wald schleichen. Phoebe hat eine Tasche bei ihm zu Hause deponiert. Mit Wodka, einer Cap, einer Taschenlampe und einer wasserfesten Plane, damit sie darauf sitzen können. Oder darunter. Doch jetzt steckt seine Mutter mal wieder in Schwierigkeiten. Sie ist betrunken. Und sie wird Phoebes Eltern vernichten. Ihre Familie.

Joe weiß nicht, was er tun soll. Er steht im Schatten des hoch aufragenden Grills. Reglos. Von hier aus kann er immer noch durch das Fenster des Poolhauses blicken.

Mr Cody schenkt seiner Mutter noch einen Drink ein. Sie leert das Glas in einem Zug. Mr Cody füllt es ihr auf. Als er ihr den Drink reicht, beugt er sich vor und küsst Joes Mutter.

Joe rennt durch den prasselnden Regen über den Rasen, auf das Haupthaus zu, um Phoebe zu holen. Da sieht er Matthew auf der Veranda stehen, und ihm kommt eine andere Idee.

»Was ist los?«, fragt Matthew.

»Nichts, Kleiner. Gar nichts. Dein Dad bringt nur deine Mom nach Hause, weil es ihr nicht so gut geht. Er kommt gleich zurück und holt euch ab. Kannst du Phoebe von mir ausrichten, dass ich nach Hause gegangen bin? Machst du das, Buddy?«

Matthew nickt.

Joe läuft auf das Gartentor zu.

Matthew bleibt auf der Veranda stehen und sieht zum Poolhaus hinüber, während Joe nach Hause läuft. Während der Regen in Strömen fällt und der Wind durch den nahen Wald rauscht.

Lily

Damals
19. Juni. Sonntag.

Ihr Todestag

Lily und Tom betreten das Haus, begleitet von einem regennassen Windstoß. Beide sind bis auf die Haut durchnässt.

Lily fährt zu Tom herum. Das Haar klebt ihm am Kopf, genauso nass wie ihres. Sie starrt ihn an. So sieht er viel älter aus, hier im harschen Flurlicht. Ein neuer Filter ist vor ihr Leben gerückt und verwandelt es in ein hartes Relief. Alles ist misstönend, aus dem Gleichgewicht geraten. Seit vierzehn Jahren lebt sie mit diesem Mann zusammen, und wahrscheinlich liebt sie ihn schon seit dem Tag, an dem er bei der Konferenz seinen Vortrag gehalten hat. Dann später, beim Abendessen, ist sie ihm endgültig verfallen … und es war alles eine Lüge?

»Hast du es gewusst, Tom?« Ihre Stimme klingt heiser. »Als du mir begegnet bist? Am ersten Tag – hast du es damals gewusst? Bei der Konferenz in Ottawa, als ich zu dir gekommen bin, um dem gut aussehenden Gastredner eine Frage zu stellen?«

Er wendet den Blick ab.

Ihr Herz sinkt noch tiefer.

»*Woher* hast du es gewusst?«

Er schluckt und antwortet leise, ohne sie anzusehen: »Bevor Dee im Jahr 2000 gestorben ist …« Er zögert. »Lily, du zitterst, bitte, zieh dir etwas Warmes an.«

»*Dee?* Dr. Deidre Carr? Ihr wart *zusammen*? Wie … wie konntest du mir das verheimlichen?«

»Ich mache den Kamin an und schenke uns einen Whisky ein. Zieh dir etwas Trockenes an. Wir müssen reden.«

Ihre Augen füllen sich mit Tränen.

»Wir *werden* reden, Lily, und dann holen wir die Kinder nach Hause, aber zuerst müssen wir das klären, okay? Du hast es selbst gesagt – wir müssen die Kinder beschützen.«

Er weiß, dass sie S. M. ist? Er weiß alles, was Dr. Carr über sie wusste? Wie konnte er sie heiraten, Kinder mit ihr bekommen, eine Familie gründen, obwohl er die ganze Zeit wusste, was sie getan hat?

»Arwen darf das nicht bekannt machen, Tom. Das dürfen wir nicht zulassen. Was wird aus Matthew und Phoebe, wenn die Medien davon hören? Was soll aus deiner Arbeit werden, aus meiner? Aus uns – aus allem? Es ist vorbei.«

»Geh nach oben. Na los. Zieh dir etwas Warmes an. Lily …« Er berührt ihr Gesicht. »An eines musst du glauben, und nur daran. Ich liebe dich.«

»Du bist ein kranker Irrer. Die ganze Zeit hast du mit mir zusammengelebt. Wofür? Für irgendeinen abartigen Kick? Irgendeinen Psychokitzel für den Psychoprof? Seine persönliche ›Reagenzglas-Ehefrau‹, wie Arwen mich genannt hat? Ein Rehabilitierungsprojekt deiner Partnerin, das du in Echtzeit studieren kannst?«

Er dreht ihr den Rücken zu und zieht sein Hemd aus, während er in Richtung Waschküche geht.

Als Lily zurück nach unten kommt, sitzt er vor dem Kamin. Zwei Whiskys stehen auf dem Tisch. Er klopft auf den freien Platz neben sich, aber sie wählt einen Platz ihm gegenüber.

»Dee – Deidre – war drei Jahre älter als ich. Sie war einundvierzig, als sie diese Welt verlassen hat, und … sie war alles für mich, Lily. Meine Mentorin, meine Geliebte, meine Freundin. Meine Vertraute.«

»Trotzdem hast du nie über sie gesprochen. Du hast mir nur erzählt, dass du ein paar längere Beziehungen hattest, von denen die letzte geendet hat, kurz bevor wir uns begegnet sind.«

»Es tut mir leid. Mit Dee und mir war es … etwas Persönlicheres.«

»Etwas *Persönlicheres*?«

Er beugt sich vor, sieht sie fest an. »Sie war eine brillante Psychiaterin. Sie hat jung ihren Abschluss gemacht und war Teil eines bahnbrechenden Teams am Javinski Institute. Sie war es, die sich für dich eingesetzt hat, die dich verteidigt hat, Lily. Als du noch Sophie warst oder S. M., wie die Medien dich nennen mussten. Als das Gericht dich schließlich für vollständig in die Gesellschaft reintegriert erklärt hat und du zum Paradebeispiel für Rehabilitierung wurdest – dahinter steckten Dee und ihr Team. Es war ihr Traum. Zu beweisen, dass es wirklich möglich war. Als du ihr später geschrieben und dich bei ihr bedankt und ihr erzählt hast, dass du deinen Namen geändert hast und selbst Psychologie studieren wolltest, um anderen so helfen zu können, wie sie dir geholfen hat, da hat sie geweint. Sie hat mir gesagt, dass dein Erfolg dem Werk ihres Lebens – das sich als viel zu kurz erweisen sollte – einen Sinn gegeben hat.«

»Wo warst du, während ich in der Klinik war?«

»Ich habe unterrichtet. An einer Hochschule in der Nähe der Klinik.«

Lily schließt die Augen. Das Gewicht dieses Verrats ist unermesslich. Sie kann es nicht begreifen.

»Dann wusstest du also, dass ich dieses kaputte Mädchen war. Du wusstest, dass deine Partnerin mich behandelt hat. Trotzdem hast du nichts gesagt, als wir uns Jahre später begegnet sind?«

»Nachdem Dee gestorben ist und ich ihre Sachen durchgegangen bin, habe ich den Brief gefunden, den du ihr geschrieben hast. Du hattest ihn mit deinem neuen Namen unterschrieben, in dem Vertrauen darauf, dass sie dieses Geheimnis bewahren würde. Als du dann Jahre später bei der Konferenz zu mir gekommen bist und ich dein Namensschild gelesen habe … Lily Marsh – das war Schicksal, Lily. Es war, als wäre Dee auf einmal bei uns. Ihr Geist war plötzlich lebendig und ist schimmernd über uns geschwebt, über den beiden wichtigsten Menschen in ihrem Leben, und ich konnte spüren, wie stolz sie war und neugierig, und es war, als würden ihre unsichtbaren Hände, eine an meinem Rücken, eine an deinem, uns sanft zueinanderschieben. Du kannst sicher verstehen, dass ich mehr über dich erfahren wollte. Wie könnte es anders sein? Ich wollte unbedingt wissen, wie es dir geht, ich wollte sehen, was von der früheren Sophie vielleicht noch übrig war. Wie hätte ich dich nicht zum Abendessen einladen können, Lily? Und du warst so viel mehr. Ich habe mich in dich verliebt. Mit meinem ganzen Herzen.«

»Du hast dich in Dr. Carrs Projekt verliebt. Nicht in mich. Du hast mich als eine Art Ersatz gesehen, etwas, das dir ihr Andenken nahegebracht hat. Arwen hat recht. Ich bin eine Ehefrau im Reagenzglas. Das Experiment deiner Ex-Freundin. Eine abartige Missgeburt, die ihre ganze Familie umgebracht hat … die Dinge getan hat, die ich nicht einmal selbst verstehe. Dinge, die ich in mir selbst vergraben habe, aber jetzt kann ich das nicht mehr. Tom, wie … *wie* kann ich mich noch genauso um meine Kinder kümmern, wenn sie es herausfinden? Wie sollen sie mich dann noch respektieren und lieben können?«

»Du bist immer noch Lily. Nichts hat sich verändert.«

Scham, Abscheu, Selbsthass branden in ihr auf. »Alles hat sich verändert. Ich kann nicht mehr Lily sein. Und ich kann dir auf keinen Fall noch vertrauen. Du bist genauso abartig und verdreht wie ich.«

»Wir sind nur Menschen. Komplexe, komplizierte Wesen. Jeder Mensch ist zu den grausamsten Dingen fähig, unter den richtigen Umständen, mit der richtigen Geschichte. Ich bin nicht naiv, und das bist du auch nicht. Wir wissen beide, dass es so ist.«

Sie schluckt.

Er steht auf und versucht, den Arm um sie zu legen.

»Nicht«, flüstert sie. »Fass mich nicht an. Wie konntest du mich belügen? Mich so hintergehen und betrügen? Unsere Ehe, unser ganzes Leben ist auf eine Lüge gegründet. Wie konntest du das vor mir verheimlichen? Warum?«

»Hast du mir denn von dir erzählt?«

»Das ist etwas anderes. Ich bin zu jemand Neuem geworden. Ich konnte diese andere … Kreatur nicht mit in die Ehe bringen. In das unschuldige, reine Leben unserer Kinder.«

»Und das war mein Richtwert. Als ich mich in dich verliebt habe, da habe ich den Entschluss gefasst, dir alles zu gestehen, wenn du mir deinerseits aus freien Stücken sagen würdest, wer du bist. In diesem Punkt haben wir uns beide gleich verhalten, Lily.«

Sie dreht den Kopf weg. Sie kann es nicht ertragen, ihn anzusehen. Sie ist verwirrt. Sie ist wieder Sophie, aber auch Lily. Sie kann ihre Vergangenheit nicht länger abtrennen und im Keller ihres Verstands wegschließen.

»Tatsächlich wollte ich mit dir über das alles reden. Aber ich hatte Angst vor genau dem hier – davor, was du jetzt empfindest. Ich hatte Angst, dass du dich aufgeben würdest, und mich. Dass es zerstörerisch sein würde, Sophies Geist zwischen uns heraufzubeschwören, dass du einen Rückfall erleiden könntest.

Verstehst du, das Schöne an den Jugendgesetzen unseres Landes ist, dass sie jungen Menschen erlauben, ihr Stigma als Verbrecher abzuschütteln. Sie *können* ihre Vergangenheit begraben und neu anfangen. Und die Gesellschaft ist gesetzlich dazu verpflichtet, das zuzulassen. Ich wollte dich nicht bloßstellen, außer du würdest selbst beschließen, es zu tun. Ich wollte, dass du es beweist – dass diese Gesetze funktionieren. Dass sie richtig und gerecht sind. Dass wir Kinder nicht einfach wegwerfen sollten und dass ein gewalttätiges Kind zu einem wertvollen, funktionalen Mitglied der Gesellschaft werden kann.«

»Und was ist mit Arwen? Ihr hat niemand geholfen.«

Toms Miene wird hart, und Dunkelheit erhebt sich um ihn. »Man hätte ihr helfen können, Lily. Wenn ihre Eltern sich darum gekümmert hätten, dass sie die richtige Behandlung bekommt.«

»Aber sie waren genauso zerbrochen. Wegen Vincent und mir, wegen dem, was wir getan haben. Ich bin ein Ungeheuer.«

»Lily, ich liebe dich. Das musst du begreifen. Du hast vor mir nichts zu verbergen.«

»Trotzdem hast du mit Arwen geschlafen. Ich habe die Fotos gesehen, die Simon gemacht hat. Hannah hat sie mir gezeigt.«

Er holt tief Luft und kehrt zu seinem Platz zurück. Er trinkt einen großen Schluck Whiskey, und die Flammen werfen flackerndes Licht auf das Glas. »Ich habe nicht mit ihr geschlafen.«

»Ich habe die Fotos gesehen, Tom.«

»Ich … Arwen hat mich ins Visier genommen. Sie ist gerissen und gefährlich, und sie wusste, wo meine Schwachstellen sind, und jetzt weiß ich auch, warum. Aber ich habe nicht mit ihr geschlafen. Ich schäme mich für meine Schwäche, Lily, und es tut mir leid. Aber es ist nichts weiter passiert außer einem Kuss. Es ist nicht mehr passiert als das, was du auf den Fotos gesehen hast. Du musst mir erlauben, dich um Verzeihung zu bitten. Es wiedergutzumachen.«

Sie steht auf, stellt sich vor den Kamin und schlingt die Arme fest um sich. Sie weiß nicht, ob sie ihm glauben kann. Sie weiß überhaupt nicht mehr, was sie noch glauben, wem sie noch vertrauen kann. Doch sie hat ihn genauso betrogen, sie ist ebenso schuldig.

»Lass der Sache Zeit, Lily. Wir arbeiten das durch. Stück für Stück. Alles. Bitte, lass uns Zeit. Ich weiß, dass die Therapeutin in dir das versteht. Nichts zu überstürzen.«

»Was ist mit jetzt, Tom?«, fragt sie leise, das Gesicht dem Feuer zugewandt. »Was machen wir *genau jetzt*? Was ist mit Arwen? Was ist mit den Geheimnissen, die sie über uns weiß? Was würde es für die Kinder bedeuten, wenn sie herausfinden, dass ihre Mutter ein Ungeheuer ist?«

»Wir finden einen Weg, Lily.« Donner grollt, und eine frische Regenwoge wird gegen die Fenster gepeitscht. »Ich hole die Kinder ab. Du gehst hoch ins Bett und nimmst eine Tablette, damit du schlafen kannst. Lass nicht zu, dass dich die Kinder so sehen. Sonst können wir im Moment nicht viel tun, aber wir schaffen das. Wir reden später mit ihr. Wir *werden* einen Weg finden.«

Joe

Damals
19. Juni. Sonntag.

Ihr Todestag

Joe läuft in dem kleinen Cottage herum, das er so sauber hält. Er stößt gegen etwas, wirft es um, fährt sich mit beiden Händen durchs Haar. Er will alles zertrümmern, was er in die Hände bekommt. Seine Mutter und das Trinken, ihre Pillen, ihr unberechenbares »künstlerisches« Verhalten – er hat einen Weg gefunden, damit zu leben, es zu rationalisieren, aber das hier … was sie Phoebe und ihrer Familie antun will, sie vernichten – er weiß nicht, was er denken soll, was er tun soll.

Aus dem, was er online gelesen hat, weiß er, dass das Mädchen aus Medicine Hat, das als S. M. bekannt ist, seine Zeit abgesessen hat und dass der Freund im Gefängnis gestorben ist. Dem Gesetz nach hat sie ihre Schuld der Gesellschaft gegenüber beglichen. Sie wurde in der Psychiatrie behandelt, hat Rehabilitierungsprogramme und ein Wiedereingliederungsprogramm durchlaufen. Aus dem Manuskript seiner Mutter weiß er, dass S. M. Phoebes Mutter ist. Also weiß er auch, dass S. M. hart gearbeitet hat, um ihren Abschluss an der Universität zu machen. Phoebes Mom setzt sich dafür ein, anderen dabei zu helfen, ihre mentalen Probleme zu bewältigen. Sie war seither eine gute Bürgerin, soweit Joe das sagen kann. Sie hat zwei wundervolle Kinder in die Welt gebracht. Sie hat ein schönes Zuhause erschaffen. Sie gibt ihr Bestes – auch wenn Phoebe das nicht erkennen kann. Joe hat die Fotos an der Wand gesehen. Die Familienurlaube, was für große Sorgen sich Mrs Bradley macht, weil ihre Tochter eine leere Schnapsflasche im Zimmer hatte. Sie macht sich auch Sorgen, weil ihre Tochter mit einem älteren Jungen zusammen ist. Und Joe weiß auch, warum. Es ist persönlich. Mrs Bradley hat Angst davor, dass sich die Vergangenheit wiederholt. Er weiß, was Typen in seinem Alter einem Mädchen antun können.

Nein, es ist nicht fair, dass seine Mutter so leiden musste. Aber es ist auch nicht fair, wenn Phoebe leiden muss. Wenn sie jetzt von diesem ganzen Mist erfährt, würde es sie zerbrechen.

Er hört Mrs Bradleys verzweifeltes Flehen in seinem Kopf.

Bitte, für die Kinder – für deines, für meine –, tu es nicht, Arwen. Bitte. Wir können das durcharbeiten … Joe schlägt die Hände über die Ohren.

Seine Mutter wird die Bradley-Kinder nicht beschützen. Sie kann nicht einmal ihren eigenen Sohn beschützen. Die Tatsache, dass Joe einigermaßen normal geraten ist, war reiner Zufall, ein Gottesgeschenk. Seine Mutter wird diese Kinder kaputtmachen. Sie braucht Hilfe. Sie muss aufgehalten werden. In diesem Zustand ist sie gefährlich.

Joe findet den letzten Schlüssel, den er zu ihrem Atelier noch hat, und er nimmt einen Schraubenzieher mit.

Er betritt das chaotische Atelier voller leerer Flaschen und bricht mit dem Schraubenzieher die Türen vor der Pinnwand auf. Dann reißt er jeden Artikel und jedes Foto herunter und stopft alles in eine große schwarze Plastiktüte. Er kramt in den Schubladen seiner Mutter herum und findet ihre Sicherungskopien. Er wirft auch diese in die Mülltüte. Er fegt ihre Notizblöcke und Papiere vom Tisch in die Tüte. Dann trägt er den Laptop hinter das Cottage und lässt ihn dort zurück, als wieder hineingeht.

Schwer atmend entfacht er schnell ein loderndes Feuer im Holzofen und wirft eine Faust voll nach der anderen in die Flammen. Papiere und Fotos von dem Mordfall in Glenn Dennig. Schweiß rinnt ihm über das Gesicht, während das Feuer knistert und das Cottage mit Rauch füllt. Er denkt an die vielen grauenhaften Worte, die den Rauchabzug hinaufsteigen und in den Sturm entlassen werden. Wie sie weit über dem Blätterdach des Waldes durch den Himmel wehen, dort, wo Blitze zucken und Donner hallt.

Während die Papiere zu glühender Asche zerfallen, reißt er Seite um Seite aus den Schreibblöcken seiner Mutter, bis sich seine Hände ganz wund anfühlen. Dann verbrennt er auch die Umschläge der Blöcke und sieht zu, wie die Metallspiralen orange aufglühen. Schließlich wirft er die USB-Sticks mit den Sicherungskopien ins Feuer. Er schließt die Klappe des Ofens, legt den Riegel vor und betrachtet das orangerote, pulsierende Glühen. Doch er hat keine Zeit zu verlieren.

Er nimmt den Laptop seiner Mutter mit zum Carport und lässt ihn auf den Betonboden fallen. Er holt einen Hammer aus der Werkzeugkiste im Bus und zertrümmert den Laptop, lässt seiner Frustration, seiner Wut und seiner Angst freien Lauf, während der Wind im Wald tobt und der Regen wie ein silberner Schleier um den Carport fällt. Er sieht die Lichter im Haus der Codys auf der anderen Straßenseite, wo gerade eben noch alles voller schaukelnder Lampions und Grillrauch und Gelächter und Musik war. Bevor der Sturm losgebrochen ist.

»Mein Gott! Joey!«

Er hält inne, den Hammer in der Hand.

Seine Mutter kommt in den Carport gestolpert, Haar und Kleider vollkommen durchnässt.

»Was machst du denn da?«

Er schweigt, sammelt die Einzelteile des Laptops zusammen und steckt sie wieder zurück in den Müllbeutel. Dann trägt er alles hinein. Seine Mutter rennt durch den Regen zu ihrem Atelier. Dann, ein paar Minuten später, kommt sie ins Cottage gestürmt.

Sie starrt das Feuer an, das in dem heißen, verrauchten Raum glüht.

»Joe?«

Er beißt die Zähne zusammen.

»Was hast du *getan*?«

»Du musst aufhören.«

»Joey, was hast du getan? Was ...«

»Das True-Crime-Buch. Es wird dir nicht geben, was du brauchst, Mom. Du wirst dich dadurch nicht besser fühlen. Wir können unsere Sachen packen und nach Hause fahren. Gleich morgen. Zurück zu deinem Arzt. Er kann dich an diesen Typen in der Klinik überweisen, der dir geholfen hat, als ich noch klein war. Sie können dich richtig behandeln, wenn du sie lässt. Ja. Ich habe deine Notizen gelesen. Ich weiß, wie es zu diesem Zusammenbruch gekommen ist, als ich sechs war. Ich habe nie verstanden, warum ich damals zu Pflegeeltern musste.«

»Du verstehst das nicht, Joey ... du ...« Verzweifelt starrt sie in die Flammen.

»Die Sicherungskopien sind auch weg.«

Sie sinkt auf einen Stuhl. Ihr Blick wird leer.

»Ich weiß, dass Mrs Bradley dir das angetan hat, als ihr beide noch klein wart. Es ist nicht deine Schuld. Aber wenn du die Bradley-Kinder in die Sache hineinziehst, dann wird dadurch nichts besser.«

»Joe, das sollte unser großer Durchbruch werden, und ...«

»Es reicht!«, brüllt er.

Erschrocken zuckt sie zurück.

»Es reicht«, wiederholt er, sanfter diesmal. »Du machst dir selbst etwas vor.« Er deutet mit dem Finger in Richtung des Poolhauses der Codys. »Hast du dich besser gefühlt, nachdem du sie dadrin konfrontiert hast? Ehrlich?«

Sie reibt sich über das nasse Gesicht.

»Das hast du nicht, oder?«

»Ich dachte, ich würde mich besser fühlen, Joey. Ich dachte, ich würde so etwas wie eine mächtige Freude fühlen, wenn ich sehe, wie sie vor mir zusammenbricht. Ich dachte, es würde mir irgendetwas zurückgeben, wenn ich sie nur dazu bringen könnte, mich zu *sehen*. Meine Wunden zu sehen. Wenn ich ihr wieder in die Augen blicken könnte, und …« Ihre Stimme verklingt, und sie sitzt einfach da und starrt ihn an. Ihre Augen sind glasig vom Alkohol und von den Drogen. Ein Ausdruck auf dem Gesicht seiner Mutter, an den Joey gewöhnt ist. Er hasst es, was sie sich selbst antut. Ihnen beiden.

»Ich wollte, dass sie es zugibt. Ich wollte, dass sie mir in die Augen sieht und sagt, dass es ihr leidtut.«

»Und dann?«

»Dann wollte ich über unsere Konfrontation schreiben – Wort für Wort, in dem Buch. Es würde sich verkaufen, Joey, ganz sicher. Es wäre so etwas wie ›own voices‹. Meine Geschichte. Das Opfer. Diejenige, die davongekommen ist und gleichzeitig auch nicht. Meine Seite, die man einfach vergessen hat. Wir würden am Ende tatsächlich in gewisser Weise von dem Verbrechen profitieren. Von der Verwüstung, die sie angerichtet hat.«

Er sieht sie an, lange und hart. »Du musst aufhören, Mom. Für die Bradley-Kinder. Für *mich,* Mom. Ich bin dein Kind, und ich bitte dich darum. Bitte. Für mich.«

Eine Ewigkeit sieht sie ihn nur an. Das Feuer knistert, und die Hitze im Cottage ist erdrückend. »Du bist genau wie dein Dad, weißt du? Ganz selbstgerechte Vernunft.«

Joe wird starr wie Stein. Er zuckt mit keinem Muskel, aus Angst, sie könnte aufhören zu reden.

»Je älter du wirst, desto … du siehst … ihm so ähnlich. Ich habe ihn geliebt, weißt du? Wirklich, aus ganzem Herzen. Und das hat mir furchtbare Angst gemacht.« Sie lässt das Gesicht in die Hände sinken und wiegt sich vor und zurück. »Ich habe ihn davongejagt, bevor er mich verlassen konnte. So wie mir alle guten Dinge in meinem Leben immer wieder weggenommen wurden. Es tut mir so leid, Joey. Ich bin eine furchtbare Mutter. Ich habe dir sogar die Chance geraubt, deinen Vater kennenzulernen. Ich weiß, dass er dich geliebt hätte, wenn er von dir gewusst hätte. Er … er hätte für uns gesorgt …« Sie beginnt zu schluchzen. Heftige, herzzerreißende Schluchzer, die ihren ganzen Körper schütteln. »Was hast du mit meiner Arbeit gemacht? Ich weiß nicht, wie ich noch einmal von vorne anfangen soll … Ich bin eine Versagerin. Ich habe als Mutter versagt.«

Er schluckt, steht auf, streicht ihr über das nasse Haar. »Mom«, flüstert er. »Du kannst immer noch eine gute Mutter sein. Wahre Helden sind diejenigen, die Mut zeigen, wenn es am schlimmsten ist. Und du kannst das alles stoppen. Komm, ich helfe dir zurück ins Atelier. Du musst ein bisschen schlafen. Du musst ins Bett.«

Er legt sich den Arm seiner Mutter um die Schultern und hilft ihr zurück in ihr Atelier. Er schubst den Haufen Schmutzwäsche vom Bett und schlägt die Decke zurück. Sie klettert hinein.

Joe deckt seine Mutter zu. Er schaltet das Licht aus und lässt nur ihre orangerosa Himalaya-Salzlampe brennen. Dann zögert er, betrachtet ihre unheimlichen Gemälde, die ihn zu beobachten scheinen. Zu verurteilen. Er ist verwirrt. Verletzlich.

Er beugt sich über seine Mutter und küsst sie federleicht auf das feuchte Haar. »Ich liebe dich, Mom. Das wird schon wieder. Das wird wieder.«

Welleneffekt

Später in dieser Nacht

Lily wacht auf. Tom schläft tief und fest. Sie betrachtet ihn einen Moment lang, während draußen das Gewitter weiter wütet.

Ich habe von unter dem Bett aus gesehen, was auf der anderen Seite des Flurs in Dannys Zimmer passiert ist. Du dachtest, dass nur Vincent und du Bescheid wüsstet, aber nein, es sind nur du und ich, Lily … Die einzigen beiden Menschen, die wissen, was wirklich in diesem Zimmer geschehen ist.

Donner rollt durch die Nacht, aber Tom rührt sich nicht. Sie schlägt die Decke zurück, steigt aus dem Bett und läuft leise die Treppe hinunter.

In der Wäschekammer findet sie die Kleider, die sie braucht. Den Schrank oben will sie nicht aufmachen, also sucht sie sich etwas aus dem Haufen mit sauberer Wäsche heraus. Sie zieht Leggins an, ein Shirt, Socken.

Im Garderobenschrank findet sie eine Taschenlampe, eine Cap von Tom, eine Regenjacke und ihre Laufschuhe.

Vorsichtig öffnet sie die Haustür. Regen trommelt spritzend auf die Straße. Sie lauscht auf irgendwelche Geräusche ihrer Familie. Ihre geliebte Familie. Ihre Familie, die an erster Stelle stehen muss.

Lily schließt die Tür des auberginefarbenen Hauses mit dem grünen Schmuckstreifen hinter sich und tritt in den Regen hinaus.

Als sie fast an der nächsten Ecke ist, schaltet sie die Taschenlampe ein. Die fallenden Tropfen schimmern silbern in dem Strahl.

Sie schaut über die Schulter. Nichts regt sich. Die Lichter sind alle aus.

Sie läuft die Straße entlang in Richtung des kleinen Cottage am Ende von Oak End.

* * *

Joe kann nicht schlafen. Auf seinem Handy googelt er Berichte über S. M. – die »Mary Bell von Kanada«, die ihren eigenen kleinen Bruder umgebracht hat. Er fragt sich, ob seine Mutter wirklich gesehen hat, was in dem Zimmer des kleinen Jungen passiert ist, oder ob sie gelogen hat, um mit Mrs Bradley zu spielen. Er fragt sich, ob seine Mom mit einem klareren Kopf aufwachen oder völlig die Nerven verlieren wird. Wird sie alles einfach wieder ausgraben und noch mal von vorne beginnen? Werden die Nachwirkungen jenes grauenvollen und unerklärlich tragischen Tages in Glenn Dennig jemals enden, oder werden sie alle über Generationen hinweg davon verfolgt werden, bis sie einer nach dem anderen auf unterschiedliche Art und Weise zugrunde gehen? Er klickt auf eine neue Story mit der Überschrift: »Wird S. M. weitere Verbrechen begehen?«

Experten sind sich nicht schlüssig darüber, ob S. M. tatsächlich vollständig rehabilitiert ist und ihr Leben weiterführen kann.

»Hier haben wir eine junge Frau, bei der man im Alter von zwölf Jahren eine Störung des Sozialverhaltens und oppositionelles Trotzverhalten diagnostiziert hat – das sind zwei sehr ernste Störungen«, sagt Ash Weldon, der Autor des Buchs »Wenn Kinder töten«. Weldon fährt fort: »Ist es möglich, dass sie sich ändert? Absolut. Aber wir wissen es einfach nicht. Jeder Fall ist einzigartig, und nur die Zeit wird dies in diesem speziellen Fall zeigen. Die gute Seite ist, dass S. M. zum Zeitpunkt der Morde noch so jung war. Das verbessert ihre Chancen auf eine Genesung. Offenbar macht sie im Unterricht und bei ihrer Therapie Fortschritte, und ihre Anwälte sagen, dass sie Reue zeigt. Das sind schon mal gute Zeichen.«

Joe liest die Kommentare unter den Artikeln.

J Balboa: S. M. zeigt psychopathische Tendenzen. Psychopathen »genesen« nicht. Meine Vermutung ist, dass S. M. in den letzten Jahren ihre Kunst, anderen etwas vorzumachen, nur noch verfeinert hat, und dass es ihr am A… vorbeigeht. Sie hat ihre Betreuer reingelegt. Psychopathen können jeden hereinlegen. Irgendjemand sollte ihren wahren Namen herausfinden und ihn öffentlich machen. Es macht mich ganz krank, wenn ich daran denke, dass irgendein Unschuldiger mit ihr ausgeht oder sich in sie verliebt. Und was, wenn sie Kinder kriegt? Falls irgendjemand noch irgendwelche Zweifel hat, dann lest den Teil mit ihrem kleinen Bruder noch mal. Das ist doch krank.

RD: Wisst ihr noch, was Wozniak gesagt hat? Er hätte schon viele schlimme Tatorte und schon viele Leichen gesehen, aber nur sehr wenige mit Kindern und noch weniger mit Kindern in diesem Zustand. Dieses Mädchen ist abartig. Auf den Vater wurde vierundzwanzigmal eingestochen. Den Jungen wurde die Kehle aufgeschlitzt.

Mary Procter: Ich hoffe, das kleine Mädchen unter dem Bett und ihre Eltern finden Frieden und kommen darüber hinweg. Aber ich erinnere mich auch noch daran, was Wozniak am Jahrestag der Morde gesagt hat. Nämlich: »Meine größte Angst ist, dass sie nicht rehabilitiert ist und dass sie das System ausgetrickst hat. Dass sie sich nicht weiterentwickelt hat.« Ich glaube, sie könnte eine Betrügerin sein.

Da hört Joe etwas. Auf einmal sitzt er kerzengerade im Bett. Vielleicht nur wieder ein Tannenzapfen, der auf das Dach geprallt ist? Er hört, wie die Tür zum Atelier ins Schloss fällt.

Er steht auf und sieht aus dem Fenster.

Unter einer Straßenlaterne sieht er eine Frau mit Stirnlampe. *Verdammt!* Seine Mutter? Sie geht joggen? Jetzt?

Verdammt, verdammt, verdammt. Sie wird sich verletzen.

Joe schnappt sich seine Jacke. Donner grollt. Er eilt zur Tür, wo er die Tasche sieht, die Phoebe hiergelassen hat. Für das nächste Mal, wenn sie sich zusammen in den Wald schleichen wollen. Er muss die Tasche von der Bank gefegt haben, als er vorhin im Cottage auf und ab gelaufen ist. Sie liegt auf dem Boden, offen, und darin sieht er eine Cap und eine Stirnlampe. Joe schnappt sich beides und stürmt zur Tür hinaus.

Matthew

Jetzt
23. Juni. Donnerstag.

Matthew schleicht sich mit seiner Kamera und seinem Rucksack aus dem Haus. Leise holt er sich das Fahrrad, das seine Großeltern in der Garage für ihn aufbewahren.

Sie trinken gerade Kaffee im Bett, und Phoebe schläft noch. Seine eigenen Eltern sitzen in den Arrestzellen im großen Polizeirevier in der Innenstadt, die eine halbe Stunde über den Patricia Bay Highway von hier entfernt liegt. Es ist ein warmer Sommermorgen, der Himmel ist blau, und er radelt so schnell er kann den Fahrradweg entlang, der neben dem Highway herführt. Er atmet schwer, und ihm wird heiß. Er ist angespannt, aber auch aufgeregt, weil er einen Plan hat.

Matthew erreicht das kleine Dorf am Meer, das nicht weit vom Haus seiner Großeltern entfernt liegt. Dort gibt es bunte Souvenirläden und eine Promenade. Er schließt sein Fahrrad an einen Pfosten in der Nähe einer Bushaltestelle an und wartet auf den Bus. Gestern Abend hat er sich den Fahrplan angesehen.

Der Bus hält begleitet von den typischen Busgeräuschen an der Haltestelle – ein Quietschen, dann eine Art lautes

Ausatmen, wie ein Seufzen. Er steigt ein und legt Kleingeld in die Kasse, dann setzt er sich ganz nach vorn, fast neben den Fahrer. Niemand scheint ihn zu beachten, und er rutscht auf seinem Sitz ganz nach hinten. Seine Beine berühren den Boden nicht mehr. Als der Bus anfährt, ruft er Google Maps auf seinem Handy auf und sucht den Weg zum Polizeirevier heraus. Es liegt einen Block von der Bushaltestelle entfernt. Die Fahrt dauert fast eine Stunde, weil der Bus so oft hält, und als Matthew schließlich aussteigt, klopft sein Herz laut. Autos surren vorbei, und die Gebäude um ihn herum sehen riesig aus. Aber er muss es durchziehen. Er tut es für seinen Dad, für seine Mom. Es ist seine Schuld, dass sie verhaftet wurden. Er muss es wieder in Ordnung bringen.

Matthew findet das Polizeirevier – ein mehrstöckiger Betonbau mit viel Glas und einem Totempfahl vor dem Eingang. Er geht durch die Glastüren und tritt an einen Empfangstresen, der durch kugelsicheres Glas geschützt ist. Er stellt sich auf die Zehenspitzen, um über den Tresen sehen zu können, und eine der beiden Polizistinnen dahinter beugt sich vor, um ihn durch die kleinen Löcher im Glas besser verstehen zu können.

»Hallo, junger Mann, wie kann ich dir helfen?«, fragt sie.

»Kann ich mit der Mordermittlerin sprechen?«

Die Polizistinnen sehen einander an.

»Es geht um den Joggerinnen-Mord.«

Rue

Jetzt

Rue pinnt die Fotos, die Matthew Bradley von seinem Vater geschossen hat, an ein Brett. Aus den Beweismitteln, die sie bei der Hausdurchsuchung sichergestellt haben, stellen ihr Team und sie ein Gesamtbild der Ereignisse um Arwen Harpers Tod zusammen, um eine klarere Zeitachse zu erhalten. Sie suchen nach Löchern in der Geschichte, nach Seitenpfaden, die sie noch erkunden können. Und sie warten auf die Ergebnisse der DNS-Datenbank der RCMP, um herauszufinden, ob die Profile von den Spermaspuren oder die bisher unidentifizierte DNS an der Kordel-Cap im System sind. Die Uhr tickt, lange können sie die Bradleys nicht mehr festhalten.

Toshi geht Harpers Telefonverbindungen durch. Georgia Backmann sieht sich das Bildmaterial von Verkehrskameras an. Sie geht alle Zufahrtswege zu der Straße durch, die am Parkplatz der Garry Bluffs vorbeiführt.

Rue steht ein Stück abseits und studiert das körnige Foto von Tom Bradley, der gerade die Tür seines Schuppens aufschließt. Ein anderes Bild zeigt, wie er über die Schulter zurückblickt. Der dunkle Fleck auf seinem Shirt ist deutlich zu sehen.

»Hey, Rue, Toshi, schaut euch das an«, ruft Georgia.

Rue und Toshi gehen zu ihrem Schreibtisch hinüber. Sie deutet auf die Aufnahme einer Verkehrskamera.

»Was zum Teufel soll das denn?«, fragt Toshi. »Das ist Harpers Kleinbus.«

Rues Puls beschleunigt sich. Der Bus auf dem Bild ist ein VW, und er ist mit riesigen Schneeflocken bemalt. Kein Zweifel – das ist Arwen Harpers Wagen.

»Hier«, sagt Georgia. »Er fährt an dieser Kreuzung ungebremst über eine rote Ampel. Um elf nach zehn Uhr abends am neunzehnten Juni. Der Abend, an dem bei den Codys das Grillfest war. Das ist ihr Nummernschild.«

»Kannst du den Bus auf den Aufnahmen der nächsten Kamera finden?«, fragt Rue. »Ist der Fahrer darauf besser zu erkennen?«

Georgia öffnet die Aufnahmen einer anderen Verkehrskamera. Sie betrachten die Bildfolge. Ein paar Minuten später taucht der Bus auf. Anscheinend sitzt nur eine Person im Wagen – der Fahrer. Dunkle Kleidung. Eine Cap und ein Hoodie. Eine ausgeschaltete Stirnlampe.

»Verdammt«, sagt Toshi.

Die Tür des Büros wird aufgestoßen und eine uniformierte Polizistin erscheint. »Sergeant Duval?«

Rue sieht auf. »Was gibt's?«

»Da ist jemand, der Sie sehen will.«

»Ich bin gerade beschäftigt. Können Sie nicht jemand anderen holen …«

»Es ist ein kleiner Junge. Er sagt, sein Name ist Matthew Bradley. Er möchte mit der ›Mordermittlerin‹ sprechen. Er hat etwas, das er Ihnen zeigen möchte, und er weigert sich, es irgendjemand anderem zu zeigen.«

Rue

Jetzt

Rue eilt in den Empfangsbereich. Da steht er. Braunes Haar. Sommersprossen. Eine Lücke zwischen den Schneidezähnen. Er ist eingeschüchtert, so viel ist klar.

»Matthew, hey, Kleiner. Schön, dich wiederzusehen. Was gibt's? Was kann ich für dich tun?«

»Ich wollte Ihnen meine anderen Fotos zeigen. Mein Dad hat nichts Falsches getan, und ich … Sie müssen sie gehen lassen, Sie müssen.«

»Wie bist du hergekommen, Matthew?«

»Mit dem Rad und dann mit dem Bus. Ganz allein.«

»Wie wäre es, wenn wir uns irgendein Zimmer suchen? Hättest du gern was zu essen? Oder zu trinken?« Sie wirft einen Blick auf ihre Uhr. »Es ist fast schon Mittagessenszeit. Magst du Burger? Pizza?«

»Ich mag Burger. Und Pommes. Und Fanta, aber meine Mom will nicht, dass ich so viel Zucker kriege.«

Sie lächelt so warm, wie sie kann. »Wie wäre es, wenn das unter uns bleibt?«

Er nickt.

Rue schickt einen Beamten los, um etwas vom Burgerladen an der Ecke zu besorgen, dann bringt sie Matthew in den Verhörraum mit dem blauen Sofa.

Er setzt sich und fängt sofort an, in seinem Rucksack herumzukramen, dann zieht er seine Digitalkamera heraus.

»Das ist eine supercoole Kamera, Matthew.«

»Die hab ich zu Weihnachten bekommen. Ich habe gehört, dass meine Gran gesagt hat, dass Sie meine Fallakten mitgenommen haben und die Fotos, die ich von meinem Dad nach seiner Joggingrunde ausgedruckt habe, aber ich habe noch mehr Fotos. Und die hier müssen Sie sehen. Auf dem kleinen Bildschirm hier können Sie sie sich anschauen, und so scrollt man sie durch.« Mit seinem kleinen Finger zeigt er Rue, wie man sich die winzigen Thumbnails auf der Digitalkamera ansieht. »Ich habe auch ein Verbindungskabel mitgebracht.« Er zieht das Kabel aus seinem Rucksack. »Dann können Sie die Fotos auf Ihren Computer laden, und dann lassen Sie meine Mom und meinen Dad aus dem Gefängnis.«

»Und wonach suche ich hier, Matthew?«

»Nach Mr Cody.«

Sie hebt eine Braue. »Mr Cody?«

»Er … Ich glaube, er war der Letzte, der mit Joes Mom zusammen war. Nicht mein Dad. Und deshalb kann mein Dad ihr auch nichts getan haben, oder? Als mein Dad meine Mom vom Poolhaus nach Hause gebracht hat, und nachdem Joe auch nach Hause gegangen ist, wollte ich nachschauen, wer noch im Poolhaus ist. Ich habe Fotos durch das Fenster gemacht. Das ist mein Spezialgebiet.« Seine Wangen werden rot.

»Versuchst du vielleicht, mir etwas zu zeigen, damit wir jemand anderem die Schuld geben? Damit wir deinen Dad freilassen?«

Jetzt läuft sein ganzes Gesicht dunkelrot an. »Sie *müssen* ihn freilassen. Mr Cody … ich … er war dadrin mit Joes Mom, und sie haben … Sie wissen schon.«

»Nicht wirklich. Was haben sie?«

»Sie hatten Sex. Im Poolhaus. Nachdem meine Eltern weg waren. Nachdem Joe weg war. Ich habe mich angeschlichen … ich … ich bin ein Stalker, verstehen Sie?«

»Ach, tatsächlich?«

»Wie so jemand in Tarnausrüstung. Wie ein Ermittler. Für meine Fallakten, wissen Sie?«

»Klar, verstehe.«

»Und ich habe Fotos gemacht.«

Rue wendet ihre Aufmerksamkeit dem winzigen Bildschirm zu. Ihr Herz beginnt heftig zu klopfen. Die Aufnahmen zeigen Arwen Harper und Simon Cody. Cody drückt Harper gegen die Wand, und ihr Rock ist ihr über die Taille hochgeschoben. Sie haben eindeutig Sex. Rue denkt an die Spermaspuren auf Harpers Oberschenkel.

»Matthew, das hier könnte sehr, sehr hilfreich bei einer sehr wichtigen Ermittlung sein. Du hast die Fotos hergebracht, damit ich sie mir anschauen kann, ist es auch okay, wenn ich sie mir herunterlade und kopiere? Für die Ermittlungen?«

Er nickt, seine Augen strahlen. »Kann ich jetzt zu meiner Mom und meinem Dad?«

Sie zögert. »Ja, okay. Ich bringe dich nach unten, damit du deine Eltern besuchen kannst, aber kann ich die anderen Fotos, die du hier drauf hast, auch noch durchscrollen?«

»Ja«, antwortet er und richtet sich etwas gerader auf. Ihr Interesse macht ihn selbstbewusster. Er baumelt mit den Beinen.

Rue scrollt Bild für Bild durch die Aufnahmen auf der Kamera. Matthew hat Fotos von dem Grillfest gemacht – im Wind schaukelnde Lampions, Kinder beim Ballspielen, Männer, die sich um den rauchenden Grill versammelt haben.

»Was ist das hier?« Rue hält ihm die Kamera hin.

Er wirft einen Blick auf das Foto. »Ach, das ist meine Schwester Phoebe. Mit Joe. Sie sitzen auf einem Baumstamm. Ich habe noch mehr davon in meinen Akten. Und Fotos von Fiona und ihren anderen Freundinnen. Phoebe hatte eigentlich Hausarrest und hätte nicht auf einem Baumstamm sitzen sollen. Sie hat Joe ihr Armband geschenkt, weil er traurig war.«

Rue hört ihm kaum zu. Sie hat etwas gesehen, das ihr das Blut in den Adern gefrieren lässt. Sie beugt sich vor, nun schwingt Dringlichkeit in ihrer Stimme mit. »Und was ist das, Matthew?«

»Ach, das … ich … da hätte ich eigentlich gar nicht reingehen dürfen, aber ich weiß, wo Mr Cody den Schlüssel versteckt. In einer Skulptur vor der Tür.«

»*Wo* hättest du nicht reingehen dürfen?«

»In seinen Schuppen. Der ist direkt in die Felswand gebaut, aus Holz. Man kommt nur über eine Stiege hin. Mr Cody bewahrt dadrin seine Trophäen auf – ausgestopfte Vögel zum Beispiel. Adler mit Glasaugen. Und sogar ein Wiesel. Ein weißes. Mit Winterfell. Und Sachen, die er am Strand findet, wenn er da Vögel beobachtet. Ich habe ihn schon am Grotto Beach getroffen. Er sammelt Muscheln und Meeresglas und so, und er hat mir erzählt, dass er Mobiles daraus baut. Mit Vogelfedern und kleinen Stücken Treibholz und so.«

»Und das hier ist eines seiner Mobiles?«

»Ja, es hängt vor dem Fenster wie ein Traumfänger und fängt alles Licht ein. Ein paar der Sachen gießt er in Kunstharz ein – das hat er mir auch erzählt, als ich ihn am Strand getroffen habe.«

Rues Herz hämmert.

Sie zoomt einen der Gegenstände heran, der am Mobile hängt. Sie starrt das Display an. Ihre Haut wird heiß. Es ist ein grünes Malteserkreuz. Sieht aus wie Jade. Ein winziger Kompass ist in der Mitte eingelassen. Sie scrollt zum nächsten Bild und betrachtet ein weiteres Stück, das an dem Mobile hängt. Ein antik aussehender Silberring mit einer kleinen Silberkugel. An einem anderen Draht hängt ein sechseckiger Armreif. Und etwas, das wie in Kunstharz eingegossene Haarsträhnen aussieht. Rotes Haar. Blondes. Dunkelbraunes. Die Haarfarben der drei Opfer des Joggerinnen-Killers.

Sie sieht wieder Matthew an. »Matthew, kannst du kurz hier warten? Gleich bringt dir jemand den Burger. Und dann darfst du deine Eltern besuchen.«

Er nickt aufgeregt.

Rue greift nach ihrem Handy, während sie den Korridor hinuntereilt. Ihr Vorgesetzter, Luke Holder, nimmt ab.

»Luke – ich glaube, wir haben ihn. Den Joggerinnen-Killer. Ich brauche alle in der Einsatzzentrale. Sofort. Verdammt, ich glaube, wir haben ihn!«

Hannah

Jetzt

Hannah wäscht gerade das Geschirr, als sie die Sirenen hört. Joe ist im Gästezimmer und Simon in seinem Büro im Dachgeschoss. Die Kinder sind in der Schule. In nicht mal ganz einer Woche beginnen offiziell die Sommerferien. Sie denkt daran, dass Lilys Kinder bei ihren Großeltern sind und dass sie zu ihrem eigenen Wohl früher aus der Schule genommen wurden. Sie stellt einen Teller auf das Abtropfsieb. Sosehr die beiden ihr auch leidtun, sie ist dankbar, dass es nicht ihre Kinder sind. Nicht ihr Problem. Die Sirenen werden lauter. Leise wispernd erwacht Angst in ihr. Draußen ist der Himmel strahlend blau, und jenseits der Klippen glitzert das Meer. Die Sirenen heulen immer lauter. Es klingt, als würden sie näher kommen. Hannah begreift, dass sie in ihrer Straße sein müssen. Sofort denkt sie an Lilys und Toms Haus, wie beim letzten Mal.

Sie legt das Geschirrtuch beiseite und will gerade ihre Schürze losbinden, als sie hört, wie vor ihrem Haus quietschend mehrere Autos halten. Sie eilt zum Fenster. Sechs Streifenwagen und ein schwarzer Kleinbus, wie von einem SWAT-Team, stehen kreuz und quer in der Sackgasse in ihrer Einfahrt. Ihr Herz setzt einen Schlag aus, als Polizisten in schwarzer Einsatzkleidung aus den Autos springen. Cops mit Helmen und Automatikwaffen kommen ihre Einfahrt herauf. Andere laufen nach hinten zum Poolhaus und zum Wald. Sie hebt die Hand an den Hals, als ein weiterer Trupp das Haus umrundet.

Lautes Klopfen an der Haustür. »Aufmachen! Polizei!«

»Simon! Simon!«, ruft Hannah die Treppe hinauf.

Er kommt die Stufen heruntergerannt, sieht die Polizisten durch das lange Fenster neben der Eingangstür und stürzt zur Glasschiebetür im Wohnzimmer.

Wie gelähmt steht Hannah im Flur.

»Polizei, aufmachen!«

Sie hört das Krachen eines Rammbocks gegen ihre Haustür. Doch sie kann sich einfach nicht rühren. Sie ist auf den Fliesen festgewurzelt, die Hände auf den Bauch gepresst.

Joe kommt nun ebenfalls die Treppe heruntergerannt. »Hannah? Was ist hier los?«

Sie kann sich nicht bewegen, kann nicht antworten. Aus dem Augenwinkel sieht sie, wie ihr Ehemann über den smaragdgrünen Rasen auf die Stiege am Rand der Klippen zurennt, die zu seinem Schuppen hinabführt. Sie erinnert sich an die Fotos, die sie dort einmal gesehen hat – die Fotos von den Joggerinnen, die er ausgedruckt hat. Er muss die Bilder über mehrere Wochen, vielleicht sogar Monate hinweg aufgenommen haben, was sie aus der Kleidung und den unterschiedlichen Wetterbedingungen geschlossen hat. Sie weiß es. Sie weiß, dass alles, was sie seit Jahren zu ignorieren, zu rationalisieren versucht, alles, was sie irgendwie gerechtfertigt und sich selbst erklärt hat, nun explodieren und an die Oberfläche kommen wird.

Bumm. Bumm. Bumm. Das Krachen an der Tür geht weiter.

Sie denkt daran, was Lily ihr einmal gesagt hat. Ein Zitat des berühmten Schweizer Psychiaters Carl Jung: *Die Menschen tun alles, egal wie absurd, um ihrer eigenen Seele nicht zu begegnen.*

Das Wummern der Ramme vibriert durch ihr Haus, lässt die Fenster klirren, rüttelt an ihrem Verstand. *Bumm. Bumm.*

Joe läuft zur Tür und öffnet sie, woraufhin die Polizisten hereingestürmt kommen.

Schließlich folgt Detective Duval, in eine Jacke des Victoria Police Department gekleidet, mit einer kugelsicheren Weste und einer schwarzen Kappe. Sie hat ihre Waffe gezogen. »Wo ist Ihr Ehemann, Mr Cody? Wo ist Simon?«

Hannah schüttelt nur den Kopf, ihr Mund steht offen. Sie kann immer noch nicht sprechen.

Joe deutet auf die Glasschiebetür. »Er … ist da langgelaufen.«

Detective Duval und die Polizisten stürmen durch Hannahs weißes Wohnzimmer und durch die Glasschiebetür hinaus, durch die man eine atemberaubende Aussicht auf das Meer hat.

Hannah tritt zum Fenster. Genau wie Joe. Sie sehen zu, wie die Einsatzgruppe ihren Ehemann auf dem Rasen am Rand der Klippen niederringt. Simon kämpft. Doch sie halten ihn am Boden fest. Er kommt auf die Füße, wird aber gleich wieder zu Boden geworfen. Auf den Bauch. Ein Polizist drückt ihm das Knie in den Rücken, presst seinen Kopf seitlich ins Gras. Simons Gesicht ist rot. Er brüllt. Ein anderer Polizist legt ihm Handschellen an.

»Was wollen sie von ihm?«, fragt Joe.

Es ist ein Film, denkt Hannah, die immer noch nicht antworten oder aussprechen kann, was sie einfach nicht wahrhaben will. Dies hier kann einfach nicht wirklich in ihrem Garten passieren. Es ist nicht ihr Ehemann. Er würde so etwas niemals tun. Es ist Arwen, denkt sie. Es ist alles die Schuld dieser Kellnerin. Die Dinge haben angefangen schiefzulaufen, als sie in ihrem lächerlichen blauen Bus mit den Schneeflocken und mit ihrem Sohn auf dem Beifahrersitz in die Stadt gekommen ist.

Vor Arwens Ankunft war es eine nette Nachbarschaft. Sie sind zurechtgekommen, und alle haben ihre dunklen Familiengeheimnisse gut hinter ihren lächelnden Masken verborgen. Arwen hat am Käfig gerüttelt, und die Ratten wurden aufgeschreckt und haben angefangen, einander anzugreifen.

»Mrs Cody?« Sanft berührt Joe ihren Arm.

»Raus hier, Joe Harper – mach verdammt noch mal, dass du aus meinem Haus kommst!«

Er starrt sie an. Ihm klappt der Mund auf.

»Du und deine kaputte Mutter. Ihr habt das getan. *Raus aus meinem Haus!*«

Rue

Jetzt

»Was für ein Ausblick«, flüstert Toshi ihr zu. Rue steht neben ihrem Partner in Simon Codys Schuppen an den Klippen. Simon wurde festgenommen und weggebracht. Toshi und sie warten auf die Spurensicherung.

Das Gebäude hängt gefährlich über dem Meer und ist nur über eine steile Stiege zu erreichen, die in den Sandsteinklippen hängt. Wenn man nicht direkt über den Rand der Klippen schaut, würde man nicht ahnen, dass der Schuppen da ist. Er ist isoliert, verborgen vor neugierigen Blicken. Sie mussten die Tür aufbrechen. Sie war mit einem Bolzen gesichert.

Eine Fensterfront erstreckt sich auf der Meerseite über die ganze Länge des Schuppens. Es gibt ein Feldbett an einer Wand und Regalbretter, Hängeschränke, einen Schreibtisch und einen Computer mitsamt Drucker. Ausgestopfte Vögel beobachten sie aus toten Augen, und ein weißes Wiesel, genau wie Matthew gesagt hat.

»Allerdings«, antwortet Rue. In ihrem Tonfall schwingen ihre Gefühle mit, als sie nun durch das Mobile am Fenster auf das Meer hinaussieht. Langsam dreht sich das Mobile in der

Meeresbrise, die durch die offene Tür hereinweht. Die Anhänger und Edelsteine fangen das Licht und klimpern sacht.

Toshi sagt: »Cody sitzt also hier, in seinem Schuppen, und genießt diesen atemberaubenden Blick durch das Kunstharz, in das er Menschenhaare eingegossen hat, durch die Trophäen von den Frauen, die er gestalkt, angegriffen, vergewaltigt und erschlagen hat.«

Rue nickt. »Und aus den Fotos aus diesen Schubladen zu schließen, hat er seine Opfer eine ganze Weile gestalkt, bevor er sie angegriffen hat.« Sie fängt Toshis Blick auf. »Wir haben ihn erwischt.«

Er schnaubt leise. »Ein kleiner Detektiv aus der Nachbarschaft namens Matthew Bradley hat ihn erwischt.«

Rue lächelt, dann lacht sie. »Ja. Wer hätte gedacht, dass wir die Spürnase eines Achtjährigen brauchen?« Ihr Lächeln verblasst. »Der kleine Racker hat sich unheimlich ins Zeug gelegt, um uns diese Fotos zu bringen, aber es ist möglich, dass Simon Cody nicht allein gearbeitet hat. Er und Tom Bradley sind zusammen Marathon gelaufen. Wahrscheinlich haben sie auch ab und zu zusammen trainiert.«

»Und die Goose Trails und die Wege am Elk Lake sind beliebte Trainingsstrecken für Langstreckenläufer – glaubst du, wir haben es mit einem Mörderpaar zu tun? Glaubst du, sie stecken irgendwie beide bei Harpers Tod mit drin?«

Sie holt tief Luft und denkt an den Schneeflockenbus, der in der Nacht des Mordes eine rote Ampel überfahren hat. »Ich glaube, Harper steht vielleicht nur am Rand mit Simon Cody in Verbindung. Wir brauchen die Ergebnisse des DNS-Abgleichs.«

Das Team der Spurensicherung trifft ein, und Rue und Toshi klettern die Stiege hinauf, um ihren Leuten Platz zum Arbeiten zu machen.

Rue sieht Joe, der am Waldrand auf den grasbewachsenen Klippen steht. Er kommt auf sie zu.

»Gib mir eine Minute mit ihm allein«, sagt sie zu Toshi. »Wir treffen uns im Revier.«

Er mustert sie.

»Sieht aus, als hätte er etwas zu sagen. Ich höre mir an, was er erzählen möchte.«

Er nickt und geht zurück zu seinem Wagen.

»Joe, was ist los?«, fragt sie, als er bei ihr ankommt.

»Ich muss mit Ihnen sprechen. Es … es war nicht Mr Cody. Und es war auch nicht Mr Bradley. Sie waren es nicht. Sie haben meiner Mom nichts getan.«

Überrascht sieht Rue ihn an. »Warum sagst du das, Joe?«

»Ich weiß es. Ich … ich war da.«

Joe

Damals
19. Juni. Sonntag.

Ihr Todestag

Joe rennt zur Tür hinaus. Er trägt die Kordel-Cap von Phoebes Dad und dessen Stirnlampe, aber als er am Carport vorbeikommt, begreift er, dass er nicht weiß, wie weit seine Mutter schon in den Wald gelaufen ist, und wenn er ihr in diesem Gewitter im Dunkeln nachjagt … Er hat sie schon früher so erlebt. Wenn sie in eine Psychose abzurutschen droht. Sie hört Dinge, sieht Dinge, die nicht da sind. Und wenn sie noch ein paar ihrer Pillen geschluckt hat, nachdem er sie ins Bett gebracht hatte, dann könnte ihr Zustand ernst sein. Das könnte erklären, warum sie im Dunkeln in den Wald gelaufen ist.

Er kann nach Hilfe rufen, aber die würde vielleicht nicht rechtzeitig hier sein, und wenn auf einmal ein ganzer Trupp Menschen auf sie losgehen würde, dazu die Lichter und Sirenen im Wald, dann könnte es sie über die Grenze treiben. Vor allem macht sich Joe Sorgen wegen der Klippen, zu denen der Weg entlang der Gary Bluffs führt. Er muss ihr zuvorkommen, bevor sie die Gary Bluffs erreicht.

Sein Blick fällt auf den Bus im Carport.

Wenn er den Bus nimmt, dann kann er schnell zu dem Parkplatz auf der anderen Seite des Walds fahren. Wenn sie auf dieser Seite wieder herauskommt, müsste sie schon etwas Dampf abgelassen haben. Sie wird müde sein, besser händelbar. Wenn er an den Klippen parkt und den Weg vom Parkplatz aus zurückläuft, kann er sich ihr von vorne nähern und sie abpassen, anstatt ihr nachzujagen und damit vielleicht Angst zu machen.

Joe rennt zurück ins Cottage, um sich die Autoschlüssel zu holen.

Er lässt den Wagen an, fährt rückwärts aus der Einfahrt und rast dann im strömenden Regen die Straße entlang. Die Scheibenwischer sausen von links nach rechts.

Er überfährt eine rote Ampel an einer leeren Kreuzung.

Als er den Parkplatz erreicht, steht dort kein einziges Auto. Direkt am Zugang zum Wanderweg legt er eine Vollbremsung hin. Im Handschuhfach findet er eine Taschenlampe, und er schaltet Mr Bradleys Stirnlampe ein.

Er steigt aus dem Bus, in das Gewitter hinaus, und rennt in den stöhnenden und ächzenden Wald. Über dem Meer grollt der Donner.

Als er etwa einen halben Kilometer auf dem Hauptweg in den Wald hineingelaufen ist, erhascht er ein Licht, das zwischen den Bäumen im Nebel auf und ab wippt.

Schwer atmend bleibt er stehen und wartet auf sie.

Als sie näher kommt, ruft er nach ihr. »Mom!«

Sie erstarrt.

»Mom – warte!« Er geht auf sie zu.

Sie fährt herum und macht einen Satz zwischen die Büsche, krachend und raschelnd bricht sie durch das Unterholz. Joe sieht immer noch den Strahl ihrer Stirnlampe durch den Nebel hüpfen, von Baumstamm zu Baumstamm. Er leuchtet mit seiner Taschenlampe in den Wald, versucht zu sehen, wohin sie läuft. Panik schneidet wie eine Axt in sein Herz.

Sie läuft direkt auf die Klippen auf der anderen Seite dieser Bäume zu.

Durch die Büsche rennt Joe seiner Mutter nach, folgt ihrem Licht. »Mom! Ich bin's! Joe! Bitte bleib stehen!«

Ihr Licht bewegt sich immer noch, wirft einen hellen Tunnel in die Dunkelheit. Er hört, wie sie stürzt, er hört, wie sie weiterkrabbelt. Sein Herz hämmert. Er weiß nicht, wie nah sie den Klippen schon sind. Er läuft schneller, ruft nach seiner Mutter.

Wieder fällt sie hin. Ihr Licht erlischt.

Joe bleibt stehen. »Mom?«

Nur das Prasseln des Regens und das Rauschen des Windes in den Bäumen. Ein Donnerkrachen, das Knacken und Rascheln herabfallender Zweige. Stück für Stück schiebt sich Joe vorwärts, lässt sein Licht aufmerksam über den Boden wandern. Er sieht ihre Fußabdrücke im Schlamm.

»Mom?«, ruft er zaghaft. Ein Blitz flammt auf. Auf einmal springt sie aus dem Farn auf wie ein verwundetes Reh, krachend bricht sie durch die Büsche, auf die Klippen zu. Joe fürchtet um ihr Leben und rennt ihr nach.

Auf einmal ist er aus dem Wald heraus, und da steht sie. Direkt am Abgrund. Er kann nicht atmen. Kurz huscht der Strahl seiner Taschenlampe über ihr Gesicht, und er sieht, dass sie verletzt ist. Panik kämpft mit Vorsicht. Sie befindet sich in einer ihrer wahnhaften, manischen Phasen, das erkennt er.

Er hebt die Hand. »Schon gut, Mom, ich bin's. Joe. Es ist alles gut. Nimm meine Hand.« Er streckt ihr die Hand entgegen.

Sie stürzt sich auf ihn wie ein wildes Tier, schlägt ihm ins Gesicht. Die Cap und die Kapuze werden ihm vom Kopf gefegt, und das Licht ihrer Stirnlampe erhellt sein Gesicht. Einen Moment lang hält sie inne. »Du?«

Tränen brennen in seinen Augen. »Ja, ja, ich bin's, Mom. Es ist alles gut. Gib mir deine Hand.« Wieder hält er ihr seine Hand hin.

Auf einmal erhebt sich eine Windböe im Wald. Bäume biegen sich, und ein loser Ast stürzt krachend herab und trifft sie am Kopf. Sie schreit auf und weicht einen Schritt zurück. Mit einem Satz ist Joe bei ihr, um sie zu packen, aber sie kämpft, wehrt sich, reißt ihm Phoebes Perlenarmband vom Handgelenk, und plötzlich gibt der bröckelnde Sandstein unter ihren Füßen nach. Mit rudernden Armen fällt sie nach hinten. Joe hört ihren Schrei, dann einen grässlichen dumpfen Schlag. Wieder schreit sie, bis der Wind ihre Stimme schließlich davonreißt und der grollende Donner alles andere erstickt.

Schockstarr steht Joe da. Vorsichtig tastet er sich vor, bis er über die Klippe in den dunklen Abgrund blicken kann. Er kann nichts erkennen. Er hört nur noch den Wind und den Regen.

So schnell er kann, rennt er zum Weg zurück. Über den Parkplatz bis zu der rutschigen schmalen Treppe. Er hat nur noch die Taschenlampe, denn die Stirnlampe ist irgendwo zu Boden gefallen.

Als er seine Mutter endlich auf dem Steinstrand findet, ist sie längst tot. Zerschlagen und zerbrochen und blutüberströmt liegt sie auf den Steinen. Joe sitzt da und schluchzt und heult in den Sturm.

Dann bekommt er Angst.

Rue

Jetzt

Rue sitzt auf einer Bank neben Joe und hört zu, während er seine Geschichte gesteht.

Danach schweigt sie eine Weile. Sie betrachten das Meer.

»Warum, Joe?«, fragt sie leise. »Warum bist du nicht einfach zu uns gekommen und hast uns alles erzählt?«

»Ich … ich hatte Angst. Ich … Sie war so neben der Spur, und ich hatte Angst. Ich war allein. Ich habe niemanden. Ich … wusste nicht, was aus mir werden würde, und ich wollte nicht ins Gefängnis. Außerdem wollte ich niemandem erzählen müssen, woran sie gearbeitet hat, weil ich Phoebe beschützen wollte. Aber dann haben Sie Phoebes Eltern verhaftet, und die ganze Geschichte war so oder so schlimm für sie alle.«

»Das verstehe ich nicht.«

Er holt tief Luft. »Bitte, Sie dürfen es nicht an Phoebe oder an die Medien weitergeben. Ich habe es nachgelesen. Per Gesetz können junge Straftäter, deren Strafakte gelöscht wurde … Sie dürfen öffentlich nicht benannt werden. Nicht einmal von der Polizei.«

»Wovon redest du da, Joe?«

»Sie war die Kindermörderin.«

»Welche Kindermörderin?«

»Mrs Bradley. Sie war das Mädchen, das mit ihrem Freund in Medicine Hat im Jahr 1989 ihre ganze Familie ermordet hat. Mrs Bradley war Sophie McNeill.«

Welleneffekt

Jetzt
4. September. Sonntag.

Nach der Kirche gehen Lily, Tom und die Kinder zu Fuß nach Hause. An einem Stand am Meeresufer kaufen sie sich ein Eis. Lily sieht ihren Ehemann an. In seinen Augen funkelt ein Lächeln, als er ihr eine Waffel mit einer großen Kugel Rumrosine reicht.

»Keine Ahnung, wie man auf diese Geschmacksrichtung stehen kann«, kommentiert er.

»Ja, total eklig«, nuschelt Matthew um einen Mundvoll Chocolat Chip herum.

»Finde ich auch«, sagt Phoebe.

»Tja, dann ist es ja gut, dass ihr es nicht essen müsst«, sagt Lily und leckt an ihrem Eis.

Seite an Seite schlendern Tom und sie weiter, während die Kinder vorauslaufen, um die Enten am Teich zu füttern. Die Sonne scheint warm auf Lilys Schulter. Blumen blühen wie eine Farbexplosion am Wegesrand. Und das Beste ist, dass die Bradleys nicht mehr von den Medien verfolgt werden. Der ganze Aufruhr wurde sofort auf Simon Cody umgelenkt, den man inzwischen des Mordes an drei Frauen angeklagt und als den Joggerinnen-Killer entlarvt hat. In Talkshows wird von Experten im Ruhestand spekuliert, dass Simon mit noch vielen weiteren Fällen in Verbindung stehen könnte. Lily denkt daran, was ein Kriminologe am vergangenen Abend im Fernsehen gesagt hat.

Ein Soziopath, ein Raubtier und Serienvergewaltiger und Mörder wie Professor Simon Cody wacht nicht eines Tages einfach auf und tut so etwas. Das erfordert Übung. Verfeinerung. Er hat das schon vorher getan. Ich habe keinen Zweifel daran, dass noch weitere Opfer auftauchen werden.

Tom wurde aus der Haft entlassen, kurz nachdem man Simon Cody festgenommen hat und nachdem die Ergebnisse der DNS-Spuren auf Arwens Körper eingetroffen sind und sich herausgestellt hat, dass sie zu den Proben passten, die man von den Opfern des Joggerinnen-Killers genommen hatte. Hannah wurde verhört und ist am nächsten Tag mit Jacob und Fiona nach Winnipeg zu ihren Eltern geflogen. Das wunderschöne Haus der Codys auf den Klippen über dem Meer steht leer und versiegelt da.

Ironischerweise – wenn auch vielleicht nicht sonderlich überraschend – ist Dianne Klister wie eine Wärmesuchrakete in das Medienfeuer hinausgetreten und hat angeboten, Professor Simon Cody, den Joggerinnen-Killer, zu vertreten.

»Hast du es geahnt? Hattest du irgendeinen Verdacht, was Simon betrifft?«, fragt Lily ihren Mann ein weiteres Mal. »Ich nämlich nicht. Ich habe einfach gedacht, dass Simon eben Professor für Philosophie und deshalb ein bisschen komisch ist. Aber du – du hast mit ihm getrunken und mit ihm trainiert. Du bist Marathon mit ihm gelaufen. Du hast ihn gekannt.«

»Im Rückblick würde ich vielleicht sagen, dass sich Risse gezeigt haben. Die Art, wie er mit Arwen und mir umgegangen ist … die Art, wie er auf seinem Boot gesessen und diese Fotos geschossen hat. Was er zu mir gesagt hat. Ich … Da war etwas Dunkles in ihm, das allmählich durchgeschimmert ist.«

»Er konnte seine Tarnung nicht mehr aufrechterhalten?«

»Möglich. So läuft es üblicherweise. Wahrscheinlich war er bereit für seinen nächsten Mord und ist langsam nervös geworden. Wie ein Süchtiger vor dem nächsten Schuss. Vielleicht hat er es schon geplant.«

»Glaubst du, er hätte Arwen etwas getan, wenn er die Möglichkeit dazu bekommen hätte?«

»Simon war Pragmatiker, er hätte nicht vor seiner eigenen Haustür gejagt«, antwortet Tom. »Er ist klug, ein berechnendes Raubtier. Ein Überlebenskünstler. Wenn ich wetten müsste, dann würde ich sagen, dass Detective Duval und Detective Hara in seinem Schuppen Beweise dafür gefunden haben, dass er sein nächstes Opfer schon gestalkt und mit den Vorbereitungen begonnen hat. Allerdings an einem weiter entfernten Ort.«

Eine Brise streicht über Lilys Haut, und sie erschauert. »Aber dann ist Arwen gekommen und hat die ganze Nachbarschaft aufgeschreckt. Darunter auch den Mörder gegenüber.«

Tom lächelt schief und nimmt einen Bissen von seinem Eis.

»Ich glaube, Hannah wusste Bescheid«, fährt Lily fort. »Jedenfalls auf irgendeiner Ebene. Ich glaube, deshalb hat sie mir diese Fotos gezeigt und sie zur Polizei gebracht. Verleugnung. Ablenkung.«

Sie bleiben stehen und setzen sich, ihre Oberschenkel berühren sich. Sie verarbeitet immer noch die Tatsache, dass Tom die ganze Zeit gewusst hat, dass sie Sophie war. Dass er sie geheiratet, eine Familie mit ihr gegründet, all die Jahre mit ihr gelebt und nie etwas gesagt hat. Er hat ihr ein weiteres Mal gesagt, dass er wollte, dass sie ein Paradebeispiel für Rehabilitation ist. Er wollte, dass Dees Arbeit etwas bewirkt hat. Er ist und bleibt ein Erforscher abweichender Psychen, ein leidenschaftlicher

Beschützer mentaler Gesundheit. Das ist seine Art, den Kampf gegen das Stigma fortzuführen, hat er ihr erklärt.

Ich glaube an die ausgleichende Justiz, Lily. Ich glaube, dass Menschen eine bessere Version ihrer selbst werden können, wenn sie nicht von der Gesellschaft dazu gezwungen werden, eine negative Kennung zu tragen.

Genauso wie Lily glaubt, dass die ausgleichende Justiz bei ihrer Patientin Tarryn Wingate funktionieren kann.

Genauso wie sie glaubt, dass Garth Quinlan ein besserer Vater und ein positives Mitglied der Gesellschaft werden konnte, weil seine eigene dunkle Vergangenheit begraben geblieben ist.

Eine Weile hat Lily wirklich Angst gehabt, Tom könnte Arwen etwas angetan haben. Sie glaubt, dass Tom wiederum gefürchtet hat, sie könnte es gewesen sein. Sie hatten beide die Möglichkeit dazu. Sie hatten beide ein Motiv. Lily ist in jener Nacht die Straße hinuntergegangen, weil sie einen allerletzten Versuch unternehmen wollte, Arwen ihr Vorhaben auszureden. Sie wollte Arwen davon überzeugen, dass eine Therapie ihr immer noch helfen könnte und dass es für ihre Kinder das Beste wäre, wenn diese Geschichte nicht in die Öffentlichkeit getragen würde. Als sie das Cottage jedoch erreicht hat, war niemand zu Hause. Damals war Lily sogar irgendwie erleichtert darüber. Sie traute sich selbst nicht, wenn es darum ging, ob sie Arwen tatsächlich niemals etwas angetan hätte. Vielleicht wäre sie doch dazu in der Lage gewesen, Arwen zu töten, wenn diese sich einfach geweigert hätte, ihr zuzuhören.

Wenn Lily genau darüber nachdenkt, dann kommt sie zu dem Schluss, dass sie Chrissie-Arwen letztendlich getötet *hat.* Es war alles ihre Schuld, beginnend an jenem Tag in Glenn Dennig. Wenn sie nicht getan hätte, was sie getan hat, dann könnte Chrissie-Arwen immer noch am Leben sein.

Sie sieht ihren Ehemann an und ein seltsames Gefühl scheint ihr das Herz zusammenzuschnüren.

Vielleicht passen Tom und sie einfach perfekt zusammen. Er ist genauso verdreht wie sie. Genau wie er gesagt hat, Menschen sind furchtbar komplexe Wesen. Und manchmal gibt es keine Lehrbuchantworten. Manchmal verschmilzt die Chemie zweier Menschen zu einem perfekten Sturm. So wie es damals bei Sophie und Vincent war.

Außerdem gibt es in jeder Ehe Geheimnisse.

»Ich liebe dich wirklich«, sagt sie.

* * *

Matthew hat sein Eis aufgegessen, und er wirft das letzte Stück seiner Waffel den Enten zu.

»Das ist nicht gut für sie, weißt du«, sagt Phoebe. »Der ganze Zucker und so.«

Er tut so, als hätte er sie nicht gehört, wirft noch einen Krümel hinterher und sieht zu seiner Mom und seinem Dad hinüber, die auf einer Bank sitzen. Ganz nah nebeneinander. Sie berühren sich. Seine Augen werden heiß. Seine Brust füllt sich mit einer seltsamen Mischung aus Stolz und Liebe. Die Mordermittlerin hat gesagt, dass er einmal ein brillanter Detektiv wird und dass er sich mal wieder bei ihr melden soll. Sie hat gesagt, dass sie ihm das ganze Revier zeigt und so, wenn er sie und Detective Toshi Hara mal wieder besuchen möchte. Matthew findet Detective Hara cool, mit den Klamotten, die er anhat. Vorher hat er gar nicht gewusst, dass Polizisten so aussehen können. Detective Hara hat gesagt, dass Matthew eigentlich einen Orden bekommen sollte und dass er sehr mutig gewesen ist. Sein Dad und seine Mom haben ihn ganz fest umarmt und geweint und gesagt, dass er ein wunderbarer Junge ist und dass er sie »gerettet« hat. Sogar Phoebe hat ein bisschen widerwillig zugegeben, dass er ein ziemlich cooler kleiner Bruder ist.

Trotzdem ist Phoebe traurig, weil Joe weggeht. Er ist gekommen, um sich zu verabschieden. Nach dem, was alles mit seiner Mutter passiert ist, kehrt er nach Ontario zurück.

»Das mit Joe tut mir leid«, sagt er leise und wirft noch einen Krümel.

Phoebe sieht ihn an. Sie versucht, böse zu schauen, das merkt er, aber irgendwie bekommt sie es heute nicht richtig hin. Stattdessen bebt ihre Unterlippe. Seine Schwester sieht hübsch aus – kein komisches Make-up mehr. Als würde sie im Moment nicht mehr unbedingt ein Freak sein wollen.

»Ist schon gut«, sagt sie. »Ich … ich sehe ihn ja wieder. Vielleicht.«

»Oder vielleicht auch nicht.«

»Mal sehen. Jedenfalls bin ich froh, dass die Polizei keine Anklage erhoben hat und dass der Coroner den Tod seiner Mutter als Unfall eingestuft hat. Und ich freue mich, dass die Polizei ihm geholfen hat, seinen Dad zu finden.«

Matthew nickt. Es ist gut, einen Dad zu haben, denkt er. Er weiß nicht, was er getan hätte, wenn sie seinen Dad nicht aus dem Gefängnis gelassen hätten.

* * *

Rue und Eb gehen mit Joe zum Check-in-Schalter am Flughafen.

Joe trägt seine Tasche und einen großen Rucksack, den Eb ihm geschenkt hat. Er bleibt stehen, holt tief Luft.

»Kommst du zurecht?«, fragt Rue. Sie trägt Alltagskleider. Eb und sie haben eine Menge Zeit mit Joe verbracht. Sie haben Kajaks gemietet, sind durch die Schlucht und ins Meer hinaus gepaddelt. Sie sind auch wandern gegangen. Das hat ihr dabei geholfen, sich von Seths Auszug abzulenken. Auch Eb und Joe hat es geholfen.

Joe nickt. »Wenn ich ankomme, wartet er auf mich. O Mann … ich bin so nervös. Ich …«

Rue berührt ihn am Arm. »Das ist schon okay. Ein Schritt nach dem anderen. Und sei auch nachsichtig mit ihm. Er hat nicht einmal gewusst, dass er einen Sohn hat.«

»Ich weiß gar nicht, wie ich euch danken soll.« Joe schaut zwischen Rue und Eb hin und her. »Euch beiden. Für die Ausrüstung, dafür, dass ich bei euch wohnen durfte.« Tränen schimmern in seinen Augen, und seine Hände zittern ganz leicht. »Dafür, dass ihr mir geholfen habt, das durchzustehen und damit umzugehen, was noch kommt. Und vor allem dafür, dass ihr ihn gefunden habt. Meinen Vater.«

»Bei so etwas sind Polizeiressourcen ganz praktisch«, sagt Rue.

»Aber du hast noch viel mehr getan. Du hast auch einen Privatdetektiv eingeschaltet.«

»Nur, damit alles ein bisschen schneller geht. Es war nicht schwer, Joe. Das hättest du auch selbst hingekriegt, sobald du erst einmal mit der Suche angefangen hättest. Das weiß ich. Er hat sich schließlich nicht versteckt oder so – er wusste einfach nichts von dir. Und dein Vater klingt wie ein guter, freundlicher Mann. Es tut mir nur leid, dass er das bisherige Leben eines ganz besonderen jungen Menschen verpasst hat. Und es tut mir auch leid für deine Mutter, dass sie es versäumt hat, dich mit ihm zu teilen.«

Er ringt mit seinen Gefühlen. Eb blickt zur Seite, aus Respekt vor Joe. Er gibt ihm Raum, damit er sich nicht schämen muss.

Rue umarmt ihn und hält ihn ganz fest. Dabei durchflutet sie eine albern heftige Gefühlswoge von Zuneigung zu diesem Jungen. Sie versteht, wie es ist, wenn man zu jemandem gehören möchte, der genauso aussieht wie man selbst. In dessen Adern dasselbe Blut fließt. Sie klopft ihm auf die Schulter und sagt nah an seinem Ohr: »Du bist ein ganz besonderer Mensch, Joe. Vergiss das nie. Die Bradleys hatten großes Glück. Besonders Phoebe und Matthew. Du hast den beiden eine Menge erspart durch das, was du mit den Unterlagen deiner Mutter getan hast. Du hast gewonnen. Und ich auch. Ich habe meinen Verbrecher. Du hast deine Freundin beschützt.«

»Fürs Erste.«

Sie tritt einen Schritt zurück. »Ja. Fürs Erste. Pass auf dich auf, Joe. Wir sind immer für dich da, wenn du uns brauchst. Ruf an und besuch uns, wann immer du willst.«

»Tschüss, Rue.« Er wendet sich an Eb. »Mach's gut, Buddy.«

Schulter an Schulter stehen Rue und ihr Sohn da und sehen Joe nach, während er durch den Check-in und dann in den Security-Bereich geht. Er winkt noch einmal, dann ist er außer Sicht.

Leise sagt Rue: »Tja, jetzt sind es nur noch wir beide, mein Großer.«

»Ich hab's dir doch gesagt, Mom. Das ist schon okay.« Er zögert. »Ich liebe Dad trotzdem, auch wenn er ein Loser ist. Und er ist ja nicht weit weg oder so.«

»Ja, na ja, aber bitte beschatte nie wieder seine Freundinnen, ja? Sonst bekomme ich noch einen Herzinfarkt.«

Er hakt sich bei ihr unter, und sie gehen zurück zum Auto. Rue fällt auf, dass er sein Rettet-die-Nashörner-Armband wiedergefunden hat und es trägt. Sie sagt nichts dazu.

* * *

An diesem Abend sitzt Lily an ihrem Schreibtisch und schreibt in ihr Tagebuch. Sie folgt ihrem eigenen Rat an Garth. Sie schreibt ihre Vergangenheit für ihre Kinder auf, für die Zeit nach ihrem Tod. Eines Tages werden sie es herausfinden, auch wenn sie selbst dann vielleicht nicht mehr da ist. Und wenn sie

Antworten haben wollen, wenn sie bereit sind, dann wird das Tagebuch hier sein. Es wird Lilys Geschichte sein, nicht die der anderen. Ihre Version. Nicht Vincents. Oder Chrissie-Arwens. Geschichte wird von den Überlebenden weitergegeben, und Lily ist in diesem Fall die einzige Überlebende. Eine Waise von ihrer eigenen Hand. Bis es so weit ist, wird sie die Unschuld ihrer Kinder beschützen. Sie wird ihr Bestes tun, um ihnen alles zu geben, was sie brauchen, damit sie stark und widerstandsfähig werden. Sie ruft sich in Erinnerung, dass Kinder zu bekommen ein Akt der Hoffnung und der Wiedergutmachung ist. Eine Chance auf eine Neuerfindung. Für gewöhnlich tun Eltern alles, was sie können, um die Welt für ihren Nachwuchs zu einem besseren Ort zu machen. Das liegt in der Natur des Menschen. Und sie *wird* eine gute Mutter sein. Das Gericht hat ihr diese Chance gegeben. Genau wie Tom. Sie wird sie nicht verschwenden. Genauso wenig wird sie irgendjemandem erlauben, ihr diese Chance wieder wegzunehmen.

Ganz oben, über ihre Notizen, hat sie den Spruch geschrieben, der zu einem von Arwens Bildern gehört. Joe hat es Phoebe geschenkt, und jetzt hängt es im Zimmer ihrer Tochter.

Am besten wehrt man sich nicht gegen den Wandel, den die Tarotkarte »Der Tod« ankündigt. Widerstand wird den Übergang nur erschweren. Und schmerzhaft machen. Stattdessen sollte man loslassen, die notwendigen Veränderungen willkommen heißen, es als Neuanfang betrachten. Die Karte des Todes ist die Aufforderung, eine Grenze zur Vergangenheit zu ziehen, um vorwärtsgehen zu können. Sie bedeutet: Lass los, was dir nicht länger dienlich ist.

Kommentar der Künstlerin. *Der Tod.* 36 x 48. Öl auf Leinwand

Anmerkung der Autorin

In meinem Vorwort zu »Die Geheimnisse der anderen« habe ich erklärt, dass die Idee für diese Geschichte um den Kern eines wahren Verbrechens herum gewachsen ist. Lilys Hintergrund wurde von einem schockierenden Familienmord inspiriert, der sich in der Gegend um Medicine Hat am 23. April 2006 ereignete. Es gibt zwar keine echte S. M., dafür aber eine echte J. R., deren Identität dem kanadischen Gesetz folgend nicht enthüllt werden darf, auch wenn ihr Name in Berichten, die außerhalb Kanadas veröffentlicht wurden, genannt wird.

Wie bei meiner Lily wurde J. R. teilweise von einer verbotenen Liebe dazu getrieben, ihre Familie zu töten, zusammen mit ihrem damals dreiundzwanzigjährigen Freund, dessen Name genannt werden darf: Jeremy Allan Steinke.

J. R. gilt als die jüngste Person in der kanadischen Geschichte, die wegen mehrfachen Mordes verurteilt wurde. Im Jahr 2016 wurde sie freigelassen. Die Höchststrafe für ein Kind unter vierzehn Jahren beträgt zehn Jahre.

J. R. wurde als Paradebeispiel für Rehabilitierung bezeichnet. Andere – darunter auch der Officer, der als Erster am Tatort war – waren sich da nicht so sicher.

Während viele der Details des Mordes in der Vergangenheit meiner fiktiven Lily direkt auf den Fakten dieses wahren Verbrechens beruhen, gibt es keine Chrissie, die jene grauenvollen Ereignisse mitangesehen hat. Auch andere Aspekte, wie Chrissies kleiner Bruder, sind reine Fiktion.

Eine verstörende Frage blieb in den Prozessen jedoch ungeklärt. Weder J. R. noch Jeremy Steinke haben die Verantwortung für den Tod von J. R.s kleinem Bruder übernommen.

Nur diese beiden wissen, was wirklich in jenem Haus geschehen ist, und einer von ihnen sagt nicht die Wahrheit.

Folge der Autorin auf Amazon

Wenn dir dieses Buch gefallen hat, folge Loreth Anne White auf Amazon. Dann erhältst du eine Benachrichtigung, wenn die Autorin ihr nächstes Buch veröffentlicht. Um der Autorin zu folgen, gehe bitte folgendermaßen vor:

Desktop:

1) Suche auf Amazon.de oder in der Amazon App nach dem Namen der Autorin.
2) Klicke auf den Namen der Autorin, um auf die Autorenseite zu gelangen.
3) Klicke auf den »Folgen«-Button.

Smartphone und Tablet:

1) Suche auf Amazon.de oder in der Amazon App nach dem Namen der Autorin.
2) Klicke auf einen Titel der Autorin.
3) Klicke auf den Namen der Autorin, um auf die Autorenseite zu gelangen.
4) Klicke auf den »Folgen«-Button.

Kindle eReader und Kindle App:

Wenn du dieses Buch auf einem Kindle eReader oder in der Kindle App liest, wird dir automatisch angeboten, der Autorin zu folgen, nachdem du die letzte Seite des Buches gelesen hast.

Printed in Poland
by Amazon Fulfillment
Poland Sp. z o.o., Wrocław

21888384R00253